KB173095

동주

묵자지

【완역 결정본】

東周 列國志

동호董狐의 매서운 붓

솔

◉일러두기

1 본문의 옮긴이 주는 둥근 괄호로 묶었으며, 한시와 관련된 주는 시 하단에 달았다.
편집자 주는 원저자 풍몽룡의 오류를 바로잡은 것으로 —로 표시하였다.

2 관련 고사, 관직, 등장 인물, 기물, 주요 역사 사실 등은 본문에 ˙로 표시하였고,
부록에서 자세히 설명하였다.

3 인명의 경우 춘추 전국 시대 당시의 표기법을 따랐다.
예) 기부忌父 → 기보忌父, 임부林父 → 임보林父, 관지부管至父 → 관지보管至父

4 '주周 왕실과 주요 제후국 계보도'는 독자의 편의를 위해 각 권마다
해당 시대 부분만을 수록하였다.

5 '등장 인물'은 각 권에서 등장하는 주요 인물을 다루었으며, 가나다순으로 정리하였다.

6 '연보'의 굵은 글자는 그 당시의 중요한 사건을 말한다.

차례

주성왕 · 주강왕

주성왕周成王

주강왕周康王

춘추 시대의 중국

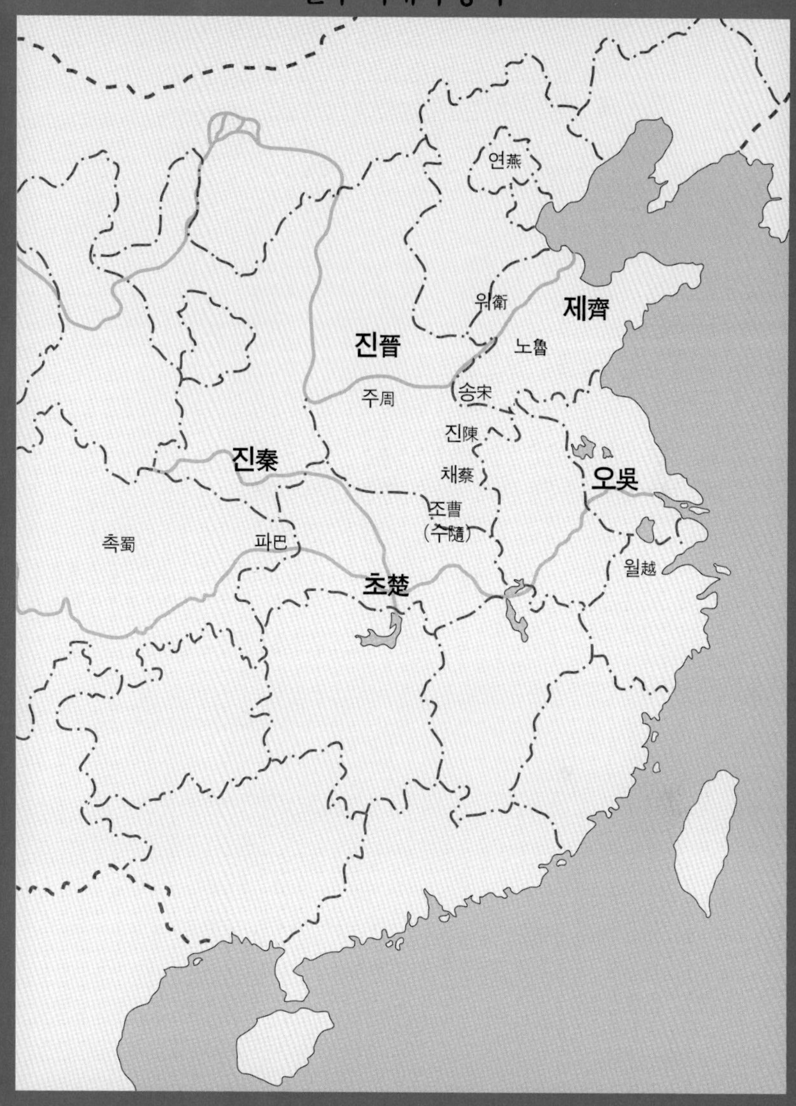

주요 제후국의 관계

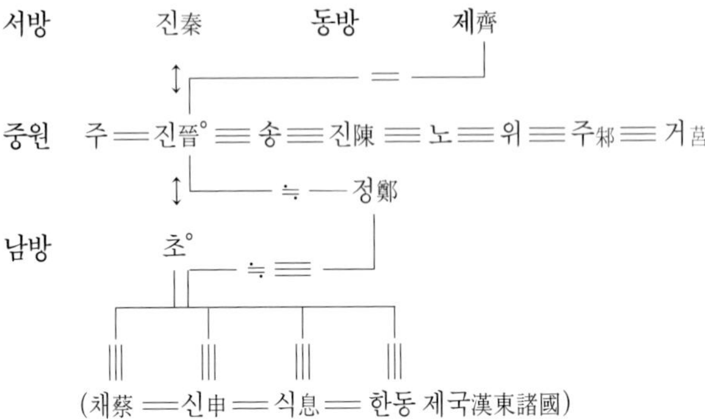

(≡ ||| 회맹會盟, 부용附庸 ═ 우호 ≒ 강화 ↔ ↕ 적대 ° 패권 국가)

천하 제후들의 문안을 받는 주왕周王

주양왕周襄王 20년에 왕은 천토踐土에서 진문공晉文公을 위로하고 대회가 끝나자 주나라로 돌아갔다. 모든 나라 제후도 각기 본국으로 돌아갔다. 위성공衛成公이 천견歂犬의 말을 곧이듣고 천토로 보낸 밀사는 숨어서 맹회하는 광경을 엿봤다. 그 밀사는 원훤元咺이 숙무叔武를 맹단 위로 올려보내는 것과 그 맹서에 기입된 숙무의 이름을 고하는 소리를 들었다. 밀사는 더 자세한 걸 알아보지도 않고 즉시 진陳나라로 돌아갔다. 그리고는 위성공에게 자기가 보고 온 대로 성급히 보고했다.

보고를 듣고서 위성공은 노발대발했다.

"숙무가 결국 나의 나라를 가로챌 생각이구나. 음, 원훤이 더욱 가증스럽다. 그놈이 부귀를 탐하여 과인을 배반하고 새 임금을 세우려고 제 자식까지 보내어 내 동정을 살피게 했으니 내 어찌 그 아비와 자식을 용납할 수 있으리오."

원각元角은 위성공이 몹시 노한 걸 보고서 변명하려고 했다. 그러나 그럴 여유가 없었다. 위성공은 칼을 들고 뛰어내려가서 단번에 원각을 쳐죽였다. 원각의 시종배들은 황급히 달아나 그 아버지 원훤에게 가서 원각이 죽었다는 것을 알렸다.

원훤이 탄식한다.

"내 아들이 죽은 것은 천명이다. 임금은 비록 나를 저버렸다만 내 어찌 임금을 저버릴 수야 있으리오."

사마司馬 만瞞이 원훤에게 귀띔한다.

"임금이 그대를 의심하고 있으니 그대는 마땅히 이런 혐의에서 벗어나야 할 것이오. 그대는 모든 벼슬을 버리고 정처 없이 떠남으로써 그대의 마음을 세상에 알리오."

원훤이 탄식한다.

"내 만일 벼슬을 버리고 떠나면 그 누가 임금을 도와 이 나라를 지키리오. 내 자식이 죽은 것은 어디까지나 한 개인의 원한일 뿐이오. 그러나 나라를 지키는 것보다 더 큰일은 없소. 이제 내가 사사로운 원한 때문에 큰일을 버린다면 이는 신하 된 사람으로서 나라에 보답하는 도리가 아닐 것이오."

드디어 원훤은 숙무로 하여금 위성공을 복위시켜달라는 글을 진문공에게 바치게 했다. 참으로 원훤은 훌륭한 신하였다. 그러나 그 일에 대해선 다음에 다시 이야기하겠다.

한편 진문공은 주양왕으로부터 책명冊命을 받고 앞뒤로 신하들과 군사들의 호위를 받으면서 본국으로 돌아갔다.

그의 기상은 더욱 빛났다. 진문공이 본국으로 들어가는 날 길가엔 백성들이 다 몰려나왔다. 늙은이를 부축하거나 어린것의 손을 이끌고 나온 백성들은 앞을 다투어 지나가는 진문공에게 환호성을 올렸다. 그리고 음식을 가지고 나와서 앞다투어 군사들을 대접했다. 백성들이 찬탄하는 소리는 바다에 파도가 이는 듯했다. 그들은 다 자기 임금이 영웅임을 자랑했다. 모두의 얼굴에 기쁨과 웃음이 넘쳤다. 그들은 진晉나라가 날로 번영하는 걸 확신하고 있었다.

옛사람이 시로써 이 일을 증명한 것이 있다.

고생과 노력 끝에 진나라를 크게 일으켜
싸워서 초나라를 물리치고 제환공의 업적을 이어받았도다.
19년 동안 떠돌아다니던 망명객이
하루아침에 그 이름을 천하에 떨쳤도다.
捍艱復纘文侯緒
攘楚重修桓伯勳
十九年前流落客
一朝聲價上青雲

진문공은 조회에서 문무백관의 하례를 받고 이번 공로에 대해서 상을 내렸다. 그런데 호언狐偃이 으뜸 공로자가 되고 선진先軫• 은 그 다음가는 공로자가 됐다. 모든 장수는 진문공의 이러한 처사에 의심이 났다.

"성복城濮의 싸움에서 계책을 세우고 초나라를 격파한 것은 다 선진의 공로입니다. 그런데 호언에게 으뜸 공로상을 내리는 것은 웬일이십니까?"

진문공이 대답한다.

"이번 싸움에서 선진은 '반드시 초와 싸워서 적을 무찔러야 한다'고 하였고, 호언은 '우선 초군 앞에서 삼사三舍(1舍는 군대가 하루에 걷는 거리)를 후퇴하여 신의를 잃으면 안 된다'고 했다. 대저 적군과 싸워서 이기는 것은 한때의 공로에 불과하지만 신의를 드날리는 것은 천추만세의 교훈이라. 어찌 한때의 공로가 영원한 공로보다 낫다 할 수 있으리오. 그러므로 호언에게 으뜸 공로를 내린 것이다."

이 말을 듣고 모든 장수들은 다 기꺼이 복종했다.

호언이 또 아뢴다.

"지난날 순식荀息은 해제奚齊와 탁자卓子의 난에 죽은 사람입니다. 그의 충절은 가상할 만합니다. 그 자손에게 높은 벼슬을 주어 모든 신하로 하여금 충절에 힘쓰게 하십시오."

진문공은 즉시 허락하고 순식의 아들 순림보荀林父를 불러 대부大夫 벼슬을 주었다.

한편 주지교舟之僑는 자기 집에서 아내의 병을 간호하고 있다가 진문공이 귀국한다는 소문을 듣고 도중까지 나가서 영접했다. 진문공은 즉시 장수에게 명하여 주지교를 함거에 잡아 가두어 귀국했었다.

모든 논공행상이 끝나자 진문공이 사마司馬 조쇠趙衰에게 묻는다.

"주지교는 어떤 형벌에 해당하는가 상의해서 아뢰오."

조쇠가 아뢴다.

"그 죄는 극형에 해당합니다."

주지교는 아내의 병이 대단했다는 걸 호소하고 울면서 너그러운 조처를 청했다.

진문공이 꾸짖는다.

"임금을 섬기는 자는 목숨도 돌보지 않거늘 더구나 자기 처자妻

子를 위해서 수만 군사를 버리고 돌아갈 수 있느냐! 속히 저놈의 목을 끊어 네거리에다 높이 달아매어 백성들에게 보여라."

군사들이 벌 떼처럼 달려들어 주지교를 끌고 나갔다. 진문공은 이번 싸움에서 제1차로 전힐顚頡을 참하고, 제2차로 기만祁瞞을 참하고, 오늘 제3차로 주지교를 참했다. 이 세 장수는 다 유명한 장수들이었다. 명령을 어기면 반드시 죽이고 조금도 사정이 없다는 걸 보인 군법 탓으로 진나라 삼군은 언제나 질서가 정연했다. 대저 상벌이 분명치 않으면 만사를 이룰 수 없고, 상벌이 분명하면 천하도 가히 다스릴 수 있다는 말이 있다. 진문공이 모든 나라 제후諸侯 중에서 으뜸이 되어 패업을 성취한 것은 다 상과 벌을 분명히 한 데 있었다고 해도 과언은 아니다.

또 진문공은 선진 등과 함께 군사를 증원하기로 의논했다. 어디까지나 진나라를 천하 강국으로 만들 작정이었다. 그러나 육군六軍을 둘 수 있는 것은 천자뿐이다. 모든 나라 제후는 삼군 이상을 둘 수 없는 것이 천하의 법이었다. 그래서 진문공은 군사를 증원하는 데 삼행三行이란 새로운 말을 만들었다.

삼군에다 삼행을 더 증설했다고 하지만 실은 천자의 육군과 조금도 다를 것이 없었다. 이리하여 순림보는 중행대부中行大夫가 되고, 선멸先蔑은 좌행대부左行大夫가 되고, 도격屠擊은 우행대부右行大夫가 됐다. 전 삼군에다 삼행을 더 증원했으니 분명 육군인 것이다. 그저 육군이란 명칭만 피했을 뿐이었다. 진나라는 이렇듯 많은 군사를 두고 어떤 나라와도 비교할 수 없을 만큼 강대국이 됐다.

어느 날, 진문공이 정전正殿에서 호언 등과 함께 장차 조曹·위衛 두 나라를 어떻게 처리할 것인가에 대해 의논하던 참이었다.

가까이 모시는 신하가 들어와서 아뢴다.

"위나라에서 서신이 왔습니다."

진문공이 그 서신을 받으면서 말한다.

"이는 필시 형을 복위시켜달라는 숙무의 간청일 것이오."

그 서신 내용은 다음과 같았다.

> 군후께서 우리 위나라 사직을 없애지 않으시고 지난날의 임금을 다시 군위에 오르도록 허락해주시면 우리 나라 모든 신하와 백성은 그 은혜를 자손 대대로 잊지 않겠으니 군후는 선처하옵소서.

이때, 진목공陳穆公이 또 사자를 진晉나라로 보내어 지금 위성공이 진陳나라에 망명 와 있는데 과거의 잘못을 뉘우치고 있으니 그를 복위시켜주시면 감사하겠다는 청을 해왔다. 마침내 진문공은 진목공과 숙무에게 각각 답장을 보내고 위성공의 귀국과 복위를 승낙했다.

그리고 사람을 극보양郤步揚에게 보내어 돌아가는 위성공을 도중에서 막지 말고 길을 틔워주라고 전달했다.

숙무는 진문공의 너그러운 서신을 받고 무척 기뻐했다. 그는 급히 진陳나라로 수레와 사람을 보내어 망명 중인 위성공을 모셔오도록 분부했다. 진목공도 위성공에게 속히 귀국해서 다시 군위에 오르도록 권했다.

공자 천견이 또 위성공에게 속삭인다.

"숙무가 임금이 된 지 오래라 백성들도 그를 따르고 있습니다. 더구나 숙무는 천토 맹회 때 모든 나라 제후와 함께 맹세까지 한 사람입니다. 그러한 그가 주공主公을 모셔가려고 사람을 보냈으니 경솔히 그를 믿고 가면 안 됩니다. 까딱하다간 큰일납니다."

위성공이,

"과인 또한 그 점을 염려하는 바로다."

하고 영유甯兪•에게 분부한다.

"그대가 먼저 초구楚邱에 가서 숙무의 마음을 한번 떠보고 오라."

이에 영유는 위성공의 분부를 받고 위나라로 갔다. 위나라에 당도한 영유가 궁으로 들어갔을 때, 숙무는 대신들과 함께 정사를 의논하고 있었다.

영유가 본즉 숙무는 군위를 비워두고 전당殿堂 동쪽 조그만 자리에 앉아 서쪽을 향하고 있었다. 숙무는 영유를 보자 즉시 자리에서 내려와 그를 영접했다. 숙무의 태도는 어디까지나 점잖고 매우 공손했다.

영유가 묻는다.

"숙무께선 군위에 오르셨는데 어찌하사 전상殿上에 높이 앉아서 신하들을 대하지 않습니까?"

숙무가 대답한다.

"저 임금 자리는 나의 형님이 앉으실 자리요. 내 비록 그 곁에 자리를 잡고 있으나 오히려 송구스럽고 불안하오. 그런데 어찌 전상에 높이 앉을 수 있으리오."

영유가 그제야 진심을 말한다.

"내 오늘에야 비로소 숙무의 마음을 알았소이다."

숙무가 간곡히 부탁한다.

"형님을 생각하는 내 마음은 조석마다 간절하다오. 바라건대 대부는 속히 우리 형님이 귀국하시도록 권해서 내 마음을 위로해주오."

이리하여 영유와 숙무는 서로 상의하고 택일하여 6월 신미일辛未日에 위성공이 입성入城하도록 정했다. 이튿날 영유는 다시 궁에 가서 문무백관들의 동정을 살펴봤다. 그러나 문무백관들의 의논은 구구하고도 분분했다.

"지난날의 임금이 다시 돌아와 군위에 앉게 되면 궁중은 두 패로 나눠질 것이오. 임금을 따라 진陳나라로 망명 간 신하들은 다 일등 공신이 될 것이고, 국내에 남아 있던 우리는 모두 죄인이 될 것 아닌가! 이거 참 야단났소."

영유가 그들에게 타이른다.

"나는 전 임금의 명령을 받고 왔소. 주공께서는 늘 말씀하시기를 '나를 따라온 사람이든 국내에 머문 사람이든 또 죄가 있든 없든 따지지 않겠다'고 하셨소. 만일 내 말을 믿지 않는다면 내 마땅히 여러분 앞에서 피를 찍어 입술에 바르고 맹세하겠소."

모든 관원들이 대답한다.

"만일 우리 앞에서 맹세하신다면야 다시 뭣을 의심하겠소."

영유가 하늘을 우러러보고 맹세한다.

"진나라로 따라간 자는 주공을 위한 것이고, 국내에 머무른 자는 나라를 지키기 위한 것이라. 그러니 국외에 간 자나 국내에 머무른 자나 다 함께 그 힘을 다하고 임금과 신하는 한마음 한뜻으로 사직을 모실지라. 만일 이 맹세를 서로 속인다면 신명神明이여, 그자를 죽이소서."

문무백관들은 영유의 맹세를 듣고 다 함께 기뻐했다. 그들은 집으로 돌아가면서 서로 말했다.

"영유는 결코 우리를 속일 사람이 아니오."

숙무는 또한 대부 장장長牂을 불러,

"국문國門에 가서 지키되 만일 남쪽에서 오시는 분이 있거든 즉시 영접하오."

하고 보냈다.

한편 영유는 진나라로 돌아가서 위성공에게 아뢰었다.

"숙무는 진심으로 주공을 모실 생각이며 조금도 배반할 뜻이 없더이다."

이 보고를 듣자 위성공은 곧 안심했다. 그러나 천견은 지금까지 중상모략만 해왔던 만큼 까딱 잘못하다간 도리어 이간죄離間罪에 걸려들게 됐다. 이에 천견은 조용한 기회를 보아 위성공에게 갔다.

"숙무와 영대부甯大夫 사이엔 무슨 꿍꿍이속이 있습니다. 그들이 주공을 해하려는 준비를 하고 있지 않다고 뭣으로 증명할 수 있습니까? 그러니 그들이 정한 기일보다 앞서 가시도록 하십시오. 그래야만 그들의 흉계에 걸리지 않고 다시 군위에 오를 수 있습니다."

위성공은 즉시 천견의 말에 귀가 솔깃해졌다.

"그것도 그래! 그럼 즉시 출발해야겠다."

"청컨대 제가 주공의 행차에 앞장을 서겠습니다. 그리고 뜻하지 않은 사고가 일어나면 무찔러버리겠습니다."

위성공은 천견의 청을 허락했다. 즉시 귀국할 채비를 하라는 위성공의 분부가 내렸다. 영유가 황망히 들어가서 아뢴다.

"신은 이미 주공께서 입국할 날을 국내 사람들과 약속하고 왔습니다. 한데 그 약속한 날짜보다 앞서 가신다면 반드시 국내 사람들이 의심할 것입니다."

천견이 큰소리로 영유를 꾸짖는다.

"그대는 어째서 주공이 속히 돌아가시는 것을 원하지 않소? 그 속뜻을 말하오."

영유는 더 간해야 소용없다는 걸 알았다.

"굳이 주공께서 곧 출발하시겠다면 청컨대 신이 먼저 가서 신하들과 백성들에게 이 뜻을 알리고 국내의 인심을 안정시키겠습니다."

위성공이 대답한다.

"그것도 그래! 경은 먼저 가서 신하와 백성들에게 잘 말하오. 과인은 그저 신하와 백성들을 한시 바삐 보고 싶어서 그럴 뿐이지 전혀 다른 뜻은 없다고 전하오."

영유가 떠난 후에 천견이 아뢴다.

"영유가 먼저 가겠다고 하는 것부터가 수상하지 않습니까? 이러고 있을 때가 아닙니다. 주공도 속히 떠나십시오."

이에 위성공은 수레에 올라 어인御人에게 속히 출발하도록 명령했다. 위성공을 태운 수레는 뿌옇게 먼지를 일으키면서 진나라를 떠났다.

한편 영유는 먼저 국문에 이르렀다. 장장은 곧바로 위성공의 사신인 줄을 알고 즉시 영접했다.

영유가 말한다.

"주공이 지금 오시는 중이오."

장장이 묻는다.

"지난날에 6월 신미일로 정했는데, 오늘은 무진일戊辰日이오. 주공은 어찌하사 이렇듯 미리 오시는지요? 그대는 속히 성城에 가서 알리오. 나는 곧 주공을 영접할 준비부터 하겠소."

영유가 성내로 들어간 지 얼마 후였다. 천견이 전위 부대를 이끌고 들이닥쳤다.

"주공께서 바로 뒤에 오시오."

장장은 급히 수레를 정돈하고 위성공을 영접하러 나갔다. 천견은 그 길로 성을 향해서 달려갔다. 이때 숙무는 연여輦輿를 맡은 예속隸屬들을 시켜 궁실을 말끔히 청소하고 뜰에서 머리를 감고 있었다.

숙무는 영유가 들어오면서 주공이 온다고 전하는 말을 듣고 놀랍기도 하고 기쁘기도 해서 어찌 약속보다도 이렇게 빨리 오시느냐고 막 물으려 하는데 이미 바깥에서 전위 부대의 말과 수레 달려오는 소리가 들렸다. 숙무는 형님인 위성공이 이미 궁 안에 들어온 줄로 알고 너무나 기뻐서 영유에게 물어볼 여가도 없이 덜 마른 머리를 움켜잡고 뛰어나갔다.

그러나 이때 궁 안으로 들어온 것은 천견이었다. 천견은 뛰어나오는 숙무를 보자, 그들 형제가 서로 만나면 지금까지의 자기 간계가 탄로날까 두려웠다. 천견은 달려나오는 숙무를 멀리서 바라보고 순간 어깨에서 활을 벗어 들었다. 그는 힘껏 활시위를 잡아당겨 숙무를 향해 쐈다. 너무나 기뻐서 뛰어나오던 숙무는 바로 왼편 가슴에 화살을 맞고 급히 돌아서려다가 그냥 쓰러졌다. 영유는 급히 달려가서 쓰러진 숙무를 붙들어 일으켰다. 참으로 애달픈 일이었다. 숙무는 이미 죽어 있었다.

원훤은 숙무가 죽었다는 말을 듣고 놀라 어찌할 줄 모른다. 원훤이 이를 갈면서 저주한다.

"극악무도한 임금아! 죄 없는 사람을 이렇게 죽였으니 하늘이 어찌 너를 용납하리오. 내 마땅히 진晉나라에 가서 이 일을 호소하리라. 네가 얼마나 군위에 앉아 배기나 어디 두고 보자!"

원훤은 대성통곡하며 급히 수레를 타고 진나라로 달아났다.

염옹髥翁이 시로써 이 일을 읊은 것이 있다.

오로지 형님인 임금을 위해서 나라를 지켰건만
무정한 화살은 유정한 숙무를 죽였도다.
위성공이 원래 시기심이 많고 험상궂지만 않았더라도
천견이 어찌 그런 몹쓸 짓을 할 수 있었으리오.

堅心守國爲君兄
弓矢無情害有情
不是衛侯多忌忮
前驅安敢擅加兵

한편 위성공은 국문에 당도했다. 그는 장장이 영접 나온 걸 보고서 묻는다.

"그대는 어째서 여기까지 영접 나왔느냐!"

"숙무께서 주공이 보내신 사람이면 즉시 영접해들이라고 분부하셨습니다."

장장의 말을 듣고 위성공이 찬탄한다.

"과인의 아우는 과연 딴 뜻이 없구나!"

이에 위성공은 초구성 안으로 들어갔다. 그는 영유가 울면서 나오는 걸 봤다. 영유가 위성공 앞에 가서 아뢴다.

"숙무는 주공께서 오신다는 말을 듣고 너무나 기쁜 나머지 감던 머리가 채 마르지도 않은 것을 움켜쥐고 영접하러 뛰어나오다가 천견의 화살에 맞아 죽었습니다. 신은 이제 백성들에게 모든 신용을 잃었습니다. 이젠 신도 죽어야 마땅합니다."

위성공은 부끄러워서 얼굴을 붉히며,

"과인도 숙무가 원통하게 죽었다는 걸 알겠소. 경은 다시 말하지 마오."

하고 수레를 달려 궁으로 들어갔다.

문무백관들은 위성공이 오는 줄도 모르고 있다가 황급히 나가서 영접했다.

영유는 위성공을 숙무의 시체가 있는 곳으로 데리고 갔다. 숙무는 마치 산 사람처럼 눈을 부릅뜨고 있었다. 위성공은 숙무의 머리를 자기 무릎에 올려놓고 부지중에 대성통곡했다. 위성공이 시체를 쓰다듬으면서 말한다.

"숙무, 숙무여. 내 너를 의지하고 돌아왔는데 너는 나 때문에 죽었구나. 아아, 애달프고 애달프다."

그때 죽은 숙무의 두 눈에서 광채가 일어났다. 이윽고 숙무의 두 눈은 스르르 감겼다. 영유가 고한다.

"천견을 잡아죽이지 않으면 숙무의 영혼을 어찌 위로하리이까?"

위성공은 즉시 범인을 잡아들이도록 분부했다. 이때 천견은 다른 나라로 달아나려다가 성밖에서 붙들려왔다. 천견이 위성공 앞에 이끌려와서 뻔뻔스레 머리를 쳐들고 말한다.

"신이 숙무를 죽인 것도 다 주공을 위해서 한 짓입니다."

위성공은 분기충천했다.

"네 이놈! 너는 지금까지 나의 동생을 모략했고 또 네 맘대로 무고한 내 동생을 죽였다. 이제 네 죄를 과인에게까지 덮어씌울 작정이냐! 저놈을 끌어내어 당장에 목을 베고 숙무를 군례君禮로써 장사지내어라."

무사들은 즉시 천견을 시정市井으로 끌고 나가 참했다. 처음에 백성들은 숙무가 피살됐다는 소문을 듣자 의론이 분분했다. 천견이 죽음을 당하고 숙무를 군례로써 장사지낸다는 걸 듣고서야 민심은 비로소 안정되었다.

한편 위나라 대부 원훤은 진晉나라로 달아나 진문공을 뵈옵고 땅바닥에 엎드려 대성통곡했다. 그리고는 위성공이 자기 아우를 의심한 나머지 일부러 천견을 앞에 보내어 숙무를 쏘아 죽이게 했다고 호소했다. 원훤은 호소하다간 또 통곡하고 통곡하다간 또 호소했다.

마침내 끈덕진 원훤의 호소에 진문공의 마음이 움직였다. 진문공은 좋은 말로 위로하고 우선 원훤에게 역관驛館에 가서 편히 쉬도록 했다. 그리고 진문공은 모든 신하를 불러 상의했다.

"과인이 경들의 힘을 입어 초군과 싸워서 이겼고, 천토에서 대회를 열자 천자도 와서 과인을 위로했으며, 모든 나라 제후가 와서 과인의 뒤를 따랐으니 나의 패업이 어찌 제환공齊桓公의 업적만 못하리오. 그러나 진秦나라가 약속만 하고 오지 않았으며, 허許나라가 회에 참석하지 않았으며, 정鄭나라는 비록 맹세했으나 아직도 속으로 두 마음을 품고 있으며, 위후衛侯는 겨우 나라를 되찾았건만 맹회盟會에 와서 우리와 함께 맹약까지 한 그 동생을 맘대로 죽였소. 만일 이러한 그들을 내버려두고 엄하게 처벌하지 않는다면 그외의 모든 나라 제후도 비록 합쳤지만 머지않아서 반드시 우리 나라를 섬기지 않을 것이오. 경들은 이에 대해서 장차 어떤 계책을 써야 할지 말하오."

선진이 나아가 아뢴다.

"언제든지 회를 열어 모든 나라 제후를 모으고 두 마음 가진 나라를 치는 것이 맹주盟主의 직분입니다. 청컨대 신은 군사를 거느리고 주공의 분부만 기다리겠습니다."

호언이 말한다.

"그건 당치 않은 말이오. 맹주가 모든 나라 제후를 부리려면 우선 천자의 위엄에 의지해야 합니다. 전날 천자께선 친히 맹회에 오셔서 주공을 위로하셨습니다. 그런데 그후 주공은 아직 주周에 가서 천자께 문안도 드리지 않았습니다. 우리에게 먼저 이런 결점이 있는데 어찌 모든 나라 제후가 우리에게 복종하겠습니까? 주공께서 앞으로 계책을 세우려면 천자께 문안 간다는 명목을 내세우고 모든 나라 제후를 소집하는 길밖에 없습니다. 그래도 오지 않는 제후가 있거든 그때엔 천자의 명命으로써 그 나라를 치십시오. 왕께 가서 문안한다는 것은 예법 중에서도 가장 큰 예법입니다. 왕을 공경할 줄 모르고 왕을 업신여기는 자의 죄를 쳐야만 대의명분이 섭니다. 큰 예법을 몸소 실천하고 또 대의명분을 세우는 것이 바로 큰 업적입니다. 주공께서는 이 점에 유의하십시오."

조쇠가 말한다.

"호언의 말이 가장 옳습니다. 그러나 신의 어리석은 소견으로는 비록 조정에 들어가서 왕께 문안을 드리려 해도 뜻대로 안 될까 두렵습니다."

진문공이 묻는다.

"뜻대로 안 되다니 그게 무슨 말이오?"

"모든 제후간에 천자께 문안 가는 법이 없어진 지도 오래되었습니다. 그런데 가장 강한 우리 진晉나라가 모든 나라 제후를 거느리고 왕성으로 몰려간다면 가는 도중 지나는 곳마다 모든 사람이 놀라고 우리를 무서워할 것입니다. 혹 천자께서 겁을 먹고 의심하여 주공을 만나주지 않을까 염려됩니다. 천자께서 주공의 후의를 사절하면 주공의 위세는 떨어지고 맙니다. 그러니 차라리 천자를 온溫 땅으로 모신 후에 주공께서 모든 나라 제후를 거느리고 가서 뵈오면 서로 의심할 필요가 없으니 그 편리한 점이 하나며, 제후들이 수고스럽지 않으리니 그 편한 점이 둘이며, 또 온 땅에는 지난날 태숙太叔 대帶가 새로 지어둔 궁실이 있으니 그 편리한 점이 세 가지입니다."

진문공이 묻는다.

"그렇게 하면 일이 뜻대로 될까?"

조쇠가 대답한다.

"천자께서는 우리 진나라와 친하기를 바라며, 조례朝禮 받는 것을 좋아할 것입니다. 정 안심할 수 없으시다면 신이 시험 삼아 주나라에 가서 먼저 이 일을 상의하고 천자의 속을 떠보겠습니다만, 필시 신이 생각한 대로 되리라고 믿습니다."

진문공은 매우 기뻐하며 즉시 조쇠를 주나라로 보냈다. 조쇠는 주나라에 가서 주양왕 앞에 머리를 조아려 재배하고 아뢰었다.

"신의 주공 중이重耳는 지난번에 천자께서 천토 맹회에 왕림하셔서 여러모로 위로해주신 은혜에 감격하여 모든 나라 제후를 거느리고 왕성에 와서 천자께 조례하고자 하나이다. 엎드려 바라건대 천자께선 이를 살피소서."

"……"

아니나 다를까 주양왕은 불안한 기색을 감추지 못하면서 아무 대답도 안 했다.

한참 후에야 주양왕이 대답한다.

"먼 길 오느라 피곤했을 테니 우선 역관에 나가서 편히 쉬도록 하라."

조쇠를 내보낸 후 왕은 즉시 왕자 호虎를 불러 의논했다.

"진후晉侯가 모든 나라 제후를 거느리고 왕성으로 입조하겠다 하니 그 속마음을 측량할 수 없구나. 무슨 말로써 거절해야 좋을꼬?"

왕자 호가 대답한다.

"신이 우선 역관에 가서 진나라 사자를 만나보고, 그 속뜻을 알아본 후에 가히 거절해야 할 일이면 거절하겠습니다."

왕자 호는 궁성에서 물러나와 역관에 가서 조쇠와 만났다. 조쇠는 왕자 호에게 진문공이 장차 제후들을 거느리고 입조하겠다는 뜻을 말했다.

왕자 호가 좋은 말로 대답한다.

"진후가 천하 제후를 다 거느리고 입조해서 천자께 충성을 보이는 동시에 오랫동안 폐지되었던 큰 법을 다시 일으키려는 것은 우리 왕실의 큰 다행이외다. 그러나 모든 나라 제후가 일시에 모여들면 그 기구器具가 너무나 어마어마하고 따르는 자들이 너무 많아서 선비와 백성이 모두 놀라고 별의별 소문이 다 날 것입니다. 그러면 진후의 충성스런 본뜻과 어긋나는 결과가 되고 맙니다. 차라리 그만두는 것이 좋을 줄로 아오."

조쇠는 자기가 미리 짐작했던 것과 같은 얘기임을 알고서 계획대로 말한다.

"우리 주공이 천자께 와서 뵈오려는 것은 참으로 충성에서 우러나온 뜻입니다. 더구나 제가 이곳으로 떠나오던 날 이미 모든 나라에 격문을 보내어 일단 온 땅에 모이도록 소집했습니다. 이렇게 기별까지 했는데 갑자기 취소하면 이는 천자를 내세우고 모든 나라를 희롱하는 것밖에 안 됩니다. 무엇보다도 저는 진나라에 돌아가서 감히 주공께 보고할 말이 없습니다."

"그럼 어떡하면 좋겠소?"

"저에게 한 가지 계책이 있습니다. 그러나 감히 말씀드릴 수가 없습니다."

"그대에게 무슨 좋은 수가 있소? 어째서 말을 할 수가 없단 말이오?"

그제야 조쇠가 못 이긴 듯이 대답한다.

"자고로 천자는 지방을 순수巡狩하시는 법이 있소. 그리고 백성이 어떻게 사는가를 시찰합니다. 더구나 온 땅으로 말하면 썩 먼 곳도 아닙니다. 천자께서 지방을 둘러보신다는 명목으로 하양河陽 땅에 왕림하시면 됩니다. 그러면 우리 주공은 모든 나라 제후를 거느리고 가서 문안을 드리겠습니다. 이렇게 하면 왕실은 체면을 잃지 않고 동시에 우리 주공의 충성도 생색이 나리라고 생각하는데 제 뜻이 어떠하신지요?"

"그대의 말씀이 참으로 양쪽을 위해서 좋소."

왕자 호는 찬동하고 곧 조정으로 돌아가서 주양왕에게 조쇠의 말을 전했다. 주양왕은 매우 기뻐하며 10월 1일에 하양 땅으로 가겠다는 약속을 했다. 조쇠도 본국으로 돌아가서 진문공에게 이 일을 보고했다.

진문공은 즉시 이 뜻을 모든 나라 제후에게 알리고 10월 초하룻날 온 땅에 모이도록 통지했다.

약속한 10월 초하룻날이 됐다. 온 땅엔 제소공齊昭公 반潘, 송성공宋成公 왕신王臣, 노희공魯僖公 신申, 채장공蔡莊公 갑오甲午, 진목공秦穆公• 임호任好, 정문공鄭文公 첩捷 등이 속속 모여들었다.

진목공秦穆公이 진문공에게 변명한다.

"전번 천토 맹회 때엔 길이 멀어서 참석하지 못하고 다음 기회가 있기를 기다리다가 이제야 왔소."

진문공은 먼 길을 오시느라 수고하셨다며 진목공秦穆公을 환영했다.

이때 진陳나라에선 진목공陳穆公이 죽고 그 아들 진공공陳共公 삭朔이 임금 자리를 계승한 지 며칠 되지 않았다. 그러나 진공공은 진晉나라 위세에 겁을 먹고 상복을 입은 채 온 땅에 왔다. 주邾·거莒 등 조그만 나라 임금들은 설설 기다시피 모여들었다.

한편 위성공은 자기가 저지른 죄를 알기 때문에 온 땅에 가기가 싫었다.

영유가 간한다.

"이번에 가시지 않으면 또 미움을 사게 됩니다. 진晉나라는 반드시 군대를 거느리고 우리를 치러 올 것입니다."

위성공은 하는 수 없이 가기 싫은 길을 떠났다. 영유·침장자鍼莊子·사영士榮 세 사람이 위성공을 모시고 갔다. 위성공 일행이 온 땅에 당도했으나 진문공은 그들을 만나주지 않았다. 도리어 진晉나라 군대가 위성공 일행을 감금하다시피 지켰다.

온 땅에 모인 각국 제후는 진晉을 위시해서 제·송·노·채·진秦·정·진陳·주邾·거 등 모두 열 나라 임금들이었다. 열 나라 임금들이 온 땅에 모여 서로 인사를 나누고 담소한 지 하루도 지나기 전에 주양왕의 어가가 당도했다. 진문공은 모든 나라 제후를 거느리고 주양왕을 영접하고 새 궁실로 모셨다. 그들은 주양왕을 높이 모시고 그 아래 늘어서서 두 번 절하고 엎드려 머리를 조아렸다.

이튿날 오고五鼓 때에 각국 제후들은 관冠을 쓰고 예복을 입고 몸에 구슬을 달고 질서정연히 늘어서서 예법에 정해진 대로 엄숙히 손발을 놀리며 주양왕 앞에서 춤을 췄다. 왕을 존경하는 제후들의 춤이 진행되는 동안에 티끌이 가벼이 일어났다.

다시 모든 나라 제후는 움직일 때마다 패옥佩玉 소리를 내면서, 그러나 매우 질서 있게 순서에 따라 주양왕에게 각기 자기 나라 특산물을 진상했다. 이렇게 그들은 주周나라 국토를 나누어 다스리고 있는 신하로서의 예의를 다하고 각기 자기 자리에 나아가서 시종 공손한 표정을 잃지 않았다. 주양왕의 얼굴에 기쁨이 가득했다. 사람들은 말하기를 천토 맹회 때보다 더 엄숙한 분위기라고 칭송했다.

옛사람이 이 사실을 시로써 증명한 것이 있다.

천하 모든 나라 제후는 하양 땅에 엄숙히 모여
다투어 천자의 행차를 우러러 영접했도다.
범 같은 진문공은 천자께 문안드려 충성을 떨치고
천자는 왕림하시어 그들에게 영광을 베푸셨도다.
주문왕周文王 시대는 주 왕실의 위의威儀가 찬란했는데
어쩌다 그후 주 왕실은 이렇듯 쇠약했는가.
비록 왕을 오시게 한 것은 예법에 어긋나는 일이지만
명목을 지방 시찰이라고 했으니 또한 무방하도다.
衣冠濟濟集河陽
爭睹雲車降上方
虎拜朝天鳴素節
龍顔垂地沐恩光
酆宮勝事空前代
郟鄏虛名慨下堂

雖則致王非正典
託言巡狩亦何妨

이리하여 주양왕에 대한 조례는 일단 끝났다. 이제 진문공은 억울하게 죽은 위나라의 숙무에 관한 건을 주양왕에게 상소할 요량이었다.

진문공은 왕자 호에게 이 사건을 판결하는 데 참석해주기를 청했다. 주양왕은 그렇게 하라고 허락했다. 진문공은 왕자 호를 공관으로 초청하고 주인과 손님의 자리를 정하고서 앉았다. 그리고 사람을 시켜 왕명으로써 위성공을 호출했다. 위성공은 죄인의 옷을 입고 초라하게 들어왔다. 그리고 위나라 대부 원훤도 동시에 들어왔다.

이에 왕자 호가 말한다.

"임금과 신하가 서로 대질對質하려면 불편한 점이 많을 테니 위후를 대신해서 나올 사람이 있거든 나오너라."

이에 위성공은 섬돌 밑 왼편에 물러가 서고 침장자가 위성공을 대신해서 원훤과 대질하려고 나왔다.

영유는 만일을 염려하여 위성공 곁에 붙어 모시고 호위했다. 그리고 사영은 위성공을 위한 증인으로 나섰다. 신문이 시작되자 원훤의 열변은 마치 흐르는 강물처럼 도도했다.

그는 애초에 위성공이 어째서 나라를 버리고 양우襄牛 땅으로 달아났던가부터 시작하여 그때 그가 동생 숙무에게 나라를 잘 지켜달라고 부탁하던 사실 가지가지를 죽 열거하고, 그 뒤 위성공이 원각을 죽인 사실과 그 다음에 또 어떻게 숙무를 죽였는지를 자세하고도 빈틈없이 진술했다.

침장자가 답변한다.

"이번 일은 다 천견의 농간 때문에 생겼습니다. 주공은 그놈의 말을 믿었을 뿐입니다. 그러니 주공이 죄를 다 뒤집어쓸 순 없습니다."

원훤이 반문한다.

"천견은 애초에 나에게 숙무를 임금으로 올려앉히자고 말했다. 그때 내가 천견의 말대로 했다면 그후 위후가 어찌 본국에 돌아올 수 있었으리오. 나는 다만 형을 지극히 사랑하는 숙무의 마음씨를 존경했기 때문에 천견의 말을 거절했다. 나는 그때에 그놈이 내게 거절당하고 이간질을 할 줄이야 몰랐다. 그러나 위후가 원래부터 숙무를 시기하지만 않았더라면 어찌 천견의 중상모략을 곧이들었으리오. 내 자식 원각이 위후에게 간 것도 실은 충성심에서였다. 임금을 위해서 갔건만 위후는 죄 없는 내 자식을 죽였다. 위후는 원각을 죽인 그러한 심사로 숙무를 죽인 것이다."

사영이 반박한다.

"그대는 자기 자식 원각의 죽음을 분풀이하려는 것이지 결코 숙무를 위해서 이러는 건 아니구나."

"나는 늘 이렇게 말했다. '자식이 죽은 것은 어디까지나 한 개인의 원한일 뿐이다. 그러나 나라를 지키는 것보다 더 큰일은 없다.' 내 아무리 불초한 사람이지만 개인의 원한 때문에 나라의 큰일을 버릴 사람은 아니다. 지난날 숙무가 '우리 형님을 다시 복위시켜주십소서' 하고 진晉나라에 애걸한 그 서신을 누가 썼는 줄 아느냐? 그 서신의 글은 다 내가 지은 것이다. 내가 만일 개인의 원한을 가졌다면 어찌 그렇게 할 수 있었겠는가. 나는 위후가 한때의 잘못으로 내 자식을 죽였을지라도 그가 마음을 바로잡고서 후회할 줄 믿었다. 그러나 내 생각은 잘못이었다. 위후가 후회하기는커녕 도리어 숙무까지 죽일 줄이야 어찌 알았으리오."

사영이 변명한다.

"숙무가 임금 자리를 욕심내지 않았다는 것은 우리 주공도 잘 알고 계시다. 다만 간악한 천견의 꼬임에 속았을 뿐 결코 그것이 주공의 본의는 아니었다."

"위후가 참으로 숙무가 임금 자리를 뺏으려는 마음이 없다는 걸 알았다면 천견의 말도 다 거짓이란 걸 알았을 것 아니냐? 그렇다면 마땅히 천견에게 벌을 내렸어야 할 것이다. 그런데 위후는 어째서 천견이 하자는 대로 약속한 기일보다 먼저 출발했으며 하필이면 천견을 전위 부대로 들여보냈는가? 이는 바로 천견의 손을 빌려 숙무를 없애버리려는 계획적인 수단이 아니고 무엇이었는가?"

이때 침장자는 원훤의 반문에 머리를 숙이고 한마디 답변도 못했다. 사영이 또 변명한다.

"숙무가 설령 억울하게 죽었다고 하자. 그러나 숙무는 일개 신하며 위후는 임금이시다. 예로부터 임금에게 억울한 죽음을 당한 신하는 일일이 헤아릴 수 없을 정도로 많다. 그러하건만 우리 주공은 그후 이미 천견을 잡아서 죽였고, 숙무를 극진한 예로써 장사지냈다. 이렇게 주공은 상賞과 벌罰을 분명히 하셨다. 그런데도 또 무슨 죄가 있단 말이냐?"

이 말에 원훤은 노발대발했다.

"옛적에 걸왕桀王은 충신 관용봉關龍逢을 무고히 죽였다. 그래서 탕왕湯王은 마침내 폭군 걸을 추방했다. 또 주왕紂王은 충신 비간比干을 무고히 죽였다. 이에 무왕武王은 폭군 주를 쳤다. 탕왕과 무왕은 다 걸왕과 주왕의 신하였다. 그들은 신하건만 충신이 왕에게 억울하게 죽는 걸 보고서 마침내 정의의 군사를 일으켜 그 임금을 죽이고 백성을 위로했던 것이다. 더구나 숙무와 위후는 형제간이다. 숙무는 그간 나라를 지켜준 공로까지 있는데 어찌 관용봉이나 비간 따위와 비할 수 있겠는가? 또 위후로 말하자면 위로는 천자의 분부를 거행해야 할 한갓 후작侯爵에 불과하며, 아래론 방백•인 진후晉侯의 지시를 받아야 할 처지에 있는 사람이다. 그는 걸왕과 주왕에 견줄 만한 천자의 지위도 없으며, 사해四海의 부富도 없다. 그런데 어찌 죄가 없다고 하느냐?"

사영도 말문이 막혀 이제 억지를 쓰기 시작한다.

"주공이 설사 그러하다 할지라도 그대는 그 어른의 신하가 아니더냐? 그대 말처럼 임금을 위해 충성을 다했다면 어찌하여 임금이 나라에 돌아오셨을 때 도리어 타국으로 도망가고 하례賀禮하지 않았느냐? 그래 그것이 충신의 도리더냐?"

"내가 숙무를 모시고 나라를 지킨 것도 실은 임금의 분부를 거행한 것이다. 그런데 임금은 숙무도 용납하지 않고 죽였다. 그러니 이 원훤을 용납할 리 있겠느냐? 내가 도망한 것은 죽음을 두려워하여 살기 위해서가 아니었다. 진실로 원통하게 죽은 숙무의 원수를 갚기 위해서 달아났던 것이다."

윗자리에서 지금까지 듣고만 있던 진문공이 왕자 호에게,

"지금까지 사영과 원훤이 한 얘기를 들어보건대 원훤의 말이 옳소. 위후는 천자의 신하이니 감히 우리가 맘대로 처벌할 수 없지만 우선 위후의 신하 놈들부터 형벌을 내려야겠소."

하고 좌우 무사들에게 영을 내린다.

"위후를 따라온 신하들을 모조리 끌어내어 죽여라!"

왕자 호가 황급히 진문공에게 속삭인다.

"내가 듣건대 영유는 위나라의 어진 대부라 합디다. 그는 임금과 신하인 두 형제 사이를 조정하려고 무진 애를 썼다고 합니다. 그러나 위후가 들어주지 않는데야 영유인들 어쩔 수 없었을 것이오. 그러니 이번 사건에 영유는 별로 관계가 없은즉 그를 벌하진 마십시오. 사영은 소위 위후의 증인으로서 나왔건만 그 답변이 명확하지 못했으니 마땅히 처벌해야 할 것이며, 또 침장자는 답변을 못했으니 스스로 위후의 죄를 변명할 수 없었기 때문입니다. 저 두 사람만 군후께서 적당히 형벌을 내리십시오."

진문공은 왕자 호의 의견을 참작하여 사영의 목을 베고 침장자의 두 다리를 끊었다. 그리고 영유만은 아무 문책도 하지 않고 추방했다.

무사들은 다시 위성공을 함거에다 태웠다. 진문공은 왕자 호와 함께 위성공을 죄수용 수레에 싣고 주양왕에게로 갔다.

진문공은 주양왕에게 위나라 임금과 신하 간에 있었던 신문 결과를 자세히 보고하고 말을 계속했다.

"이렇게 억울한 내막이 있으니 만일 위후를 죽이지 않으면 하늘이 용납하지 않을 것이며, 인심이 복종하지 않을 것입니다. 바라건대 왕께선 사구司寇•(관명官名으로 주대周代 육경六卿의 하나. 오늘날의 경찰서에 해당)에 명하사 위후에게 형벌을 내리시고 하늘의 뜻을 밝히소서."

주양왕이 난처한 기색으로 대답한다.

"숙부의 판결이 명확하도다. 그러나 그렇다 할지라도 짐이 듣건대 임금과 신하 간엔 송사訟事가 있을 수 없으며 아비와 자식 간엔 송사가 있을 수 없음이라. 신하가 임금을 고소하면 이건 윗

사람과 아랫사람의 질서가 없어지는 것이로다. 또 신하로써 임금을 죽인다면 이는 극심한 대역大逆이라. 짐은 벌을 내림으로써 신하들에게 역적질을 가르칠 수 없도다. 짐이 이렇게 말하는 것은 결코 위후에게 무슨 사적인 정이 있어서가 아니다."

아무리 쇠퇴한 주 왕실이지만 주양왕의 말엔 당당한 천자의 위엄이 있었다.

진문공은 황공했다.

"중이重耳의 좁은 소견이 미처 깨닫지 못하였나이다. 왕께서 기왕 죽이지 않으시겠다면 위후를 함거에 실어서 왕성으로 보내겠습니다. 왕께서 적당히 처분하옵소서."

진문공은 다시 위성공을 공관公館으로 끌고 돌아가 군사들에게 엄중히 감금하도록 지시했다. 그리고 원훤은 진문공의 지시를 받고 위나라를 향해 떠나갔다.

원훤은 위나라에 돌아가서 즉시 모든 신하와 함께 회의를 열고 다음과 같은 거짓말을 했다.

"위후는 이번에 폐위하기로 결정되었소. 이제 나는 왕명을 받들어 새로이 어진 임금을 선출할 사명을 띠고 돌아온 것이오."

모든 신하는 회의를 열어 새로이 임금 될 사람을 선출했다. 그 사람은 바로 숙무의 동생으로서 이름은 적適이며 자는 하瑕였다. 그는 원래 인품이 어질고 후덕했다.

원훤이 말한다.

"공자 하瑕를 군위에 모시면 죽은 숙무에게도 좋고 전 임금의 체통도 서게 되니 가장 적합하오."

이리하여 공자 하가 즉위하고 원훤은 재상이 됐다. 그리고 사마司馬 만瞞 · 손염孫炎 · 주천周歂 · 야근冶廑 등 일반 문신과 무신들이 도왔다.

위나라는 겨우 안정됐다.

한편 주양왕은 조례를 받은 후 낙양洛陽으로 돌아가려고 했다. 이에 모든 제후는 하양 땅 경계까지 왕을 전송했다. 동시에 선멸은 위성공을 왕성으로 압송했다. 이때 위성공은 시들시들 앓고 있었다. 진문공은 의원 연衍을 딸려보냈다. 명목은 치료를 해주라는 것이지만 실은 연에게 위성공을 독살하도록 지시한 것이었다. 진문공은 꼭 위성공을 죽여서 분풀이를 할 작정이었다.

떠나던 날 진문공은 선멸에게 분부했다.

"감쪽같이 위후를 죽이고 일이 끝나는 대로 즉시 돌아와서 보고하여라."

장차 위성공의 생명은 어찌 될 것인가.

촉무燭武의 세 치 혀

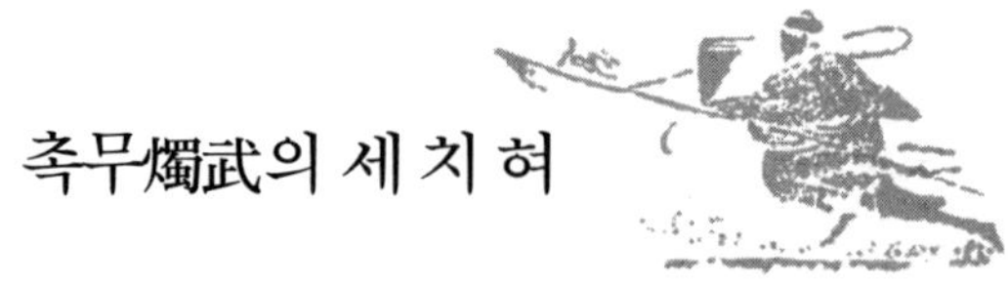

주양왕이 왕성王城으로 돌아간 후에도 모든 제후는 곧장 흩어지지 않았다.

진문공晉文公이 제후들에게 말한다.

"과인은 천자의 명을 받들어 불충한 나라를 칠 작정이오. 그런데 이제 허許나라가 열심히 초楚나라를 섬기며 우리 중원과 거래를 끊었소. 이번에 천자께서 거듭 왕림하셨기 때문에 군후들이 다 바쁜 걸음을 했지만, 허나라 도읍 영양潁陽이 이곳에서 멀지 않으니 이 기회에 버릇을 가르치지 않고 내버려두면 이는 우리가 태만한 것밖에 안 되오. 바라건대 과인은 모든 군후와 함께 허나라를 문죄問罪하고자 하오."

열국 제후들이 대답한다.

"삼가 군후의 말씀대로 좇겠소."

이에 진문공은 제·송·노·채·진陳·진秦·거·주邾 여덟 나라 제후와 함께 그 수레와 군사를 거느리고 일제히 허나라 도읍 영양으로 쳐들어갔다. 이때, 정문공鄭文公은 원래 초왕과 인척간이며 그 일당임에도 진晉나라 위세에 질려서 오기 싫은 걸 왔던 터였다. 전부터 정문공은 진문공이 조 · 위 두 나라에 너무 혹독한 처사를 내리는 걸 보고 불만을 품었다. 그는 진문공이 지난날 망명객으로 정나라에 왔을 때 몹시 푸대접을 했었다. 그래서 그는 진문공이 입으론 조 · 위 두 나라를 용서한다면서 실은 잔뜩 움켜잡고 있는 걸 보고 생각했다.

'한번 원한을 품으면 기어이 복수하고야 마는 사람이 바로 진후晉侯다. 그러한 그가 어찌 우리 정나라에 대한 옛 감정을 버릴 리 있으리오. 차라리 초나라를 섬겨 장차 닥쳐올 환난에 대비해야겠다.'

상경上卿 숙첨叔詹은 정문공이 진晉나라를 배반하려는 기색이 있음을 알고 간곡히 간했다.

"다행히 진나라는 우리 정나라를 자기네 편인 줄로 생각하고 있습니다. 주공께서는 두 가지 마음을 품지 마십시오. 두 가지 마음을 품었다간 진후의 보복에서 벗어나지 못할 것입니다."

그러나 정문공은 듣지 않았다. 그는 사람을 시켜,

"지금 정나라에 전염병이 퍼졌다."

하고 헛소문을 퍼뜨리게 했다.

그리고 정문공은 진문공에게,

"지금 본국에서 괴질怪疾이 휩쓸고 있다 합니다. 속히 가서 하늘에 기도를 드려야겠습니다."

하고 먼저 본국으로 돌아가 버렸다.

본국으로 돌아간 정문공은 즉시 초나라로 밀사를 보냈다. 정나라 밀사가 초나라에 가서 아뢴다.

"우리 주공의 말씀을 전하나이다. 진후晉侯는 허나라가 초나라의 사랑을 받고 있는 걸 미워하여 여러 나라 제후들을 데리고 허나라를 치러 갔습니다. 우리 주공은 대왕의 위엄을 사모하기에 그들로부터 이탈하고 돌아오셔서 이처럼 고하는 바입니다."

이때 허나라에서 사신이 당도했다.

"진후가 여러 나라 제후의 군사를 거느리고 우리 허나라로 쳐들어오고 있습니다. 대왕은 즉시 우리를 도와주소서."

그러나 초성왕은,

"우리 군사는 전번 싸움에 패한지라, 지금은 진후와 다투지 않기로 했다."

하고 냉담하게 거절했다.

한편 모든 나라 제후는 군사를 거느리고 허나라의 도읍 영양을 물샐틈없이 포위했다.

이때 조나라 조공공曹共公은 아직도 오록성五鹿城에 연금되어 있었다. 그는 진문공의 용서를 받지 못하고 이제 지칠 대로 지쳤다.

조공공은 말 잘하는 사람을 보내어 진문공을 설득시키기로 했다. 이에 후누侯獳라는 신하가 나가서 조공공에게 아뢴다.

"청컨대 신이 많은 뇌물을 가지고 진후를 설득하러 가겠습니다."

조공공은 허락했다. 이에 후누는 진문공이 여러 나라 제후와 함께 허나라를 친다는 소문을 듣고 영양으로 갔다.

이때 진문공은 과로해서 몸살로 누워 있다가 꿈을 꿨다. 도포를 입고 관을 쓴 귀신 하나가 문을 열고 진문공이 누워 있는 방 안으로 들어왔다. 귀신은 '매우 시장하니 먹을 걸 좀 주십시오' 하고 진문공에게 애걸했다. 그러나 진문공은 귀신을 꾸짖어 내보냈다.

깨고 보니 꿈이었다. 그런 후로 진문공은 중태에 빠져 일어날 수가 없었다. 진문공은 태복太卜 곽언郭偃을 불러 점을 쳐보게 했다.

이때 곽언은 이미 조나라에서 온 후누로부터 많은 뇌물을 받은 후였다. 후누는 곽언에게 이렇게 부탁했던 것이다.

"들리는 말에는 진후께서 꿈에 귀신을 보셨다고 합니다. 그것을 빙자하여 조후의 허물을 용서하도록 주선해주십시오."

곽언은 조공공을 위해서 극력 주선하겠다고 승낙했다.

부름을 받은 곽언은 예상했던 바와 같이 진문공으로부터 꿈 이야기를 들었다. 곽언은 점을 쳤다. 괘효卦爻가 천택지상天澤之象으로 나왔다. 곧, 음陰이 변해서 양陽이 되는 점괘였다. 곽언은 그 괘를 진문공에게 바쳤다.

음陰이 마침내 양陽을 낳았으니
땅속에 갇혀서 동면冬眠하던 벌레들이 꿈틀거리는도다.
큰 죄 지은 자를 놓아주면
즐거운 풍악 소리가 일어나리라.

陰極生陽
蟄蟲開張
大赦天下
鐘鼓堂堂

진문공이 묻는다.

"이게 무슨 뜻이냐?"

곽언이 대답한다.

"점괘와 꿈자리가 들어맞았습니다. 제삿밥을 받아먹지 못한 귀신이 주공께 용서를 비는 것입니다."

"과인은 제사를 권했을망정 제사를 지내지 말라고 한 일은 없다. 또 그 귀신은 무슨 죄가 있기에 나에게 용서를 청하는 것일까?"

곽언이 아뢴다.

"신의 어리석은 생각에 의하면 그건 아마 조나라가 아닌가 합니다. 원래 조나라 시조始祖 숙진탁叔振鐸은 주무왕周武王의 동생이며, 우리 진나라 시조 당숙우唐叔虞는 바로 주무왕의 아드님이십니다. 옛날에 제환공은 대회를 열고 성姓이 다른 자에게도 나라를 봉封했습니다. 그런데 주공께서는 대회를 열고 동성인 조 · 위 두 나라를 쳐서 무찔렀습니다. 그후 주공께서는 천토 맹회 때에 위후의 허물은 용서해주시고 조후의 죄는 용서하지 않았습니다. 그들의 죄는 같건만 그들에 대한 처벌만은 차별이 있었습니다. 지금 조후가 연금 상태에 있으므로 조나라 시조 숙진탁은 제사도 받지 못하는 형편입니다. 그러니 주공의 꿈에 굶주린 귀신이 나타났다는 것도 일리가 있습니다. 주공께서 조후를 다시 복위시키시고 그의 시조 숙진탁에게 제사를 지내라는 너그럽고도 어진 명령을 내리시면 즐거움을 누리실 것입니다. 어찌 일시의 병환을 근심할 것 있겠습니까?"

곽언의 일장연설을 듣자 진문공은 몸과 마음이 금방 거뜬해지는 것 같았다. 그날로 진문공은 사람을 오록 땅으로 보내어 조공공으로 하여금 본국에 돌아가서 다시 임금 자리에 앉게 하고 송나라에 베어줬던 땅도 도로 찾아서 돌려주었다.

연금 상태에서 석방된 조공공은 마치 오랜만에 새장에서 풀려나온 새가 마음대로 하늘을 날듯, 우리 속에 갇혔던 원숭이가 다시 숲 속에서 나무 위로 기어오르듯, 즉시 본국 군사를 거느리고 허나라 영양으로 달려갔다. 조공공은 진문공 앞에 나아가 나라를 돌려준 은혜에 감사하고 모든 제후를 도와 허나라를 포위했다. 그 후 진문공의 병도 차차 완쾌됐다.

한편 허나라 허희공許僖公은 초나라 군대가 구원 오기만을 기다렸으나 허사였다. 마침내 허희공은 신하를 시켜 자기 몸을 결박짓게 한 후 스스로 성을 나가 진군晉軍에게 항복했다. 그리고 황금과 비단을 풀어 모든 나라 군사를 위로했다.

이에 진문공은 모든 나라 제후들과 함께 포위를 풀고 허나라를 떠났다.

진목공秦穆公은 돌아가는 도중에서 진문공과 작별할 때에 서로 조약을 맺었다. 이후 만일 싸움이 일어나 진군秦軍이 출동하게 되면 진晉나라도 반드시 군대를 출동시켜 돕고, 이와 반대로 진군晉軍이 싸울 때엔 진秦나라가 반드시 군대를 출동시켜 서로 돕자는 군사 조약이었다.

진秦 · 진晉 두 나라는 한마음 한뜻으로 서로 협조하자는 것이었다. 두 나라 군후는 굳게 약속하고 각기 본국으로 향하며 서로 작별했다.

진문공이 본국으로 돌아가던 중이었다. 그는 정나라가 비밀히 초나라로 사자를 보내어 거래한다는 보고를 받았다. 진문공은 불처럼 분이 솟았다. 그는 즉시 방향을 돌려 정나라를 치려고 했다.

조쇠가 간한다.

"주공께서는 이제 겨우 병환에서 회복하셨으니 무리를 하시면 안 됩니다. 더구나 군사들은 매우 피곤하고 모든 제후도 다 본국으로 돌아가고 없습니다. 그냥 본국으로 돌아가서 한 1년쯤 쉰 후에 다시 정나라를 치도록 하십시오."

이에 진문공은 분노를 참고 본국으로 돌아갔다.

한편 주양왕이 하양에서 모든 나라 제후의 조례를 받고 왕성으로 돌아갔다는 것은 이미 앞에서 말한 바와 같다. 모든 신하는 왕을 영접하고 높이 만세를 불렀다.

왕을 따라간 선멸先蔑은 주양왕을 뵈옵고 진문공의 분부를 아뢴 후 위성공을 사구司寇에게 넘겨 즉시 처벌하도록 청했다.

이때 왕성에선 주공周公 열閱이 태재太宰가 되어 정사를 맡아보고 있었다. 태재 열이 아뢴다.

"우선 잡혀온 위후를 관사館舍에 머물게 하고 차차 그의 진술을 들어보는 게 좋겠습니다."

주양왕이 대답한다.

"옥에 가두는 건 너무 심하고 그렇다고 죄인을 관사에 두기도 뭣하도다. 민간에 따로 방을 얻어 수금囚禁하도록 하여라."

주양왕은 되도록 위성공을 도와줄 생각이었다. 다만 진문공의 분노를 거스를 수 없었고, 선멸이 감시하며 압송해온 뜻을 어길 수 없었던 것이다. 그래서 당분간 위성공을 별실에 가두게 했으나 실은 그를 후대한 것이었다.

왕성까지 따라온 영유甯兪는 잠시도 위성공 곁을 떠나지 않았다. 그는 잘 때도 임금과 함께 자면서 그림자처럼 꼭 붙어 있었다. 그는 반드시 음식을 먼저 먹어보고 난 후에야 위성공에게 먹도록 했다.

한편 선멸은 의원 연衍에게 왜 속히 위성공을 독살하지 않느냐고 여러 번 독촉했다. 그러나 영유가 빈틈없이 위성공을 모시는 터라 의원 연도 어떻게 해볼 도리가 없었다. 의원 연은 선멸과 영유 틈에 끼여서 입장만 난처해졌다.

어느 날 의원 연은 견디다 못해 영유에게 실정을 고했다.

"우리 주공의 성격이 매우 강하고 밝다는 것은 대부도 잘 아실 것입니다. 죄 있는 자면 반드시 죽이고 한번 원한을 품으면 반드시 보복하고야 맙니다. 이번에 내가 왕성까지 따라온 것은 실은 우리 주공의 명을 받고 당신네 임금을 독살하려고 온 것입니다. 당신네 임금을 죽이지 못하면 나는 무서운 형벌을 받아야 합니다. 그러니 이 연을 살려주십시오. 당신은 지혜로운 사람이니 무슨 좋은 계책이라도 없습니까?"

영유가 의원 연의 귀에다 대고 속삭인다.

"그대가 가슴속 비밀을 나에게 말해줬으니 내 어찌 그대를 위해 힘쓰지 않으리오. 그대의 임금은 이제 늙었소. 지금 진후는 사람을 멀리하고 귀신을 더 믿는 편이오. 내가 들은 소문에 의하면 조나라 임금이 오록에서 석방되었다고 합디다. 진후는 한 점쟁이의 말을 곧이듣고 조나라 임금을 용서해준 것이오. 그러니 그대는 인명에 해가 되지 않을 정도로 독약을 약간만 타시오. 그리고 모든 걸 귀신에게 둘러대시오. 그러면 필시 그대는 형벌을 면할 것이오. 또 우리 주공께서 이 말을 들으시면 반드시 그대에게 선물을 선사할 것이오."

의원 연은 거듭 머리를 끄덕인 후 돌아갔다.

수일 뒤 영유는 의원 연을 방문했다.

"나는 우리 주공의 명령을 받고 왔소. 병을 치료할 테니 약술〔藥酒〕을 보내라고 하십디다."

그리고 영유는 보옥寶玉이 가득 들어 있는 상자를 연에게 뇌물로 줬다. 이날 의원 연이 선멸에게 장담한다.

"이제 위후는 곧 죽을 것입니다."

그는 약술을 조제했다. 물론 사람이 상하지 않을 정도로 독약을 넣고는 다른 약을 타서 술빛을 못 알아보게 만들었다. 의원 연은 약술이 든 술통을 가지고 위성공이 갇혀 있는 별실로 갔다. 그리고 의원 연과 영유 간의 연극은 시작됐다. 연은 약술을 위성공에게 바쳤다. 곁에서 영유가 연에게 말한다.

"청컨대 그대가 먼저 먹어보시오."

의원 연은 약간 주저하는 체하다가 느닷없이 누워 있는 위성공에게 달려들어 입을 억지로 벌리고 약술을 부어넣었다. 위성공의 입에 약술을 두서너 모금 넣었을 때였다. 의원 연이 갑자기 눈을 크게 부릅뜨고 뜰 한가운데를 굽어보더니 외마디 소리를 지르면서 쓰러졌다. 쓰러진 연의 입에서 피가 흘러나왔다. 그는 곧 정신을 잃고 말았다. 술통은 굴러서 독주毒酒가 방바닥에 쏟아졌다.

영유는 짐짓 깜짝 놀란 체하고 좌우 사람에게 분부하여 의원 연을 부축해 일으켰다. 의원 연은 반나절 후에야 겨우 깨어났다.

영유가 묻는다.

"그대는 어째서 외마디 소리를 지르며 쓰러져서 정신을 잃었는가?"

의원 연이 대답한다.

"위후에게 억지로 술을 먹일 때 문득 한 귀신이 나타났소. 그 귀신은 키가 한 길이 넘고 머리는 큰 되〔斗〕만하고 매우 위엄 있는 옷을 입었습디다. 그 귀신이 하늘에서 내려와 바로 방 안으로 들어와서는, '나는 진晉나라 시조 당숙우唐叔虞의 명령을 받고 위후를 구원하러 왔노라' 하면서 쇠방망이로 술통을 번개같이 칩디다. 순간 나는 정신을 잃고 말았소."

위성공이 말한다.

"이상하구나. 내가 본 귀신도 의원 연이 본 바와 똑같았다."

영유가 분기충천하여 연에게 덤벼든다.

"네 바른 대로 말하여라. 사실은 독주로 우리 주공을 죽이려 한 것이 아니냐? 만일 귀신이 구해주지 않았던들 주공께서는 세상을 떠났으리라. 내 결코 이 세상에서 너와 함께 살 수 없다."

영유는 팔을 걷어붙이고 연을 죽이려 했다. 동시에 주위에 있던 사람들이 일시에 내달아 영유를 말리느라고 법석을 떨었다.

이 소식을 듣고서 선멸은 가마를 타고 위성공이 갇혀 있는 별실로 급히 갔다.

선멸이 영유에게 말한다.

"그대 임금은 이미 귀신의 도움을 받았으니 후복後福이 좋은 것이오. 내 마땅히 이 일을 우리 주공께 보고하겠소."

위성공이 독주를 얼마간 마신 것은 누구나 보아서 아는 사실이었다. 그러나 위성공은 조금도 상하지 않았다. 선멸이 보기엔 이상한 일이 아닐 수 없었다. 그러나 본시 해롭지 않을 정도로 독약을 약간만 탄 사실은 영유와 의원 연밖에 아무도 알 리가 없었다. 그런 후로 위성공의 병은 차차 완쾌되었다. 이에 선멸과 의원 연은 진나라로 돌아갔다.

그들은 진문공에게 자초지종을 보고했다. 진문공은 그들의 말을 믿고 말없이 머리만 끄덕이었다. 진문공은 의원 연에게 아무 벌도 내리지 않았다.

사신史臣이 시로써 이 일을 읊은 것이 있다.

왜 독주로 위성공을 죽이려 했느냐

공연히 의원 연으로 하여금 술통만 깨게 했구나.
진문공의 분노가 비록 불길 같았으나
어찌 영유의 꾀에서 벗어날 수 있겠는가.
酖酒何名毒衛侯
漫敎醫衍碎磁甌
文公怒氣雖如火
怎脫今朝寗武謀

한편, 노나라 노희공魯僖公은 위나라와 대대로 친한 사이였다. 노희공은 의원 연이 위성공에게 독주를 먹였으나 죽지 않았고 진문공도 연을 문책하지 않았다는 소문을 듣고서 장손신臧孫辰에게 물었다.

"위후가 다시 임금 자리에 오를 수 있을까?"

장손신이 대답한다.

"아마 다시 군위에 오를 것입니다."

"어째서 그러리라고 생각하는가?"

"다섯 가지 형벌 중에 가장 심한 것은 군사를 동원해서 부월斧鉞로 치는 것이고, 그 다음은 칼과 톱으로 참하는 것이고, 그 다음은 다리를 끊거나 살에 먹물을 뜨는 것입니다. 약한 형벌이라야 곤장으로 때리는 것이고, 들에다 비끄러매어두거나 시정으로 끌고 다니며 백성과 함께 그 죄를 밝히는 것입니다. 그런데 이번에 진후는 위후를 형벌하지 않고 비밀히 독살하려고 했습니다. 의원 연을 죽이지 않은 것도 실은 위후를 독살하려던 그 비밀을 숨기기 위해서입니다."

"비록 죽음은 면했으나 위후는 본국에 돌아가지 못하고 주周나라에서 그 일생을 마칠까?"

"아닙니다. 만일 모든 나라 제후가 진정만 하면 진후는 반드시 위후를 용서할 것입니다. 위후가 위나라에 돌아가게만 되면 우리 노나라와 더욱 친해질 것입니다. 지금 주공께서 솔선해서 진후에게 이 일을 진정하시면, 모든 나라 제후라면 그 누구가 노나라의 높은 의리를 칭송하지 않겠습니까?"

노희공은 연방 머리를 끄덕이며 좋아했다.

이에 장손신은 노희공의 명을 받고 주나라로 갔다. 그는 백옥 열 쌍을 주양왕에게 바치고 위성공을 석방해달라고 진정했다.

주양왕이 난처해한다.

"이 일은 진후晉侯의 뜻 여하에 있음이라. 만일 진이 뒷말만 않는다면 짐은 위후를 미워할 이유가 없도다."

장손신이 다시 아뢴다.

"물론 우리 주공께서도 신으로 하여금 진후에게 가서 이 일을 애원하라고 하셨습니다. 그러나 일단 천자의 분부가 없으시면 신은 감히 진으로 갈 수 없습니다."

이에 주양왕은 백옥 열 쌍을 받고 허락한다는 뜻을 밝혔다. 장손신은 즉시 왕성王城을 떠나 진나라로 갔다. 진나라에 당도한 그는 진문공 앞에 나아가 또 백옥 열 쌍을 바치고 간청했다.

"우리 주공과 위후는 형제간이나 다름없는 사이입니다. 그런데 위후가 군후께 죄를 저질렀으므로 우리 주공께서는 한시도 마음이 편하시지 못합니다. 이번에 듣사온즉 군후께서 조나라 임금까지 용서하셨다 하는지라 우리 주공께선 비록 변변치 못한 물건으로나마 위후의 잘못을 속죄하려고 하십니다."

진문공이 슬며시 딴 핑계를 댄다.

"위후는 지금 왕성에 있소. 그는 왕의 죄인이라. 그러니 어찌 과인의 맘대로 할 수 있겠소?"

장손신이 다시 애걸한다.

"오늘날 군후께선 천자를 대신해서 모든 나라 제후에게 모든 영을 내리고 계십니다. 그러니 군후께서 그 죄를 풀어만 주시면 어찌 천자의 명령과 다르리이까."

진문공은 자기의 말이 천자의 말과 다름없다는 데엔 그다지 싫지 않았다.

이날 저녁에 선멸이 진문공에게 아뢴다.

"노후는 원래부터 위후와 친한 사이입니다. 주공께서 노를 위해 위를 용서하시면 그들은 더욱 친해질 것이며 노 · 위 두 나라는 우리나라에 충성을 다할 것입니다. 그러면 주공께 이익이 있을지언정 무슨 손해야 있겠습니까?"

이에 비로소 진문공은 선멸과 장손신에게 함께 주나라에 가보라고 승낙했다.

장손신은 선멸과 함께 왕성으로 가서 마침내 위성공을 석방시켰다. 위성공은 오랜만에 자유로운 몸이 되어 본국을 향해 떠나갔다.

한편 위나라에선 이미 원훤元咺이 공자 하瑕를 군위에 받들어 모시고 있었다. 그동안 원훤은 성을 새로 고치고 성문을 드나드는 사람을 엄중히 검문했다. 그는 혹 위성공이 석방되어 돌아오지나 않을까 하고 몹시 두려워했기 때문에 언제든지 싸울 수 있도록 준비하고 있었다.

한편 위성공은 본국으로 돌아가는 도중 앞날에 대해서 영유와 비밀히 상의했다.

영유가 위성공에게 아뢴다.

"듣건대 주천周歂과 야근冶廑은 공자 하를 임금 자리에 앉히는 데 자기네의 공로가 있었다 해서 경卿의 벼슬을 청했건만 거절했으므로 원훤을 원망하고 있다 합니다. 그러니 그 두 사람과 손을 잡으면 우리는 국내의 응원을 받을 수 있습니다. 그외에 신과 친한 사람이 하나 있습니다. 그의 성은 공孔이며 이름은 달達이니 바로 송나라 충신 공부孔父의 후손입니다. 공달은 도량이 넓고 경륜이 대단한 사람입니다. 주천과 야근도 공달과 잘 아는 사이입니다. 그러니 사람을 비밀히 공달에게 보내어 주천과 야근에게 성공하는 날이면 경의 벼슬을 주겠다는 우리의 약속을 전하게 하고 그들로 하여금 원훤을 죽이게 하면 그외는 두려울 것이 없습니다."

위성공이 대답한다.

"그대는 나를 위해 힘쓰오. 만일 성공하는 날엔 내 어찌 그들에게 벼슬을 아끼리오."

이에 영유는 심복 부하 한 사람을 먼저 위나라로 보냈다. 영유의 심복은 먼저 위나라 근처에 가서, '위후는 비록 석방됐으나 고국에 돌아올 면목이 없어 초나라로 피난 갔다' 는 헛소문을 퍼뜨리고 무사히 위나라로 들어갔다. 그리고 위성공의 친서를 공달에게 전하고 영유의 지시대로 간곡히 부탁했다.

공달은 즉시 주천과 야근을 불러 감언이설로 꾀었다. 공달의 말을 듣고 주천, 야근 두 사람은 서로 의논했다.

"원훤은 밤마다 친히 성을 한바퀴씩 돌며 지휘하오. 우리는 밤에 병사를 성문 근처에 매복시켰다가 원훤이 오거든 일제히 에워싸고 죽여버립시다. 그리고 즉시 궁으로 들어가서 군위에 있는 하를 처치하고 궁실을 소제한 후 전 임금을 영접합시다. 그러면 이번 일에 우리 두 사람은 일등 공신이 될 것이오."

주천과 야근은 서로 합의를 보았다.

그날 밤 그들은 각기 가병家兵을 동문東門에다 매복시켰다. 그날 밤도 원훤은 성을 순시하면서 동문 앞에 이르렀다. 주천과 야근은 급한 걸음으로 나아가서 원훤을 영접했다.

원훤이 약간 놀라면서 묻는다.

"두 분은 어찌하여 이곳에 계시오?"

주천이 대답한다.

"성 바깥 사람들의 말로는 전 임금이 이미 우리 나라 경내境內에 들어섰다고 합니다. 조만간에 당도할 것이라고도 합디다. 대부께선 그런 소문을 듣지 못하셨는지요?"

원훤이 놀란다.

"그런 말을 어디서 들었소?"

야근이 대답한다.

"영대부의 심복이 이미 성안에 들어와서 모든 대신들과 함께 전 임금을 영접하기로 약속까지 했다고 합디다. 장차 이 일을 어떻게 처리하실 생각이오?"

원훤이 황급히 말한다.

"그건 유언비어요! 믿지 마시오. 지금 군위에 임금이 계시거늘 어찌 전 임금을 받아들일 수 있겠소?"

주천이 한걸음 더 앞으로 나서며 말한다.

"대부는 정경正卿 벼슬에 있으니 마땅히 만리 바깥일까지 통찰해야 할지라. 그런데 세상이 다 아는 일을 아직 모른다니 허무하오. 내 너 같은 자를 어찌 그냥 둘 수 있으리오."

야근이 번개같이 원훤의 두 손을 꽉 움켜잡았다. 원훤은 급히 손을 뿌리쳤다. 그러나 때는 이미 늦었다. 주천이 칼을 뽑아 정면으로 원훤을 내리쳤다. 원훤은 무서운 외마디 소리를 지르면서 가슴까지 두 조각이 나서 쓰러졌다. 동시에 매복하고 있던 병사들이 일시에 뛰어나왔다. 원훤을 시위하고 있던 좌우 사람들은 혼비백산하여 다 달아났다. 이에 주천과 야근은 일제히 가병을 거느리고 큰길로 나서면서 외쳤다.

"전 임금께서 제 · 노 두 나라 군대를 거느리고 지금 성문 밖에 당도하셨다. 너희들 백성은 소란 일으키지 말고 집 안에 가만히 있어라."

이 외치는 소리를 듣고서 백성들은 집집마다 문을 닫고 빗장을 걸었다. 관리들이나 대신들은 이 외치는 소리를 듣고 반신반의하면서 어쩔 줄을 몰랐다. 결국 그들은 팔짱만 끼고 가만히 앉아서 다음 소식을 기다리는 수밖에 없었다.

주천과 야근은 군사를 거느리고 궁중으로 쳐들어갔다.

이때 공자 하는 그 아우 공자 의儀와 함께 술을 마시고 있었다. 그들은 들려오는 함성 소리를 듣고 군란軍亂이 일어난 걸 알았다.

공자 의는 칼을 뽑아들고 바깥 소식을 알려고 궁을 나가다가 마침 쳐들어오는 주천과 만났다.

주천은 두말 않고 공자 의를 한칼에 쳐죽였다. 그들은 공자 하를 잡으려고 궁중을 샅샅이 뒤졌으나 어디로 갔는지 보이지 않았다. 궁중은 밤이 새도록 싸움 마당과 같았다.

날이 훤하게 새었다. 그제야 군사들은 우물에 빠져 죽은 공자 하의 시체를 발견했다.

주천과 야근은 위성공의 친서를 조당朝堂에 내걸고 문무백관을 소집했다. 그리고 그들은 위성공을 영접하고 임금 자리에 복위시켰다.

이 일에 대해서 후세 사관史官은 다음과 같이 논평했다.

아슬아슬한 갖은 고비를 무사히 넘기고 위성공을 마침내 복위시킨 영유는 지혜 있는 사람이라 하겠다. 그러나 그때 영유는 일단 공자 하에게 군위를 순순히 내놓으라고 한 번쯤 권했어야만 할것이다. 만일 공자 하가 전 임금 위성공이 돌아오는 것을 알고 군위에서 물러났다면 이런 처참한 일은 일어나지 않았을지도 모른다. 또 주천과 야근 같은 무리가 궁실宮室을 습격하는 일도 없었을 것이다. 어떻든 이 일은 신하로서 임금을 죽게 하고 골육상잔의 비극으로 끝났다. 물론 위성공도 박덕한 사람이지만 영유의 죄 또한 없지는 않았다.

사관은 이상과 같이 논평하고 또 시로써 이 일을 읊었다.

천견의 한 화살에 원한이 생기더니
또 새 임금을 우물에 빠져 죽게 하였구나.
욕심 많고 잔인한 위성공에게 간한 사람이 없었으니
후세 사람이 영유를 현명하다고 하는 것도 공연한 소리로다.
前驅一矢正含冤
又迫新君赴井泉
終是貪殘無諫阻
千秋空說寗俞賢

다시 임금 자리에 오른 위성공은 택일하여 태묘太廟에 제사를 지내기로 했다.

주천과 야근은 소원대로 경卿의 벼슬을 받고 거들먹거렸다. 경의 관복을 입은 두 사람은 위성공을 모시고 태묘에서 제사를 드리기로 했다.

이날 오고五鼓 때였다. 주천은 수레를 타고 먼저 태묘로 향했다. 주천을 태운 수레가 태묘 묘문 가까이 갔을 때였다. 주천이 갑자기 눈을 부릅뜨고 허공을 노려보며 큰소리로 부르짖는다.

"이놈 주천아! 이 개돼지만도 못한 도적놈아! 우리 부자父子는 나라를 위해서 충성을 다 바쳤거늘 너는 경의 벼슬이 욕심나서 나를 죽였구나. 우리 부자는 구천에서 원한을 품고 있는데 너는 높은 관복을 입고 제사에 참례하게 됐으니 얼마나 통쾌하냐. 내 너를 숙무와 공자 하에게 데리고 가서 네가 뭐라고 변명하는지를 보리라. 나는 바로 상대부 원훤이다."

주천은 말을 마치자 일시에 아홉 구멍으로부터 피를 쏟으며 수레 속에서 거꾸러져 죽었다.

수레를 타고 뒤따라오던 야근은 죽어자빠진 주천의 무시무시한 시체를 보고 잔뜩 겁을 먹었다. 야근은 그 자리에서 경의 관복을 벗어던지며,

"어쩐지 한기寒氣가 든다."

하고 황망히 수레를 돌려 달아났다.

뒤늦게 태묘에 당도한 위성공은 하는 수 없이 영유와 공달을 좌우에 데리고서 제사를 지냈다.

위성공이 궁으로 돌아갔을 때엔 이미 벼슬을 내놓겠다는 야근의 사직서가 와 있었다. 위성공은 주천의 죽음이 심상치 않음을 알았기 때문에 야근의 사직서를 돌려보내지 않고 수리했다.

이런 일이 있은 지 한 달도 못 되어 야근은 시름시름 앓다가 죽

었다. 불쌍한 일이다. 주천 · 야근 두 사람은 다만 경의 자리를 탐하여 이 옳지 못한 일에 관여했다가 짧은 영화밖에 누리지 못하고 공연히 천추만대의 욕만 먹게 됐다. 참으로 어리석은 일이었다.

위성공은 영유의 공로를 갚으려고 그에게 상경 벼슬을 줬으나 영유는 공달에게 사양하고 받지 않았다. 이에 공달이 상경이 되고 영유는 아경亞卿이 됐다.

공달은 위성공을 위해 새로운 계책을 썼다. 그는 공자 하가 죽은 것을 주천과 야근의 죄로 뒤집어씌우고 진晉나라로 사람을 보내어 진문공에게 허위 보고를 했다. 진문공은 위나라 사자가 와서 아뢰는 말을 듣고 그저 머리만 끄덕일 뿐 자세한 건 묻지 않았다.

주양왕 22년 때, 진나라 군사는 1년 남짓 휴식을 취했다. 어느 날 진문공이 조회 때 여러 신하에게 묻는다.

"과인은 아직도 무례한 정나라에게 원수를 갚지 못했소. 그런데 지금 정나라는 우리 진을 배반하고 초나라에 충성을 다하고 있소. 나는 모든 나라 제후를 불러 함께 정나라의 죄를 따질 작정이오. 경들의 생각은 어떠하오?"

선진이 앞으로 나아가 아뢴다.

"그간 우리는 모든 나라 제후를 여러 번 소집했습니다. 이번에 또 정나라를 치려고 제후들을 징발하면 이는 천하를 시끄럽게 할 뿐입니다. 더구나 우리 나라 대군大軍만으로도 정나라를 치기엔 충분합니다. 하필 다른 나라 군사를 부를 것까지야 있습니까?"

진문공이 대답한다.

"그러나 과인은 이전에 진후秦侯와 약속한 일이 있소. 진晉 · 진秦 두 나라는 타국과 싸울 때면 서로 돕기로 했소."

선진이 다시 아뢴다.

"정나라는 우리 중원의 목구멍과 같습니다. 그러므로 지난날 제환공이 천하 패권을 잡으려 했을 때도 늘 정나라를 손아귀에 넣으려고 싸웠습니다. 이제 우리가 만일 진秦나라 군사와 함께 정나라를 친다면 필경에 가서는 정나라 때문에 다시 진나라와 다퉈야 합니다. 그러니 우리 단독으로 정나라를 치도록 하십시오."

그러나 진문공은 선진의 말을 듣지 않고,

"정나라는 우리 진晉나라와 서로 거리가 가깝고, 진秦나라와는 멀리 떨어져 있소. 진秦나라가 뭣 때문에 정나라를 탐내리오."

하고, 그 즉시 사자를 뽑아 분부를 내린다.

"진秦나라에 가서 구원을 청하고 9월 상순에 정나라 국경에 모이도록 아뢰라."

어느덧 9월이 가까웠다. 군사를 거느리고 떠날 무렵 진문공은 공자 난蘭에게 함께 가자고 청했다. 공자 난은 정나라 정문공의 서庶동생이었다. 지난날에 그는 정나라에서 진晉나라로 도망와서 진나라 대부로 있었다. 진문공이 임금 자리에 오른 이래 공자 난은 진문공을 지성껏 섬겼다. 그래서 진문공도 공자 난을 매우 사랑했다. 이번에 진문공이 공자 난을 데리고 가려는 것은 그가 정나라 지리를 잘 알기 때문이었다.

공자 난이 사양한다.

"신이 듣건대 군자는 비록 타향에 있을지라도 부모의 나라를 잊지 않는다고 하옵니다. 지금 주공께서는 신의 고국인 정나라를 치러 가십니다. 그러므로 신은 이번만은 주공을 모시고 가지 못하겠습니다."

"경은 참으로 근본을 아는 사람이로다."

하고 진문공은 공자 난을 동비東鄙에 머물러 있게 했다. 이때부터 진문공은 공자 난을 장차 정나라 임금으로 삼아야겠다고 생각했다.

진晉나라 군사는 정나라 경내로 들어갔다.

진목공秦穆公은 모신謀臣 백리해百里奚와 대장 맹명孟明•(백리해의 아들)과 부장 기자杞子와 봉손逢孫, 양손楊孫 등과 함께 병거 200승을 거느리고 와서 진나라 군사와 만났다.

진晉 · 진秦 연합군은 즉시 공격을 개시하여 교관郊關을 돌파하고 바로 곡유曲洧 땅으로 육박해갔다.

두 나라 연합군은 정성鄭城을 철통같이 에워쌌다. 진晉나라 군사는 정성鄭成 서쪽 함릉函陵에다 본영을 두고, 진秦나라 군사는 정성 동쪽 범남氾南에다 본영을 세웠다. 그리고 두 나라 연합군은 날마다 정성 주위를 돌아다니면서 나뭇짐이든 곡식이든 일체 물품이 성안으로 못 들어가도록 차단했다. 성안의 정문공은 어쩔 바를 몰랐다.

대부 숙첨叔詹이 아뢴다.

"군사를 합친 진晉 · 진秦 연합군의 형세는 매우 큽니다. 우리는 그들과 싸워서는 안 됩니다. 어떻든 말 잘하는 사람을 구해서 진秦나라 군사를 설득시켜 물러가게 하는 수밖에 없습니다. 진군秦軍만 물러가면 진군晉軍은 고단해집니다. 그러면 우리는 그들을 두려워할 것이 없습니다."

정문공이 묻는다.

"과연 진후秦侯를 설득하러 갈 만한 사람이 누구요?"

"일지호佚之狐를 보내는 것이 좋습니다."

정문공은 일지호에게 분부를 내렸다.

일지호가 대답한다.

"신은 그런 중임을 감당할 수 없습니다. 그 대신 다른 사람 하나를 천거하겠습니다. 그 사람은 세 치 혀로 큰 산도 흔들 만합니다. 다만 늙어서 아무도 그를 높은 자리에 써주지 않았을 뿐입니다. 주공께서는 벼슬을 내리시고 그 사람을 보내십시오. 진후秦侯를 설득시키기는 힘들지 않을 것입니다."

"그 사람이 누구요?"

"그는 고성考城 사람으로서 성은 촉燭이며 이름을 무武라고 합니다. 지금 나이가 칠십입니다. 그의 집안은 우리 나라에서 어정圉正•으로 삼대를 살았건만 아직 다른 벼슬로 옮겨보지 못했습니다. 바라건대 주공께서는 그를 예로써 대접하시고 보내십시오."

마침내 정문공은 촉무를 궁중으로 불러오게 했다. 이윽고 촉무가 궁으로 들어왔다. 촉무는 수염과 눈썹이 백설처럼 희고 허리는 꼬부라져 꼽추 같고 제대로 걷질 못해서 비쓱거렸다. 신하들은 그 모양으로 들어오는 촉무를 보고 겨우 웃음을 참았다.

촉무가 정문공에게 절하고 아뢴다.

"주공께서는 무슨 일로 이 늙은 신하를 부르셨습니까?"

"일지호가 소개하기를 그대가 말을 잘한다기로 한 가지 부탁이 있어 불렀소. 그대가 만일 진秦나라 군사를 물러가게만 해주면 과인은 그대와 함께 이 나라를 다스리고자 하오."

촉무가 재배하고 사양한다.

"신은 원래 배운 것이 없습니다. 젊었을 때도 나라를 위해서 공을 세우지 못했습니다. 더구나 이젠 늙어빠지고 근력도 다 시들어서 말을 하면 숨이 가쁩니다. 한데 어찌 다른 나라 군후에게 가서 무슨 재주로 대군을 물러가게 할 수 있겠습니까?"

"그대는 우리 정나라 임금을 삼대나 섬겼다는데 늙도록 다른 벼슬을 못했다 하니 이는 다 과인의 잘못이었소. 이제 그대에게 아경亞卿 벼슬을 내리겠소. 힘들겠지만 과인을 위해서 한번 갔다오기 바라오."

일지호도 곁에서 도운다.

"대장부가 일생 동안 불우한 것은 다 천명으로 돌리겠지만 이제야 임금께서 선생을 알아주시고 부탁하시니 선생은 거듭 사양하지 마십시오."

그제야 촉무는 정문공의 분부를 받고 궁에서 물러나갔다.

이때, 진晋 · 진秦 두 나라 군대는 더욱 철통같이 정성을 포위하고 있었다. 촉무는 진군秦軍이 동쪽에 본영을 두고, 진군晋軍은 서쪽에 본영을 두어서 서로 상당한 거리가 있다는 걸 알았다. 그날 밤 촉무는 장사壯士들에게 굵은 밧줄로 자기 허리를 동여매게 했다. 그리고 나서 장사들이 밧줄을 드리워주는 대로 성벽을 타고 동문 밖으로 내려갔다. 이윽고 그는 어둠 속으로 사라졌다. 그는 진군秦軍의 영채로 달려갔다. 아니나 다를까, 그는 바라던 대로 진秦나라 파수병에게 즉시 발각됐다.

"누구냐!"

"진나라 군후를 뵙고자 찾아왔소."

파수병들이 영내營內로 들어가려는 촉무를 허락할 리 없었다. 그때 촉무가 영채營寨 밖에서 통곡을 했다. 이에 영내에서 관리가 나와 큰소리로 우는 촉무를 잡아서 들어갔다.

진목공이 묻는다.

"저 사람은 누구냐?"

촉무가 스스로 대답한다.

"노신老臣은 정나라 대부 촉무라는 사람입니다."

"어째서 그토록 시끄럽게 통곡하였느냐?"

"장차 정나라가 망하겠기에 울었소이다."

진목공이 꾸짖는다.

"망하는 건 정나라인데 너는 어째 우리 진군秦軍 영채 밖에 와서 통곡하느냐?"

"노신은 정나라 때문에 통곡하는 동시에 진秦나라를 생각하고 통곡했습니다. 정나라가 망하는 건 아깝지 않지만 장차 진나라가 망할 것을 생각하니 아깝습니다."

진목공이 격분한다.

"우리 나라가 아깝다니 뭣이 아깝다는 거냐? 저 늙은놈 말이 뒤죽박죽이구나. 당장 끌어내어 목을 참하여라."

그러나 촉무는 조금도 두려워하는 기색이 없었다. 이제야 촉무는 실력을 발휘해야 할 단계에 이르렀다.

다음과 같은 옛 시가 있다.

그의 구변엔 돌로 만든 사람도 눈을 뜨고
그가 말하면 진흙으로 만든 사람도 머리를 끄덕이더라.
아침에 솟는 해를 밤에도 떠오르게 하고
동쪽으로 흐르는 황하 물도 서쪽으로 흐르게 하더라.
說時石漢皆開眼
道破泥人也點頭
紅日朝升能夜出
黃河東逝可西流

촉무가 조용히 말한다.

"진秦 · 진晉 두 나라가 합세하여 정을 치니 장차 정나라가 망할 것은 기정 사실입니다. 그러나 정나라가 망해서 진秦나라에 유익한 점이 있다면 이 늙은 몸이 왜 이런 말을 하겠습니까? 진나라는 장차 이익이 없을 뿐만 아니라 큰 손해가 있을 뿐입니다. 그런데 왜 군후께서는 자기 군사를 고생시키며 많은 비용을 쓰면서까지 남 좋은 일만 하십니까?"

진목공이 묻는다.

"아무 이익도 없고 손해만 있다니 거 무슨 말이냐?"

"정나라는 진晉나라 동쪽에 있고, 진秦나라는 진晉나라 서쪽에 있습니다. 그러기에 진秦 · 진晉 두 나라는 동서로 거리가 천리나 떨어져 있습니다. 진秦나라는 동쪽으로 진晉나라를 사이에 두고 있고 남쪽으론 주周나라와 떨어져 있으므로 주周 · 진晉 두 나라를 지나와야만 비로소 우리 정나라에 당도합니다. 장차 정나라가 망하면 어떻게 되겠습니까? 지리상으로 볼진대 정나라 땅은 가까운 진晉나라 것이 되고 맙니다. 그러면 이곳에서 머나먼 진秦나라에 무슨 이익이 돌아가겠습니까. 더구나 진秦과 진晉은 이웃한 나라며 서로가 그 세력을 다투는 처지입니다. 결국 진晉이 더 강해지면 진秦은 더욱 약해질 뿐입니다. 옆의 나라를 강하게 해주기 위해서 스스로 자기 나라를 약하게 하는 것은 지혜 있는 사람의 할 짓이 아닙니다. 지난날의 사실을 들어 그 일례를 보여드리겠습니다. 지난날 진혜공晉惠公은 하남河南의 다섯 성을 바치기로 하고 비로소 군후의 허락을 받고서 본국으로 돌아갔습니다. 과연 그 후 어떠했습니까? 진혜공은 본국에 돌아가서 약속을 지키기는커녕 도리어 군후를 배반했습니다. 이것은 직접 그 일을 당하신 군후께서 누구보다도 잘 아실 것입니다. 군후는 진晉나라를 여러 번 도왔습니다. 그러나 군후는 진나라로부터 무슨 보답을 받았습니까? 진후晉侯는 본국에 돌아가서 임금이 된 후로 은혜를 갚기는커녕 날마다 군대를 늘려 귀국貴國과 세력을 견주기에 이르렀습니다. 이제 진晉이 정나라를 없애고 이 넓은 동쪽 땅을 손아귀에 넣는다면 그 다음에 진은 무엇을 노리겠습니까? 그들은 반드시 서쪽 진秦나라로 손길을 뻗을 것입니다. 곧, 다음 불행은 진秦나라로 닥쳐올 것입니다. 군후께선 우虞·괵虢 두 나라가 어떻게 망했는가를 듣지 못하셨습니까? 진晉나라는 우나라로 하여금 괵나라를 쳐서 망하게 했고, 다시 진나라는 그 우나라를 쳐서 두 나라를 다 손아귀에 넣었습니다. 어리석은 우나라 임금은 진나라를 도왔기 때문에 결국 자기 나라까지 잃었습니다. 이 지난날의 일을 예사로 생각하지 마십시오. 군후께선 아무리 진晉나라를 도울지라도 결코 믿어선 안 됩니다. 또다시 진나라가 장차 이 진秦나라를 어떻게 이용할지는 아무도 모릅니다. 군후께서는 원래 현명하신 분입니다. 그런데 지금 진晉나라의 꼬임에 빠져 있습니다. 노신이 진秦나라에 이익은 없고 해만 있다고 한 것은 바로 이 점입니다. 그리고 신이 통곡하는 것도 바로 이 때문입니다."

진목공은 묵묵히 듣고만 있다가 가끔 얼굴빛이 변했다. 나중엔 머리를 여러 번 끄덕였다. 마침내 진목공이 말한다.

"대부의 말이 옳소!"

곁에서 백리해가 간한다.

"촉무는 구변이 좋은 사람입니다. 이것은 우리와 진晉나라 사이를 이간시키려는 수작입니다. 주공께서는 그 말을 듣지 마십시오."

촉무가 황급히 말한다.

"군후께서 정나라 포위를 풀어주시면 우리 정나라는 초나라를 버리고 진秦나라를 섬기기로 맹세하겠습니다. 그리고 장차 군후께서 만일 동쪽에 급한 일이 있을 땐 우리 정나라 군사와 물건을 맘대로 쓰십시오. 우리 정나라는 군후의 외부外府 노릇을 하겠습니다."

진목공은 반색했다. 드디어 진목공은 촉무와 서로 입술에 피를 바르고 동맹까지 맺었다. 그리고는 외려 기자杞子·봉손逢孫·양손楊孫 세 장수에게 군사 2,000명을 주어 정나라를 돕도록 하고 돌아갔다.

이 일은 곧 진군晉軍 영채에 알려졌다. 진문공은 격노했다.

호언이 곁에서 아뢴다.

"돌아가는 진秦나라 군사를 추격하십시오."

과연 진문공은 진군秦軍을 추격할 것인가.

현고弦高의 지혜

진목공秦穆公이 단독으로 정鄭나라와 화해하고 진문공晉文公을 배반하고 떠나자 진문공은 노발대발했다.

호언狐偃이 아뢴다.

"진秦나라 군대는 멀리 가지 못했을 것입니다. 신에게 약간의 군사를 주시면 그들을 뒤쫓아가서 치겠습니다. 더구나 진군秦軍은 속히 돌아가고 싶은 생각뿐이어서 싸울 뜻이 없습니다. 그러므로 한 번에 그들을 무찔러버릴 수 있습니다. 진군만 무찔러 이기면 정나라는 기겁을 해서 우리가 공격하지 않아도 항복합니다."

그러나 진문공은 머리를 흔들었다.

"그럴 수 없다. 지난날 과인은 진秦나라 힘을 입어 고국에 돌아왔으며, 임금 자리에 오를 수도 있었다. 진후秦侯가 도와주지 않았으면 어찌 과인에게 오늘이 있으리오. 전번에 초나라 성득신成得臣이 과인에게 무례한 싸움을 걸었을 때도 내 오히려 삼사三舍의 거리를 후퇴하여 초나라에서 신세 진 은혜를 갚았다. 더구나 진후秦侯는 과인의 장인이다. 이제 진군이 가버렸다고 우리가 정나라를 치는 데 근심할 건 없지 않은가?"

이에 진문공은 군사 반을 나누어 진군秦軍이 떠나고 없는 함릉函陵으로 보내어 보충시켰다. 정나라에 대한 공격은 전과 조금도 다름없었다.

한편 정문공이 촉무燭武에게 말한다.

"진秦나라 군사가 물러간 것은 그대의 공로였소. 그런데 아직 진晉나라 군사가 물러가지 않으니 이 일을 어쩌면 좋겠소?"

촉무가 대답한다.

"듣건대 공자 난蘭이 진후晉侯의 사랑을 받고 있다 합니다. 공자 난을 귀국하게 하여 진후에게 화평을 청하면 이 위기를 모면하리이다."

정문공이 다시 부탁한다.

"이 일도 그대가 아니면 감당할 사람이 없소."

곁에서 석신보石申父가 아뢴다.

"노대부老大夫는 전번 일에 너무나 수고했습니다. 원컨대 이번엔 신이 대신 가서 교섭하겠습니다."

이에 석신보는 귀중한 보물을 가지고 성을 나가서 진문공에게 갔다. 정나라 성에서 사람이 왔다는 걸 듣고 진문공은 즉시 들어오게 했다. 석신보는 진문공 앞에 나아가 재배하고 가지고 온 보물을 바쳤다.

"우리 주공께서 비밀히 오랑캐 나라와 가까이하고 상국上國에 충성을 다하진 못했으나 실은 군후의 통치에서 떠난 것은 아닙니다. 이번에 군후께서 매우 진노하셨기 때문에 우리 주공께선 자기 죄를 깨달았습니다. 지금 귀국에 우리 주공의 동생 되시는 공자 난이 계시지 않습니까. 군후께서 불쌍히 생각하시고 공자 난을 보내어 우리 정나라를 감독하게 하시면 우리 정이 앞으로 어찌 딴 생각을 갖겠습니까?"

진문공이 묻는다.

"그대들은 우리 진晉나라와 진秦나라를 이간시키기만 하면 우리가 단독으로 너희들을 치지 못하리라고 생각하지 않았느냐? 이제 와서 우리에게 화평을 청하는 너희들의 심사는 뭣인가? 우리의 공격을 늦추는 동시에 초나라 구원병이 오기를 기다리자는 것이 아니냐? 그러나 너희들이 우리 군사가 물러가기를 바란다면 다음 두 가지를 이행해야 한다."

"그 두 가지를 분부하소서."

"첫째는 공자 난을 모셔가거든 반드시 정나라 세자로 세워야 하며, 둘째는 너희 나라 정사를 좌지우지하는 숙첨叔詹을 과인에게 보내어 너희들의 성의를 표시해야 한다."

석신보는 진문공이 요구하는 두 조건을 듣고 정성鄭城으로 돌아가서 정문공에게 보고했다.

정문공이 말한다.

"과인에게 아들이 없으며, 또 난은 출생할 때 비범한 몽조夢兆가 있었다 하니 그를 세자로 세우면 조상들도 좋아하시리라. 그러나 숙첨은 나의 수족手足 같은 신하라, 어찌 그를 적군에게 보낼 수 있으리오."

숙첨이 아뢴다.

"자고로 임금에게 근심이 있으면 그것은 신하의 치욕이며, 임금이 욕을 보시면 신하는 죽어야 하는 법입니다. 지금 진晉나라 사람이 신을 호출하는데 신이 가지 않으면 그들은 우리 정나라에 대한 포위를 풀지 않습니다. 신이 죽는 걸 피하면 이는 충성이 아니며 임금을 근심과 치욕에다 버려두는 것이 됩니다. 그러니 청컨대 신은 가야만 옳습니다."

정문공이 말한다.

"그대는 가기만 하면 반드시 죽소. 내 어찌 차마 그대를 죽음으로 보낼 수 있으리오."

숙첨이 다시 아뢴다.

"주공께서는 이 숙첨 한 사람을 아끼사 백성을 도탄에 들게 하고 장차 이 나라 사직까지 망치려 하십니까? 신이 죽으면 백성을 구할 수 있고 나라를 건질 수 있으니 주공께서는 어느 쪽을 더 사랑하십니까?"

드디어 정문공은 눈물을 흘리면서 숙첨을 보냈다.

석신보는 후선다侯宣多와 함께 숙첨을 진군晉軍에게 데리고 갔다. 석신보가 진문공에게 아뢴다.

"우리 주공께선 군후의 지엄하신 분부를 받고 두 가지 조건에 다 복종하셨습니다. 이제 숙첨은 막하幕下에서 군후의 처분만 기다리고 있습니다. 이제 공자 난을 우리 나라에 보내사 세자로 책봉하게 하시고 상국上國의 덕을 펴주십시오."

진문공은 만면에 미소를 띠었다.

이제 호언은 공자 난을 데리러 동비東鄙로 갔다.

진문공은 석신보와 후선다를 영중營中에 머물게 하고 드디어 숙첨을 잡아들이라고 분부했다. 끌려들어와서 꿇어앉는 숙첨을 굽어보고, 진문공이 추상같이 호령한다.

"너는 정나라의 높은 벼슬에 있으면서 임금으로 하여금 과인에게 실례를 저지르게 했으니 그 죄가 하나며, 또 과인과 동맹한 너의 임금에게 배반하도록 시켰으니 그 죄가 둘이라. 여봐라! 속히 끓는 가마솥을 준비하고 저놈을 삶아라."

그러나 숙첨의 얼굴빛은 조금도 변하지 않았다. 숙첨이 두 손을 맞잡고 절하고 일어서서 진문공에게 말한다.

"이왕 죽는 바에야 신은 하고 싶은 말이나 다 하고 죽겠습니다."

진문공이 꾸짖는다.

"너 같은 놈에게 무슨 할말이 있느냐?"

숙첨이 조용하게 말한다.

"그 옛날 군후께서 천하를 망명하시다가 우리 나라에 들르셨을 때 신은 우리 주공께, 진晉나라 공자는 현명한 분이며 좌우 사람도 다 뛰어난 인물들이라 그들이 본국으로 돌아가게만 되면 반드시 천하 모든 나라 제후들을 다스리는 패업을 성취하고야 말 거라고 아뢰었습니다. 그후 군후께서 온溫 땅에서 맹회를 열었을 때도, 신은 우리 주공께 '주공께서는 끝까지 진晉나라를 잘 섬기어 다시는 죄를 짓는 일이 없도록 하십시오. 만일 죄를 지으면 진후는 결코 주공을 용서하지 않을 것이며 하늘은 정나라에 재앙을 내리실 것입니다' 하고 권했으나 소용이 없었습니다. 이제 군후께서는 신이 정나라 재상 자리에 있다 해서 처벌하려고 하시지만, 우리 주공께서는 신에게 아무 죄가 없다는 것을 아시기 때문에 굳이 신을 이곳으로 보내려 아니 하셨습니다. 그러나 신은 임금이 치욕을 당하면 신하는 죽어야 한다는 뜻을 아뢰고 자청해서 죽으려고 이곳에 왔습니다. 신의 유일한 소원은 이제 우리 정나라를 위기로부터 건지는 것뿐입니다. 현실을 보고 미래를 맞히는 것이 지혜며, 전심전력을 기울여 국가를 돕는 것은 충성이며, 역경에

처해 있을지라도 그 곤란을 피하지 않는 것은 용기며, 제 몸을 죽여 나라를 구하는 것은 인덕仁德입니다. 신에게 이러한 인 · 지 · 충 · 용이 다 겸비되어 있습니다. 그런데 진나라 국법은 이런 사람을 삶아서 죽이기로 되어 있습니까?"

숙첨은 말을 마치자 끓는 가마솥 앞으로 달려갔다. 그리고는 가마솥에 몸을 던지려는 자세를 취하고서 모든 사람을 돌아보고 말했다.

"이후 임금을 섬기는 사람은 언제든지 누구나 이 숙첨을 본받아야 할지니라."

진문공은 숙첨의 말과 그 태도에 모골이 송연해졌다.

"저 사람을 죽이지 말고 속히 구하여라."

가마솥 주위에 섰던 군사들이 끓는 물 속에 몸을 던지려는 숙첨을 꼭 붙들었다. 진문공이 천연스레 말한다.

"내 잠시 그대를 시험하였소. 그대는 참으로 열사烈士요."

진문공은 예의로써 숙첨을 대접했다.

그 이튿날 공자 난이 호언을 따라 정나라에 왔다. 진문공은 공자 난에게 데려온 뜻을 말했다. 숙첨은 석신보와 후선다와 함께 세자를 뵈옵는 예로써 공자 난에게 절했다.

오랜만에 고국산천에 돌아온 공자 난은 모든 것이 감개무량했다. 공자 난은 그들을 따라 정나라 성城으로 들어갔다. 그리고 정문공은 서庶동생인 공자 난을 세자로 책봉했다. 진문공이 군사를 거느리고 본국으로 떠난 것은 수일 후의 일이었다.

이런 후로 진晉과 진秦 사이엔 틈이 생기기 시작했다.

염옹이 시로써 이 일을 탄식한 것이 있다.

사위와 장인은 한마음 한뜻이었는데

촉무의 한마디 말 때문에 진군秦軍은 돌아갔도다.
조그만 동쪽 땅을 탐하여 진晉과 진秦 두 나라 사이에
대대로 싸움이 벌어질 줄이야 어찌 알았으리오.

甥舅同兵意不欺
却因燭武片言移
爲貪東道蠅頭利
數世兵連那得知

바로 그해에 진晉나라 장수 위주魏犨는 어느 날 만취하여 수레를 달려 집으로 돌아가다가 떨어져서 팔을 부러뜨렸다. 지난날 불타는 대들보에 깔려서 속으로 골병이 들었던 그는 다시 병이 재발했다. 위주는 한 말〔斗〕 이상이나 피를 토하고서 죽었다. 진문공은 그 아들 위과魏顆에게 아버지 위주의 벼슬을 상속시켰다.

그후 몇 달이 지나기도 전에 이번엔 호모狐毛와 호언이 잇달아 세상을 떠났다. 진문공은 평생 고락을 같이해온 신하들이 차례로 죽는 걸 보고서 대성통곡했다.

"과인이 가지가지 곤경에서 벗어나 오늘에 이른 것은 다 그들에게 힘입은 바라. 한데 그들은 나를 버리고 먼저 가버리는구나. 과인은 이제 팔을 잃었다. 어찌 애달프지 않으리오."

서신胥臣이 나아가 아뢴다.

"주공께서는 과도히 상심 마옵소서. 비록 호모와 호언은 죽었으나 신이 주공을 위해서 한 사람을 천거하리이다."

진문공이 눈물을 닦고 묻는다.

"그대는 나에게 어떤 사람을 천거하려느냐?"

"지난날 신이 사신使臣으로 길을 가다가 기冀라는 들판에서 잠시 휴식한 일이 있었습니다. 그때 한 사람이 가래로 밭을 갈고 있었는데 때마침 그 아내가 점심밥을 가지고 나왔습니다. 그 아내는 점심밥과 반찬을 일일이 두 손으로 들어서 남편에게 공손히 바쳤습니다. 남편은 옷깃을 여미고 조용히 음식을 받아서는 기도를 드린 후에 먹었습니다. 아내는 남편이 식사를 마칠 때까지 그 곁에서 모시고 서 있었습니다. 그리고 남편은 집으로 돌아가는 아내가 안 보일 때까지 바라본 연후에야 다시 밭을 갈기 시작했습니다. 그들의 태도는 시종여일하였습니다. 부부간에도 서로 대하는 기품이 꼭 귀한 손님을 대하는 것과 같았으니 다른 사람을 대하는 태도인들 여북하겠습니까. 신이 듣건대 공경할 줄 아는 사람이라야 반드시 덕이 있다고 합니다. 신은 그 사람에게 가서 성명을 물었습니다. 알고 보니 그는 바로 극예郤芮의 아들 극결郤缺이었습니다. 만일 그런 사람을 등용해서 쓴다면 호모나 호언보다 못하지 않으리이다."

"그 아비가 극예라니? 극예는 지난날에 반란을 일으켰던 역적놈이 아니더냐! 그 죄인의 자식을 어찌 등용하리오."

서신이 강력히 아뢴다.

"요堯, 순舜 같은 임금에게도 단주丹朱와 상균商均 같은 불초자식이 있었으며, 곤鯀 같은 악인에게도 우禹임금 같은 아들이 있었습니다. 그러기에 어질든 어리석든 간에 그 아버지와 아들은 아무 상관이 없습니다. 주공께서는 어찌 지난 일을 미워하사 훌륭한 인재를 등용하려 하지 않으십니까?"

"그대의 말이 옳소. 경은 나를 위해 그 사람을 부르오."

서신이 대답한다.

"혹 그가 다른 나라로 도망가서 적에게 중용重用되지나 않을까 염려하고 이미 신의 집에 데려다놓았습니다. 이제 주공께서 그를 부르시려면 반드시 어진 사람을 대하는 예의를 갖추셔야 합니다."

진문공은 서신이 시키는 대로 내시內侍를 불렀다. 내시는 진문공의 분부를 받고 잠영포복簪纓袍服을 가지고 극결을 모시러 갔다. 그러나 극결이 재배하고 머리를 조아리며 사양한다.

"신은 한갓 기야冀野의 농부에 불과합니다. 임금께서 죄인의 자식을 죽이지 않으신 것만 해도 이미 그 은혜가 막중하옵거늘 어찌 감히 총애를 받아 궁중에 설 수 있겠습니까."

내시는 거듭거듭 진문공의 분부를 전하고 수레에 오르기를 권했다. 극결은 마침내 나라에서 보낸 잠영포복으로 성장盛裝하고 궁으로 들어갔다.

원래 극결은 키가 아홉 척에다 코는 준수하고 얼굴이 두툼하니 생겼으며 목소리는 큰 종소리와 같았다. 진문공은 극결을 보자 첫눈에 맘에 들었다. 진문공은 극결을 환대하고 반겼다.

이에 서신을 원수元帥•로 삼고 극결로 하여금 서신을 돕게 했다. 그리고 전군全軍을 개편했다. 삼행三行을 고쳐 이군二軍으로 삼고, 그 이군에 신상新上, 신하新下라는 명칭을 새로 붙였다. 조쇠는 신상군新上軍의 장수가 되고 기정箕鄭은 부장이 되고, 서신의 아들 서영胥嬰이 신하군新下軍의 장수가 되고 선도先都가 부장이 되었다.

지금까지 진晉나라 군사는 삼군이었는데, 이번에 다시 이군을 더 첨가해서 도합 오군五軍이 됐다. 곧, 진나라는 천자가 거느리는 군대 수에 비해 바로 다음가는 군대를 소유한 셈이다.

물론 이것은 국법에 어긋날 일이었다. 이리하여 진나라는 모든 호걸을 군대로 포섭하고 정치를 빈틈없이 해나갔다.

한편 초나라 초성왕楚成王은 이 소식을 듣고 진晉나라를 두려워했다. 그래서 초성왕은 대부 투장鬪章을 진나라로 보내어 우호 조약을 맺자고 청했다. 진문공은 지난날에 자기가 신세 진 걸 생각하고 초나라와 통호通好했다. 그리고 대부 양처보陽處父를 사절로 삼아서 초나라에 보냈다.

세월은 흘러 주양왕 24년이 되었다. 이해 정문공은 세상을 떠났다. 정나라 모든 신하는 정문공의 아우 공자 난을 임금으로 모셨으니 그가 바로 정목공鄭穆公이다. 과연 그는 지난날의 태몽대로 된 셈이다.

이해 겨울에 진문공은 병이 났다. 진문공은 병석에서 조쇠 · 선진 · 양처보 · 호사고狐射姑 등 모든 신하를 불렀다.

진문공이 유언한다.

"경들은 세자 환驩을 임금으로 섬기고 과인이 이루어놓은 백업伯業을 결코 다른 나라에 뺏기지 않도록 힘써라."

전날에 진문공은 자기가 죽은 후, 모든 자식들이 제환공의 자식들처럼 나라를 어지럽히지나 않을까 염려하고 모든 조처를 취했던 것이다. 그래서 이때 이미 진문공의 아들 공자 옹雍은 진秦나라에서 벼슬을 살고 있었고, 공자 낙樂은 진陳나라에서 벼슬을 살고 있었다. 공자 옹은 두기杜祁의 소생이며, 공자 낙은 진영辰嬴의 소생이었다.

뿐만 아니라 진문공은 어린 아들 흑둔黑臀까지 이미 주 왕실에 보내어 주양왕을 섬기게 했고, 동시에 주 왕실과 친목을 도모했다. 그는 자기가 죽은 뒤일지라도 많은 자식들 때문에 나라가 어지럽지 않도록 미리 만반의 조처를 취했던 것이다.

어느 눈 오는 날에 진문공은 세상을 떠났다. 진나라 임금 자리에 즉위한 지 8년이고 이때 나이가 68세였다.

사신이 시로써 진문공을 찬한 것이 있다.

타국 땅을 돌아다닌 지 19년 만에
용龍은 돌아와서 권세를 잡았도다.
두 번이나 제후들을 거느리고 왕께 충성을 나타냈으며
드디어 성복城濮 땅에서 초군을 무찔렀도다.
원수를 갚고 은혜에 보답하니 처음과 나중이 명확하고
상을 주고 처벌하되 편협하지 않았도다.
그의 일생은 비록 하늘이 준 것이지만
모든 어진 신하에게 힘입은 바가 컸도다.
道路奔馳十九年
神龍返穴遂乘權
河陽再覲忠心顯
城濮三軍義問宣
雪恥酬恩終始快
賞功罰罪政無偏
雖然廣險由天授
左右匡扶賴衆賢

그후 세자 환이 주상主喪이 되고 군위에 올랐으니 그가 바로 진양공晉襄公이다.

진양공이 아버지인 진문공의 관棺을 받들어 곡옥曲沃 땅에 빈殯하려고 강성絳城을 떠나던 때였다. 진문공의 시체가 들어 있는 관

속에서 문득 큰소리가 일어났다. 그 소리는 마치 소가 울부짖는 소리와 같았다. 그리고 관은 갑자기 무겁기 태산 같았다. 얼마나 무거웠던지 수레가 움직이질 않았다.

모든 신하들은 매우 놀랐다. 즉시 태복 곽언郭偃이 점을 쳐보았다. 그 괘사卦辭에 하였으되,

서쪽에서 쥐가 오더니
우리의 담장을 넘는도다.
나에겐 큰 막대기가 있어
한 번 치자 세 번 상하도다.
有鼠西來
越我垣牆
我有巨梃
一擊三傷

점괘를 보고서 곽언이 말한다.

"수일 내에 난리가 일어납니다. 적병은 서쪽에서 옵니다. 우리나라 군사가 그들을 쳐서 이길 징조올시다. 이는 선군의 영혼이 우리에게 알려주시는 것입니다."

모든 신하는 가마와 말에서 내려 진문공의 관 앞에 엎드려 절했다. 그제야 관 속에서 그 이상한 소리가 나지 않았다. 관은 무게도 줄어 마침내 수레가 움직였다.

선진이 말한다.

"우리 나라 서쪽이라면 바로 진秦나라로구나."

그는 즉시 세작細作들을 진나라로 비밀히 보냈다.

이야기는 잠시 지난날로 되돌아간다.

진秦나라 군대는 진晉나라 군대를 배반하고 정나라를 떠나 본국으로 돌아갔다. 그러나 진秦나라 장수 기자杞子 · 봉손逢孫 · 양손揚孫 세 사람만은 정나라를 돕겠다는 핑계를 대고 북문北門 성 안에 머물러 있었다. 이 세 사람은 남아서 정나라가 어떻게 되어 가는지를 보려 했던 것이다.

그들은 무엇을 보았던가. 진晉나라에서 공자 난이 정나라로 돌아온 걸 봤다. 그리고 공자 난이 정나라 세자가 되는 걸 봤다. 진秦나라의 세 장수는 분개했다.

"우리 나라 군사는 정나라를 위해 진晉나라 군사를 배반하면서까지 돌아갔다. 그런데 우리 진秦나라 군사를 회군하게 하고서 정나라는 이제 또 진후晉侯에게 항복했다. 이렇게 되면 우리 나라 꼴은 뭣이 되는가. 정문공은 의리 없는 놈이다."

그들은 즉시 진목공에게 비밀히 사람을 보내어 이 사실을 보고했다. 이 사실을 듣고서 진목공은 분기충천했다. 그러나 그는 진문공이 무서워서 감히 분풀이를 못했다.

그러던 중에 정문공은 세상을 떠나고 공자 난이 즉위했던 것이다. 정나라는 진秦나라 장수 기자 · 봉손 · 양손에게 아주 냉담한 태도를 취했다. 이에 더욱 분개한 기자 · 봉손 · 양손 세 장수는 서로 모여 상의했다.

"우리가 언제까지 정나라의 냉대를 받아가며 이곳에 남아 있어야 하는가. 이러고 있느니보다는 차라리 우리 주공께 사람을 보내어 비밀히 군사를 거느리고 와서 정나라를 치도록 권하는 것만 같지 못하다. 그러면 우리는 이곳에서 큰 공을 세울 수 있다."

이같이 세 장수가 한참 상의하는데 때마침 진晉나라 진문공이 죽었다는 소식이 왔다. 그들이 이마에 손을 대고 하늘을 우러르며 스스로 감탄한다.

"이는 하늘이 우리의 성공을 도우심이로다."

그들은 즉시 심복 한 사람을 진秦나라로 보냈다. 그 심복은 진나라에 가서 진목공에게 세 장수의 말을 아뢰었다.

"저희들은 정나라 성안에서 북문을 관할하고 있습니다. 이참에 주공께서 몰래 군사를 거느리고 오셔서 정나라를 엄습하시면 저희들은 안에서 호응하겠습니다. 지금이 정나라를 무찔러버리는데 가장 좋은 기회인 줄 압니다. 더구나 진晉나라는 방금 진후晉侯가 죽어서 정나라를 구원할 겨를이 없습니다. 또 정나라 임금은 새로이 군위에 오른 만큼 아직 아무런 수비도 못하고 있는 형편입니다. 하늘이 주신 이 기회를 잃지 마십시오."

진목공은 밀사의 보고를 듣고 마침내 건숙蹇叔과 백리해百里奚를 불러 상의했다.

두 신하가 똑같이 간한다.

"우리 진秦나라에서 정나라까지는 아득한 천릿길입니다. 우리가 정나라를 이긴다 할지라도 그 땅을 거느릴 수 없습니다. 까딱 잘못하면 우리 군사 다수가 적의 포로가 될 뿐입니다. 대저 군사가 천릿길을 가려면 많은 시일이 걸리는데 어찌 소문이 나지 않겠습니까. 적이 우리의 계책을 알고 미리 준비를 튼튼히 하면 우리는 고생만 하고 아무 공도 세우지 못할 뿐 아니라 반드시 도중에서 무슨 변을 당하고야 맙니다. 더구나 정나라에 우리 나라 장수 셋을 두고서 서로 짜고 친다는 것은 신의가 아닙니다. 임금이 죽은 기회를 노리고 남의 나라를 치는 것 또한 인의仁義가 아닙니다. 설령 성공한대도 이익은 적고 실패하면 손해가 큽니다. 이런 일은 지혜 있는 사람이 할 일이 아닙니다. 결국 이 일엔 신信도, 인仁도, 지智도 없습니다. 그러므로 신들은 찬성할 수 없습니다."

진목공의 목소리는 거칠었다.

"과인은 지금까지 진晉나라를 위해서 세 번이나 임금을 세워줬고 두 번씩이나 진나라 내란을 평정해줬소. 그래서 우리 나라 위엄을 천하에 떨쳤던 것이오. 그런데 진후晉侯가 성복에서 초군과 싸워 크게 이긴 이후로 우리는 천하 패권을 진나라에 양보하게 됐소. 이제 그 진후도 죽었소. 천하에 누가 우리 진秦나라와 겨룰 자 있으리오. 정나라는 원래부터 곤한 새가 사람을 의지하던 격이라 형세에 따라 이리저리 날아다니는 나라요. 이때에 진晉나라 동쪽에 있는 정나라를 쳐서 우리 손아귀에 넣으면 진나라는 고립될 것이고 따라서 우리는 맘대로 진나라를 부릴 수 있소. 사세가 이러하거늘 어찌 이익이 없다 하오?"

건숙이 또 아뢴다.

"주공께서는 어찌하사 사람을 진晉나라로 보내어 문상問喪하지 않으십니까. 그리고 왜 정나라에도 사람을 보내어 조상弔喪하지 않으십니까. 정나라에 문상 보낼 때 그 사람으로 하여금 그 나라 형세를 잘 알아보고 오게 하십시오. 그런 연후에 이 일을 결정하는 것이 좋을 줄로 압니다. 그저 막연히 기자 · 봉손 · 양손의 말만 믿어서는 안 됩니다."

진목공은 도리어 건숙과 백리해를 비웃었다.

"사람이 정나라에 가서 문상하고 돌아오려면 거의 1년은 걸릴 것이오. 대저 군사를 쓰는 법이란 벼락치듯 해서 적에게 귀를 틀어막을 여유도 주지 않아야 하오. 그대들은 이제 아주 늙었구려. 무엇을 알리오."

드디어 진목공은 세 장수가 보낸 밀사를 불러 분부를 내렸다.

"너는 곧 정나라로 돌아가서 기자 · 봉손 · 양손에게 일러라. 우리 군사가 2월 상순엔 그곳 북문에 당도할 것이니 성안에서 우리 군사와 호응하되 착오 없게 하라고 하여라."

그날로 그 밀사는 진나라를 떠나 정나라로 돌아갔다. 진목공은 맹명孟明을 불러 대장을 삼고 서걸술西乞術, 백을병白乙丙을 부장으로 삼고서 동문 밖에서 정병 3,000명과 병거 300승을 내줬다. 대장 맹명孟明은 바로 백리해의 아들이며 부장 백을병白乙丙은 건숙의 아들이었다.

대군이 출발하는 날이었다. 이날 노대신老大臣 건숙과 백리해는 하염없이 울었다. 그리고 떠나는 자식들에게 말했다.

"애달프고 애달프다! 나는 떠나는 너를 보지만 돌아오는 너를 못 볼 것이다."

진목공은 건숙과 백리해가 울면서 말했다는 말을 듣고 잔뜩 기분이 상했다. 그는 즉시 두 신하에게 사람을 보내어 꾸짖었다.

"경들은 왜 우리 대군 앞에서 울어 군사의 사기를 떨어뜨리느냐?"

두 늙은 신하가 진목공의 전갈을 전하는 사람에게 대답한다.

"신들이 어찌 주공의 군사를 향해 울었겠습니까. 신들은 자식들에 대해 울었을 뿐입니다."

백을병이 아버지에게 말한다.

"소자는 주공께 가서 아뢰고 이번 싸움에 나가지 않겠습니다."

건숙은 아들에게,

"우리 부자는 다 진나라 국록國祿을 받고 있다. 네가 죽는 것은 결국 개인의 일에 불과하다."

하고 소매 속에서 봉함封緘 하나를 비밀히 내주며,

"이 속에 써 있는 대로만 하여라."

하고 간곡히 부탁했다. 그 봉함은 굳게 봉해져 있었다.

백을병은 부친에게 하직하고 백성들의 환송을 받으며 대군과 함께 떠났다. 떠나는 백을병은 불안하고 슬프기만 했다. 그러나 백리해의 아들 맹명은 스스로 자기 재주와 용기와 성공을 믿고 부친의 말에는 별로 개의하지 않았다. 이미 대군은 진나라 도읍을 떠났다.

그후로 건숙은 병이 났다는 핑계로 궁중 조회에 나가지 않았다. 진목공은 들어와서 정사政事를 보살피라고 건숙에게 누차 사람을 보냈다. 그러나 건숙은 집 바깥을 나가지 않았다. 진목공은 건숙에게 입궁하도록 강요했다. 마침내 건숙은 병세가 위독하다는 걸 아뢰고 질촌銍村으로 돌아가겠다고 진정했다.

어느 날 백리해는 건숙의 집으로 문병을 갔다. 백리해가 건숙에게 가르침을 청한다.

"이 사람도 시기時機를 모르는 바 아니나 구차스레 이곳에 머물러 있음은 그저 자식이 살아오면 한번 만나나 볼까 하는 심정에서입니다. 형님은 나를 위해 지시해주십시오."

건숙이 대답한다.

"우리 나라 군사는 이번에 가서 반드시 패할 것이오. 현명한 아우는 내 말을 비밀히 공손지公孫枝에게 전해주오. 미리 하하河下에다 배를 준비하되 만일 우리 군사가 탈출해오거든 즉시 접응해서 서쪽으로 돌아오라고 이르오. 현명한 아우는 내 말을 잊지 말고 부디부디 잘 기억하오."

백리해는,

"형님 말씀을 곧 받들어 행하겠습니다."
하고 건숙과 작별했다.

진목공은 건숙이 굳이 질촌으로 돌아가기로 결심했다는 말을 듣고 황금 20근과 채색 비단 100속束을 하사했다.

건숙이 떠나는 날 진목공은 모든 신하를 거느리고 교관郊關까지 나가서 그를 전송했다.

건숙을 전송하고 돌아온 백리해는 공손지의 손을 붙들고 건숙의 말을 전한 다음 간곡히 말했다.

"우리 형님은 이 말씀을 다른 사람에게 부탁하지 말고 꼭 장군에게만 부탁하라 하셨소. 충용忠勇한 장군은 나라의 근심을 나누어 맡아줄 줄 믿소. 장군은 이 비밀을 누설하지 말고 비밀히 수행해주오."

공손지가 대답한다.

"분부대로 공경히 받들어 지금부터 배를 준비하겠습니다."

백리해는 거듭 당부했다.

한편 진군秦軍은 날마다 머나먼 정나라를 향하여 행진을 계속했다. 맹명은 백을병이 그 부친으로부터 떠날 때 비밀히 봉서 하나를 받았다는 걸 알고 있었다. 그래서 그 봉서 안엔 정나라를 쳐서 무찌를 수 있는 기묘한 계책이라도 적혀 있는 줄로 짐작했다.

행군하던 진군은 그날도 해가 저물어 그지없이 넓은 들에서 야영을 했다.

밤이 으슥했을 때였다. 백을병은 막 잠이 들려는데 맹명이 들어와서 그 봉서를 보자고 청한다.

"정나라와 싸우기 전에 우리가 알아두어야 할 묘한 계책이 적혀 있을 것이오."

백을병은 맹명과 함께 그 봉서를 뜯었다. 그 안에는 간단한 글이 적혀 있었다.

이번 싸움에 정나라는 두려울 것이 없다. 염려되는 것은 다만 진晉나라다. 특히 효산崤山은 지형이 매우 험한 곳이다. 네 마땅히 조심하고 조심하여라. 장차 나는 너의 해골을 효산에서 수습할 것이다.

맹명이 그 서신을 집어던지면서 짜증을 낸다.

"오! 이게 뭐람! 상상할 수도 없는 일이오. 기분만 잡쳤소."

백을병도 설마 그럴 리야 없겠지 하고는 그 내용에 실망했다.

진秦나라 삼군은 12월 병술일丙戌日에 고국을 떠나 그 이듬해 봄에야 주周나라 북문北門을 지나가게 되었다.

맹명이 멀리 왕성을 바라보면서 말한다.

"저곳에 천자가 계시니 감히 무장한 몸으로 알현하진 못할지나 어찌 그대로 그냥 지날 수 있으리오."

맹명은 좌우에 전령했다.

"모든 군사는 투구와 갑옷을 벗고 병거와 말에서 내려라."

진秦나라 군사는 전부가 도보로 걸었다. 곧, 천자를 존경한다는 뜻이었다. 왕성에서는 주양왕이 왕자 호虎와 왕손 만滿과 함께 친히 나와서 진군秦軍이 오는 것을 구경했다.

진秦나라 군사의 맨 선두에서 걷던 전초前哨 아장亞將 포만자褒蠻子는 천자가 나와 있는 왕성 앞에 당도하자 갑자기 채찍을 들어 말볼기를 때렸다. 갑자기 놀란 말은 병거를 이끌고 쏜살같이 달리기 시작했다. 포만자는 즉시 몸을 날려 앞으로 내닫는 병거를 뒤로부터 올라탔다. 포만자는 번개같이 병거를 달리면서 천자 앞을 지날 때 허리를 꺾고 경례했다.

맹명이 이를 보고 찬탄한다.

"참으로 용맹무쌍하구나. 모든 군사가 다 포만자 같다면 무슨 일인들 성공 못하리오."

모든 장수가 각기 수군거린다.

"우리들이 어찌 저 포만자만 못하리오."

진나라 모든 장수가 서로 팔을 뽐내며 외친다.

"달리는 병거 위로 뛰어 올라타지 못하는 자는 칼을 버려라."

칼을 버리라는 것은 군인에 대한 최대의 모욕이다. 진나라 병거 300승은 일제히 달리기 시작했다. 그리고 군사들은 다 나는 듯이 달리는 병거 위로 뛰어올랐다. 그들은 역시 주양왕 앞을 지나면서 군례軍禮로 경례했다. 진나라 병거 300승은 경주하듯 번개처럼 다 지나가버리고 보이지 않았다.

왕자 호가 탄식한다.

"저렇듯 강한 진나라 군대를 누가 당적하리오. 저들이 가는 날엔 정나라도 쑥대밭이 되리라."

곁에서 왕손 만이 말없이 웃는다. 이때 왕손 만은 열 살 미만의 어린애였다. 주양왕이 그 웃는 걸 보고 묻는다.

"네 어린것이 뭘 안다고 웃느냐?"

"예법에 의하면 천자가 계시는 왕성 앞을 지날 때엔 무기를 거두고 군사는 뛰어서 지나가야 한다고 하옵니다. 그런데 지금 보니 그들은 갑옷만 벗고 지나갔습니다. 참으로 무례한 것들입니다. 또 몸을 날려 병거에 올라타는 걸 본즉 그들의 태도가 경박하더이다. 경박하면 생각이 깊지 못하며, 예의가 없으면 혼란이 일어나는 법입니다. 진군은 이번에 가서 반드시 패합니다. 남의 나라를 해치기 전에 그들 자신을 해칠 것입니다."
하고 어린 왕손 만은 대답했다.

한편 이때 정나라에 한 장사꾼이 있었다. 그는 이름이 현고弦高로, 직업은 소장수였다. 지난날에 왕자 퇴頹는 소를 매우 사랑했다. 그래서 정 · 위 여러 나라 소장수들은 주나라에 가서 곧잘 소를 팔았다. 따라서 그들은 많은 이익을 보았다. 현고도 조상 때부터 해오는 그 소장사를 하고 있었다. 비록 장사꾼이지만 애국하는 마음과 지혜를 겸비하고 있었다. 다만 아무도 그를 천거해주는 사람이 없어서 시정에 묻혀 있었다.

현고는 그날도 좋은 소 수백 마리를 팔았다. 그는 다시 소장사를 하려고 많은 소를 몰고 주나라로 향했다.

그가 여양진黎陽津 가까이 당도했을 때였다. 그는 저편에서 오는 친구 한 사람과 만났다. 그 사람의 이름은 건타蹇他였다. 건타는 진秦나라에 갔다가 돌아오는 길이었다.

현고가 묻는다.

"그래 요즘 진나라는 별일이 없습니까?"

건타가 대답한다.

"웬걸요. 진나라 대군은 정나라를 치려고 작년 12월 병술일丙戌日에 떠났지요. 머지않아서 이곳에 당도할 것이오."

현고는 놀랐다.

"우리 나라가 장차 위기에 놓였구나. 내 듣지 않았으면 모르지만 들은 이상에야 이러고 다른 나라에 갈 때가 아니다. 만일 종묘사직이 망하면 내 무슨 면목으로 고국에 돌아가리오."

현고는 꾀 하나를 냈다. 그는 건타와 작별하고 즉시 사람을 사서 정나라로 서신을 보냈다. 그 서신 내용은 진나라 군사가 오는 중이니 속히 만반의 준비를 갖추라는 것이었다.

그는 다시 좋은 소 20마리만 고르고 나머지는 다 근방 객사客舍에다 맡겼다.

그는 조그만 수레를 하나 사서 타고 진秦나라 군사를 영접하러 갔다. 그가 활滑나라 연진延津 땅에 당도했을 때 저편에서 오는 진나라 전초 부대와 만났다.

현고가 진나라 군사 앞으로 가서 높은 소리로 외친다.

"나는 정나라 사신입니다. 원컨대 귀국 장군을 만나보고자 왔소이다."

전초가 뒤에 오는 중군中軍에게 가서 정나라 사신이 왔다는 걸 고하자, 맹명은 깜짝 놀랐다.

'정나라는 우리 군사가 오는 걸 어떻게 알고서 이렇게 멀리까지 사신을 보냈을까. 그 사신은 무슨 말을 하려고 왔을까.'

맹명은 정나라 사신을 데려오라고 했다. 현고는 참으로 임금의 명령을 받고 온 사신처럼 맹명에게 가서 거짓말을 했다.

"우리 주공께선 세 장군이 군사를 거느리고 우리 나라로 오신다는 말을 듣고서, 약간의 소를 주시며 신에게 속히 가서 진군을 영접하고 소를 잡아서 대접하라고 하셨습니다. 우리 나라는 대국大國 사이에 끼여 있어 늘 외국으로부터 갖은 모욕을 받고 항상 싸움 때문에 시달리고 있습니다. 그러므로 또 어쩌다 실수를 해서 큰 나라들로부터 언제 무슨 트집을 잡힐지 몰라 밤낮없이 경비하느라 모두 잠을 편히 자지 못하고 있습니다. 장군은 우리 나라 실정을 살피소서."

맹명이 묻는다.

"우리 군사를 영접하고 대접하러 왔다면서 어째 국서國書는 안 가지고 왔소?"

"장군이 지난해 겨울 12월 병술일에 군사를 거느리고 떠나셨다는 걸 우리 주공께서 들으시고 속히 가지 않으면 혹 진군을 영접하고 대접하는 데 기회를 놓치지나 않을까 염려하신 나머지 즉시 신을 불러 급히 가서 엎드려 우리 죄를 밝히라고 분부하셨습니다. 국서를 못 가지고 온 것은 너무 시급해서 그런 것이지 다른 뜻은 없습니다."

맹명이 현고의 귀에다 입을 대고 속삭인다.

"우리 주공께서 군사를 보낸 뜻은 활나라 때문이오. 어찌 우리가 정나라 때문에 왔겠소?"

마침내 맹명은 전군에게,

"연진에서 주둔하여라."

하고 전령했다.

현고는 소 20마리를 진군에게 바치고 칭찬하는 말을 남긴 후 돌아갔다.

서걸술과 백을병이 맹명에게 묻는다.

"무슨 뜻으로 이곳 연진에서 주둔하오?"

맹명이 대답한다.

"우리 군사가 머나먼 천릿길을 온 것은 다만 정나라를 기습하기 위해서였소. 그런데 정나라는 우리 군사가 고국을 떠난 날짜까지 알고 있소. 그러니 그동안 얼마나 많은 준비를 해뒀겠소. 이젠 정나라 성을 친대야 함몰시키기 어려울 것이며, 포위만 한대도 우리 군사의 수효가 적어서 그 뒤를 대지 못할지라. 한데 활나라는 아무 방비도 없을 것이니 이제 활나라나 무찌를 수밖에 없소. 많은 전리품이라도 가지고 돌아가야만 주공께 보고할 말이라도 있지 않겠소? 우리는 군사를 거느리고 온 만큼 무슨 명목이라도 세워야 하오."

그날 밤, 진군은 군사를 세 길로 나누어 활나라를 쳤다. 조그만 활나라는 누워 자다가 홍두깨 맞은 격으로 여지없이 격파되었다. 활나라 임금은 그날 밤으로 책翟나라로 달아났다. 진나라 군대는 닥치는 대로 노략질을 했다. 그들은 젊은 백성과 여자와 금옥金玉과 비단을 약탈했다. 활나라는 문자 그대로 쑥대밭이 되었다.

후세의 사신은 이 일을 다음과 같이 논평했다.

원래 진秦나라 군사는 정나라를 대수롭지 않게 생각했다. 현고가 속임수를 써서 진나라 군사를 영접하여 대접하고 그들을 막지 않았더라면 정나라는 멸망했을지도 모른다. 참으로 활나라는 까닭도 없이 하룻밤 사이에 망하고 만 것이다.

또 시로써 현고를 찬한 것이 있다.

늑대처럼 천리를 달려온 진군秦軍이
어찌 조그만 활나라를 무찔렀는가.
현고가 속임수를 써서 그들을 대접하지 않았던들
필시 정나라는 망하고야 말았을 것이다.
千里驅兵狠似狼
豈因小滑逞鋒鋩
弦高不假軍前犒

鄭國安能免滅亡

한번 멸망한 활나라는 다시 일어서질 못했다. 달아난 활나라 임금은 결국 나라를 다시 찾지 못했다. 마침내 옛 활나라 땅은 그후에 위衛나라 땅이 되고 말았다. 물론 모두 다 훗날의 이야기다.

한편 정목공鄭穆公은 소장수 현고가 보낸 밀서를 받았으나 도무지 믿어지지가 않았다. 이때는 바로 2월 상순이었다.

정목공은 사람을 시켜 객관客館에 가서 진秦나라 장수 기자·봉손·양손의 태도를 엿보고 오게 했다.

아니나 다를까, 기자 등은 병거를 수선하며 군사를 정돈하고 말을 배불리 먹이고 무기를 손질하고, 병사마다 몸차림을 하고 전투태세를 갖추기에 바빴다. 그들은 진나라 군사가 오면 북문을 열고서 호응하려고 초조히 기다리는 참이었다.

정목공은 이 보고를 듣고서 놀라 안절부절못했다. 그는 즉시 노대부 촉무를 불러 상의했다. 촉무는 비단을 가득 실은 수레를 거느리고서 북문으로 갔다. 촉무가 기자 등 세 장수에게 말한다.

"장군들, 오랫동안 우리 나라에 머물러주셔서 감사합니다. 그러나 우리 나라는 세 분 장군과 군사들에 대한 일체 비용을 대기에 골치를 앓고 있습니다. 들으니 세 분 장군은 이번에 군사를 무장시켰다는데 어디로 떠나실 작정입니까? 지금 귀국의 대장 맹명과 모든 장수들이 주나라와 활나라 사이에 있다는데 아마 그리로 가실 줄 믿습니다."

기자·봉손·양손은 불에 덴 듯 놀랐다.

'이거 야단났구나! 우리의 계책이 다 누설됐구나. 우리 나라 군사가 온대도 우리는 꼼짝못하게 됐다. 아니 잘못하다간 정나라 군사에게 당장 죽음을 당할 것이다. 허! 정에도 있을 수 없고 진으로 돌아갈 수도 없고 이 일을 어쩔꼬!'

기자 등 세 장수가 말한다.

"우리는 공연히 더 귀국에 폐만 끼칠 수 없어 곧 본국으로 돌아가려던 참입니다."

"그런 줄 알고 비단을 좀 가지고 왔소. 부디 노비路費에 보태쓰오."

촉무는 그들에게 비단을 주고서 돌아갔다.

그날로 기자는 병사 수십 명을 데리고 제나라로 달아났다. 봉손과 양손은 송나라로 달아났다. 장수를 잃은 진나라 병사들은 북문에 모여서 난亂을 일으키려고 했다. 정목공은 일지호佚之狐를 북문으로 보냈다. 일지호는 많은 곡식을 가지고 북문에 가서 진나라 병사에게 나눠주고 그들을 진나라로 돌려보냈다. 정목공은 현고의 공로를 사적史籍에다 기록하게 하고 그에게 군위軍尉• 벼슬을 줬다. 이리하여 정나라는 겨우 위기를 모면했다.

신인神人이구나, 선진先軫이여

한편 진양공晉襄公은 국상國喪이 났음을 알리고 곡옥曲沃 땅에서 빈궁殯宮을 모셨다.

세작이 와서 고한다.

"진秦나라 장수 맹명이 군사를 거느리고 동쪽으로 출발했습니다. 그러나 어디로 갔는지는 모르겠습니다."

진양공은 몹시 놀라 모든 신하를 불러 상의했다. 이때 강성絳成의 중군中軍 원수 선진先軫은 이미 진秦나라 내막을 탐지해서 알고 있었다. 그는 진군이 정나라를 치러 간 것까지도 알았다. 그래서 곡옥에 가서 진양공에게 아뢰었다.

"진후秦侯는 건숙과 백리해가 간하는 말을 듣지 않고서 천리 먼 곳에 있는 정나라를 치기로 결심한 것입니다. 이는 지난날 곽언이 점을 쳐보고 말한 바와 같이 서쪽에서 쥐가 오더니〔有鼠西來〕 우리의 담장을 넘는다〔越我垣牆〕는 바로 그것입니다. 우리는 지금 급히 그들을 쳐야 합니다. 주공께서는 이 기회를 놓치지 마십시오."

난지欒枝가 앞으로 나아가 아뢴다.

“지난날 진秦나라는 이번에 세상을 떠나신 선군께 많은 은혜를 베풀었습니다. 그 은혜를 갚기도 전에 그 군사를 친다는 것은 우선 선군에 대한 예의가 아닙니다.”

선진이 반박한다.

“그렇지 않소. 이야말로 우리가 선군의 뜻을 계승하는 길이오. 이번에 우리 선군께서 세상을 떠나셨으므로 우리와 동맹한 모든 나라 제후는 우리 나라에 와서 문상問喪하려고 바쁜 걸음을 하였소. 그런데 진나라는 우리에게 슬픔을 표시하기는커녕 도리어 군사를 보내어 우리 나라 경계를 넘고 우리와 동성同姓인 정나라를 치러 갔소. 우리는 이렇듯 무례한 진나라를 결코 용서할 수 없소. 선군께서도 구천九泉에서 진나라를 원망하시리이다. 그러하거늘 무슨 은혜를 갚을 것 있으리오. 또 우리와 진나라는 전에 언약한 바가 있소. 일단 유사시엔 함께 군사를 일으켜 적을 친다는 것이었소. 그런데 우리가 정나라를 포위했을 때 그들은 우리를 배신하고 돌아가버렸소. 이만하면 진나라의 뜻을 가히 알 만하오. 그들이 우리에게 이렇듯 신의가 없거늘 어찌 우리만이 그들을 위해야 한단 말이오?”

난지가 말한다.

“진나라 군사는 아직 우리 나라 경계에 들어오지 않았소. 그런데 그들을 친다는 것은 좀 지나친 일이 아니겠소?”

선진이 대답한다.

“전날 진秦나라가 선군을 우리 나라 군위에 세운 것은 우리 진晉나라를 위해서가 아니었소. 곧, 진秦나라가 자신을 위해서 한 것이오. 그 뒤 우리 선군께서 모든 나라 제후를 거느리는 백업伯

業을 이루시자 진秦은 겉으론 복종하는 체했지만 속으론 선군을 시기했소. 그들이 지금 국상을 치르고 있는 정나라를 치는 것은 우리 진나라도 상중이기 때문에 그들에게 간섭을 못할 줄로 믿고서 하는 수작이오. 그러나 우리가 군사를 보내지 않으면 진군秦軍 단독으론 정나라를 무찌르지 못할 것이오. 그들이 정나라를 무찌르거나 못하거나 간에 결국 그들은 장차 우리 진나라로 쳐들어올 것이오. 속담에도 한때 적을 내버려뒀다가 몇 대를 두고 골치를 앓는다는 말이 있지 않소. 이번 기회에 진군秦軍을 치지 않으면 장차 우리가 어찌 자립하겠소."

조쇠趙衰가 말한다.

"진군을 쳐야 한다지만 지금 주공께서는 상주의 몸이신데 어찌 군사를 일으켜 예의에서 벗어난 일을 할 수 있으리오."

선진이 답변한다.

"사람이 상주가 되면 상례喪禮를 지키고 빈殯을 모시는 것은 그 효성을 다하기 위해서입니다. 그러나 강한 적을 치고 종묘사직을 안전하게 하는 것과 비교하면 어느 쪽이 더 효성이겠습니까. 모든 대신이 다 찬성하지 않으시면 청컨대 나 혼자만이라도 가서 싸우겠소."

이에 서신胥臣 등은 솔선해서 선진의 뜻에 찬성했다. 마침내 선진이 청한다.

"주공께선 상복을 입으신 대로 군사를 일으키소서."

진양공이 묻는다.

"원수는 진秦나라 군사가 언제쯤, 그리고 어느 길로 돌아가리라고 생각하오?"

선진이 손가락을 꼽아보고 아뢴다.

"신이 생각건대 진군秦軍은 필경 정나라를 쳐도 이기지 못할 것입니다. 왜냐하면 진나라는 정나라까지 길이 너무 멀어서 뒤를 대지 못하므로 진군은 오래 버티지 못할 것입니다. 그들이 정나라까지 왕복하려면 4개월은 더 걸린다고 봐야 합니다. 그러고 보면 초여름에 진군은 반드시 민지澠池 땅을 지날 것입니다. 민지는 바로 진秦나라와 우리 나라의 경계이기 때문입니다. 그 민지 서쪽에 효산崤山이 두 개로 나뉘어 솟아 있습니다. 동효東崤에서 서효西崤까지의 거리는 35리인데 누구나 진秦나라로 돌아가려면 그곳을 통과해야 합니다. 그곳은 수목이 울창하고 산과 돌이 험준해서 수레로 갈 수 없는 곳도 두서너 군데 있습니다. 진군은 그곳을 지날 때 반드시 말에서 내려 모두 설설 매달리다시피 기어가야 할 것입니다. 그전에 우리는 그곳에 복병을 두었다가 그들이 뜻하지 않았던 때에 습격하면 진秦나라 군사와 장수까지도 모조리 사로잡을 수 있습니다."

진양공이 머리를 끄덕인다.

"만사를 원수元帥에게 맡기니 알아서 작전을 펴도록 하오."

선진은 자기 아들 선차거先且居와 도격屠擊에게 군사 5,000명을 주고 그들로 하여금 효산 왼쪽에 가서 매복하게 했다.

그리고 서신의 아들 서영胥嬰과 호국거狐鞫居는 군사 5,000을 거느리고 효산 오른쪽에 가서 매복했다. 그들은 진秦나라 군사가 오면 일시에 좌우로부터 협공挾攻할 예정이었다.

또 호언의 아들 호사고狐射姑와 한자여韓子輿는 군사 5,000을 거느리고 서효산西崤山에 가서 먼저 수목들을 베어 진군이 돌아갈 길을 막아놓고 매복했다.

양유미梁繇靡의 아들 양홍梁弘과 내구萊駒는 군사 5,000을 거느리고 동효산東崤山에 가서 매복했다. 그들은 일단 진군을 지나가게 내버려둔 후에 그들의 뒤를 추격하기로 했다.

선진은 조쇠 · 난지 · 서신 · 양처보 · 선멸 등 장수들과 함께 진양공을 모시고 효산에서 20리쯤 떨어진 곳에 영채를 세웠다.

진군晉軍은 각기 대오를 지어 서로 긴밀한 연락을 취했다. 이야말로 사나운 범을 잡는 격이며 향기로운 미끼로 큰 거북을 노리는 수법이었다.

한편 진군秦軍이 활滑나라를 완전히 멸망시킨 것은 2월이었다. 그들은 노략질한 물건을 수레마다 가득 싣고서 떠났다. 이젠 정鄭나라를 쳐야 별 보람이 없을 것을 알고 그들은 물건이나 잔뜩 노략질해 돌아가서 속죄할 요량이었다.

진군秦軍은 본국으로 행군했다. 진나라 군사가 민지 땅에 당도한 것은 4월 초순이었다.

백을병白乙丙이 맹명孟明에게 말한다.

"이 민지에서 서쪽으로 가면 바로 험준한 효산 길이 나타나오. 나의 부친이 우리에게 조심조심하라고 거듭 부탁한 곳이 바로 그곳이오. 장군은 신중을 기하시오."

맹명이 웃는다.

"내 그동안에 천릿길을 달렸으나 한번도 두려워할 일이 없었소. 저 효산만 넘으면 바로 우리 진秦나라 경계에 들어서게 되오. 이젠 고향에 돌아온 거나 진배없는데 무엇을 염려하리오."

서걸술西乞術이 불안한 듯이 말한다.

"우리 군사가 비록 용맹하지만 조심해서 손해볼 건 없소. 혹 진晉나라 군사가 매복하고 있다가 갑자기 나타나면 어떻게 막으려오?"

맹명이 대답한다.

"장군은 진晉나라를 너무 무서워하는구려. 그렇다면 내가 앞장서서 가겠소. 만일 진나라 복병이 있으면 내가 도맡아서 무찔러버리겠소."

이에 포만자褒蠻子는 원수의 백리기호百里旗號를 군사에게 들리고 맨 앞에 서서 걸었다. 그 다음 맹명이 제2대가 되고, 서걸술이 제3대가 되고, 백을병이 제4대가 되어서 뒤따랐다. 그들간의 거리는 1, 2리 정도였다.

원래 포만자는 무게가 80근이나 되는 방천극方天戟을 사용했다. 그는 방천극을 팔랑개비처럼 돌리고도 동작이 나는 듯했다. 스스로 천하에 자기를 당적할 자가 없다고 늘 자랑했다. 포만자는 병거를 달려 민지 땅을 지나서 동효산에 당도했다. 문득 산기슭에서 요란한 함성이 일어나며 일대의 병거와 말이 달려나왔다. 그 병거 위에 탄 장수 한 사람이 앞을 막으며 묻는다.

"네가 진秦나라 장수 맹명이냐? 우리가 너를 기다린 지 오래다."

포만자가 되레 묻는다.

"네 이름은 뭐냐? 서로 통성명이나 하자."

"나는 진晉나라 대장 내구萊駒다."

포만자가 깔깔 웃는다.

"너희 나라 난지, 위주라면 한번 장난 삼아 싸워보겠다만 너는 이름도 없는 졸개로구나. 네 어찌 감히 우리의 앞길을 막느냐. 속히 길을 비키고 대군이 지나가시는 데 방해하지 말아라. 비켜나지 않으면 너에게 이 방천극의 맛을 뵈리라."

내구는 분기충천했다. 즉시 창을 들어 포만자의 가슴을 찔렀다. 포만자는 가볍게 창끝을 피하면서 방천극을 높이 들어 내구를 내리쳤다. 내구는 급히 몸을 피했다. 그러나 무거운 방천극에 병거 뒤를 맞아 형목衡木이 두 조각으로 부서졌다.

내구가 포만자의 용맹을 보고 무심결에 찬탄한다.

"과연 맹명은 소문에 듣던 바대로 용맹하구나."

포만자가 껄껄대고 웃는다.

"나는 맹명 원수의 부하인 아장 포만자이다. 우리 원수가 어찌 쥐새끼 같은 너와 친히 싸우겠느냐. 네 속히 몸을 피하라. 우리 원수가 곧 뒤에 오신다."

내구는 몹시 놀랐다. 아장이 저렇듯 용맹한 바에야 맹명은 얼마나 무서운 장수일까? 내구가 큰소리로 외친다.

"너희를 무사히 통과시켜줄 테니 우리 군사를 해치지 마라."

이에 진晉나라 군사는 길 옆으로 비켜섰다.

선발대인 포만자는 그곳을 지나가면서 즉시 뒤에 오는 맹명 원수에게 부하 하나를 보냈다.

"약간의 진晉나라 군사가 매복하고 있었으나 소장이 그들을 다 무찔러 쫓아버렸습니다. 원수는 속히 오셔서 함께 효산을 넘으면 별일 없을 것 같습니다."

이 보고를 듣고서 맹명은 크게 기뻐했다. 맹명은 서걸술, 백을병과 함께 앞으로 나아갔다.

한편 내구는 군사를 데리고 양홍梁弘에게 가서 포만자의 용맹을 높이 평가했다.

양홍이 웃으면서 말한다.

"제아무리 날고 기는 놈일지라도 이제 철통 속으로 들어갔으니 별수 없소. 우리는 함부로 군사를 움직이지 말고 적이 다 지나가기를 기다렸다가 그 뒤를 추격하면 계책대로 완전히 승리할 것이오.”

한편 맹명 등 삼대 군사는 동효산으로 들어가서 다시 몇 리쯤 나아가다 저 험준하기로 유명한 상천제上天梯 · 타마애墮馬崖 · 절명암絶命巖 · 낙혼간落魂澗 · 귀수굴鬼愁窟 · 단운욕斷雲峪 등이 시작되는 곳에 이르렀다. 얼마나 험한지 병거와 말이 제대로 지나갈 수조차 없었다. 선발대 포만자는 이미 멀리 앞서가고 없었다.

맹명이 명령한다.

“포만자가 먼저 가버리고 없는 걸 보니 복병이 없는 모양이다. 모든 군사는 말안장을 내리고 투구와 갑옷을 벗어라.”

군사들은 말을 끌기도 하고 병거를 분해해서 떠메기도 하고 서로 이끌기도 하고 밀기도 했다. 그들은 세 걸음을 옮겨놓을 적마다 두 번씩 자빠졌다. 참으로 어렵고 고생스러운 행군이었다. 그들은 어지럽게 흩어져서 산길을 오르느라 전혀 대열을 갖출 수 없었다.

어떤 사람은 묻기를 전날 진秦나라 군사가 본국을 떠나 정나라로 향했을 때도 이 효산을 지났는데, 그때는 어째서 그리 힘든 줄을 몰랐으면서 이제 돌아가는 데엔 이렇듯 고생을 하느냐고 말할지 모른다. 그러나 여기엔 그만한 이유가 있다. 진나라 군사가 전날 본국을 떠났을 때는 반드시 승리하고 돌아오리라는 희망에 넘쳤고, 또 앞을 막는 진晉나라 군사도 없었으며, 느린 걸음으로 맘대로 쉬면서 갔던 것이다. 그래서 그때 그들이 효산을 지날 적에는 별로 고통을 몰랐다.

그런데 지금 그들은 이미 머나먼 천릿길을 갔다가 돌아가는 길이었다. 사람과 말이 다 지칠 대로 지쳤다. 또 활나라에서 노략질해가지고 가는 허다한 사람과 여자와 황금과 비단 때문에 짐이 많았다. 더구나 진晉나라 군사와 한번 만났기 때문에 또 복병이 있지나 않을까 하고 매우 불안했다. 그래서 그들은 내심 두려워하고 있었다. 이상 말한 여러 가지 조건 때문에 그들에게 효산은 더욱 험난한 길이 아닐 수 없었다.

맹명 등은 겨우 상천제를 올랐다. 길은 한층 더 험하고 좁았다. 그들이 얼마쯤 갔을 때였다. 어디선지 북소리와 뿔피리〔角笛〕 소리가 은은히 들려왔다. 뒤에서 한 병사가 허둥지둥 쫓아와서 맹명에게 고한다.

"진晉나라 군대가 우리 뒤를 따라옵니다."

맹명이 대답한다.

"여기는 워낙 험한 곳이니 우리도 나아가기 힘들지만 그들도 따라오기 쉽지 않을 것이다. 다만 걱정된다면 앞에도 진晉나라 복병이 또 있느냐는 것뿐이다. 뒤따라오는 적쯤이야 두려워할 것 없다. 모든 군사는 빨리빨리 전진하여라!"

그리고 나서 맹명이 백을병에게 말한다.

"장군은 앞서가오. 내 친히 뒤따라오는 적을 막겠소."

그들은 타마애를 지났다. 곧 절명암에 가까워졌을 때였다. 앞서가던 군사들이 아우성을 치면서 되돌아와 보고한다.

"나무를 베어 그것으로 앞길을 막았기 때문에 사람도 말도 갈 수 없습니다. 어찌하면 좋겠습니까?"

그럼 그 나무들을 누가 베어 갖다 쌓았을까? 과연 진晉나라 군사가 매복하고 있는 것일까? 맹명은 친히 그곳으로 가보았다. 절명암 곁에 비석이 하나 서 있었다. 거기에는 문왕이 비를 피한 곳〔文王避雨處〕이라는 다섯 글자가 새겨져 있었다. 그 비석 곁에 붉은 기가 꽂혀 있었다. 깃대 길이는 3척 남짓했다. 기에는 진晉자가 수놓여 있었다. 그리고 기에서부터 그 밑은 큰 나무들이 어지러이 쌓여 있었다.

맹명이 말한다.

"이건 복병이 있는 것이 아니다. 다만 복병이 있는 것처럼 꾸며 놓았을 뿐이다."

그러나 속생각은 그렇지 않았다. 그건 틀림없이 복병이 있다는 증거였다. 어떻든 앞으로 나아가는 도리밖에 없었다. 군사들은 맹명의 분부를 받고 우선 진晉나라 깃대부터 뽑아 던지고 어지러이 쌓인 나무들을 치우기 시작했다.

누가 알았으랴, 그 진晉자 홍기紅旗가 매복하고 있는 진군晉軍에겐 하나의 신호일 줄이야!

진晉나라 군사들은 절명암 골짜기 으슥한 곳에 숨어서 홍기만 바라보고 있었다. 그들은 기가 쓰러지는 걸 보자 즉시 진秦나라 군사가 왔다는 걸 알았다. 매복하고 있던 진晉나라 군사는 일제히 일어섰다.

한편 진군秦軍은 나무를 치우기에 정신이 없었다. 그런데 문득 전면에서 우레 같은 북소리가 일어났다. 진군秦軍은 일손을 멈추고 놀라 순간 얼이 빠질 지경이다. 저 멀리서도 이곳저곳에 녹음 사이로 무수한 정기旌旗•가 나타나면서 번쩍거렸다. 진晉나라 군사가 얼마나 되는지 대중도 할 수 없었다.

백을병은 군사에게 분부하여 무기를 갖추게 하고 장차 적군과 맞부딪쳐 싸우기로 했다. 이때 저편 산, 높은 바위에 장군 한 명이 나타났다. 그는 바로 호사고狐射姑로서 자는 가계賈季였다. 호사고가 바위 위에 서서 큰소리로 외친다.

"너희들의 선봉 포만자는 이미 결박되어 이곳에 붙들려 있다.

진秦나라 장수들은 속히 투항하여 도륙을 면하도록 하여라."

원래 포만자는 용기만 믿고서 전진하다가 함정에 빠졌던 것이다. 진晉나라 군사는 갈고리로 함정에 빠진 포만자를 끌어올리고 결박해서 죄수용 수레 속에 가두었다.

백을병은 호사고의 외치는 소리를 듣고 가슴이 철렁했다. 백을병은 서걸술과 맹명에게 이 사실을 보고했다. 세 장수는 함께 상의하고 합력해서 길을 열고 나아가기로 했다. 그들은 겨우 조그만 길을 발견하고 나아갔다. 그러나 얼마 가지 못해서 세 장수는 일제히 걸음을 멈췄다. 한쪽은 깎아지른 산봉우리인데 발붙일 곳도 없는 절벽이었다. 다른 한쪽은 아래로 만 길이나 되는 시퍼런 계곡이 까마득히 굽어보였다. 그곳이 바로 낙혼간이었다. 설령 천군만마를 거느리고 있다 할지라도 별도리가 없는 곳이었다.

맹명은 도저히 적과 싸울 수 없는 곳이란 걸 직감했다. 그는 마침내 결심했다.

"동효산으로 다시 돌아갑시다. 이젠 넓은 곳에 나가서 적과 싸워 사생결단을 내는 수밖에 없소."

백을병은 맹명의 영을 받아 모든 군사에게 후퇴하도록 지시했다. 진군秦軍은 다시 오던 길을 되돌아가는데 사방에서 쉴새없이 북소리가 일어났다.

진군秦軍이 후퇴하여 타마애까지 갔을 때였다. 굽어본즉, 동쪽 길엔 진晉나라 정기가 끝이 안 보일 정도로 늘어서서 오고 있었다. 진晉나라 대장 양홍이 부장 내구와 함께 5,000 군마를 거느리고 진군秦軍의 뒤를 밟아오는 것이었다.

진군秦軍은 타마애에서 더 동쪽으로 갈 수 없었다. 그들은 다시 돌아서서 서쪽으로 향했다. 그러나 앞뒤가 다 진군晉軍이었다. 진군晉軍은 점점 범위를 좁히면서 모여들고 있었다. 이젠 어쩔 도리가 없었다.

맹명이 분부한다.

"모든 군사는 두 패로 나뉘어 좌우 양쪽으로 산을 오르고 시내를 건너 적의 포위에서 빠져나가거라!"

그 순간 왼편 산 위에서 징과 북소리가 진동하면서 대장 하나가 나타나 기어오르는 진군秦軍을 굽어보고 호령한다.

"이미 선차거先且居가 예 있으니 맹명은 헛수고 말고 속히 항복하여라."

동시에 오른쪽 시내 건너에선 한 방의 포砲 소리가 온 산골짜기를 뒤흔들었다. 그리고 숲 속에서 대장 서영胥嬰의 기旗가 나타나 나부꼈다.

전후좌우가 다 진晉나라 군사였다. 맹명은 일촌간장이 일시에 찢어지는 듯했다. 이젠 원수로서 부하 군사에게 명령할 말이 없었다. 진秦나라 군사들은 미친 듯이 각기 산 위로 달아나고 시내를 건너 달아났다. 그러나 진秦나라 군사들은 기다리고 있는 진군晉軍에게 사로잡히거나 맞아죽었다.

이 꼴을 보자 맹명은 눈알이 뒤집히는 듯했다. 그는 서걸술, 백을병과 함께 다시 타마애 쪽으로 달려갔다. 그러나 숲과 덤불엔 이미 유황과 염초焰硝가 뿌려져 있었다.

한자여韓子輿는 진秦나라 세 장수가 달려오는 걸 보고서 즉시 불을 질렀다. 곧 괴상한 소리를 내면서 연기가 자욱히 퍼져오르고 시뻘건 불은 무수한 혀를 날름거리면서 뻗어나갔다. 동시에 진군晉軍은 사면에서 세 장수에게로 육박해 들어갔다. 세 장수의 눈에 보이는 건 모두가 진晉나라 군사뿐이었다.

맹명이 백을병을 돌아보고 길이 탄식한다.

"그대의 부친은 참으로 앞날을 훤히 아시는 어른이오. 이 위험한 곳에서 적군 속에 빠졌으니 나는 이제 죽은 몸이오. 그대 두 사람은 변복하고 각기 살길을 찾아서 달아나오. 만일 누구든지 천행으로 고국에 돌아가거든 우리 주공께 이 사실을 소상히 보고하고 군사를 일으켜 내 원수를 갚아주오. 그래야만 나는 구천에 가서라도 비로소 눈을 감을 수 있을 것이오."

서걸술과 백을병이 통곡한다.

"우리들이 살면 함께 살고 죽으면 함께 죽을지라. 설사 이곳에서 빠져나갈 수 있다손 치더라도 무슨 면목으로 혼자서 고국에 돌아가리오."

지금까지 세 장군을 따라다니던 마지막 진秦나라 군사마저 병거와 무기를 버리고 달아났다.

맹명 · 백을병 · 서걸술은 더 어쩔 도리가 없었다. 세 장수는 말에서 내려 바위 밑에 나란히 앉았다. 그리고 적이 와서 결박하기를 기다렸다.

진晉나라 군사는 진秦나라 장수들과 군사를 일일이 다 결박했다. 계곡 물은 피로 물들어 붉게 흘렀다. 시체는 온 산속에 깔려 있었다. 말 한 마리, 병거 바퀴 하나도 벗어나질 못했던 것이다.

염옹이 시로써 이 일을 읊은 것이 있다.

천리를 누르던 용맹도 일시에 힘을 잃고
효산에서 살아간 자 하나도 없네.
진晉나라 작전이 묘했다고 하지를 마라
지난날에 건숙은 미리 이럴 줄 알고서 울었느니라.

千里雄心一旦灰
西崤無復隻輪回
休誇晉師多奇計
蹇叔先曾墮淚來

선차거는 모든 장수를 동효산 밑으로 집합시켰다. 그리고 진秦나라 장수 맹명 · 백을병 · 서걸술과 포만자를 함거에 싣고 적군 포로와 병거와 군마, 활나라에서 잡혀온 남녀와 보물과 비단을 모조리 이끌고 회군했다. 그들은 의기양양해서 진양공의 대영大營으로 돌아갔다.

진양공은 상복을 입고 포로들과 전리품을 둘러봤다. 군사들의 환호 소리가 지축을 뒤흔들었다.

진양공은 잡혀온 진秦나라 세 장수의 이름을 일일이 묻고 나서 포만자를 가리키며 양홍에게 물었다.

"이자는 어떤 사람이냐?"

양홍이 대답해 아뢴다.

"이 사람의 이름은 포만자라고 합니다. 비록 아장亞將에 불과하지만 놀라운 용맹이 있어 내구도 첫번 싸움에서 당적하질 못했습니다. 만일 그가 함정에 빠지지 않았다면 사로잡기 어려웠을 것입니다."

진양공이 놀라며,

"이런 용맹한 놈을 그냥 뒀다가는 무슨 변이 생길지 두렵다."

하고 내구를 불러 분부한다.

"그대가 저놈과 싸워서 졌다 하니 이제 과인이 보는 앞에서 저놈의 목을 참하여 울분을 풀도록 하여라."

내구는 진양공의 분부를 받고 포만자를 잡아 일으켜 기둥에다 비끄러맸다. 그리고 큰 칼을 뽑아들고 포만자의 목을 치려고 높이 쳐들었다.

포만자가 큰소리로 외친다.

"네 이놈! 너는 나에게 패한 장수이거늘 어찌 감히 나를 범하느냐!"

그 소리는 공중에서 바로 떨어지는 벽력과 같았다. 건물 막사의 기둥이 그 소리에 흔들렸다. 포만자는 두 팔에 힘을 줬다. 순간 그를 결박한 밧줄이 일시에 끊어졌다. 내구는 그 벽력같은 소리에 크게 놀랐다. 동시에 손이 떨려서 칼을 떨어뜨렸다. 포만자는 나는 듯이 달려들어 땅바닥에 떨어진 칼을 집어들었다. 이때 바로 포만자 뒤에 한 소교小校가 서 있었다. 그의 이름은 낭심狼瞫이었다. 낭심은 칼을 뽑아 포만자의 등을 쳤다. 그는 다시 칼을 번쩍 들어 외마디 소릴 지르면서 몸을 돌리는 포만자의 목을 쳤다. 포만자는 대들보가 무너지듯 쓰러졌다. 낭심은 쓰러진 포만자의 목을 잘라 진양공에게 바쳤다. 진양공은 매우 기뻤다.

"내구는 한낱 소교의 용기만도 못하구나! 썩 물러가라."

진양공은 내구의 벼슬을 빼앗고 궁중에서 추방했다. 그리고 낭심을 차우車右•로 승격시켰다. 낭심은 진양공에게 사은謝恩하고 물러갔다.

낭심은 의기양양해서 '임금이 나를 알아주셨다' 고 자부했다. 그래서 그는 직위가 올랐건만 원수 선진에게 가서 인사도 드리지 않았다. 선진은 낭심을 괘씸한 놈으로 생각했다.

이튿날 진양공은 모든 장수와 함께 군사들의 개가를 들으면서, 선군을 모신 빈궁이 곡옥 땅에 있으므로 일단 곡옥曲沃으로 돌아갔다. 진양공은 장차 장례나 마치고 강성에 돌아가서 진秦나라 장수 맹명 등 세 사람을 태묘에 바치고 승전을 고한 후 형을 집행할 작정이었다. 진양공은 우선 진문공의 관을 모셔놓은 빈궁 앞에서 승전을 고했다.

국장國葬을 치르는 날 진양공은 상복을 입고 마지막 효성을 다 했다.

이때 모부인母夫人 문영文嬴도 남편인 진문공의 장례에 참석하기 위해서 곡옥에 와 있었다. 진양공의 어머니 문영은 진秦나라 사람으로 바로 진목공의 딸이다. 문영은 이미 자기 친정 나라의 세 장수가 사로잡혀 왔다는 걸 알고 있었다. 그래서 아들인 진양공에게 슬쩍 이렇게 말했다.

"들은즉 우리 나라 군사가 대승을 거두어 맹명 등 적의 장수를 사로잡아 왔다 하니 이는 사직의 복이로다. 알 수 없어라. 그동안에 세 적장敵將은 죽었는지?"

진양공이 아뢴다.

"아직 죽이지 않고 있습니다."

문영이 말한다.

"원래 진秦나라와 우리 진晉나라는 대대로 혼인한 사이여서 극친한 터이다. 그런데 맹명 등 몇 놈들이 공명과 벼슬을 탐하고 망령되이 칼과 창을 휘둘러 마침내 우리 두 나라의 극친한 정을 원한으로 바꿔놨구나. 내 생각건대 진秦나라 임금은 그 세 놈을 깊이 원망하고 있을 것이다. 그러니 그 세 놈을 진秦나라로 돌려보내어 진나라 임금의 손으로 그놈들을 죽이게 함으로써 우리 진晉과 진秦 두 나라 사이의 원망을 풀면 이 아니 아름다우리오?"

진양공이 대답한다.

"그 세 장수는 자기 나라를 위해서 싸운 사람들입니다. 겨우 잡아온 것을 도로 돌려보낸다면 다음날 우리 진나라에 우환이 될까 두렵습니다."

문영이 엄숙한 표정으로, 그러나 부드러운 목소리로 말한다.

"장수가 싸움에 지면 죽는 법이다. 그건 어느 나라고 간에 다 실시하고 있는 국법이다. 초나라 군사가 싸움에 지자 무서운 초나라 장수 성득신도 죽음을 받았다. 어찌 진秦나라만이 군법이 없으리오. 더구나 지난날에 우리 나라 진혜공晉惠公은 진秦나라에 잡혀가서 감금되어 있었다. 그러나 진나라 임금은 어디까지나 진혜공을 예의로써 대접했고 마침내 우리 나라로 돌려보내줬다. 진나라는 그처럼 예의로써 우리 나라를 대접했던 것이다. 이제 싸움에 진 그까짓 구구한 장수 셋을 죽여서까지 우리 나라가 무정하다는 소문을 세상에 퍼뜨릴 필요야 없지 않은가?"

진양공은 처음엔 어머니의 말을 유의해 듣지도 않았다. 그러다가 지난날 진혜공이 진나라에서 석방되어 돌아왔다는 말을 듣자 문득 마음이 움직였다.

진양공은 즉시 유사有司를 불러 진秦나라 세 장수를 석방하도록 분부했다. 이에 맹명 등 세 장수는 옥에서 풀려나오자마자 진양공에게 가서 사은할 경황도 없이 고국을 향하여 바삐 달아났다.

이때 선진은 마침 자기 집에서 식사 중이었다. 그는 진양공이 진秦나라 장수 셋을 다 석방해줬다는 말을 듣고 깜짝 놀랐다. 그는 씹던 음식을 뱉고 일어나 그길로 즉시 진양공에게 갔다.

선진이 노기등등하여 진양공에게 묻는다.

"진秦나라 죄수들을 어느 곳에다 가두어뒀습니까?"

진양공이 대답한다.

"모부인이 하도 청하시기에 그 말씀을 좇아 그들을 이미 석방했소."

순간 선진은 진양공의 얼굴에 침을 탁 뱉었다.

"일을 이렇게 모르다니 참 어리석은 사람이로다! 장수들이 천신만고 끝에 겨우 잡아온 죄수를 그래 한 부인의 말만 듣고 놓아줄 수 있는가? 범을 놓아 산으로 돌려보냈으니 다음날 후회한들 무슨 소용 있으리오."

신하가 아무리 격분했을지라도 임금 얼굴에 침을 뱉는 일은 전무후무한 사건이었다. 곁에 있던 신하들은 너무나 해괴한 사건을 목격하고 놀랐다. 그러나 진양공은 선진의 말에 비로소 깊이 깨달은 바가 있었다. 진양공은 소매를 들어 얼굴에 묻은 침을 조용히 닦으며,

"과인의 잘못이로다."

하고, 좌중을 둘러보며 묻는다.

"누가 즉시 뒤쫓아가서 진秦나라 장수들을 잡아올꼬?"

양처보陽處父가 아뢴다.

"신이 곧 가서 그들을 사로잡아 오겠습니다."

선진이 재촉한다.

"장군은 가장 좋은 말을 타고 달려가서 때를 놓치지 마시오. 성공하면 장군은 제일 큰 공로를 세우는 것이오."

양처보는 즉시 준마駿馬에 올라타고 큰 칼을 등에 메고 곡옥 서문西門을 나는 듯이 달려나갔다. 그는 달리는 말에 채찍질하여 맹명 등 세 장수를 뒤쫓아갔다.

사신이 시로써 진양공을 찬탄한 것이 있다. 곧 진양공이 선진의 무례한 행동거지를 용서한 것은 결코 쉬운 일이 아니다. 그만한

도량이 있었기에 진양공은 패업을 계승할 수 있었다는 내용이다.

한 부인의 말이 여러 장수의 공로를 수포로 돌아가게 했으니
그때 선진의 분노는 하늘을 찌를 듯했도다.
임금은 얼굴에 묻은 침을 닦고 노하지 않았으니
그러므로 진양공은 패업을 계승했도다.
婦人輕喪武夫功
先軫當時怒氣沖
拭面容言無慍意
方知嗣伯屬襄公

요행히 죽을 고비에서 벗어난 맹명 등 세 장수는 급히 달아나면서 상의했다.

"우리가 하수河水만 건너면 완전히 살아날 수 있지만 강물을 건널 수 없으면 어찌할꼬. 진晉나라 임금이 그새 후회하고 우리를 추격할까 봐 두렵소."

그들은 급히 걸어 하하河下에 당도했다. 하수는 유유히 흐르는데 배가 한 척도 없었다. 맹명 등 세 장수가 탄식한다.

"하늘이 우리를 버리심이로다!"

세 장수의 탄식이 끝나기도 전이었다. 한 고기잡이 노인이 조그만 배를 타고 서쪽에서 오면서 노래를 부른다.

원숭이가 우리 속에서 벗어남이여
새가 새장을 나옴이로다.
어떤 사람이 나를 만날 것인가

싸움엔 져도 공로가 되리.

囚猿離檻兮

囚鳥出籠

有人遇我兮

反敗爲功

맹명이 그 이상한 노랫소리를 듣고 큰소리로 외친다.

"고기잡이 노인이여, 우리를 태워주오."

고기잡이 노인이 대답한다.

"진秦나라 사람이면 태울 수 있지만 진晉나라 사람이면 태워줄 수 없소."

"우리는 진秦나라 사람이오. 속히 우리를 건네주오."

그제야 고기잡이 노인이 묻는다.

"그대들은 효산에서 패한 사람들이 아니오?"

맹명이 대답한다.

"그러하노라."

고기잡이 노인이 머리를 끄덕이면서 말한다.

"내 공손지公孫枝 장군의 명령을 받고 이곳에서 기다린 지 오래오. 이 배는 조그만 배라. 앞으로 반 리里쯤 가면 큰 배가 있소. 장군들은 속히 가오."

고기잡이 노인은 유유히 삿대질을 하며 나는 듯이 서쪽으로 가버렸다. 세 장수는 강을 따라 급히 내려갔다. 과연 반 리도 못 가서였다. 강물 가운데 큰 배가 여러 척 정박하고 있었다. 아까 본 그 고기잡이 배가 언제 왔는지 노인이 손을 들어 그들을 부른다. 세 장수는 맨발로 강물에 들어가서 고기잡이 배를 탔다.

세 장수가 다시 큰 배로 올라탔을 때였다. 말을 달려오는 한 장수가 동쪽 언덕에 나타났다. 그는 바로 세 장수를 뒤쫓아온 양처보였다. 양처보가 큰소리로 외친다.

"진秦나라 장수들은 잠깐 기다리시오."

이 소리를 듣고 맹명 등 세 사람은 깜짝 놀라 뒤돌아봤다. 참으로 잠깐 사이였다. 말을 탄 양처보가 이미 언덕 위에 와 있지 않은가.

양처보는 맹명 등이 이미 큰 배에 탄 걸 보고 순간 계책 하나를 생각해냈다. 그는 자기가 타고 온 준마를 미끼로 맹명을 낚을 생각이었다.

"우리 임금은 장군들이 떠나는데 수레로 대접하지 못한 걸 유감스러워하시오. 이 준마를 장군께 드리고 경의를 표하라고 하셨소. 바라건대 장군은 속히 이 말을 받아가시오."

양처보는 맹명이 말을 받으러 오기만 하면 기회를 보아 곧 사로잡을 작정이었다. 그러나 맹명은 그야말로 그물에서 벗어난 거북이며 낚시에서 빠져나온 고기였다. 그러한 맹명이 어찌 배에서 내려 다시 언덕으로 올라갈 리 있으리오. 맹명이 뱃머리에 나가 서서 멀리 양처보를 바라보고 몸을 굽히며 정중히 대답한다.

"당신 나라 임금이 우리를 죽이지 않은 것만 해도 그 은혜가 큰지라. 어찌 감히 좋은 말까지 받을 수 있겠소. 이번에 우리가 고국에 돌아가서도 죽음만 당하지 않는다면 3년 뒤에 내 반드시 귀국에 가서 당신 나라 임금으로부터 그 말을 직접 받겠소."

양처보가 다시 말을 하려는데 맹명은 이미 안으로 들어가버리고 배는 중류를 향해 떠나갔다.

양처보는 닭 쫓던 개 지붕 쳐다보는 격으로 원통해하다가 돌아갔다. 양처보는 궁으로 돌아가서 진양공에게 맹명의 말을 전했다. 이 말을 듣고 선진이 분연히 나아가 진양공에게 아뢴다.

“맹명이 3년 뒤에 다시 와서 주공이 주시는 물건을 받겠다는 것은 우리 진晉나라를 쳐서 원수를 갚겠다는 뜻입니다. 진秦나라 군사가 패한 이때를 놓치지 말고 먼저 우리가 진나라를 쳐서 그들의 계획을 무찔러버려야 합니다.”

진양공은 곧 회의를 열고 장차 진秦나라 칠 일을 상의했다.

한편 진秦나라 진목공은 맹명 등 세 장수가 진晉나라에 사로잡혔다는 보고를 받은 이후로 괴로워한데다 또 몹시 노했다. 진목공은 침식을 전폐하고 드러눕고 말았다.

다시 며칠이 지난 뒤였다. 진목공은 맹명 등 세 장수가 무사히 돌아오고 있다는 보고를 받았다. 진목공은 기쁨을 감추지 못했다. 좌우에서 신하들이 아뢴다.

“맹명 등은 군사를 잃고 나라의 위신을 떨어뜨렸습니다. 그들의 죄는 죽음에 해당합니다. 지난날 초나라가 진晉나라에 졌을 때 초나라 장수 성득신은 본국으로부터 죽음을 받았습니다. 상감께서도 세 장수에게 가차없는 군법을 쓰십시오.”

진목공이 대답한다.

“이번 일은 과인이 건숙과 백리해의 말을 듣지 아니한 때문이라. 과인의 잘못이 세 장수에게 폐를 끼친 것이다. 죄는 과인에게 있거늘 어찌 그들을 처벌하리오.”

진목공은 소복素服으로 갈아입고 교외까지 나가서 세 장수를 영접했다. 진목공은 돌아온 세 장수를 대하자 통곡했다. 그는 그 많은 군사가 떠나던 날을 회상하고 더욱 슬피 울었다. 진목공은 궁으로 돌아가서 맹명 등 세 장수를 위로하며 다시 그들에게 병권兵權을 맡기고 더욱 예로써 대우했다.

백리해가 길이 탄식한다.

"죽은 줄 알았던 자식을 다시 만났으니 내 무슨 여한이 있으리오."

그는 진목공 앞에 나아가,

"신은 이제 너무 늙었습니다. 벼슬에서 물러나겠습니다."

하고 청했다. 진목공은 늙은 백리해의 원을 들어주고 요여繇余와 공손지에게 좌서장左庶長, 우서장右庶長의 벼슬을 내렸다. 이리하여 요여와 공손지가 건숙과 백리해를 대신해서 정사를 맡았다.

한편 진晉나라 진양공은 연일 모든 신하와 함께 진秦나라 칠 일을 상의했다.

하루는 회의 중인데 변방 관리로부터 급한 소식이 왔다. 그 보고의 글은 다음과 같았다.

책翟나라 임금 백부호白部胡가 군사를 이끌고 경계로 쳐들어와서 이미 기성箕城을 통과했습니다. 엎드려 바라건대 상감께선 즉시 군사를 보내주소서.

진양공이 놀란 얼굴로 묻는다.

"책나라는 우리 진나라와 아무 불화도 없거늘 어째서 쳐들어왔을꼬?"

선진이 대답한다.

"지난날 선군 문공文公께서 모든 나라를 두루 다니며 망명하셨을 때 책나라에 가장 오래 계셨습니다. 그때 책나라 임금은 자기 큰딸 계외季隗를 선군의 아내로 배합시켰고, 둘째딸 숙외叔隗를 조쇠의 아내로 내줬습니다. 그래서 선군은 책나라에서 무려 12년을 사셨습니다. 그리고 책나라 임금은 그 12년 동안 한결같이 선군을 극진히 대접했습니다. 그 뒤 선군께서 고국에 돌아오사 군위에 오르시자 책나라 임금은 즉시 사람을 보내어 축하하는 뜻을 표했고 두 딸을 우리 나라로 보냈습니다. 그러나 선군은 살아 계실 때 한번도 책나라 임금에게 답례를 보낸 일이 없습니다. 책나라 임금은 워낙 선군을 좋아했기 때문에 그저 참고서 섭섭하다는 말은 하지 않았습니다. 그러던 것이 이제 그 아들 백부호가 임금 자리에 올랐으므로 스스로 용맹만 믿고서 우리 나라가 국상 중인 것을 기회로 삼고 쳐들어온 모양입니다."

진양공이 말한다.

"선군은 살아생전에 존왕양이尊王攘夷하시기에 바빠서 사사로운 은혜를 갚을 여가가 없었소. 이제 책나라가 국상 중인 우리를 치니 이는 우리의 원수요. 선진은 과인을 위해서 군사를 일으키오."

선진이 재배하고 사양한다.

"신은 진秦나라 장수 셋이 돌아가는 바람에 일시적인 분노를 참지 못하고 상감 얼굴에 침을 뱉었습니다. 자고로 천하에 이런 무도한 일은 없습니다. 신이 듣건대 군대는 정돈整頓을 숭상하나니 오직 예로써 해야만 정돈할 수 있다고 했습니다. 무례한 사람이 어찌 군사를 거느릴 수 있겠습니까. 상감께선 신의 벼슬을 거두시고 새로 훌륭한 장수를 세우십시오."

"경은 나라를 위해서 분노했을 따름이오. 평소부터 충성이 없었다면 어찌 그다지 격분할 수 있으리오. 과인은 경의 마음을 잘 아오. 이제 책나라가 쳐들어오고 있소. 경이 아니면 누가 이 어려운 일을 감당하겠소? 경은 사양하지 마오."

부득이 임금의 분부를 받고 선진이 빈궁에서 나오며 탄식한다.

"내 본디 진秦나라에서 죽고자 원했는데 책나라에서 죽을 줄이야 그 누가 알았으리오."

그러나 곁엣사람들은 이 말을 듣고도 그 뜻을 몰랐다.

이튿날 진양공은 강성絳城으로 환궁還宮했다.

선진이 모든 군사를 사열하고 장수들에게 묻는다.

"누가 이번 싸움에 전부前部 선봉이 되겠느냐?"

한 장수가 앙연히 앞으로 나서며 자원한다.

"바라건대 제가 선봉이 되겠습니다."

선진이 그 장수를 본즉 그는 전번에 새로 차우車右가 된 낭심狼瞫이었다. 선진은 전날 낭심이 포만자를 죽이고 승급했건만 자기를 한번도 찾아와보지 아니한 것을 괘씸하게 생각하고 있던 참이었다. 그렇지 않아도 곱게 보지 않는 차에 낭심이 자청해서 선봉이 되겠다고 나선 것이다. 선진이 큰소리로 꾸짖는다.

"너는 얼마 전만 해도 한낱 졸개에 불과했다. 우연히 죄수 하나를 참하고 상감에게 중용되었을 뿐이라. 이제 적의 대군이 경계에 와 있는데 너는 어찌하여 요망스레 겸양할 줄을 모르느냐? 어찌 우리 군중軍中에 너만 못한 장수가 있겠느냐."

꾸중을 듣고서 낭심은 억울했다.

"소장小將은 다만 국가를 위해서 힘쓰려는 것뿐입니다. 원수께서는 어찌하사 소장의 뜻을 막으시나이까."

"앞을 내다보는 힘도 없는 너 같은 것에게 무슨 용맹과 지략이 있겠느냐. 우리 군중에 너 같은 것은 필요 없다. 썩 물러가거라."

선진은 결국 낭심을 쫓아냈다. 그리고 효산 싸움에 공로가 있었던 호국거狐鞫居에게 차우 자리를 줬다.

쫓겨나온 낭심은 고개를 숙이고 길이 탄식했다. 그는 도중에서 친구 선백鮮伯을 만났다. 선백이 묻는다.

"소문엔 원수가 장수를 뽑아 적군을 막을 요량이라던데 그대는 이렇듯 한가로이 어디를 가는가?"

낭심이 대답한다.

"나는 다만 나라를 위해서 선봉이 되겠다고 자청했네. 그런데 도리어 선진의 분노를 살 줄이야 누가 알았으리오. 그는 나를 보고 네까짓 것이 무슨 용맹과 지략이 있다고 다른 장수를 제쳐놓고 나서느냐면서 큰소리로 꾸짖더군. 어디 그뿐인가? 나의 직위까지 뺏고 필요 없다면서 내쫓았네."

이 말을 들은 선백은 분이 솟아 펄펄 뛴다.

"선진은 그대를 질투한걸세. 그대는 나와 함께 심복 부하들을 일으켜 선진을 암살해버리세. 진실로 사내대장부라면 시원스레 분풀이를 한번 하고서 죽는 것이 뜻 있는 일이 아니겠는가!"

낭심이 두 손을 휘휘 젓는다.

"그건 옳지 않은 일이야. 사내대장부가 죽는다면 반드시 그만한 의의가 있어야만 하네. 옳지 않게 죽는 건 어리석은 자들이나 할 짓이지. 상감께서는 나의 용기를 아시고 차우라는 벼슬을 주셨네. 그런데 선진은 네까짓 것이 무슨 용기가 있겠느냐면서 나를 내쫓았네. 내가 만일 어리석게 죽으면 나를 질투하는 자들은 반드시 말하기를 그는 쫓겨날 만한 놈이었다고 할걸세. 그대는 서둘지 말고 잠시 때를 기다리게."

선백이 차탄한다.

"그대의 높은 지견知見엔 감탄하지 않을 수 없네."

마침내 선백과 낭심은 함께 어디론지 가버렸다.

후세 사람이 시로써 낭심을 내쫓은 선진의 잘못을 비난한 것이 있다.

포만자를 참한 그는 용기 있는 사람이었으니
차우로 승급된 것도 오로지 임금의 은덕이었도다.
충성을 다하려는데 왜 쫓겨나야만 했는가
자고로 용기 있는 충신은 원한을 품게 마련이로다.
提戈斬將勇如賁
車右超升屬主恩
效力何辜遭黜逐
從來忠勇有冤呑

마침내 선진은 그 아들 선차거로 선봉을 삼고, 난돈欒盾·극결郤缺로 좌우 대隊를 삼고, 호사고와 호국거로 후대를 삼고서 병거 400승을 출동시켰다.

진晉나라 군대는 당당히 강성 북문을 나가서 일로 기성箕城을 향해 진군했다. 이리하여 책·진 두 나라 군대는 서로 영채를 세우고 각기 싸울 준비를 했다.

선진이 모든 장수를 집합시키고 계책을 일러준다.

"여기 기성에는 대곡大谷이란 곳이 있다. 대곡은 지형이 매우 넓어서 병거끼리 싸우기에 가장 적당한 곳이다. 그리고 그곳 주변엔 수목이 많아서 복병을 두기에도 가장 적당하다. 난돈과 극결 두 장수는 좌우로 나뉘어 매복하고 있다가 선차거가 나가서 적과 싸우다 거짓 패한 체하고 달아나면서 적군을 유인해오거든 일시에 일어나 적군을 포위하라. 그러면 책나라 임금을 가히 사로잡을 수 있을 것이다. 동시에 호사고와 호국거 두 장수는 구원 오는 책병翟兵이 있거든 가로막아 무찔러라! 모든 장수는 분부 시행에 어긋남이 없도록 각별히 조심하여라."

그리고 나서 선진은 다시 영채를 뽑아 10리 밖에다 하채했다.

이튿날 일찍부터 두 나라 군대는 진을 쳤다.

책나라 임금 백부호는 친히 진晉나라 진 앞에 달려가서 싸움을 청했다. 선차거는 병거 부대를 거느리고 달려나가서 한동안 적군과 싸우다가 짐짓 대곡 쪽으로 달아나기 시작했다. 백부호는 100여 기騎를 거느리고 달아나는 선차거의 뒤를 분연히 쫓아갔다. 선차거는 적군을 대곡으로 완전히 유인해들이는 데 성공했다. 순간 수목들 속에 매복하고 있던 진晉나라 복병이 좌우에서 일제히 내달아갔다. 백부호는 정신을 가다듬고서 개미 떼처럼 덤벼드는 진군을 향해 좌충우돌했다. 그러나 진군晉軍의 공격을 받은 100여 기의 책나라 군사는 점점 말 위에서 굴러떨어져 죽어갔다. 진나라 군사들도 무수히 죽어자빠졌다. 백부호는 겹겹이 에워싼 진나라 군사의 포위를 무찌르며 나가기 시작했다. 진나라 군사들은 백부호의 용맹을 막지 못했다. 마침내 백부호는 포위를 뚫고 달아났다.

백부호가 힘차게 말을 달려 대곡 입구를 막 통과했을 때였다. 문득 한 대장이 앞으로 달려나가 백부호를 향해 활을 당겼다. 화살은 날아가 달려오는 백부호의 얼굴을 정통으로 들어맞혔다. 백부호는 몸을 뒤집으며 달리는 말 위에서 굴러떨어졌다. 진나라 군사들은 쓰러진 백부호를 사로잡으려고 일제히 달려갔다.

활을 쏜 사람은 이번에 새로 하군下軍 장수가 된 대부 극결이었다. 화살은 백부호의 두뇌를 뚫고 꽂혀 있었다. 진나라 군사들이 백부호를 붙들어 일으켰을 때는 벌써 죽어 있었다. 극결은 그자가 바로 책나라 임금인 것을 확인한 후 즉시 칼로 그 목을 끊었다.

이때 선진은 영중營中에 있었다. 그는 백부호가 죽었다는 보고를 받았다. 선진이 하늘을 우러러 잇달아 중얼거린다.

"우리 임금은 복이 많으시다! 우리 임금은 복이 많으시구나!"

선진은 붓을 들어 진양공에게 보내는 표장表章을 써서 책상 위에다 놓았다. 그리고는 밖으로 나가서,

"나의 장막 안으로 아무도 들여보내지 말아라."

하고 병거를 타고서 혼자 적진으로 달려갔다.

한편 백부호의 동생 백돈白暾은 아직 형이 죽은 사실을 몰랐다. 그는 군사를 거느리고 형을 후원하려고 가던 참이었다. 백돈은 적장 하나가 혼자 병거를 몰며 달려오는 것을 보고서 자기를 유인하려고 오는 진나라 장수인 줄만 알았다. 백돈은 급히 칼을 뽑아들고서 그 장수를 맞이하여 싸우려고 달려갔다. 그 진나라 장수는 다름 아닌 원수 선진이었다.

선진은 앞에서 달려오는 백돈을 향하여 눈을 크게 부릅뜨고 벽력같이 소리를 질렀다.

보라!

선진의 두 눈이 한꺼번에 찢어지면서 피가 줄줄 흘러내렸다. 백돈은 그 처절한 모습을 보고 너무 기가 질려서 물러서다가 다시 돌아본즉 그 장수 뒤를 따라오는 진나라 군사가 없었다.

그제야 백돈이 안심하고 급히 명을 내린다.

"속히 저 장수를 에워싸고 활을 쏴라!"

이때부터 선진은 마치 싸움의 신神과 같았다. 그는 분연히 책군 속을 왕래하며 장수 세 사람과 병사 20여 명을 죽였다. 그러고도 선진은 조금도 다친 데가 없었다.

책나라 궁전수弓箭手들은 선진의 신용神勇에 기가 질리고 손이

떨려서 쏘는 화살에 박력이 없었다. 더구나 선진은 무거운 갑옷과 투구를 입고 있었다. 그러니 약한 화살로 어찌 선진을 해칠 수 있으리오.

선진이 스스로 탄식한다.

"적을 죽이지 않으면 나의 용맹을 알릴 수 없음이라. 이제 나의 용맹을 적에게 알렸은즉 더 많이 죽여서 무엇하리오. 내 이곳에서 죽으리라."

선진은 투구를 벗고 갑옷을 벗어던졌다. 적의 화살이 빗발치듯 선진에게로 집중됐다. 무수한 화살을 맞고 선진은 죽었다. 그러나 선진의 시체는 쓰러지지 않고 꼿꼿이 서 있었다.

백돈은 선진의 목을 끊으려고 가까이 갔다. 선진의 찢어진 두 눈은 노기를 띠고 번쩍였고 수염은 모조리 치솟아 있었다. 살아 있을 때와 조금도 다름이 없었다. 백돈은 무서워서 더 가까이 가지 못했다.

군사 한 사람이 그제야 선진을 알아보고 백돈에게 고한다.

"이분은 바로 진나라 중군 원수 선진이십니다."

백돈은 즉시 모든 군사를 정돈했다. 연후에 그는 모든 군사를 거느리고 선진 앞에 가서 절했다.

"장군은 참으로 신인神人이십니다."

그리고 백돈은 두 손을 모으고 축원했다.

"신인이여, 제가 모시고 책나라에 가서 길이 제사와 공양을 바치고자 하나이다. 만일 제 소원을 허락해주신다면 서 계시지 마시고 병거 안에 누우소서."

그러나 시체는 쓰러지지 않았다. 백돈이 다시 축원한다.

"신인이여. 그럼 진나라로 돌아가고자 하시나이까? 제가 마땅히 보내드리리다."

그제야 시체는 타고 섰던 병거 안에 쓰러졌다.

장차 백돈은 선진의 시체를 어떻게 진나라로 돌려보낼 것인가.

이기지 못하면 물러서지 않는다

책翟나라 임금 백부호白部胡가 싸우다가 죽은 것은 앞에서 말한 바와 같다. 도망해 온 군사들이 이 사실을 백돈白暾에게 고했다. 백돈이 흐느껴 울면서 말한다.

"진晉나라는 하늘이 돕는 나라니 치지 말라고 간했건만 우리 형님은 내 말을 듣지 않다가 과연 처참한 꼴을 당하셨구나."

그는 선진先軫의 목과 백부호의 목을 교환하기로 작정했다. 그리고 사람을 진군晉軍으로 보내어 이 일을 교섭했다.

한편 극결郤缺은 백부호의 머리를 들고 여러 장수들과 함께 중군 영채로 돌아갔다. 그러나 원수 선진은 나가고 없었다.

영채를 지키는 군사가 고한다.

"원수께서는 혼자 병거를 타고 나가셨습니다. 다만 영채의 문을 굳게 지키라고 분부하셨습니다. 어디로 가셨는지는 모르겠습니다."

선차거先且居는 의심이 나서 영채 안으로 들어가봤다. 책상 위

에 표장 한 장이 놓여 있을 뿐이었다. 그 표장에 하였으되,

신 중군 대부 선진은 삼가 아뢰나이다. 전날 신은 상감께 무례한 짓을 저질렀으나 상감께선 신을 죽이지 않고 다시 중임을 맡기셨습니다. 이번 싸움에 다행히 이겼으니 장차 상감께선 신에게 상을 내리실 것입니다. 신이 이번에 돌아가서 상을 안 받는다면 이는 공훈이 있어도 상이 없는 결과가 될 것이며, 만일 상을 받는다면 이는 무례한 짓을 해도 상을 받을 수 있다는 결과가 됩니다. 공이 있는데도 상이 없다면 공훈을 세우라고 아랫사람에게 어떻게 권할 수 있으며, 무례한 짓을 해도 상을 받는다면 어떻게 아랫사람의 죄를 벌할 수 있겠습니까. 공과 죄의 분별이 분명하지 못하면 무엇으로써 국가를 다스릴 수 있습니까. 신은 지금 책나라 군사에게로 갑니다. 상감께서 신을 죽이지 않으시는지라 신은 책나라 군사의 손을 빌려 죽음을 당할 작정입니다. 신의 자식 차거는 장수로서의 지략이 있습니다. 족히 아비를 대신해서 상감께 충성을 다하리이다. 신 선진은 죽음을 앞에 두고 상감께 영결永訣을 고하나이다.

선차거는,

"아버지는 책군 속에 가서 돌아가셨도다."

하고 방성통곡했다. 그리고 즉시 병거에 올라 책군에게 가려고 나갔다. 극결 · 난돈 · 호국거 · 호사고 등 모든 장수가 병거에 올라탄 선차거를 붙들고 말려 겨우 진정시켰다. 모든 장수는 즉시 회의를 열었다. 우선 선진의 생사부터 알아보기로 하고 그런 후에 쳐들어가기로 했다.

바깥에서 군사가 들어와서 고한다.

"책나라 임금의 동생 백돈이 우리에게 사람을 보내왔습니다."

"곧 데리고 들어오너라."

책나라 장수 한 사람이 들어왔다. 책나라 장수는 선진과 백부호의 시체를 서로 교환하자고 했다. 선차거는 부친이 죽은 것을 알고 다시 슬피 울먹였다.

이리하여 이튿날 각기 군전軍前으로 시체를 메고 나가서 서로 교환하기로 합의했다. 책나라 장수는 돌아갔다.

선차거가 말한다.

"원래 오랑캐들은 속임수가 많소. 우리는 내일 일을 위해서 만반의 준비를 해야 하오."

장수들은 만일의 사태를 위해 회의를 계속했다. 극결과 난돈은 좌우로 군사를 배치하고 있다가 싸워야 할 사태가 일어나면 즉시 책군을 협공하기로 했다. 동시에 호국거와 호사고는 중군을 지키기로 했다.

그 이튿날 양군은 서로 진을 치고 대했다. 선차거는 소복素服을 입고 수레를 타고서 단독으로 진 앞에 나아갔다. 백돈은 선진의 영혼이 무서웠다. 그래서 선진의 몸에 박힌 화살을 다 뽑고 향수로 깨끗이 목욕을 시키고 비단 도포로 잘 싸서 시체를 수레에 실었다. 그들은 마치 산 사람을 모시고 나오듯 수레를 끌고 진 앞으로 나가서 선차거에게 선진을 넘겨줬다. 이때 진나라 군중에서도 백부호의 목을 가지고 나가서 책군에게 전했다.

책군이 넘겨준 선진의 시체는 향기가 코를 찌르는 완전한 몸이었다. 그러나 진군이 내준 백부호는 피투성이가 된 머리뿐이었다. 이를 보자 백돈은 분노를 참을 수 없었다. 그가 소리 높이 외친다.

"너희들이 이렇듯 우리를 속이는구나. 어찌하여 전신全身을 보내지 않느냐?"

선차거가 부하를 시켜 대답한다.

"완전한 시체가 필요하거든 대곡에 어지러이 흩어져 있는 시체들 속에서 찾아가거라."

백돈은 분기충천했다. 그는 개산대부開山大斧를 휘두르며 기병들을 이끌고 진군晉軍으로 쳐들어갔다. 그러나 진군은 돈거軘車를 연결해서 진을 쳤기 때문에 마치 높은 담을 둘러놓은 것과 같았다. 책군翟軍은 돌격했으나 진군의 진 안으로 들어가지 못했다. 격분한 백돈은 미친 듯이 날뛰며 돌격을 되풀이했다.

이때 문득 진군 속에서 북소리가 요란스레 일어났다. 동시에 진문이 열리면서 대장 한 사람이 창을 비껴들고 내달아왔다. 바로 호사고였다.

백돈이 즉시 호사고에게 달려들자 싸움이 벌어졌다. 서로 어우러져 불과 수합을 싸웠을 때였다. 왼편에선 극결이, 오른편에선 난돈이 날개처럼 군사를 거느리고 나타나 책군을 에워싸기 시작했다.

백돈은 진군의 병세兵勢가 대단한 걸 보고 즉시 말머리를 돌려 달아났다. 진군은 달아나는 책나라 군사를 뒤쫓아가며 닥치는 대로 쳐죽였다. 책나라 군사는 죽은 자만 해도 그 수를 헤아릴 수 없을 정도였다.

호사고는 달아나는 백돈을 보고 그 뒤를 쫓았다. 백돈은 진군이 자기 본영으로 몰려올까 두려워서 산비탈로 말을 달렸다. 호사고도 말을 달려 그 뒤를 쫓았다. 점점 백돈과의 사이가 가까워졌다.

백돈은 달아나면서 뒤를 한 번 돌아봤다. 호사고가 바로 뒤에서 바짝 접근해오고 있었다. 순간 백돈은 말머리를 돌리고 돌아섰다.

"나는 장군을 많이 본 듯하오. 혹시 호사고가 아니시오?"

호사고가 급히 말을 세우며 대답한다.

"그러하노라."

"우리가 지난날에 이별한 후 그간 장군은 별고 없으셨소? 지난날 장군 부자父子가 우리 나라에서 12년 동안이나 살았을 때 우리는 그대들을 극진히 대접했소. 한 번만이라도 그 당시의 정리情理를 생각해주오. 이후에 우리가 어디서 또 만나지 말라는 법이야 있겠소. 나는 백부호의 동생 백돈이오. 장군은 나를 기억 못하겠소?"

호사고는 백돈이 지난날을 들먹이자 자못 감개무량하지 않을 수 없었다.

"내 그대를 놓아주리니 그대는 속히 군사를 거느리고 돌아가오. 이곳에서 더 이상 지체 마오."

호사고는 곧 말머리를 돌려 오던 길로 되돌아갔다.

호사고가 영채로 돌아갔을 때는 진군이 크게 승리한 뒤였다. 그래서 그들은 백돈을 잡지 못한 데 대해서는 별말이 없고 그저 승전만을 기뻐했다.

그날 밤, 밤을 이용하여 백돈은 군사를 거느리고 본국으로 돌아갔다.

백부호에겐 아들이 없었다. 그리하여 백돈이 발상發喪하고 마침내 책나라 임금이 됐다. 그러나 이건 다 뒷날의 이야기다.

한편 진나라 군사는 개선해 돌아갔다. 그리고 선진이 남긴 글을 진양공晉襄公에게 바쳤다. 진양공은 선진의 죽음을 매우 슬퍼했다. 진양공은 친히 선진의 시체를 염했다. 선진은 살아 있는 사람처럼 두 눈을 뜨고 있었다.

진양공이 시체를 쓰다듬으며 말한다.

"장군은 나라를 위해서 죽었소. 아직도 영혼이 멸하지 않았구나. 장군이 남긴 글엔 나라에 대한 충성과 임금에 대한 사랑이 지극했소. 과인은 장군을 잊을 수 없도다."

진양공은 관 앞에서 선차거에게 중군 원수의 병권을 제수했다. 그제야 선진의 눈이 비로소 스르르 감겼다. 후세 사람들은 기성에다 사당을 세우고 선진을 모셨다. 물론 이건 뒷날의 이야기다.

진양공은 극결에게 백부호를 죽인 공로로 기冀 땅을 식읍食邑으로 주었다.

"그대는 아비 극예郤芮의 죄를 갚을 만한 공로를 세웠으므로 지난날 그대 아비가 가졌던 땅을 돌려주노라."

그리고 서신胥臣에게도 상을 주었다.

"극결을 선군에게 천거한 것은 그대의 공이라. 그대가 없었다면 선군이 어찌 극결에게 중임을 맡겼으리오. 이에 그대에게 선모先茅 땅을 하사하노라."

그외에 모든 장수도 진양공으로부터 그 공로에 따라 상을 받았다.

한편, 허許 · 채蔡 두 나라는 진문공이 죽자 즉시 마음이 변했다. 그래서 두 나라는 초나라와 동맹을 맺었다.

이에 진양공은 양처보陽處父를 대장으로 삼고 허나라와 채나라를 치러 보냈다.

이때 초楚나라 성왕成王도 투발鬪勃과 성대심成大心에게 군사를 내줬다. 두 장수는 허 · 채 두 나라를 도우려고 떠나갔다. 초나라 군사는 치수泜水에 이르러서야 강 건너 저편 언덕에 진군晉軍이 주둔하고 있는 걸 보았다.

초군은 치수 남쪽에 영채를 세우고 진군은 치수 북쪽에 머물렀다. 두 나라 군사는 강 하나를 사이에 두고 대진했다. 그리하여 서로 떠드는 소리를 피차간에 들을 수 있었다.

진나라 군사는 초나라 군사의 저항 때문에 더 전진하지 못했다. 두 나라 군사가 서로 대진하고 있는 동안에 두 달이란 시일이 지났다. 진나라 군사는 우선 군량이 떨어질 지경이었다. 양처보는 후퇴하는 수밖에 별도리가 없다는 걸 알고 있었다. 그러나 초군이 추격해올까 봐 두려웠다. 또 초나라 군사가 무서워서 달아났다는 비웃음거리가 되기도 싫었다.

양처보는 부하 한 사람을 강 건너 초군에게 보냈다. 그 사람이 초군에게 가서 투발에게 양처보의 말을 전한다.

"속담에 '오는 자는 두렵지 않다. 두려운 것은 기다려도 오지 않는 자'라고 하였다. 장군이 우리와 싸우고 싶다면 우리 진군은 일사一舍의 거리를 후퇴하겠다. 곧, 초군이 안심하고 강을 건너온 뒤에 결전하겠다. 그러나 강을 건너오기 싫다면 장군은 일사의 거리만 후퇴하여라. 그러면 우리 진군이 강을 건너 남쪽 언덕에 가서 싸우겠다. 우리 두 나라 군대가 서로 노려만 보고 강을 건너지 못한 채 이러고만 있으면 결국 서로 군사만 피로해지고 비용만 허비할 뿐이다. 피차 무슨 이익이 있으리오. 지금 이 양처보는 병거에 말을 매고 다만 장군의 대답을 기다리고 있다. 장군은 속히 결정하여라."

투발이 분노하여 성대심에게 청한다.

"우리는 진군을 조금도 두려워할 것이 없소. 즉시 강을 건너갑시다."

성대심이 급히 말린다.

"원래 진나라 사람은 신용이 없소. 우리가 강을 건너가면 그들이 일사를 후퇴하겠다는 것은 결국 우리를 유인하기 위한 수작이오. 만일 우리가 강을 반쯤 건너갈 때에 진군이 공격해오면 우리는 나아가지도 물러서지도 못하고 야단일 것이오. 차라리 우리가 일사를 후퇴하고 진군이 강을 건너오도록 양보합시다. 그러면 우리가 바로 주인 격이 될 것이오."

투발이 머리를 끄덕인다.

"그대 말이 옳소."

이에 투발은 군중에 영을 내리고 30리를 후퇴해서 영채를 세웠다. 그리고 진나라 장수 양처보에게 사람을 보냈다.

"우리는 이미 후퇴했으니 장군은 군사를 거느리고 강을 건너오너라."

양처보는 심부름 온 초나라 군사에게,

"그럼 우리가 강을 건너가겠다고 전하여라."

하고 돌려보냈다. 그리고는 군사들에게 말한다.

"초나라 장수 투발은 우리 진군이 무서워서 강을 건너오지 못하고 다 달아나버렸다."

양처보의 이 엉뚱한 거짓말은 곧 진나라 군사들 사이에 퍼졌다. 양처보는 전군을 집합시켰다.

"보는 바와 같이 강 건너 언덕엔 초군이 없다. 그들은 다 달아난 것이다. 우리가 강을 건너간들 무엇하리오. 겨울은 깊어가고 추위는 닥쳐온다. 우리도 일단 고국에 돌아가서 쉬고 다시 때를 기다리기로 하자."

이에 양처보는 군사를 거느리고 떠났다.

한편 일사, 곧 30리를 후퇴한 투발은 진군이 나타나기를 기다렸다. 이틀이 지났다. 그런데 진군은 오지를 않았다. 투발은 사람을 보내어 진군의 동정을 보고 오게 했다. 이때는 진군이 벌써 멀리 떠나가버린 뒤였다. 이에 투발도 군사를 거느리고 본국으로 돌아갔다.

한편 초성왕楚成王의 큰아들 이름은 상신商臣이었다. 초성왕은 상신을 세자로 세울 생각이었다. 그래서 투발에게 이 일을 상의했다.

투발이 대답한다.

"원래 우리 초나라의 왕위 계통을 보면 큰아드님으로서 왕위를 계승한 분이 극히 드뭅니다. 특히 상신의 관상을 보건대 눈은 벌〔蜂〕 같고 목소리는 늑대 같습니다. 이것만 봐도 상신은 성격이 매우 잔인한 사람입니다. 오늘날 왕께서 그를 사랑했다가 다음날 혹 그를 미워하게 되어 세자 자리를 뺏는다면 나라만 소란해질 것입니다."

그러나 초성왕은 투발의 말을 듣지 않고 상신을 세자로 삼았다. 그리고 반숭潘崇을 상신의 선생으로 삼았다.

그후 세자 상신은 자기가 세자가 되는 걸 반대한 사람이 바로 투발이란 걸 알았다. 그런 뒤로 세자 상신은 속으로 늘 투발을 미워했다.

바로 이러한 때에 채蔡나라를 구원하러 갔던 투발이 진나라 군사와 한번 싸워보지도 못하고 돌아왔던 것이다.

상신이 초성왕에게 참소한다.

"투발은 진나라 장수 양처보에게서 많은 뇌물을 받았다고 합니다. 그래서 진나라 군사와 싸우지도 않고서 돌아온 것이라고 합니다."

초성왕은 상신의 말을 믿었다. 그래서 초성왕은 투발을 만나지도 않았다. 그 대신 초성왕은 사람을 시켜 칼 한 자루를 투발에게 보냈다. 투발은 변명할 길이 없었다. 투발은 그 칼로 자기 목을 찌르고 죽었다.

이에 성대심은 초성왕에게 가서 머리를 조아리고 눈물을 흘리며, 싸우지 못하고 회군한 사실과 그 이유를 자세히 설명했다. 그리고 진군에게서 뇌물을 받은 일이 없다는 걸 밝혔다. 그는 사실이 이런데도 만일 회군한 것이 죄라면 투발만이 죽어야 할 이유가 없고 자기도 책임상 마땅히 죽어야 한다고 주장했다.

초성왕이 성대심을 위로한다.

"그대가 굳이 책임질 필요는 없다. 짐이 투발을 죽게 한 것은 잘못이었다. 짐은 지금 후회하고 있노라."

그 뒤로 초성왕은 세자 상신을 좋아하지 않았다. 그 대신 작은 아들 직職을 사랑했다. 마침내 초성왕은 상신을 버리고 직을 세자로 삼을 작정을 했다. 그는 상신이 모반할까 봐 두려웠다. 그래서 초성왕은 상신의 잘못을 캐내어 뭣이고 간에 잘못이 있기만 하면 죽여버릴 생각이었다.

어느덧 궁중 사람들 사이엔 왕이 상신을 미워한다는 소문이 퍼졌다. 이 말을 듣고 상신은 덜컥 겁이 났다. 상신은 곧 선생인 반숭을 찾아갔다.

"요즘 왕께서 나를 세자 자리에서 몰아내려고 한다는 소문이 파다합니다. 요새 불안해서 잠도 못 자겠소."

반숭이 대답한다.

"내게 한 계책이 있습니다. 우선 그 소문이 참말인지 거짓말인지 그것부터 알아봅시다."

"그 진위를 어떻게 하면 알 수 있겠소?"

반숭이 조그만 목소리로 속삭인다.

"왕의 누이동생 미씨芈氏는 세자도 아시다시피 강江나라로 출가하신 분이 아닙니까. 그런데 미씨가 친정인 초나라에 온 지도 오래됐건만 아직 강나라로 돌아가지 않고 궁에 있습니다. 그 소문에 대해선 누구보다도 미씨가 사실인지 아닌지 잘 알 것입니다. 원래 미씨는 성미가 급하고 입이 쌉니다. 세자는 동궁에다 잔치를 베풀고 고모 미씨를 성심껏 청하십시오. 그러나 일단 미씨가 오면 아주 모욕적인 푸대접을 하십시오. 성미 급한 미씨는 단박에 화를 낼 것입니다. 여자란 부아가 나면 바른말을 하는 법입니다. 물론 바른말이 나오도록 약을 올려야 합니다."

상신은 반숭이 시키는 대로 했다. 상신은 잔칫상을 차려놓고 고모 미씨를 정중히 청했다. 청을 받고 미씨는 동궁으로 갔다. 상신은 미씨 앞에 나아가 절하고 술 석 잔을 공손히 따라올렸다. 그리고 나서부터 상신의 태도는 표변豹變했다. 그는 부엌에서 일하는 포인庖人•을 불러들여 상을 받은 미씨의 시중을 들게 했다. 그리고 거만스레 앉아서 있는 대로 거드름을 빼고 꼼짝도 하지 않았다. 심지어 시중드는 아이놈들을 시켜 미씨의 술을 따르게 하고는 그 곁에서 아름다운 시녀들을 끼고 속삭이기까지 했다. 미씨가 두 번이나 말을 걸었으나 상신은 듣고도 못 들은 체 대답을 하지 않았다. 드디어 미씨는 치밀어오르는 부아를 참을 수가 없었다. 미씨는 손을 들어 음식상을 치고서 벌떡 일어났다.

그러고는 큰소리로 호통한다.

"네 이놈, 너는 고모도 대접할 줄 모르는 망나니구나. 왕이 너를 죽이고 직을 세우려는 것도 무리는 아니다."

상신은 다시 태도를 바꿔 거듭 미씨에게 사죄했다. 그러나 미씨는 돌아보지도 않고서 수레를 탔다. 수레를 타고 돌아가면서도 연방 상신을 욕했다.

상신은 그날 밤으로 반숭에게 갔다. 그는 살아날 길을 지시해달라고 반숭에게 졸랐다.

반숭이 묻는다.

"세자는 직을 왕으로 능히 섬길 수 있습니까?"

상신이 대답한다.

"내 어찌 맏아들로서 동생을 섬길 수 있겠소?"

"섬길 수 없다면 다른 나라에 가서 사는 길밖에 없지요."

"그 짓을 어떻게 한단 말이오. 다른 나라에 간댔자 창피한 것밖에 더 있겠소."

"이것도 저것도 못하겠다면 다른 계책이 없습니다."

상신은 계속 자기 앞길을 지시해달라고 애걸했다. 한참 뒤에야 반숭이 말한다.

"꼭 한 가지 계책이 있긴 합니다. 그러나 세자께서 그 일을 능히 해낼지요."

"죽느냐 사느냐 하는 판인데 무슨 짓인들 못하겠소."

반숭은 상신의 귀에 대고 한참 동안 뭣인지 속삭이고 나서,

"과연 이 일을 해낼 수만 있다면 불행은 행복으로 변합니다."

하고, 입가에 미소를 흘렸다.

상신은 주먹을 쥐면서,

"내가 꼭 이 일을 하고야 말겠소."

하고 장담했다.

그날 밤에 상신은 동궁 소속으로 있는 군사들을 소집했다.

"지금 궁중에서 변란이 일어났다는 소식이 왔다. 속히 나를 따라 출동하여라."

상신은 군사들을 거느리고 가서 왕궁을 포위했다. 반숭은 칼을 들고서 장사 몇 사람을 거느리고 궁실로 들어갔다. 자다가 깨어난 궁중 사람들은 매우 놀라 제각기 달아났다. 반숭은 곧장 초성왕의 침실로 들어갔다.

초성왕이 자리에서 일어나 묻는다.

"경은 나에게 뭣을 원하느냐?"

반숭이 대답한다.

"왕이 왕위에 있은 지도 47년이라. 성공한 자는 일단 물러가야 하오. 백성들은 지금 새로 왕을 모시고자 합니다. 청컨대 왕은 왕위를 세자에게 전하십시오."

초성왕이 당황한다.

"내 마땅히 왕위를 내놓겠다. 그러면 나를 살려줄 테냐?"

반숭이 대답한다.

"임금이 죽어야 새 임금이 서는 법이라. 한 나라에 어찌 두 임금이 있으리오. 왕은 이제 늙었소. 어째서 저 세상으로 가기를 싫어하는가!"

초성왕이 말한다.

"내 조금 전에 포인에게 곰 발바닥을 삶아오라고 분부했다. 그거나 먹고서 죽으면 한이 없겠노라."

반숭이 소리를 버럭 지른다.

"곰 발바닥은 빨리 익지 않는 것이오. 이제 보니 시간을 늦추어 바깥에서 구원 오기를 기다리려는 심보로구려. 청컨대 왕은 스스로 목숨을 끊으시오. 굳이 신하의 손에 죽을 건 없지 않소?"

반숭은 띠를 풀어 초성왕에게 던졌다. 초성왕이 하늘을 우러러 부르짖는다.

"투발, 투발아! 내 그대 말을 듣지 않다가 이 지경이 됐구나. 이제 내 다시 뭣을 말하리오."

마침내 초성왕은 반숭이 던져준 띠로 자기 목을 매었다. 반숭은 데리고 들어온 장사들에게 눈짓을 했다. 장사들은 달려들어 그 띠의 양쪽 끝을 좌우에서 잡아당겼다. 초성왕은 혀를 빼물고 쓰러져 죽었다.

그날 밤에 미씨는 초성왕이 죽었다는 전갈을 듣고 통곡했다.

"내가 경솔히 말 한번 잘못했다가 오라버니를 죽였구나. 내가 죽인 것이나 다를 게 무엇이리오."

해뜨기 전이었다. 그날 밤으로 미씨는 대들보에 목을 매고 자결했다.

이때가 주양왕 26년 10월 정미일丁未日이었다.

염옹은 이 일을 다음과 같이 논평했다.

> 그 형을 죽이고서 왕위에 오른 초성왕은 결국 자기 아들 상신에게 죽음을 당했다. 하늘의 이치와 인과응보는 언제나 분명한 법이다.

염옹이 시로써 또 이 일을 탄식한 것이 있다.

> 초성왕은 지난날에 그 형님을 죽였고
> 상신은 오늘날에 그 아비를 죽였도다.
> 하늘이 반숭을 보내어 이 끔찍한 일을 시켰는가

어리석은 초성왕은 죽기 전에 오히려 곰고기를 생각했도다.

楚王昔日弑熊囏
今日商臣報叔寃
天遺潘崇爲逆傳
痴心猶想食熊蹯

이리하여 상신은 그 아비 초성왕을 죽였다. 그는 여러 나라 제후에게 부왕이 급병으로 죽었다고 부고를 보냈다. 그후 상신은 스스로 왕위에 올랐으니 그가 바로 초목왕楚穆王•이다.

초성왕을 죽인 공로로 반숭은 태사太師 벼슬에 올랐다. 그는 왕궁을 호위하는 군사를 거느렸다.

영윤 투반鬪般 등 모든 신하는 초성왕이 피살된 걸 알고 있었다. 그러나 아무도 그 죽은 원인을 드러내놓고 말하는 자는 없었다.

상商이라는 지방을 다스리고 있던 상공商公 투의신鬪宜申은 왕이 피살됐다는 소식을 듣고 상례喪禮에 참석하기 위해 영도郢都로 달려왔다. 왕이 역적에게 죽은 것을 확인한 투의신은 대부 중귀仲歸와 함께 역적 초목왕을 죽이기로 결심했다. 그러나 일은 진행 도중에 탄로나고 말았다. 초목왕은 사마司馬 투월초鬪越椒•를 시켜 투의신과 중귀를 잡아죽였다. 지난날에 무당 점쟁이 율사矞似가 '초성왕과 성득신과 투의신은 자기 명대로 살지 못할 것이다'라고 예언한 일이 있었는데 이제야 그 말이 다 들어맞은 셈이다.

전부터 투월초는 투반의 직위인 영윤 자리를 탐했다. 그래서 투월초는 초목왕에게 투반을 중상모략했다.

"투반은 요즘 이런 말을 한답니다. '아버지와 나는 초성왕의 은혜를 많이 받았다. 한데 어찌 이러고 있을 수만 있겠느냐. 나는 아버지가 생전에 말씀하신 것에 따라 장차 공자 직을 왕으로 모실 생각이다.' 이런 말을 한다는 것부터가 딴 뜻을 품고 있다는 충분한 증거입니다. 왕은 투반을 각별히 조심하십시오."

이에 초목왕은 투반을 불러들였다.

"경에게 한 가지 부탁이 있다."

"무엇이오니까?"

"경은 즉시 공자 직을 죽이고 오너라."

투반은 이 뜻밖의 말에 당황했다.

"신은 그 짓만은 못하겠습니다."

초목왕이 대뜸 호령한다.

"너는 죽은 선왕에게 은혜를 갚으려고 공자 직을 못 죽이겠다는 게지. 너도 직을 왕으로 모실 생각이구나!"

초목왕은 구리 쇠망치를 들어 부복俯伏하고 있는 투반을 단번에 쳐죽였다.

이 소문을 듣고서 공자 직은 진晉나라를 향해 달아났다. 공자 직이 성을 벗어나 교외까지 갔을 때였다. 등뒤에서 급한 말발굽 소리가 났다. 돌아보니 투월초가 칼을 비껴들고 쫓아오고 있었다. 투월초는 나는 듯이 달려가 달아나는 공자 직을 한칼에 쳐죽였다.

영윤 투반은 죽었으나 영윤이란 벼슬 자리엔 성대심成大心이 앉게 됐다. 그러나 얼마 뒤 성대심은 병으로 죽었다. 마침내 투월초가 영윤 자리에 앉게 됐다. 동시에 초목왕은 위가蔿賈에게 사마 벼슬을 주었다.

이때 진晉나라 진양공은 초나라 초성왕이 그 자식에게 피살됐다는 소문을 듣고서 조돈趙盾•에게 물었다.

"하늘이 초나라를 마침내 미워하시는가?"

조돈이 대답한다.

"초성왕은 비록 흉악했지만 예의로써 백성을 지도하려고 했습니다. 그런데 상신은 자식으로서 그 아비를 죽였습니다. 아비를 죽인 놈이 다른 나라에는 무슨 짓을 못하겠습니까. 앞으로 여러 나라 제후가 초나라 때문에 많은 피해를 입을 것입니다."

아니나 다를까! 그 뒤 몇 해가 지나기 전에 초목왕은 군사를 일으켜 먼저 강江나라를 쳐서 멸망시키고, 다음 육六나라를 쳐서 없애버리고, 그 다음은 요蓼나라를 쳐서 없애버렸다. 그리고 또다시 진陳나라와 정鄭나라를 쳤다. 초나라 때문에 중원에 혼란이 속출했다. 과연 조돈의 말이 들어맞은 셈이다.

주양왕 27년 봄 2월이었다.

진秦나라 장수 맹명孟明이 진목공에게 청한다.

"이제 진晉나라를 치겠습니다. 지난번 효산崤山에서 당한 분풀이를 하겠습니다."

진목공은 맹명의 뜻을 높이 찬양하고 허락했다.

마침내 맹명은 서걸술西乞術, 백을병白乙丙과 함께 병거 400승을 거느리고 진晉나라로 쳐들어갔다.

한편 진晉나라 진양공은 진秦나라가 지난날의 분풀이를 하기 위해서 쳐들어오지나 않을까 하고 늘 염려했다. 그래서 많은 세작들을 보내어 늘 정보를 수집하던 중이었다. 하루는 마침내 진군秦軍이 출동했다는 정보가 들어왔다.

진양공이 웃으면서 말한다.

"진秦나라 장수 맹명이 과인의 말을 받으러 오겠다고 하더니 이제야 오는구나."

드디어 진晉나라에선 선차거가 대장이 되고, 조쇠가 부장이 되고, 호국거가 차우가 되어 군사를 일으켰다.

진군晉軍이 진군秦軍과 싸우려고 경계를 향해 떠나려던 참이었다. 낭심이 자기도 종군해서 싸우겠다고 자청했다. 선차거는 낭심이 따라가겠다는 것을 허락했다. 이때는 진군秦軍이 아직 진秦나라 경계를 나오기 전이었다.

선차거가 말한다.

"진군秦軍이 오기를 기다려서 싸우느니보다는 우리가 먼저 진秦나라를 치는 것이 유리하다."

마침내 진군晉軍은 팽아彭衙 땅으로 갔다. 그곳에서 두 나라 군대는 서로 만났다. 진秦·진晉 두 나라 군사는 즉시 진을 치고 싸울 준비를 했다.

낭심이 선차거 앞에 가서 말한다.

"지난날 세상을 떠나신 원수 선진께선 이 심瞫을 용기 없는 사람이라 하고 추방하셨습니다. 이제 심은 작전에 나아가서 참으로 용기가 있는지 없는지를 스스로 시험해보겠습니다. 그러나 이것은 공명을 탐해서 하는 짓은 아닙니다. 어디까지나 지난날에 당한 그 모욕을 갚기 위해서입니다."

낭심은 그의 친구 선백鮮伯 등 100여 명을 거느리고 즉시 진秦나라 진陣으로 쳐들어갔다. 나는 듯이 진나라 진으로 쳐들어간 낭심은 참으로 무서운 용기를 발휘했다. 그는 닥치는 대로 진나라 군사를 쳐죽였다. 진나라 군사로서 죽어 쓰러지는 자가 그 수효를 헤아릴 수 없을 정도였다. 그러나 선백은 진나라 장수 백을병의 창에 찔려 죽었다.

한편 선차거는 높은 수레에 올라서서 싸움을 바라봤다. 그는 진秦나라 진에서 혼란이 일어나는 걸 봤다. 선차거는 즉시 군사를 몰아 진진秦陣으로 쳐들어갔다. 진나라 장수 맹명 등은 진군晉軍을 당적해낼 수 없었다. 진군秦軍은 대패하여 달아나기 시작했다.

선차거는 우선 낭심부터 구출해냈다. 낭심의 몸은 성한 곳이 없었다. 전신에 상처를 입어 피투성이였다. 부축을 받고 병거에 실려 돌아간 낭심은 그날 밤에 피를 한 말 이상이나 토했다. 이튿날 해가 동쪽 하늘에 솟을 무렵이었다. 마침내 낭심은 숨을 거두었다.

진晉나라 군사는 낭심의 시체를 수레 높이 싣고서 개선했다.

선차거가 진양공 앞에 나아가 보고한다.

"이번 싸움에 이긴 것은 오로지 낭심의 힘이었습니다. 신은 이번 싸움에 아무 공로도 없습니다."

진양공이 말없이 머리를 끄덕이고 한참 뒤에야 분부를 내렸다.

"상대부上大夫에 대한 예로써 낭심을 장사지내어라."

마침내 문무백관들은 상대부에 대한 의식儀式으로써 낭심을 서곽西郭에다 묻었다. 그날 장지葬地에 문무백관이 다 참석한 것은 물론이다. 이것만 봐도 진양공은 참으로 사람을 격려하고 인재를 양성할 줄 아는 임금이었다.

사신史臣이 시로써 낭심의 용기를 찬한 것이 있다.

장하다 낭심이여
잡혀온 진秦나라 장수를 닭 잡듯 죽였도다.
그는 쫓겨났으나 분한 맘을 잊지 않고
그 뒤 마침내 외로이 싸워 적군을 무찔렀도다.
그의 죽음이 그의 일생을 나타냈으니

진秦나라 군사는 패하여 돌아갔도다.
저 세상에 만일 영혼이 있다면
선진도 깊이 머리를 숙이리라.
壯哉狼車右
斬囚如割鷄
被黜不忘怒
輕身犯敵威
一死表生平
秦師因以摧
重泉若有知
先軫應低眉

한편 싸움에 진 맹명은 패잔병을 거느리고 진秦나라로 돌아갔다. 돌아가면서 맹명은 생각했다.

'두 번이나 진晉나라 군사에게 지고 말았다. 이번에 돌아가면 나는 죽을 사람이다. 그렇다. 싸움에 거듭 진 장수가 어찌 살기를 바라리오.'

그런데 진목공은 맹명이 졌다는 보고를 받았음에도 조금도 화를 내지 않았다. 그는 사람을 교외까지 내보내어 패하여 돌아오는 군사들을 영접했다.

진목공은 여전히 맹명에게 나랏일을 맡겼다. 그래서 맹명은 부끄러운 생각을 억제할 수가 없었다.

그 뒤 맹명은 더욱 나랏일에 힘썼다. 자기 재산을 전사한 군사들의 유가족에게 다 나눠주었다. 그리고 매일 군사들을 훈련시키며 충의심을 가르쳤다. 그는 다시 한 번 진晉나라를 칠 결심이었다.

그러나 그해 겨울에 진晉나라가 먼저 진秦나라를 침범했다. 진양공은 선차거에게 분부하고 송나라 대부 공자 성成과 진陳나라 대부 원선轅選과 정나라 대부 공자 귀생歸生과 연합하여 군사를 거느리고 진秦나라를 쳤던 것이다.

진晉나라 연합군은 진秦나라 강江과 팽아彭衙 두 고을을 쳐서 뺏은 뒤에 돌아갔다.

진양공이 농담을 한다.

"이번 일은 맹명이 과인에게 말을 받으러 온 데 대해서 다시 보답한 것이다. 지난날 곽언郭偃이 점을 쳤을 때, 그 괘사에 한 번 치자 세 번 상한다〔一擊三傷〕는 말이 있었다. 이제 진秦나라는 우리에게 세 번이나 졌다. 과연 그 점괘가 들어맞았구나."

신하들은 다 진양공에게 지당한 말씀이라고 아첨했다.

그러나 이번 싸움은 싱거운 싸움이었다. 진晉나라 연합군이 두 고을을 뺏어갈 때까지 맹명은 일체 군사를 일으키지 않았던 것이다. 그래서 진秦나라 사람들은 다 맹명을 겁쟁이라고 비난했다. 그러나 진목공만은 맹명을 믿었다.

"언제고 맹명은 반드시 진晉나라에 보복할 것이다. 아직 때가 오지 않았을 뿐이다."

그 이듬해 5월이었다.

맹명은 군사를 보충하고 모든 병거를 수리했다. 충분한 군사 훈련이 끝난 것이다.

맹명이 진목공에게 청한다.

"이번에 상감께서 싸움을 친히 살피소서. 진晉나라를 쳐서 지난날의 한을 설치하지 못하면 맹세코 살아서 돌아오지 않겠습니다."

진목공이 대답한다.

"과인은 지금까지 세 번이나 진晉나라에 졌다. 이번에 이기지 못하면 과인도 나라에 돌아올 면목이 없느니라."

이에 병거 500승을 뽑고 택일하여 군사를 일으켰다. 그리고 싸움에 나가는 병사의 집엔 많은 곡식과 베[布]를 나눠줬다. 군사들은 모두 뛸 듯이 좋아하며 죽기를 맹세했다.

진군秦軍은 포진관蒲津關을 경유하여 황하黃河를 건넜다.

맹명이 명을 내린다.

"모든 군사들은 타고 건너온 배를 모조리 불태워버려라."

진목공이 묻는다.

"배를 태워버리는 뜻은 무엇이오?"

맹명이 아뢴다.

"싸움은 사기로써 이기는 법입니다. 배를 태우는 것은 군사에게 진격이 있을 뿐 후퇴란 있을 수 없다는 걸 알리기 위해서입니다. 죽기를 각오하면 사기는 일어납니다. 진晉나라를 무찔러 다행히 이기기만 하면 돌아갈 때에 어찌 배 없는 걸 걱정하겠습니까?"

진목공이 머리를 끄덕인다.

"경의 말이 옳소."

곧 배를 태우는 불길이 황하를 피처럼 붉게 물들였다.

맹명은 친히 선봉이 되어 왕관성王官城을 쳐서 점령했다.

한편 진晉나라 세작은 강성絳城에 가서 진군秦軍이 쳐들어왔다고 보고했다.

진양공은 즉시 모든 신하를 소집하고 곧 군사를 일으켜 진군과 싸울 생각이었다.

조쇠가 아뢴다.

"진秦나라의 분노는 골수에 사무쳤습니다. 그들은 나라의 모든 힘을 기울여 군사를 일으킨 것입니다. 그들은 모두 우리 나라에서 죽기를 각오하고 있습니다. 더구나 진나라 임금도 싸우러 왔다고 합니다. 우리는 그들을 대적할 수 없습니다. 그러니 당분간 싸움을 피하도록 하십시오. 그들이 하는 대로 내버려뒀다가 천천히 두 나라 분쟁을 해결해야 합니다."

선차거가 말한다.

"곤경에 빠지면 약한 짐승도 사나워집니다. 더구나 진秦은 큰 나라입니다. 진후秦侯는 세 번이나 싸움에 지는 수치를 당했습니다. 그러므로 진나라 군사들은 이기지 못하는 한 싸움을 그만두지 않겠다는 투지에 가득 차 있습니다. 만일 싸움이 시작되면 이 싸움은 언제 끝날지 모릅니다. 조쇠의 말이 옳습니다."

이에 진양공은 사방 경계에 지시를 내렸다.

"굳게 지킬 뿐 진군秦軍과 결코 싸우지 마라."

한편 진秦나라 장수 요여繇余가 진목공에게 아뢴다.

"진晉나라는 우리를 두려워하고 있습니다. 이 기회를 놓치지 말고 효산崤山에 가서 지난날 그곳에서 죽은 우리 군사들의 백골을 수습하고 그들의 영혼을 위로하십시오."

진목공은 황하를 끼고 올라가 모진茅津 땅을 지나 동효산으로 갔다. 도중에 진晉나라 군사는 하나도 나타나지 않았다.

진목공은 군사들을 풀어 타마애墮馬崖 · 절명암絶命巖 · 낙혼간落魂澗 등에 흩어져 있는 모든 백골을 수습해오게 했다. 군사들이 모아온 그 많은 해골을 풀로 싸고 묶어서 산골 그윽한 곳에 묻었다. 그리고 소와 말을 잡고 그 앞에다 성대하게 제상祭床을 차렸다.

진목공은 소복하고 친히 술을 따라 뿌리면서 대성통곡했다. 맹명 등 모든 장수도 땅바닥에 엎드려 일어설 줄 모르고 울었다. 삼군이 다 눈물을 흘리면서 흐느껴 울었다. 애끊는 곡성 속에 효산도 점점 저물어갔다.

염옹이 시로써 이 일을 읊은 것이 있다.

지난날은 건숙, 백리해로 하여금 울게 하더니
오늘은 어찌하여 진목공이 친히 우는가.
뼈를 거두어 제사지낸 것을 장하다고 마라
효산이 비록 험하지만 원래부터 시체가 있었던 것은 아니다.
曾瞋二老哭吾師
今日如何自哭之
莫道封屍豪擧事
崤山雖險本無屍

강 · 팽아 두 고을의 백성들은 진목공이 진晉나라를 쳐서 이겼다는 소문을 듣고 서로 환호성을 올리며 모여들었다. 그들은 관청으로 몰려가서 그동안 고을을 점령하고 다스린 진晉나라 장수를 끌어내어 무수히 구타한 뒤 진나라로 쫓아보냈다.

그 뒤 백성들은 자기 나라 군사를 영접했다. 진목공은 그간 진晉나라에 점령당했던 강과 팽아 두 고을을 두루 돌아보고 백성을 위로했다. 그리고 진군秦軍은 개가를 부르면서 돌아갔다.

도성으로 돌아간 진목공은 맹명을 아경으로 삼고, 서걸술 · 백을병에게도 상을 내린 후 포진관蒲津關을 대경관大慶關이라 명칭을 고쳐 모든 군사의 공로를 기념했다.

한편 오랑캐 서융西戎의 군장君長인 적반赤班은 진秦나라에 반심을 품고 있었다. 그는 진秦나라가 진晉나라에 거듭 지는 걸 보고서 진秦나라는 약하다고 생각했다. 적반은 지금까지 상전으로 모셔오던 진秦나라를 치려고 모든 오랑캐들을 불러들였다.

바로 이때에 진목공이 진晉나라를 치고서 돌아왔다. 진목공은 적반의 의도를 알고 즉시 군사를 돌려 서융을 치려고 했다.

요여가 아뢴다.

"오랑캐에게 격서檄書를 보내고 조공을 바치라고 하십시오. 그래도 말을 듣지 않거든 그때에 쳐도 늦지 않습니다."

한편 오랑캐 적반은 진秦나라 군사가 진晉나라를 쳐서 이기고 돌아왔다는 소문을 들었다. 적반은 당황하고 근심하고 두려워했다. 이때 진秦나라에서 격서가 왔다. 적반은 지금까지 반란을 일으키기 위해서 모았던 군사를 여러 오랑캐 나라로 돌려보내고는 서쪽 20여 나라 추장酋長들을 거느리고 진秦나라에 가서 많은 땅을 바쳤다. 그리고 그들은 진목공을 서융의 백주伯主로 모시고 신하라 칭했다.

사신이 진목공을 논평한 것이 있다.

> 천군千軍을 얻기는 쉽지만 위대한 장수 하나를 얻기는 어렵다. 진목공은 끝까지 맹명을 신임하고 제반사를 맡겼기 때문에 드디어 백업伯業을 이루었다.

이리하여 진秦나라의 위엄은 바로 주나라 왕성에까지 미쳤다. 주양왕이 윤무공尹武公에게 말한다.

"진秦과 진晉은 서로 필적할 만한 나라다. 그들의 조상은 다 우리 왕실에 큰 공로가 있었다. 지난날 중이重耳가 중국의 맹주가 됐을 때, 짐은 그에게 후백侯伯을 책봉했다. 이제 진백秦伯 임호가 강성해서 조금도 진晉나라만 못하지 않구나. 그러므로 짐은 진晉과 마찬가지로 진秦에게도 후백을 봉하고자 하는데, 경의 뜻은 어떠한지?"

윤무공이 대답한다.

"이제 진秦은 서융의 백주가 됐지만 진晉처럼 우리 왕실에 대해서 근왕勤王은 못하고 있습니다. 지금 진秦과 진晉은 사이가 아주 나쁩니다. 그리고 진후晉侯는 그 아버지 진문공의 업적을 잘 계승하고 있습니다. 그런데 만일 진秦에게도 후백을 봉한다면 진晉은 왕실의 처사를 마땅치 않게 생각할 것입니다. 그러니 차라리 사자를 진秦에 보내어 그들을 축하하십시오. 그러면 진秦은 왕께 감격할 것이며 진晉 또한 왕을 원망하지는 않으리이다."

주양왕은 윤무공의 말을 좇기로 했다. 장차 진秦과 진晉의 관계는 어찌 되어갈 것인가.

소사蕭史는 용을 타고 농옥弄玉은 봉을 타고

진목공秦穆公은 오랑캐 20여 나라의 조공을 받고 서융의 백주伯主가 됐다. 이에 주양왕周襄王은 윤무공尹武公을 시켜 황금으로 만든 북을 보내어 진목공을 치하했다.

황금으로 만든 북을 받고 진목공은 윤무공에게,

"내가 이젠 늙어서 조정에 갈 기력이 없소."

하고 자기 대신 공손지公孫枝를 주나라로 보내어 천자께 사은했다.

이해에 요여繇余가 병으로 죽었다. 진목공은 매우 슬퍼하고 맹명孟明을 좌서장左庶長으로 삼았다.

주나라에 가서 천자께 사은하고 돌아온 공손지는 진목공이 맹명을 신임하는 걸 보고서 자기도 늙었다는 걸 고하고 정계에서 물러났다.

진목공에게 딸 하나가 있었다. 그 아이가 갓났을 때였다. 어떤 백성이 진목공에게 큰 옥돌을 바쳤다. 진목공은 그후 그 옥돌을 잘 갈고 닦았다. 푸른빛이 도는 참으로 아름다운 옥돌이었다.

아기의 돌날이었다. 궁에서는 아기의 돌 잔칫상을 차렸다. 아기는 많은 음식과 물건들 중에서 그 옥돌만을 잡았다. 그 뒤 아기는 다른 물건은 돌아보지도 않고 그 옥돌만 가지고 놀았다.

그래서 아기의 이름을 농옥弄玉이라고 했다.

농옥은 차차 성장하면서 자태와 용모가 지극히 아름다웠고 비할 바 없이 총명했다. 특히 생황笙簧•을 잘 불었다. 스승을 두고서 배운 것도 아니건만 소리가 아름답고 저절로 곡조를 이루었다.

진목공은 장인匠人을 불러 그 아름다운 옥돌로 생황을 만들게 했다. 그리고는 그 생황을 농옥에게 주었다. 농옥이 부는 옥으로 만든 생황 소리는 마치 봉鳳이 우는 소리 같았다.

진목공은 더욱 농옥을 사랑하고 딸을 위해서 큰 누각을 지어줬다. 그 누각 이름을 봉루鳳樓라고 했다. 또 누각 앞에 높은 대가 있었는데 그 대를 봉대鳳臺라고 했다.

어느덧 농옥의 나이 열다섯이 됐다. 진목공은 좋은 사위를 구하려고 했다. 농옥이 스스로 맹세하고 진목공에게 아뢴다.

"반드시 생황을 잘 불고 소녀와 함께 화답和答할 수 있는 사람이 있다면 시집을 가겠습니다. 그외 사람은 소녀의 원하는 바가 아닙니다."

진목공은 널리 사람을 풀어 생황 잘 부는 총각을 구했다. 그러나 아무 데도 생황을 썩 잘 부는 사람은 없었다.

어느 날 밤이었다.

농옥은 봉루 위에서 주렴을 걷고 하늘을 바라봤다. 구름 한 점 없는 하늘엔 밝은 달이 거울처럼 걸려 있었다. 농옥은 시녀를 불러 향로에다 향을 사르게 하고 창에 기대어 벽옥碧玉으로 만든 생황을 불었다. 그 소리는 매우 맑아 하늘까지 스며드는 듯했다. 바람이 솔솔 불었다.

바로 그때였다.

어디선지 농옥의 생황 소리에 맞춰서 또 다른 생황 소리가 들려왔다. 그 생황 소리는 먼 데서 부는 것 같기도 하고 아주 가까운 곳에서 부는 것 같기도 했다.

농옥은 이상한 생각이 들었다. 그래서 불던 생황을 멈추고 들려오는 생황 소리에 귀를 기울였다. 순간 저편에서 부는 생황 소리도 멈췄다. 다만 그 여음만이 은은히 끊어질 듯하면서도 가냘프게 들렸다. 농옥은 정신을 잃은 듯 망연했다. 마치 무엇을 잃은 듯한 표정이었다.

밤은 점점 깊어만 갔다. 어느덧 달은 기울고 향로의 불도 꺼졌다. 그제야 농옥은 살며시 생황을 침상 머리에 놓았다. 잠을 청하려고 애썼으나 좀체로 잠이 오지 않았다. 그러다가 어느덧 잠이 들었다. 그때 서남쪽으로 하늘 문이 열렸다. 영롱한 오색빛이 대낮처럼 빛났다. 아름다운 장부丈夫가 우관羽冠을 쓰고 학창의鶴氅衣를 입고 봉황을 타고 하늘에서 봉대 위에 내려왔다. 아름다운 장부가 농옥에게 말을 건다.

"나는 태화산太華山 주인인데 상제上帝의 분부로 장차 그대와 백년가약을 맺게 됐습니다. 금년 중추中秋에 그대와 서로 만나 전생에 미진했던 인연을 다시 맺을까 합니다."

아름다운 장부는 이렇게 말하고서 허리춤으로 붉은 옥으로 만든 퉁소를 꺼내어 난간을 의지하고 불었다. 그가 타고 온 봉황이 퉁소 소리에 맞추어 날개를 펴고 너울너울 춤을 춘다. 춤추며 우는 봉황 소리와 옥퉁소 소리가 혼연히 일치하여 참으로 황홀했다. 농옥이 취한 듯이 묻는다.

"그건 무슨 곡曲이오니까?"

아름다운 장부가 대답한다.

"화산음華山吟 제1농第一弄이란 것입니다."

농옥이 다시 묻는다.

"그 곡조를 가히 배울 수 있나이까?"

"이미 인연을 맺기로 한 사이에 못 가르쳐줄 것이 뭐 있겠소."

아름다운 장부는 앞으로 가까이 와 농옥의 손을 잡았다. 손을 잡히는 순간 농옥은 소스라치게 놀라 눈을 번쩍 떴다. 꿈이었다. 꿈에 본 광경이 아직도 눈앞에 완연했다.

이튿날 아침에 농옥은 아버지 진목공에게 가서 꿈에 본 바를 고했다. 진목공은 맹명을 불렀다. 그리고 농옥이 꿈에 봤다는 그 아름다운 장부의 모습을 말했다. 이에 맹명은 진목공의 분부를 받고 그 아름다운 장부를 찾으러 태화산으로 갔다.

태화산에 당도한 맹명은 그곳 사람에게 여러모로 알아보았다. 어느 날 한 농부가 산 위를 가리키며 말한다.

"저 산 위에 명성암明星巖이란 바위가 있는데 그곳에 한 이인異人이 살고 있습니다. 지난 7월 15일부터 그는 저 산에 와서 초막을 짓고 혼자 삽니다. 매일 산에서 내려와 술을 사서 자작자음自酌自飮하고 밤이면 반드시 퉁소를 한 곡조씩 붑니다. 그 소리가 사방 산천에 퍼지면 사람들은 잠자는 것도 잊어버립니다. 그러나 그가 원래 어디 사람인지는 아무도 모릅니다."

맹명은 태화산에 올라가서 명성암으로 갔다. 과연 그 명성암 아래 초막이 있고, 그 안에 한 사나이가 있었다. 그 사나이는 우관을 쓰고 학창의를 입었는데 얼굴은 백옥 같고 입술은 산호 같았다. 그 표일飄逸한 기상은 세속 사람이 아니었다. 맹명은 그가 바로 이인임을 알고 그 앞에 나아가서 읍揖하고 성명을 물었다. 그 사나이가 대답한다.

"이 사람의 성은 소蕭이며 이름은 사史라고 합니다. 그대는 어디 분이며 무슨 일로 오셨습니까?"

"이 사람은 진秦나라 좌서장 벼슬에 있는 백리시百里視(맹명의 본명이며, 맹명은 그의 자字다)입니다. 지금 우리 주공께 사랑하는 딸이 있어 사위 될 사람을 찾고 계십니다. 그 딸 되는 분이 생황을 잘 불어 그에 맞는 배필을 구하는 중인데, 그대가 음악에 정통하다기에 우리 주공께선 그대를 보고자 고대하고 계십니다. 그래서 내가 그대를 모시러 왔소이다."

소사蕭史가 대답한다.

"이 사람은 음악을 약간 아는 정도입니다. 그외는 아무것도 아는 것이 없습니다. 그러니 어찌 따라갈 수 있겠습니까?"

"좌우간 이 사람과 함께 가서 우리 임금을 뵈오면 자연 알게 되리이다."

이에 소사는 맹명과 함께 가마를 타고 진나라 도성으로 갔다. 맹명이 먼저 궁에 들어가서 진목공에게 다녀온 경과를 보고하고 다시 소사를 데리고 들어가서 알현시켰다. 이때 진목공은 봉대에 앉아 있었다. 소사가 절하고 아뢴다.

"신은 산야山野의 사람으로서 예법을 모르니 널리 용서하십시오."

진목공은 소사의 풍채가 깨끗하고 속세를 떠난 듯한 자태를 보고서 반가이 대했다. 진목공이 바로 곁자리에 소사를 앉히고는 묻는다.

"그대가 퉁소를 잘 분다던데, 생황 또한 잘 부느냐?"

"신은 다만 퉁소만 불 줄 알고 생황은 못 붑니다."

진목공은 속으로 생각했다.

'농옥은 본디 생황을 잘 부는 배필을 구한다. 퉁소와 생황은 그 악기가 다르다. 이 사람은 농옥의 배필이 아니구나.'

그래서 진목공은 맹명을 돌아보며,

"이 사람을 객관으로 데리고 나가오."

하고 분부했다. 숨어서 엿듣던 농옥은 급히 시녀를 아버지에게 보냈다. 그 시녀가 진목공에게 가서 전갈한다.

"퉁소와 생황은 같은 종류입니다. 그 사람이 퉁소를 잘 분다는데 왜 한번 불어보라고 하지 않으십니까? 어째서 재주 있는 사람을 그냥 내보내려고 하십니까?"

진목공은 시녀가 전하는 농옥의 말을 그럴듯하게 생각했다. 이에 진목공이 소사에게 청한다.

"퉁소 한 곡조 들려주오."

소사는 붉은 옥으로 만든 퉁소를 꺼내어들었다. 그 옥은 부드럽고 붉은빛이 찬란했다. 참으로 희세稀世의 보물이었다.

소사는 퉁소를 들어 제1곡부터 불기 시작했다. 어디선가 맑은 바람이 솔솔 불어왔다. 제2곡에 이르러서는 사방에서 채색彩色 구름이 모여들었다. 제3곡에 이르러서는 백학白鶴 한 쌍이 날아와 서로 마주보고 공중을 날면서 춤을 추고 공작이 쌍쌍이 숲에 모여들고 모든 새가 평화롭게 지저귀었다.

이윽고 퉁소 소리가 끝나자 학도 공작도 새도 다 흩어져 날아가 버렸다. 진목공은 기쁨에 잠겼다. 이때 주렴 뒤에 숨어서 소사를 엿보던 농옥도 기쁨을 참지 못했다.

'저 사람은 참으로 나의 배필이로다.'

진목공이 다시 소사에게 묻는다.

"그대는 아는가? 퉁소는 어떻게 만들어졌으며, 언제부터 시작된 것인지?"

소사가 대답한다.

"생황이란 것은 생生이니 여와씨女媧氏•(상고上古 시대 삼황三皇•중 하나로 복희씨伏犧氏 다음에 선 임금이다)가 처음으로 만드신 것입니다. 생이란 발생發生한다는 뜻입니다. 생황은 그 음률이 태족太簇(십이율十二律의 하나로서 『사기史記』엔 만물이 족생簇生하는 것이라고 하였다)을 응應합니다. 다음에 퉁소〔簫〕•는 숙肅이니 복희씨가 처음으로 만드신 것입니다. 곧 숙은 청淸하다는 뜻입니다. 그 음률은 중려仲呂(익률樂律의 하나)를 응합니다."

진목공이 다시 묻는다.

"좀 자세히 설명하라."

소사가 대답한다.

"신이 퉁소를 불 줄 알기 때문에 청컨대 퉁소에 대해서 말씀드리겠습니다. 옛날에 복희씨가 대〔竹〕를 여러 개 엮어서 퉁소를 만들었습니다. 그 당시 퉁소 모양은 여러 개의 대를 마치 봉황의 날개처럼 엮은 것이었습니다. 그 소리는 평화롭고도 아름다웠습니다. 곧 봉황 소리를 모방한 것입니다. 좀더 자세히 말씀드리면 퉁소에도 몇 가지 종류가 있습니다. 그중 큰 것을 아소雅簫라고 하는데, 23관管을 엮은 것으로서 그중 제일 긴 관이 네 치나 됩니다. 그중 작은 것을 송소頌簫라고 하는데 16관을 엮은 것으로서 그중 제일 긴 관이 두 치입니다. 그 관을 다 소관簫管이라고 합니다. 그리고 그 관의 밑바닥이 없는 것을 퉁소〔洞簫〕라고 합니다. 그후 황제께선 영륜伶倫을 시켜 곤계昆谿 땅에 가서 대를 베어오게 했습니다. 그 대에 구멍 일곱을 내고 피리〔笛〕를 만드셨는데 그것

또한 봉황 소리를 모방한 것입니다. 그 모양이 매우 간편해서 후세 사람들은 소관簫管이 복잡한 옛것을 버리고 오로지 관 하나만을 세워서 불고 있습니다. 그 긴 것을 퉁소라고 하며 짧은 것을 관이라고 합니다. 그러므로 오늘날 퉁소는 옛날 퉁소가 아닙니다."

진목공이 묻는다.

"경은 퉁소를 불어 그 진귀한 날짐승들을 어떻게 불러서 모여들게 하느냐?"

소사가 대답한다.

"퉁소의 제도는 비록 간편해졌으나 그 소리는 변하지 않았습니다. 곧 봉황의 소리를 본뜬 그대로입니다. 봉황은 모든 날짐승의 왕입니다. 그러므로 모든 날짐승은 봉황 소리를 듣고 날아옵니다. 옛날에 순舜임금님은 소소簫韶라는 음악을 지었습니다. 그래서 그 소리를 듣고 봉황이 날아왔습니다. 봉황도 가히 부를 수 있거늘 다른 새들을 불러모으는 것이 무슨 어려울 것 있습니까."

소사의 대답은 흐르는 물과 같고 그 음성은 조용했다.

진목공이 더욱 기뻐하며 소사에게 부탁한다.

"과인에게 농옥이란 사랑하는 딸이 있다. 음악에 매우 정통하고 특히 생황을 잘 분다. 그래서 음악에 정통한 사람을 배필로 구하던 중이라. 바라건대 그대는 내 딸의 배필이 되어라."

소사가 단정히 재배하고 사양한다.

"사史는 본디 궁벽한 산골 사람입니다. 어찌 궁중 부귀를 누릴 수 있겠습니까?"

진목공이 대답한다.

"지난날 내 딸은 맹세한 바가 있다. 생황 잘 부는 사람으로 배우配偶를 삼겠다는 것이다. 그런데 이제 그대가 부는 퉁소 솜씨는 능히 천지에 통하고 일체 만물의 이치에 맞고 생황보다 나은 점이 많다. 지난날 내 딸은 이상한 꿈을 꾸어 짐작한 바가 있었다. 오늘이 바로 8월 15일 중추中秋날이구나. 이는 하늘이 정해주신 연분이라. 그대는 사양하지 마라."

소사는 진목공에게 사은숙배했다. 곧 진목공의 분부를 받고 태사太史가 혼인 날짜를 택일했다. 태사가 진목공에게 아뢴다.

"오늘은 8월 대보름으로 가장 길한 날입니다. 위론 달이 둥글고 아래론 사람들의 마음도 원만해서 흠이 없습니다."

이에 좌우 시자侍者들은 소사를 안으로 안내해서 목욕하게 하고 새로 의관을 갈아입혔다. 소사는 시녀들의 안내를 받아 봉루로 갔다. 이리하여 소사는 그날로 농옥과 성례成禮했다. 그들 부부는 참으로 평화롭고도 은근했다.

이튿날 아침에 진목공은 소사에게 중대부中大夫의 벼슬을 줬다. 그후로 소사는 조반朝班에 참석은 하지만 나라 정치에는 간섭하지 않았다.

그는 날마다 봉루에 머물렀다. 그는 일체 화식火食을 하지 않고 간혹 술을 몇 잔씩 마실 뿐이었다. 농옥도 화식을 버리고 생식生食을 배웠다. 그녀도 점점 곡식을 먹지 않게 됐다. 소사는 농옥에게 퉁소 부는 법을 가르쳤다. 그리고 봉새 부르는 법을 익히게 했다.

소사가 봉루에 머무르면서 농옥과 부부 생활을 한 지 한 반년쯤 됐을 때였다. 달이 휘영청 밝은 어느 날 밤이었다. 부부는 달 아래서 퉁소를 불었다. 이윽고 자줏빛 봉새가 봉대 왼편에 모여들었다. 그리고 봉대 오른편엔 붉은 용이 나타나서 똬리를 틀고 앉았다. 소사가 말한다.

"나는 본디 하늘 신선이오. 하늘의 옥황상제께서 '인간 세상에 사적史籍이 흩어지고 갈피를 잡을 수 없게 됐으니 네가 내려가서 인간 역사를 정리하여라' 하시기로 그 분부를 받고 온 것이오. 나는 주선왕周宣王 17년 5월 5일에 주나라 소씨蕭氏 집에서 태어났소. 내 본명은 소삼랑蕭三郎인데 주선왕 말년에 나는 사관史官이 되어 이 세상의 모든 과거 역사를 모아 순서 있게 정리하고 사적에 빠진 것을 조사해서 보충했소. 주나라 사람들은 내가 역사를 완벽하게 편찬한 공이 있다 해서 마침내 나를 소사蕭史라고 불렀소. 그러니 내가 이 세상에 내려온 지도 이미 110여 년이 지났구려. 그 뒤 옥황상제께서는 나를 태화산 주인으로 명하셨소. 그대와는 전생 인연이 있기 때문에 퉁소로써 부부가 되게 하신 것이오. 그러나 더 이상 인간 세상에 머물지 못할지라. 이제 용과 봉새가 우리를 영접하러 왔구려. 자, 우리는 이 인간 세상을 떠납시다."

농옥이 말한다.

"아버지께 가서 작별 인사를 하고 오리이다."

소사가 말한다.

"우리는 이미 신선이 되었음이라. 그러니 마땅히 초연하여 잡념을 없애야 하오. 어찌 권속眷屬을 생각하며 애착을 가져서야 쓰겠소."

이에 소사는 붉은 용을 타고 농옥은 자줏빛 봉새를 탔다. 그들은 용과 봉새를 타고 봉대에서 날아올라 어느덧 구름 속으로 사라져갔다.

오늘날도 훌륭한 사위를 얻는 일을 승룡乘龍이라고 한다. 곧 용을 탄다는 뜻이다. 이는 소사의 고사故事에서 나온 말이다.

그날 밤이었다. 어떤 사람이 태화산에서 봉새가 우는 소리를 들었다.

이튿날 이른 아침에 봉루의 시녀들은 진목공이 기침하기를 기다려 지난밤 일을 고했다. 진목공은 사위와 딸이 용과 봉새를 타고 하늘 위로 날아가버렸다는 말을 듣고서 한동안 넋을 잃었다. 이윽고 진목공이 길이 탄식한다.

"신선神仙•이란 것이 과연 있구나. 만일 지금이라도 용과 봉이 과인을 데리러 온다면 과인은 이 나라 강산을 헌신짝 버리듯 버리리라. 사람을 태화산으로 보내보아라. 혹 그곳에 가 있는지도 모르겠다."

사자는 분부를 받고 태화산으로 갔으나 결국 그들의 종적을 찾지 못했다.

진秦나라에선 태화산 명성암 위에다 사당을 지었다. 그 사당에다 소사와 농옥을 모셨다. 그리고 봄가을로 술과 과실을 차려놓고 제사를 지냈다.

지금도 그 사당을 소녀사蕭女祠라고 한다. 사람들의 말에 의하면 가끔 가다 그 사당 안에서 봉황 소리가 난다고 한다.

육조六朝 때 포조鮑照가 지은 「소사곡蕭史曲」이란 시가 있다.

소사는 언제나 늙지 않고
농옥은 언제나 젊음을 잃지 않았도다.
원컨대 인간 음식을 버리고
신선은 안개와 더불어 노는도다.
용은 하늘 길로 날고
봉은 진秦나라를 떠났도다.
한번 가고 다시 돌아오지 않으니
다만 때때로 퉁소 소리만 오락가락하더라.

蕭史愛少年
嬴女戀童顔
火粒願排棄
霞霧好登攀
龍飛逸天路
鳳起出秦關
身去長不返
簫聲時往還

또 강총江總이 소사와 농옥을 읊은 시가 있다.

농옥은 진나라 여자며
소사는 신선 아이로다.
그들은 밝은 달밤에 인연을 맺었고
그들이 떠난 뒤 봉루는 비었도다.
다정한 웃음을 소리 없이 나누고
음악 소리는 정에 겨워 통하는도다.
그들은 불로장생不老長生을 기약하고
그들은 하늘 위로 날아갔도다.
弄玉秦家女
蕭史仙處童
來時兎月滿
去後鳳樓空
密笑開還斂
浮聲咽更通

相期紅粉色
飛向紫煙中

그런 뒤로 진목공은 싸움이니 군사니 무기니 하는 말을 싫어했다. 그는 마침내 세속을 벗어난 초연한 생각을 갖게 됐다. 나랏일을 오로지 맹명에게 맡기고 무위청정無爲淸淨한 수양을 닦았다.

그런 지 얼마 뒤 공손지가 세상을 떠났다. 이에 맹명은 자차씨子車氏의 세 아들 엄식奄息과 중행仲行과 침호鍼虎를 진목공에게 추천했다. 그 세 사람은 다 어진 덕이 있었기 때문에 진나라 백성들은 그 세 사람을 삼량三良이라고 불렀다. 진목공은 그 세 사람에게 모두 대부 벼슬을 내렸다.

그 뒤 또 3년이 지났다. 주양왕 31년 봄 2월 보름이었다. 그날 밤에 진목공은 봉대에 앉아 밝은 달을 쳐다보며 사랑하는 딸 농옥을 생각했다. 물론 어디로 가버렸는지 알 길이 없다. 또다시 만날 기약도 없다. 진목공은 어느덧 잠이 들었다.

꿈이었다. 소사와 농옥이 봉새를 타고 한 마리의 봉새를 거느리고서 진목공을 영접하러 왔다. 진목공은 봉새를 타고 그들과 함께 달나라 광한궁廣寒宮에 가서 놀았다. 얼마나 공기가 맑은지 도리어 추웠다.

꿈이 깼을 때 진목공은 이미 오한증에 걸려 있었다. 수일이 지난 뒤 진목공은 자는 듯이 세상을 떠났다.

진나라 사람들은 진목공이 신선이 되어서 올라갔다고 했다. 진목공은 재위在位 39년 만에 69세로 세상을 떠난 것이다.

진목공의 첫째 부인은 진헌공晉獻公의 딸이었다. 그녀의 소생이 바로 세자 앵罃이었다. 이에 세자 앵이 임금 자리에 올랐으니 그가 바로 진강공秦康公이다.

진목공의 장례는 서융西戎의 풍속으로 치러졌는데, 순장殉葬한 사람만도 177명에 이르렀다. 그들 속엔 자차씨의 세 아들도 들어 있었다. 진나라 백성들은 자차씨의 세 아들이 생매장당한 것을 슬퍼한 나머지 황조시黃鳥詩를 지어서 불렀다. 어질고 덕 있는 신하를 버린 진강공을 비난한 노래다.

저 짐새〔鴆〕는 번개처럼 날아
우거진 숲으로 들어갔도다.
군자를 보지 못하니
자나깨나 근심이로다.
이 웬일인가, 이 웬일인가
나를 잊음이 너무나 많도다.
산에는 도토리나무가 있듯이
골짜기에는 박駮이란 짐승이 있는 법인데
군자를 보지 못하니
근심이 되어 즐거운 줄 모르겠도다.
이 어찌할꼬, 이 어찌할꼬
나를 잊음이 너무나 많도다.
산에는 산앵두가 있고
골짜기에는 문배나무가 있거늘
군자를 보지 못하니
근심하는 마음에서 헤어날 수 없도다.
어쩔꼬, 이 어쩔꼬
나를 잊음이 너무나 많도다.

鴥彼晨風
鬱彼北林
未見君子
憂心欽欽
如何如何
忘我實多
山有苞櫟
隰有六駮
未見君子
憂心靡樂
如何如何
忘我實多
山有苞櫟
隰有樹檖
未見君子
憂心如醉
如何如何
忘我實多

또 후세 사람이 이 일을 논평한 글도 있다.

진목공이 죽으면서 자차씨의 세 아들 삼량三良을 순장하게 했으니 이는 어질고 덕 있는 사람을 버린 것이다. 곧 자기가 죽은 뒤의 진나라를 조금도 생각하지 아니한 것이다.

또 소동파蘇東坡가 진목공을 읊은 시가 있다. 우리는 이 시에서 동파의 뛰어난 식견을 볼 수 있다.

지금은 탁천이란 샘물이 성 동쪽에 있고
무덤은 성안에 있지만
자세히 둘러보면 옛날엔 이 성이 없었다는 것을 알 수 있네
그래서 나는 그것이 바로 진목공의 무덤이란 걸 알았도다.
진목공은 살아 있을 때 세 번 싸워 세 번 진 맹명도 죽이지 않았거늘
그가 어찌 죽는 날에 차마 어질고 덕 있는 세 사람을 따라 죽게 했을 리 있으리오.
이것은 그 세 사람이 자진해서 죽은 것이니
그것은 마치 제나라 두 사람이 전횡田橫*을 따라 죽은 것과 같도다.
옛사람은 밥 한 그릇을 얻어먹고도
그 은혜를 갚기 위해서 능히 죽었다고 한다.
오늘날 사람에게선 도저히 볼 수 없는 일이어서
오늘날 사람들은 자기의 좁은 소견으로 도리어 옛사람을 이러니저러니 하고 의심하는도다.

* 전횡은 진秦나라 사람이다. 그는 제나라 왕이 된 일이 있었다. 나중에 한고조漢高祖에게 패하여 전횡의 일당 500명은 섬으로 들어갔다. 그 뒤 한고조가 그들을 불렀다. 그러나 전횡은 '나는 전날 왕이었고 그외는 후侯였다' 하고 가지 않았다. 한고조는 몹시 노하여 그들을 쳤다. 이에 전횡은 두 객客과 함께 낙양洛陽으로 가다가 30리도 못 가서 '예전에 나는 왕이었다. 이제 어찌 남의 신하가 될 수 있으리오' 하고 자살했다. 이에 두 객客은 전횡을 장사지낸 뒤 그들도 따라서 자살했다. 섬에 있던 전횡의 일당 500명도 이 소식을 듣고서 다 자살했다. 그 당시 많은 사람들이 그들의 죽음을 슬퍼했다.

옛사람을 따를 수 없음이여
오늘날 사람이 한심스럽기만 하다.

櫜泉在城東
墓在城中無百步
乃知昔未有此城
秦人以此識公墓
昔公生不誅孟明
豈有死之日而忍用其良
乃知三子殉公意
亦如齊之二子從田横
古人感一飯
尙能殺其身
今人不復見此等
乃以所見疑古人
古人不可望
今人益何傷

진양공晉襄公 6년이었다.

진양공은 그 아들 이고夷皐를 세자로 삼았다. 그때 서庶동생 공자 낙樂은 진陳나라에서 벼슬을 살고 있었다.

이해에 조쇠 · 난지 · 선차거 · 서신이 전후해서 다 세상을 떠났다. 노대신老大臣 넷이 죽자 진晉나라 중요한 벼슬자리가 다 비게 됐다.

다음해에 진양공은 모든 군사를 이夷 땅에 집합시켰다. 진양공은 이군二軍을 버리고 예전 제도대로 삼군만 뒀다.

진양공은 사곡士穀과 양익이梁益耳를 중군 대장으로 삼고, 기정보箕鄭父와 선도先都로 상군 장수를 삼으려고 했다. 이에 선차거의 아들 선극先克이 진양공에게 아뢴다.

"호언과 조쇠 두 분은 우리 나라에 큰 공을 세우고서 세상을 떠나신 어른들입니다. 그런 공신의 아들들을 등용해야 합니다. 더구나 사곡과 양익이는 아직 한번도 전쟁에 나가서 싸운 경력이 없습니다. 그런 사람이 갑자기 대장이 되면 군사들은 복종하지 않습니다."

진양공은 선극의 말을 따라 호언의 아들 호사고狐射姑를 중군 원수로 삼고, 조돈趙盾으로 하여금 그를 보좌하게 했다. 다음엔 기정보를 상군 원수로 삼고, 순림보荀林父로 하여금 그를 보좌하게 했다. 다시 선멸先蔑을 하군 원수로 삼고, 선도로 하여금 그를 보좌하게 했다.

이에 중군 원수가 된 호사고는 단 위에 높이 올라 삼군을 지휘하는데, 호령 소리가 자못 의기양양하고 그 태도가 안하무인 격이었다. 이를 보고서 하군사마下軍司馬 유병臾駢이 충고한다.

"듣건대 군사는 화목하는 데 중점을 두어야 한다고 합니다. 원수는 오래된 장수가 아니고 공신의 자손이십니다. 원수는 자존심을 버리고 항상 겸허한 마음과 태도를 가지십시오. 지난날 초나라 성득신이 우리 진나라에 패한 원인도 자만심이 강했기 때문이었습니다. 원수는 삼가고 조심하십시오."

호사고는 분기가 솟아 큰소리로 꾸짖는다.

"내가 명령을 내리는 시초에 네 어찌 감히 어지러운 소리를 하느냐. 너는 군심軍心을 소란케 하려는 것이 분명하다. 이놈을 엎어놓고 볼기를 쳐라!"

유병은 볼기 100대를 맞았다. 이 광경을 보고 군사들은 호사고에 대해서 더욱 불만을 품었다.

그후 사곡과 양익이는 이번 기회에 출세할 수 있었는데 선극이 방해를 해서 잔뜩 앙심을 품었다. 선도 역시 상군 원수가 될 뻔했는데 선극이 방해를 했다 해서 앙심을 품었다.

이런 일이 있기 전에 태부太夫 양처보陽處父는 초청을 받고 위나라에 갔기 때문에 이번 일에 관여하지 않았다.

양처보가 돌아왔을 때 호사고는 이미 원수가 되어 있었다.

양처보가 진양공에게 비밀히 아뢴다.

"호사고는 그 성격이 강하고 윗사람에게 아첨하기를 좋아하므로 군사들의 마음을 얻지 못할 것입니다. 그는 결코 대장이 될 만한 인물이 못 됩니다. 신은 지난날에 조쇠의 군사를 보좌한 일이 있었습니다. 그래서 조쇠의 아들 조돈의 인품을 잘 압니다. 그는 어질고도 능력이 있습니다. 지금 우리 나라는 어진 사람을 존중하고 능력 있는 사람에게 일을 맡겨야 합니다. 그래야만 이 나라가 발전할 수 있습니다. 상감께서 원수를 고르신다면 조돈만한 인물이 없을 것입니다."

진양공은 양처보의 말을 따르기로 하고 다시 모든 군사를 동董 땅에 집합시키도록 분부했다.

물론 호사고는 장차 일신에 변동이 있을 줄은 꿈에도 몰랐다. 그는 원수로서 기세 좋게 진나라 전군을 동 땅에 집합시켰다.

진양공이 호사고를 불러 말한다.

"지금까지는 조돈이 그대를 보좌했으나 앞으론 그대가 조돈을 보좌하여라."

호사고에겐 청천벽력 같은 분부였다. 그는 감히 말은 못하고 진양공 앞에 허리를 굽실거리면서 물러나갔다.

진양공은 조돈에게 중군 원수를 제수하고, 호사고로 하여금 조돈을 보좌하게 했다. 그리고 상군과 하군에는 아무 인사 이동이 없었다.

그후 조돈은 진나라 정령政令을 올바로 실천하기에 극력 힘을 썼다. 백성들은 모두 조돈을 신임하고 기꺼이 복종했다.

어떤 사람이 양처보에게 이런 말을 했다.

"그대는 기탄없이 뭐고 말하니 그 충성은 잘 알겠으나 혹 다른 사람에게서 원망을 사지나 않을까 염려되오."

그때 양처보는 단호히 잘라 말했다.

"진실로 나라에 이익만 있다면야 그까짓 개인적 원망은 피하지 않겠소."

그후 호사고는 진양공을 단독으로 가서 뵈었다.

"상감께선 신의 아버지의 공적을 생각하사 신을 버리지 않으시고 원수를 시켜주셨습니다. 그런데 이번에 갑자기 다른 사람을 원수로 삼았습니다. 신은 무슨 잘못이 있어서 원수의 자리를 조돈에게 빼앗겼는지 모르겠습니다. 신의 아버지 호언의 공적이 조돈의 아버지 조쇠만 못합니까?"

진양공이 대답한다.

"그런 게 아니다. 양처보가 과인에게 말하더라. 그대는 민심을 얻지 못해서 대장이 될 만한 인재가 못 된다고 하더구나. 그래서 바꿨을 따름이다."

호사고는 묵묵히 물러나갔다.

이해 가을 8월이었다. 진양공은 병이 났다. 그는 자기가 회생하지 못할 것을 알았다. 진양공은 태부 양처보와 상경 조돈과 그외 여러 신하들을 병상 앞으로 불렀다.

"과인은 아버지의 백업伯業을 계승한 뒤로 오랑캐를 치고 진秦나라를 쳐서 한번도 외국에 위세를 잃은 일이 없었다. 이제 불행하게도 오래 살지 못하고, 내 장차 모든 경들과 길이 이별하게 됐다. 세자 이고는 아직 어리다. 경들은 어린 세자를 극력 보좌하여라. 그리고 다른 나라와 우호에 힘써라. 우리 진나라가 천하의 맹주로서 쌓은 업적을 이후로도 다른 나라에 뺏기지 않도록 하여라."

모든 신하는 재배하고 분부를 받았다.

이날 진양공은 세상을 떠났다.

이튿날 모든 신하는 세자 이고를 임금 자리에 즉위시키려고 했다. 조돈이 반대 의견을 말한다.

"지금 우리 나라는 다난한 때요. 진秦나라와 오랑캐들이 원수를 갚으려고 우리를 노리고 있소. 이러한 때에 너무나 어린 임금을 세워선 안 됩니다. 지금 선군의 아우 되시는 공자 옹雍이 진秦나라에서 벼슬을 살고 있소. 그는 어진 분이며 지체로 보아도 어른뻘입니다."

모든 대부는 아무 대답이 없었다.

이에 호사고가 일어나서 말한다.

"아니오. 그렇다면 차라리 공자 낙樂을 임금으로 모십시다. 공자 낙도 선군의 동생이십니다. 그는 지금 진陳나라에서 벼슬을 살고 계시오. 진陳나라는 원래부터 우리 진나라와 친한 사이요. 그러나 공자 옹이 벼슬을 살고 있는 진秦나라는 우리 나라와 원수간이오."

조돈이 반박한다.

"그렇지 않소. 진陳은 나라가 작고 우리 나라에서 너무나 머오. 진秦나라는 크며 또 우리 나라와 가까운 거리에 있소. 우리는 진陳나라와 이 이상 친할 필요가 없소. 그러나 진秦나라에 있는 공자 옹을 임금으로 모셔오면 우선 우리는 진秦나라와 화해할 수 있고 또 앞으로 도움을 받을 수도 있소. 반드시 공자 옹을 모셔와야 하오."

모든 대신들은 조돈의 의견을 지지했다. 이리하여 선멸이 정사正使가 되고, 사회士會가 부사副使가 되어 국상國喪도 알릴 겸 공자 옹을 모셔오려고 진秦나라에 가기로 되었다. 그들이 진나라로 떠나려는데 순림보가 가만히 말린다.

"지금 선군의 부인과 세자가 다 궁중에 계시는데 어쩌자고 다른 나라에 가서 임금을 모셔오려고 하오? 만일 이 일이 성공 못하는 날엔 일대 변이 일어날 것이오. 그대들은 왜 병이 났다 핑계하고 사양하지를 않소?"

선멸이 대답한다.

"지금 우리 나라 정권은 조돈이 다 잡고 있는데 무슨 변이 있겠소?"

순림보는 더 말리지 않았다. 이날 순림보가 다른 사람에게 말한다.

"나는 동료로서 선멸에게 일단 충고를 안 할 수 없었다. 그러나 그는 내 말을 듣지 않았다. 그가 이번에 가기는 가지만 돌아올 날이 없으리라."

드디어 선멸은 사회와 함께 진秦나라로 떠나갔다.

호사고는 자기 주장을 조돈이 반대한 데 대해서 격분했다.

"호씨와 조씨는 다 이 나라에 공훈을 세운 집안이다. 그런데 지금 이 나라엔 조씨만 있고 호씨는 싹 무시당하기냐!"

마침내 호사고는 심복 부하 한 사람을 진陳나라로 보내어 공자 낙을 데려오게 했다. 그는 진晉나라 임금 자리를 두고 서로 다툴 작정이었다. 그러나 이 계획은 밀고자를 통해 조돈에게 알려졌다.

조돈이 공손저구公孫杵臼를 불러 비밀히 지시한다.

"집안 장정 100명만 거느리고 도중에서 매복하고 있다가 공자 낙이 오거든 죽여버리시오."

그러나 이번엔 이 계책이 밀고자에 의해서 호사고에게 알려졌다. 호사고는 이를 갈며 길길이 날뛰었다.

"조돈을 돕는 자는 바로 양처보다. 지금 양처보 일당은 교외에 머물면서 선군의 장례지낼 일에 몰두하고 있다. 이 기회에 양처보를 죽이기는 쉽다. 조돈이 공자 낙을 죽인다면 나는 양처보를 죽이리라."

이에 호사고는 그의 동생 호국거狐鞫居와 이 일을 상의했다. 호국거가 대답한다.

"이 일은 다 저에게 맡겨주십시오."

그날 밤, 호국거는 집안 장정들을 도둑처럼 가장시켰다. 호국거는 그들을 거느리고 가서 한밤중에 양처보의 집 담을 넘어들어갔다.

이때 양처보는 촛불을 밝히고 책을 보고 있었다. 호국거는 문을 열고 들어가서 불문곡직不問曲直하고 칼로 양처보를 내리쳤다. 칼에 어깨를 맞은 양처보는 놀라 문을 박차고 대청으로 달아났다. 호국거는 그 뒤를 쫓아가서 칼로 다시 양처보를 쳤다. 그리고 쓰러진 양처보의 목을 끊어서 돌아갔다.

양처보의 집안 사람들은 그 괴한이 호국거라는 것을 알았다. 양처보의 집안 사람은 즉시 조돈에게 가서 이 사실을 고했다. 그러나 조돈은 전혀 믿을 수 없다는 태도를 꾸미면서 양처보의 집안 사람을 꾸짖었다.

"양처보는 도둑에게 피살된 것이다. 네 어찌 자세히 알지도 못하면서 호국거를 모함하느냐? 속히 돌아가서 양처보의 목 없는 시체만이라도 거두어 염하여라."

이는 9월에 생긴 일이었다. 이해 겨울 10월에 대신들은 진양공을 곡옥 땅에 장사지냈다. 장사지내는 날 진양공의 부인 목영穆嬴이 어린 세자 이고의 손을 잡고 조돈에게 묻는다.

"선군께서 무슨 잘못을 하셨으며 이 어린 세자에게 무슨 죄가 있기에 이 일점 혈육을 버리고 임금 될 사람을 다른 나라에 가서 데려온단 말이오?"

조돈이 대답한다.

"이는 나라의 대사입니다. 이 돈은 개인 사정에 의해서 일을 처리하지는 않습니다."

진양공을 장사지낸 후 조돈은 모든 문무 대신과 함께 진양공의 신위神位를 태묘에 봉안했다. 조돈이 축대 위에 나서서 태묘 뜰에 모여선 대신들을 굽어보고 말한다.

"선군께선 생전에 형벌과 상을 분명히 하셨으므로 모든 나라 제후를 거느리는 백주伯主가 되셨소. 지금 선군 신위가 우리를 굽어보고 계시오. 그런데 호국거는 아무 의논도 없이 제 맘대로 양처보를 죽였소. 이래서야 어느 대신이고 간에 어찌 마음을 놓고 살 수 있으리오. 우리는 호국거의 죄를 처벌해야겠소."

호국거는 달아날 여가도 없이 그 당장에 군사들에게 사로잡혀 사구司寇로 넘어갔다. 사구에선 죄목을 따지고 호국거를 죽였다. 그리고 즉시 호국거의 집을 수색하여 양처보의 목을 찾아냈다. 양처보의 집안 사람들은 그 목을 시체에다 바늘로 꿰매어 붙여서 장사를 지냈다.

한편 호사고는 동생 호국거가 참형을 당하자 조돈이 자기 비밀을 알지나 않았을까 하고 겁이 났다. 그날 밤으로 호사고는 조그만 수레를 타고 책翟나라 임금 백돈白暾에게로 달아났다.

이때 책나라에 한 거인巨人이 있었다. 그는 이름을 교여僑如라고 했다. 키가 1장 5척에 능히 1,000균鈞 무게를 들어올리는 장사였다. 교여의 머리는 구리쇠 같고 이마는 강철 같아서 돌로 쳐도 상하지 않았다. 책나라 임금 백돈은 교여를 장수로 삼았다. 그리고 교여에게 군사를 주어 노魯나라를 치게 했다.

한편 노나라 노문공魯文公은 숙손득신叔孫得臣에게 군사를 주어 책군을 막게 했다.

이때가 바로 겨울이었다. 싸느란 안개가 하늘에 가득 끼어 있었다. 노나라 대부 종생終甥은 하늘에 낀 안개를 보고 머지않아서 눈이 내릴 것을 짐작했다.

"책나라 교여란 놈은 괴상한 힘이 있으므로 꾀로 잡아야지 힘으로 당적할 순 없다."

하고 종생은 계책을 세웠다. 이에 중요한 도로 가에다 깊은 함정을 여러 곳 팠다. 그 함정 위에 마른풀을 덮고 다시 그 위에다 흙을 덮었다.

과연 그날 밤에 함박눈이 펄펄 내렸다. 함정 위는 평지나 다름없었다. 종생은 군사 한 무리를 거느리고 가서 교여의 영채를 쳤다. 교여가 즉시 영채에서 나오자 서로 싸움이 벌어졌다. 종생은 거짓 패한 체하고 달아났다. 교여는 더욱 용기를 떨치며 종생의 뒤를 쫓았다. 종생은 미리 표시해둔 표적을 따라 함정을 피하면서 달아났다. 뒤쫓아가는 교여는 여러 곳에 함정이 있을 줄은 꿈에도 몰랐다. 한참 신명나게 종생을 추격하던 교여는 드디어 깊은 함정 속으로 굴러떨어졌다. 이에 매복하고 있던 숙손득신은 일제히 군사를 일으켜 책나라 군사를 무찔러 죽이고 흩어버렸다. 이에 종생은 긴 창으로 함정 속에 들어 있는 교여의 목을 마구 찔러서 죽였다.

노나라 군사는 교여의 시체를 끌어올리는 데 진땀을 뺐다. 그들은 큰 수레에다 그 큰 시체를 실었다. 이 거인의 시체를 보고서 놀라지 않는 사람이 없었다.

바로 그때에 숙손득신은 아내가 맏아들을 낳았다는 기별을 받았다. 그는 자기 맏아들의 이름을 숙손교여라고 지었다. 책군을 쳐 물리친 이번 공로를 기념하기 위해서 책나라 장사 교여의 이름을 딴 것이었다.

그 뒤 노나라는 제 · 위 두 나라와 연합하고 책나라를 쳤다. 책나라 임금 백돈은 달아나다가 노군의 손에 붙들려 죽었다. 이리하여 조그만 책나라는 드디어 멸망하고 말았다.

책나라가 망하자 망명 중이던 진晉나라 호사고는 의지할 곳을 잃고 다시 노潞나라로 갔다. 이리하여 호사고는 흘러흘러 노나라에 가서 대부 풍서酆舒란 사람에게 신세를 지고 있었다.

한편 진晉나라는 어떠했던가.

조돈이 말한다.

"호사고는 우리 선인先人과 함께 진문공을 모시고 19년 동안 망명 생활을 한 사람이다. 또 임금을 2대代나 섬긴 공로가 적지 않다. 내가 그 아우 호국거를 죽인 것은 호사고만은 안전하게 해주기 위해서였다. 그런데 그는 제 죄가 무서워서 달아나버렸다. 그가 조그만 노潞나라에 가서 외로이 있는 걸 어찌 차마 버려둘 수 있으리오."

조돈이 유병臾駢을 돌아보며 분부한다.

"그대는 호사고의 처자를 노나라에 데려다주고 오시오."

유병은 자기 집 장정들을 불러 함께 길을 떠날 것을 분부했다. 장정들이 아뢴다.

"지난날 주인께선 호사고가 원수元帥가 되던 날 진심으로 충고했건만 도리어 호사고는 주인께 욕설을 퍼붓고 곤장까지 쳤습니다. 그 당시에 당한 모욕을 분풀이할 때가 왔습니다. 이제 조돈 원수가 주인께 그자의 처자를 데려다주라고 부탁했으니 이야말로 하늘이 주신 기회라고 생각합니다. 주인은 이번에 노나라로 가다가 도중에서 호사고의 처자를 다 죽여버리십시오."

유병이 황망히 대답한다.

"안 될 말이로다. 그게 무슨 소리냐? 원수가 이 일을 나에게 부탁한 것은 나를 사랑하기 때문이다. 조돈 원수가 보내는 사람을 내가 죽여버린다면 원수가 나를 어떻게 생각하겠는가? 남의 불행을 이용하는 것은 어진 사람의 할 짓이 아니며, 남의 분노를 이용하는 것은 지혜 있는 사람의 할 짓이 아니다."

마침내 유병은 호사고의 처자를 수레에 태우고 또 호사고의 집안 재산을 다 수레에 싣고 그 물품 목록까지 만들어서 주고는 친히 국경까지 전송해 보냈다.

호사고가 그립던 처자와 세간살이를 하나도 빠짐없이 다 받고서 길이 탄식한다.

"유병은 참으로 어진 사람이건만 나는 그를 몰라봤다. 내가 이 모양이니 이제 타국에서 망명 생활을 하는 것도 무리는 아니다."

원수 조돈도 그 뒤 이 사실을 듣고서 유병의 인품에 감탄했다. 조돈은 장차 유병의 벼슬을 올려줄 생각이었다.

한편 선멸과 사회는 진秦나라에 당도했다. 그들이 진강공秦康公에게 아뢴다.

"이번에 우리 나라는 국상이 났습니다. 귀국에 와 계시는 공자 옹을 임금 자리에 올리려고 모시러 왔습니다."

진강공이 기뻐한다.

"우리 선군께선 두 번이나 진晉나라 임금을 정해주셨다. 이젠 과인이 공자 옹을 진나라 임금으로 보내는구나. 진나라 임금은 대대로 우리 진秦나라에서 나오는도다."

이에 진秦나라 장수 백을병白乙丙은 병거 400승으로 공자 옹을 호위하고 진晉나라를 향해서 떠나갔다.

한편 양부인襄夫人 목영穆嬴은 남편인 진양공을 곡옥 땅에서 장사지내고 궁으로 돌아온 후 아침마다 세자 이고를 품에 안고 조당 앞에 가서 통곡했다.

그리고 양부인은 모든 대부에게 호소했다.

"이 어린 세자는 선군의 적자이시오. 어찌하여 모든 대부는 선군의 한 점 혈육을 버리려 하오?"

모든 대부가 조당에서 나랏일을 마치고 다 돌아가면 양부인은 다시 수레를 타고 어자御者에게,

"조돈 원수 댁으로 가자."

하고 분부했다.

이리하여 양부인은 날마다 그 집까지 가서 조돈 앞에 나아가 머리를 조아리고 호소했다.

"선군께서 임종하실 때, 이 세자를 경에게 부탁하셨소. 충성을

다하여 이 세자를 도우라고 하셨소. 선군은 비록 세상을 떠나셨지만 아직도 그 유언이 귀에 쟁쟁하거늘 다른 사람을 임금 자리에 앉힌다니 이게 웬일이오? 장차 이 어린 세자를 어느 곳으로 몰아낼 생각이오? 세자를 군위에 세우지 않는다면 우리 모자는 죽음이 있을 뿐이오."

그리고 양부인은 울음을 그치질 않았다.

이 소문은 날이 갈수록 진晉나라 전체에 퍼졌다. 백성들은 이 소문을 듣고서 누구나 다 양부인을 동정했다. 동시에 백성들은 조돈을 괘씸히 생각했다. 차차 모든 대부도 공자 옹을 데려오기로 한 것은 잘못이라고 말했다.

조돈은 이러한 인심의 변화를 보고서 골머리를 앓았다.

조돈은 이 일에 대해서 극결郤缺과 상의했다.

"이미 선멸이 진秦나라로 공자 옹을 모시러 갔는데 어떻게 세자를 임금 자리에 또 모신단 말이오?"

극결이 대답한다.

"어린 세자를 버리고 공자 옹을 임금으로 모실지라도 세자는 다음날이면 장성합니다. 세자가 장성하면 반드시 변이 일어날 것입니다. 그러니 속히 사람을 진秦나라로 보내어 공자 옹을 못 오게 하십시오."

조돈이 머리를 끄덕이며 말한다.

"먼저 임금을 정한 후에 사람을 진秦나라로 보내야 명목이 설 것 같소."

조돈은 즉시 모든 대신을 모으고 세자 이고夷皐를 받들어 임금 자리에 올렸다. 그가 바로 진영공晉靈公이다. 이때 임금이 된 진영공은 나이가 겨우 일곱 살이었다.

문무백관들이 어린 새 임금에게 조하朝賀를 마쳤을 때였다. 보발군이 당도하여 보고한다.

"진秦나라에선 백을병을 보내어 공자 옹을 호위하고 이미 그 일행이 황하에 도착했습니다."

모든 대부는 당황했다.

"우리 나라가 진秦나라에 신용을 잃었으니 장차 무슨 말로 사절해야 좋겠소?"

조돈이 결연히 말한다.

"공자 옹을 세우면 진秦나라 군사는 우리의 귀빈이며, 공자 옹을 거절하면 진나라는 우리의 적국이 되는 것뿐이오. 이제 사람을 보내어 거절한대도 도리어 진군秦軍에게 욕만 먹을 것이오. 일이 이렇게 된 바에야 차라리 우리도 군사를 보내어 진군을 막는 도리밖에 없소."

이에 상군 대장 기정보箕鄭父는 궁중에 머물러 진영공을 보좌하기로 했다.

조돈은 스스로 중군을 거느리고, 선극先克을 중군 부장으로 삼아 호사고의 자리를 대신 맡아보게 하고, 순림보가 기정보 대신 단독으로 상군 대장이 되고, 선도先都는 부장 선멸이 진秦나라에 가고 없으므로 역시 단독으로 하군 대장이 됐다.

조돈은 이렇게 삼군을 정돈한 후 진군秦軍을 도중에서 막기 위해 일제히 출발했다. 진군晉軍은 근음廑陰 땅에 이르러 영채를 세웠다.

이때 진군秦軍은 벌써 황하를 건너고 영호令狐 땅에 당도했다. 진군秦軍은 진군晉軍이 전방에 와 있다는 말을 듣고 필시 공자 옹을 영접하려고 나온 줄로만 알았다. 그래서 진군秦軍은 전혀 전투 준비를 하지 않았다. 이에 선멸은 조돈에게 경과를 보고하려고 먼저 진군晉軍에게로 갔다. 조돈은 선멸을 보고 세자 이고를 임금으로 모시지 않을 수 없게 된 그간 국내 사정을 설명했다. 이 말을 듣고 선멸은 펄쩍 뛰었다. 선멸이 눈을 부라리며 조돈을 노려보면서 외친다.

"공자 옹을 모셔오기로 한 것은 그대가 주장한 바라. 그런데 그렇게 주장한 그대가 그새 세자 이고를 임금으로 세우고서 나를 적대시하는구나!"

선멸이 분연히 일어나 장막을 나가면서 순림보를 돌아보고 탄식한다.

"내 진秦나라로 가던 날 그대가 말리는 것을 듣지 않았다가 이 꼴을 당하는구려."

순림보가 선멸의 소매를 붙들고 말한다.

"그대는 우리 진晉나라 신하요. 진나라를 버리고 장차 어디로 가려 하오?"

"나는 명을 받고 공자 옹을 모시러 진秦나라에 갔던 사람이오. 그러니 나의 주공은 바로 공자 옹이시라. 이제 진秦나라는 나의 주공 공자 옹을 돕는 나라요. 공자 옹을 임금으로 모시겠다고 말한 내가 어찌 그 말을 스스로 배반하고 고국에 돌아가서 부귀를 누릴 수 있으리오."

선멸은 소매를 뿌리치고 진군秦軍이 있는 곳으로 돌아갔다.

조돈이 순림보에게 말한다.

"선멸을 진晉나라에 있으라고 할 수는 없게 됐소. 그가 가버렸으니 진군秦軍은 반드시 내일 우리를 치러 올 것이오. 그러니 차라리 오늘 밤에 우리가 먼저 가서 진군 영채를 무찌릅시다. 그래야만 이 일을 간단히 판결지을 수 있소."

조돈은 즉시 군사들에게 전투 준비를 명령했다. 군사들은 말을 배불리 먹이고 자기들도 역시 배불리 먹고 서로 입에다 함매하고 출동했다.

진군晉軍이 진군秦軍 영채에 당도했을 때는 바로 밤 삼경三更이었다. 진군晉軍은 일제히 함성을 지르며 북을 치고 나팔을 불면서 진군秦軍 영문營門으로 쳐들어갔다. 이때 진군秦軍은 자다 말고 생벼락을 맞은 격이었다. 진秦나라 군사는 말에 안장을 얹을 여가도 없었다. 그들은 갑옷을 입기는커녕 창과 칼을 잡을 여가도 없었다. 진秦나라 군사는 사방으로 흩어져 달아나기 시작했다. 진군晉軍은 달아나는 진군秦軍을 무찌르며 고수刳首 땅까지 뒤쫓아갔다. 고수 땅에서 진군秦軍은 더 달아날 수 없어서 궁한 쥐가 고양이에게 덤벼드는 격으로 진군晉軍과 싸웠다.

이 싸움에서 백을병은 구사일생으로 겨우 진군晉軍 속에서 벗어나 본국으로 달아났다. 다만 공자 옹이 어지러이 싸우는 전투 속에 휩쓸려 억울하게 죽었다. 선멸이 억울하게 죽어자빠진 공자 옹을 보고 길이 탄식한다.

"만사는 끝났다. 그러나 조돈은 나를 배반했지만 나는 진秦나라를 배반할 순 없다."

마침내 선멸은 진秦나라로 달아났다. 사회 또한,

"나도 선멸과 함께 진秦나라에 가서 공자 옹을 모시고 온 사람이다. 어찌 나만 홀로 고국에 돌아갈 수 있으리오."

하고 진秦나라로 갔다.

진강공은 선멸과 사회에게 다 대부 벼슬을 줬다.

한편 순림보가 조돈에게 말한다.

"지난날 호사고가 노潞나라에 도망가 있을 때 원수는 동료에 대한 우의를 생각하고 그 처자를 보내준 일이 있었지요. 그런데 이번에 선멸과 사회가 다 진秦나라로 가버렸소. 나는 원래 선멸, 사회 두 사람과 동료로 지내온 터요. 지난날 원수가 호사고에게 그 처자를 보내주었듯이 나도 선멸과 사회의 처자를 진秦나라로 보내주고 싶소."

조돈이 머리를 끄덕이며 대답한다.

"그대는 의를 존중하는구려. 내 어찌 허락하지 않으리오."

이에 순림보는 조돈의 승낙을 받고 선멸과 사회의 처자와 그 집안 살림을 다 진秦나라로 호송해 보냈다.

호증胡曾 선생이 시로써 이 일을 읊은 것이 있다.

누가 친구의 가족을 국경 밖으로 호송했는가
다만 동료로서 의리가 많았기 때문이라.
요즘 인정은 서로 시기만 하고 각박하니
옛사람과 비교하여 일반 동료간에 어떠한가.
誰當越境送妻孥
只爲同僚義氣多
近日人情相忌刻
一般僚誼却如何

또 염옹이 시로써 조돈의 경솔한 처사를 비난한 것이 있다.

장기 바둑을 두는 데도 깊이 생각해야 하거늘

적자嫡子가 있는데 어찌하여 임금을 외방에서 구하였는가.

귀한 손님으로 대접했다가 다시 적으로 대접했다가 도무지 정신을 차릴 수 없으니

조돈의 하는 짓은 알고도 모를 일이다.

奕棋下子必躊躇

有嫡如何又外求

賓寇須臾成反覆

趙宣謀國是何籌

이번 싸움에서 진晉나라 장수들은 각기 다 공로를 세운 셈이었다. 그런데 다만 선극의 부하 괴득蒯得만이 공로를 탐하여 주책없이 나아가다가 진군秦軍에게 패했다. 그는 병거 5승을 잃었던 것이다.

선극은 괴득을 군법에 부쳐서 참하기로 했다. 그러나 모든 장수들이 괴득을 살려주도록 간청했다. 이에 선극은 조돈에게 말하여 괴득을 죽이는 대신에 그 재산을 몰수했다. 이리하여 괴득은 선극에게 깊은 원한을 품게 되었다.

한편 기정보와 사곡士穀과 양익이梁益耳는 전부터 절친한 사이며, 조돈이 중군 원수가 된 이후로 모든 병권을 잃었기 때문에 조돈에 대한 불평이 이만저만이 아니었다.

이미 앞에서 말한 바와 같이 기정보는 도성에서 궁을 지키고 있었다. 그는 평소부터 뜻이 맞는 사곡과 양익이를 한곳에 불러모아 놓고 일장 연설을 했다.

"조돈은 천하에 죽일 놈이오. 그는 임금 자리에 사람을 올리고 내리는 것을 제 마음대로 하고 있소. 조돈은 우리 진나라 사람을

싹 무시하고 있는 것이오. 지금 소문에 의하면 이미 진秦나라 군사가 공자 옹을 모시고 오는 중이라고 하오. 반드시 진秦 · 진晉 두 나라 군사간에 싸움이 벌어질 것이오. 그리고 싸움이 벌어지면 그렇게 쉽사리 결판이 나지는 않을 것이오. 우리는 이 기회를 놓치지 말고 궁중에서 난을 일으켜 조돈을 배반하고 이고를 폐위시킨 후 공자 옹을 영접해서 모십시다. 그러면 이 나라 모든 권세가 다 우리의 손아귀로 들어올 것이오."

사곡과 양익이는 다 기정보의 의견에 찬동하고 즉시 반란을 일으키기로 했다.

정사政事를 오로지하는 조돈趙盾

기정보 · 사곡 · 양익이 세 사람은 의논을 마치고 그저 진군秦軍이 쳐들어오기만을 기다렸다가 도성에서 난을 일으키고 장차 조돈을 국외로 몰아낼 작정이었다.

그런데 천만 뜻밖에도 조돈이 진군을 무찌르고 개선해서 돌아왔다. 이에 세 사람은 조돈에 대해서 더욱 분노했다.

또 당분간 하군下軍을 맡고 있는 선도先都는 원래 자기 상관이며 하군 주장主將이었던 선멸先蔑이 조돈에게 배신을 당하여 진秦나라로 가버렸기 때문에 역시 조돈을 원망했다.

또 괴득蒯得은 조돈이 선극先克의 말만 듣고 자기 재산을 몰수한 데 대해서 조돈을 원망했다.

어느 날, 괴득은 사곡을 심방하고 자기 불만을 털어놓았다.

사곡이 괴득에게 말한다.

"선극이 조돈의 심복이기 때문에 그런 무법한 짓을 맘대로 한 것이오. 조돈의 독재 때문에 이 나라가 큰일났소. 이럴 때에 진실로 한 의사義士를 얻어 먼저 선극부터 죽여버리면 조돈의 세력도 외로워질 터인데…… 이런 일은 선도가 가장 적임자이지만 그가 우리 말을 응낙할지 모르겠구려."

괴득이 대답한다.

"선도는 자기 주장主將 선멸이 신의 없는 조돈 때문에 진나라로 간 것을 여간 분통해하지 않소. 그래서 선도는 조돈이라면 이를 갈고 있지요."

사곡은,

"그것이 사실이라면 앞으로 일을 하기는 어렵지 않소."

하고 괴득의 귀에다 입을 대고 무엇인가를 속삭였다.

무슨 말을 들었는지 괴득이 기뻐하면서 대답한다.

"그럼 내 지금 당장 가서 말해보겠소."

이에 괴득은 선도의 집으로 갔다.

선도가 괴득이 미처 말하기 전에 먼저 분연히 말한다.

"조돈은 선멸을 배반하고 도리어 진秦나라 군사를 쳤소. 그렇게 신의 없는 조돈과는 도저히 앞으로 같이 일을 할 수 없구려."

괴득은 마침내 사곡의 말을 선도에게 고했다. 선도가 쾌히 응낙하고 말한다.

"진실로 그것만이 우리 진晉나라를 건지는 길이오."

이때는 겨울도 끝나갈 무렵이었다. 그래서 그들은 내년 봄에 거사하기로 약속했다.

그 이듬해 봄이었다. 선극은 기성箕城으로 갔다. 선극은 그의 할아버지 선진先軫의 사당에 참배하고 제사를 지냈다.

이때, 선도는 자기 집안 장정들을 기성 밖에다 매복시켰다.

그들은 선극이 선진의 사당에 제사를 지내고 돌아가는 그 뒤를 숨어서 따랐다.

그들은 선극이 무인지경無人地境을 지날 때에 벌 떼처럼 달려들어 선극을 무수히 찔러 죽였다. 순간, 선극의 시종배들은 깜짝 놀라 각기 달아났다.

그후 조돈은 선극이 도둑에게 죽음을 당했다는 보고를 받고 몹시 노했다.

"금부도사禁府都使 즙획緝獲은 닷새 안으로 그 도둑들을 잡아 바치어라."

이에 금부의 수색은 맹렬해졌다.

선도 등은 사세가 다급해지자 매우 당황하여 괴득과 모여서 상의하고 다시 양익이를 찾아가,

"일이 이쯤 된 바에야 속히 거사합시다."

하고 권했다.

그날 밤이었다. 양익이는 그의 친척인 양홍梁弘과 함께 술을 마시다가 대취한 김에 장차 반란을 일으킬 작정이라고 말했다. 이 말을 듣자 양홍은 기겁을 했다.

"이야말로 우리 양씨梁氏가 전부 멸족당할 일이로구나."

양홍은 이 사실을 유병臾駢에게 밀고했다. 유병은 즉시 조돈에게 가서 이 음모 사건을 아뢰었다. 이에 조돈은 곧 군사를 집합시켰다.

한편, 선도는 조돈이 군사를 집합시킨다는 보고를 받고 혹 음모가 사전에 누설되지 않았나 하고 급히 사곡에게 갔다. 그는 사곡에게 속히 일을 일으켜야 할 때라고 주장했다.

그러나 곁에서 기정보는 상원절上元節에 진영공이 모든 신하에게 명절 잔치를 베풀 때가 가장 일을 일으키기에 좋은 기회라고

우겼다.

선도는 그들과 오래도록 의논했으나 결국 아무런 결정도 짓지 못하고 집으로 돌아갔다.

그날 밤에 유병은 조돈의 분부를 받고 군사를 거느리고 가서 선도의 집을 완전히 포위했다. 군사들은 즉시 선도의 집으로 침입하여 곤히 잠들어 있는 선도를 잡아내어 옥에다 가두었다.

선도가 군사에게 잡혀갔다는 소문을 듣고 양익이와 괴득, 사곡은 황망히 기정보 집으로 몰려갔다.

그들은 그제야 각기 자기 집 장정들을 총동원해 선도를 구출하는 동시에 반란을 일으키기로 합의를 보았다.

바로 이때, 문지기가 들어와서 기정보에게 아뢴다.

"조돈 댁 심부름꾼이 왔습니다."

이 말에 방 안에서 모의하던 양익이 · 괴득 · 기정보 · 사곡 네 사람은 얼굴이 흙빛으로 변했다.

기정보는 대청으로 나가봤다. 조돈의 심부름꾼이 섬돌 밑에서 대청으로 나온 기정보를 우러러보고 공손히 절한 후 전갈 말씀을 드린다.

"우리 대감께서 말씀하시기를 지금 선도를 잡아다가 옥에 가뒀는데, 이 일을 장차 어찌하면 좋을지 서로 상의해야겠으니 기정보 대감 댁에 가서 바쁘지 않으시거든 잠시 궁중 조당朝堂으로 듭시라고 하시더이다."

이 말을 듣고야 대청 위에 있던 기정보도, 방 안에서 엿듣고 있던 양익이 · 괴득 · 사곡도 안도의 한숨을 몰아쉬었다.

심부름꾼을 돌려보내고 기정보는 방으로 들어가서 말한다.

"조돈이 선도 일 때문에 나와 상의하겠다고 청하는 걸 보니, 아직 우리의 비밀을 모르는 모양이오. 내 궁에 들어가서 조돈의 심정을 자세히 타진해보고 돌아와서 세 분께 보고하겠소."

기정보는 말을 타고 궁중으로 갔다.

원래 조돈은 기정보가 상군上軍 대장이 된 이후부터 혹 반란을 일으키지나 않을까 하고 늘 염려해오던 참이었다. 그래서 슬쩍 기정보를 궁으로 불러들인 것이었다.

기정보는 조돈의 그러한 계책을 알지 못하고 조당으로 유유히 들어갔다.

조돈은 기정보를 조방朝房으로 영접해들이고 선도의 일을 심각히 상의하는 체했다.

한편 순림보 · 극결 · 난돈欒盾 등은 이미 조돈의 명령을 받고 삼지군三枝軍을 거느리고서 기정보의 집으로 쳐들어갔다. 군사들은 기정보의 방에 모여앉아 있는 사곡 · 양익이 · 괴득 세 사람을 몽땅 잡아내어 옥에 가두었다.

순림보 · 극결 · 난돈 세 장수는 일을 마치고 궁으로 돌아가서 조방 문을 열었다. 순림보는 기정보가 조돈과 함께 앉아 무엇인지 의논하고 있는 걸 보자 오장육부가 뒤집히는 듯했다.

"음, 여기 있군 그래! 기정보, 당신도 장차 반란을 일으키려던 장본인의 하나란 걸 알았다. 이러한 자가 감옥에 있지 않고 어찌하여 이렇게 조방에 와서 있단 말이냐?"

기정보는 이 말에 가슴이 섬뜩했다. 그러나 태연히 대답한다.

"나는 그대들이 진군秦軍과 싸우러 간 후 나 혼자서 이 궁성을 지켰소. 반란할 생각이 있었다면 왜 그런 좋은 기회에 일을 일으키지 않았겠소? 그후 그대들은 무사히 돌아와 그간 궁성을 지켜준 나에게 치하는 못할망정 이제 생사람을 잡을 작정이시오?"

순간 조돈의 태도가 표변했다.

"기정보는 입을 닥쳐라. 네가 그때 혼자 궁성을 지키면서도 반란을 일으키지 않은 것은 선도와 괴득이 돌아올 때를 기다린 것이 아니냐? 내 이제 너희들이 음모한 사실을 낱낱이 다 조사해서 알았다. 더 이상 쓸데없는 변명을 마라."

기정보의 머리가 저절로 수그러졌다. 군사들이 올라와 기정보를 끌어내어 옥에 가두었다.

이에 조돈이 진영공에게 가서 아뢴다.

"선도 등 다섯 사람이 반역하려다가 지금 옥에 갇혀 있습니다. 그들을 다 죽여버려야겠습니다."

어린 진영공은 그저 머리만 끄덕이었다. 그날 진영공은 내궁으로 들어갔다.

그 어머니 양부인襄夫人이 묻는다.

"듣건대 대신 다섯 사람이 옥에 갇혔다는데, 그후 어떻게 됐는가?"

어린 진영공이 대답한다.

"조돈 원수가 마땅히 그들을 죽여야 한다고 합디다."

"그래 뭐라고 대답했느냐?"

"허락해줬습니다."

양부인이 이마를 찌푸리며 탄식한다.

"그 다섯 사람은 다만 권세를 다툴 생각이었지 임금을 다른 사람으로 갈아앉힐 생각은 없었을 것이다. 또 죽일지라도 주모자 한두 사람만 죽일 것이지 어찌 모조리 없애버린단 말인가. 너는 이번 일을 경솔히 허락했기 때문에 일생에 가실 수 없는 흠을 남겼다. 장차 이 나라에 인재의 씨가 마르겠구나. 한꺼번에 다섯 대신을 죽이면 조정에 벼슬 자리가 많이 비겠다. 어찌 그만 일도 짐작 못한단 말이냐?"

이튿날 진영공은 어머니의 말을 그대로 조돈에게 전했다.

조돈이 아뢴다.

"임금께서 너무 어리시므로 나라가 안정이 되지 않고 대신들이 제 맘대로 일들을 꾸미고 있습니다. 만일 이번에 그들을 모두 죽여버리지 않으면 장차 어찌 이 나라 기강을 바로잡겠습니까?"

이날 선도 · 사곡 · 기정보 · 양익이 · 괴득 다섯 사람은 다 임금에 대한 불경죄로 몰려 시정에 끌려나가서 참형을 당했다.

그리고 조돈은 선극의 아들 선곡先穀에게 대부의 벼슬을 내렸다.

진晉나라 사람들은 상하 귀천 할 것 없이 서슬 퍼런 조돈의 권세에 눌려 말 한마디 못했다.

한편, 노潞나라에 망명하고 있는 호사고는 다섯 대부가 죽음을 당했다는 소문을 듣고 얼굴이 사색이 된다.

"그러나 나에겐 다행한 일이다. 내가 여기 있지 않고 고국에 있었더라면 이번에 꼼짝없이 죽었을 것이다."

노나라 대부 풍서酆舒가 호사고에게 묻는다.

"어떻습니까? 조돈과 그 아버지 조쇠趙衰를 비교하면 어느쪽이 더 어질다고 생각합니까?"

호사고가 대답한다.

"조쇠를 겨울날에 비유한다면 그 아들 조돈은 여름날 같은 사람입니다. 겨울날은 방만 따뜻하면 능히 어한禦寒을 할 수 있지만, 여름 더위는 피할 길이 없지요."

풍서가 웃으면서,

"그대는 지난날에 장수로 있었던 사람이라, 역시 조돈을 두려워하는구려."
하고 말했다.

그러나 이런 한가한 이야기는 접어두기로 하겠다.

한편, 아버지 초성왕楚成王을 죽게 하고 임금 자리에 오른 초목왕楚穆王은 그후 중국을 제패하려는 뜻을 늘 품고 있었다.

세작이 진晉나라에서 돌아와 급히 초목왕에게 보고한다.

"진나라는 어린 임금이 새로 선 후로, 조돈이 독재를 하고 이에 권력을 쟁탈하려는 모든 대부들이 서로 죽이는 걸 일삼고 있습니다."

이에 초목왕은 모든 신하를 불러들여 의논했다.

"짐은 장차 정鄭나라를 칠 생각인데, 경들의 뜻은 어떠한가?"

대부 범산范山이 나아가 아뢴다.

"지금 진晉나라 임금은 어리고 그 밑에 신하들은 서로 권력을 잡으려고 싸우기에 정신이 팔려, 천하 모든 나라 제후를 돌아볼 겨를이 없습니다. 이런 기회를 놓치지 말고 군사를 출동시켜 북방을 휩쓴다면 누가 우리를 대적하겠습니까?"

이 말을 듣고서 초목왕은 기분 좋아했다.

이에 투월초鬪越椒가 대장이 되고 위가蔿賈가 부장이 되어, 병거 300승을 거느리고 정나라를 치러 갔다.

초목왕은 친히 정병精兵을 거느리고 낭연狼淵 땅에 가서 둔치고 그들을 후원했다. 동시에 초목왕은 공자 주朱를 대장으로 삼고 공자 패茷를 부장으로 삼아 병거 300승을 주어 진陳나라도 치게 했다.

한편 정나라 정목공鄭穆公은 초나라 군사가 국경 가까이까지 접근했다는 보고를 받았다. 즉시 대부인 공자 견堅과 공자 방尨과 악이樂耳 세 사람에게 군사를 주어 국경에 가서 초군을 막도록 했다.

정목공이 군사를 거느리고 떠나는 세 장수에게 분부한다.

"굳게 지킬 뿐, 결코 초군과 싸우지 마라."

동시에 정목공은 사람을 급히 진晉나라로 보내어 원조를 청했다.

한편 초군은 정나라 국경에 당도했다. 초나라 장수 투월초는 날마다 싸움을 걸었으나, 정군鄭軍은 굳게 지킬 뿐 꼼짝도 하지 않았다. 이에 초나라 부장 위가가 대장 투월초에게 비밀히 말한다.

"성복城濮의 싸움 이후로 우리 초군은 오랫동안 정나라에 온 일이 없었습니다. 지금 정나라는 진晉나라 군사가 와서 원조해줄 때만을 믿고 우리와 싸우려 않는 것입니다. 우리는 진나라 구원병이 정나라에 오기 전에 적을 유인해서 적장을 사로잡고 지난날의 원한을 설치해야 합니다. 그러지 못하고 시간만 허비하다간 또 모든 나라 제후가 이리로 몰려올 것이며, 그렇게 되면 지난날 성득신이 당한 일을 우리가 또 당하게 될지 모릅니다."

투월초가 묻는다.

"정나라 장수를 유인하려면 장차 어떤 계책을 써야겠소?"

위가는 투월초의 귀에다 입을 대고 무엇인가를 속삭인다. 투월초가 위가의 계책을 좇아 즉시 군사들에게 분부한다.

"지금 우리는 머지않아 군량이 떨어질 지경이다. 군사들은 지금부터 동내로 돌아다니며 백성들의 양식을 약탈해서 먹어라."

그리고 투월초는 군막軍幕 속에서 날마다 풍류를 즐기고 술만 마셨다.

날마다 초나라 장수들은 자정 때까지 음악을 즐기고 술을 마시다가 흩어지곤 했다.

이 소문은 낭연 땅에 주둔하고 있는 초목왕의 귀까지 들어갔다.

초목왕은 투월초가 정나라 군사를 너무 깔보고서 그런 짓을 하는 줄로만 알고 친히 가서 싸움을 감독하려 했다.

범산이 초목왕에게 아뢴다.

"위가는 지혜가 대단한 사람입니다. 그들은 반드시 어떤 계책을 가지고 날마다 풍류를 즐기고 술을 마시고 있을 것입니다. 가실 것 없이 기다려보십시오. 아마 며칠 안에 기쁜 소식이 오리이다."

초목왕은 머리를 끄덕이고 그냥 낭연 땅에 머무르기로 했다.

한편, 정나라 장수 공자 견 등은 그후 초군이 일체 싸움을 걸어오지 않으므로 도리어 의심이 날 지경이었다. 그래서 사람을 시켜 초군이 무엇을 하고 있나 비밀히 알아오도록 했다.

정탐꾼이 돌아와서 보고한다.

"초나라 군사는 사방으로 백성들 집에 가서 양식을 노략질해다 먹고 있습니다. 그리고 초나라 장수들은 날마다 음악을 듣고 술을 마시며 '정은 아무데도 쓸모없는 나라다. 그까짓 것 쳐야 뭣 하리오' 하고 욕이나 하고 있습디다."

공자 경은 이 말을 듣고 희색이 만면했다.

"초군이 사방으로 흩어져 백성들의 양식을 노략질해서 먹는 것은 그 영채가 텅 비었다는 증거며, 밤낮 음악을 들으면서 술이나 마시는 것은 그들이 지쳤다는 증거다. 오늘 밤에 적의 영채를 엄습하면 우리는 대승을 거둘 것이다."

공자 방과 악이도 역시 찬성했다.

그날 밤에 정군은 배부르게 먹고 전투 준비를 갖추었다.

공자 방은 군사를 전대前隊 · 중대中隊 · 후대後隊로 나누어 차례로 진격하자고 했다.

공자 견이 대답한다.

"원래 영채를 습격하는 것은 서로 진을 치고 대하는 것과 다르오. 단번에 쳐들어가서 싹 무찔러버려야 하오. 좌우로 나누어 일시에 쳐들어가야지 앞뒤로 대를 나누는 것은 좋지 않소."

이에 세 장수는 동시에 나아갔다. 멀리 바라본즉, 초군 영채에 불빛이 휘황했다. 점점 더 가까이 갈수록 음악 소리와 노랫소리가 흥겹게 들려왔다. 공자 견은,

"초나라 장수 투월초도 오늘 밤이 마지막이다."

하고 군사를 휘몰아 한꺼번에 쳐들어갔다.

그러나 초나라 군사는 나와서 저항하는 놈이 없었다.

공자 견이 맨 먼저 초군 영채 속으로 들어갔다.

지금까지 음악을 하던 악인樂人들이 기겁을 하고 사방으로 흩어져 달아났다. 투월초는 혼 빠진 사람처럼 꼼짝도 못하고 윗자리에 앉아 있었다.

투월초에게 달려가서 칼로 그 목을 치려던 공자 견은 갑자기 손을 멈추고 깜짝 놀랐다.

그것은 사람이 아니었다. 짚으로 만들어놓은 투월초였다.

공자 견이 급히 부르짖는다.

"적의 계책에 속았다! 속히 후퇴하라!"

공자 견이 영채 앞으로 물러나왔을 때였다.

문득 영채 뒤에서 포 소리가 한바탕 진동했다. 동시에 한 대장이 군사를 거느리고 내달아오면서 외친다.

"투월초가 여기 있으니 꼼짝 마라."

공자 견은 두 번 쳐다볼 여가도 없이 병거를 돌려 달아났다.

공자 견은 공자 방과 악이와 도중에서 만나 세 장수가 같은 길로 나란히 달아났다. 세 장수가 한 1마장쯤 갔을 때였다. 문득 정

면에서 또 포성이 일어났다.

지금까지 매복하고 기다리던 위가의 군사 한 무리가 도망쳐오는 정군의 앞을 끊고서 일시에 일어난 것이었다.

앞에선 위가가 쳐들어오고 뒤에선 투월초가 추격해왔다. 정군은 초군의 협공에 견뎌낼 도리가 없었다. 정군은 참패하여 각기 달아날 구멍만 찾았다.

가장 먼저 초군에게 사로잡힌 것은 악이와 공자 방이었다. 공자 견은 적에게 사로잡힌 공자 방을 구출하려고 생명을 걸고 달려가다가, 말이 돌부리에 걸려 쓰러지는 바람에 수레가 뒤집혀 역시 초군에게 사로잡히고 말았다.

한편, 세 장수가 다 사로잡혀갔다는 보고를 받고 정목공은 초군을 매우 두려워했다.

정목공이 모든 신하에게 묻는다.

"세 장수는 적군에게 사로잡혀가고 진나라 구원군은 아직 안 오니 이 일을 장차 어찌할꼬?"

모든 신하가 이구동성으로 아뢴다.

"초군은 아주 강합니다. 만일 항복하지 않으면 조만간에 우리나라 성을 격파할 것입니다. 그러면 진나라 군대가 와도 어찌할 도리가 없습니다."

정목공은 하는 수 없이 공자 풍豐을 초군 영채로 보내어 거듭 사죄하고 뇌물을 바친 후 화평을 청하며 앞으로 초나라를 섬기겠다고 맹세했다.

투월초는 즉시 사람을 낭연 땅으로 보내어 초목왕에게 이 일을 보고했다. 초목왕은 정나라의 항복을 받고, 즉시 공자 견과 공자 방과 악이 세 장수를 정나라로 돌려보냈다. 동시에 초목왕은 영을 내려 군사를 거두어 본국으로 향했다.

초목왕이 초나라로 돌아가던 도중의 일이다.

진陳나라를 치러 갔던 공자 주朱는 싸움에 패하여 초목왕을 뵈오려고 낭연 땅으로 오는 참이었다. 그는 도중에서 초목왕과 만났다.

"싸움엔 패하고 공자 패茷는 진군에게 붙들려갔습니다. 한번만 군사를 더 주시면 죽기를 맹세하고 다시 가서 진陳나라를 무찌르겠습니다."

초목왕은 노기가 솟아 친히 진나라를 치러 가려고 했다.

이때, 진나라 사자가 급히 말을 달려왔다.

진나라 사자가 초목왕 앞에 엎드려 아뢴다.

"우리 상감께선 귀국의 공자 패를 초나라로 이미 돌려보냈습니다. 그리고 이 국서國書를 군왕께 바치라 하셨습니다."

초목왕이 받아보니, 그것은 뜻밖에도 항복한다는 서신이었다.

과인 삭朔은 나라가 좁고 궁벽한 곳에 위치하고 있어서 지금까지 군왕을 모시지 못했습니다. 이번에 군왕께서 군사를 보내사 우리 나라를 지도하시려는데 변방에 있는 어리석고 어리석은 군사들이 귀국 공자 패를 사로잡았다 하니 참으로 죄송하나이다. 이에 이 몸 삭은 황송해서 밤이면 잠을 이루지 못하여, 이미 공자 패를 대국으로 호송했습니다. 이 몸 삭은 군왕의 은덕 아래서 보호를 받고자 원합니다. 군왕께서는 이 삭의 청을 들어주소서.

초목왕이 그 항서를 읽고서 웃는다.

"진陳나라는 짐이 그들을 칠까 봐 겁을 먹고 이렇게 보호를 간청해왔구나. 진나라 임금은 가히 시국을 아는 자라 하겠다."

드디어 초목왕은 진나라가 간청하는 대로 화평을 허락했다. 그리고 정鄭·진陳 두 나라 임금과 채후蔡侯에게 격서檄書를 보냈다.

그 격서 내용은 오는 겨울, 10월 초하룻날 궐맥厥貉 땅에 모여서 회會를 열고 서로 우호를 두터이 하자는 것이었다.

한편, 진晉나라 조돈은 정나라 사자가 와서 구원을 청해오자 그 즉시 송宋·노魯·위衛·허許 네 나라에 사람을 보내어 네 나라 군사를 일으켜 함께 정나라를 구원하러 오는 도중이었다.

조돈이 다섯 나라 연합군을 거느리고 정나라 국경에 당도했을 때였다.

그는 정나라가 벌써 항복했고 초군도 이미 돌아갔다는 걸 알았다. 뿐만 아니라 진陳나라마저 초군에게 항복했다는 것을 알게 되었다.

이에 송나라 대부 화우華耦와 노나라 대부 공자 수遂가 격분한 어조로 조돈에게 말한다.

"이러고 그냥 물러갈 것이 아니라 초나라에 항복하고 아부하는 정·진 두 나라를 이 김에 쳐버립시다."

조돈이 머리를 흔들며 대답한다.

"이번 일은 내가 속히 와서 정·진 두 나라를 구해주지 못한 때문이오. 사실 정·진 두 나라야 무슨 죄가 있소? 이번에는 그냥 돌아갑시다."

이리하여 진晉·송·노·위·허 다섯 나라 군대는 각기 본국으로 돌아갔다.

염옹이 시로써 이 일을 탄식한 것이 있다.

누가 나라를 잘 다스려 모든 나라 제후를 통솔할꼬?

드디어 남쪽 오랑캐 초나라로 하여금 넘나들게 하였구나.
이제 정 · 진 두 나라가 오랑캐 초나라에 붙었으니
중원의 패기가 일시에 줄어들었도다.
誰專國柄主諸侯
却令荊蠻肆蠢謀
今日鄭陳連臂去
中原伯氣黯然收

진후陳侯 삭朔과 정목공 난蘭은 그해 늦은 가을에 식息 땅에 가서 초목왕의 행차를 도중에서 영접했다.

초목왕이 묻는다.

"원래 궐맥 땅에서 만나기로 했는데, 어째서 두 분은 이곳에 머물러 계시오?"

진후 삭과 정목공이 이구동성으로 아뢴다.

"군왕께서 분부하신 것을 혹시 우리가 어기는 일이 없도록 하기 위해, 미리 이곳에서 군왕을 영접해모시고서 뒤따라가려고 나왔습니다."

초목왕은 만족한 웃음을 지었다.

이때, 초나라 군사가 달려와서 초목왕에게 고한다.

"채나라 채장공蔡莊公 갑오甲午는 이미 궐맥 땅 경계에 오셨습니다."

초목왕은 진陳 · 정鄭 두 나라 임금과 함께 수레를 달려 궐맥 땅으로 향했다.

채장공은 궐맥 땅에서 초목왕을 영접했다. 그리고 채장공은 초목왕에게 무릎을 꿇고 공손히 재배하며 연방 머리를 조아렸다.

이 광경을 보고 진후와 정목공은 놀랐다.

채장공의 비굴한 태도는 바로 신하가 천자에게 하는 예였기 때문이다.

진후와 정목공은 눈이 휘둥그레졌다. 그들이 서로 머리를 대고 속삭인다.

"채후가 저렇게 몸을 낮추어 초왕을 높이는구려. 초왕은 반드시 우리를 채후보다 버릇이 없다고 꾸짖을 것만 같소. 이거 야단났구려."

진 · 정 두 나라 임금은 상의하고 초목왕에게 충성을 보이려고 나란히 나아가서 아뢴다.

"이곳 궐맥은 송나라 땅입니다. 군왕께서 이곳까지 오셨는데 송후宋侯가 나와서 영접하지 않으니 참으로 괘씸합니다. 군왕께서는 이렇듯 버릇없는 송후를 치십시오."

초목왕이 연신 머리를 끄덕이며 미소를 띤다.

"내가 이번에 이곳에 온 뜻도 바로 송나라를 치기 위함이었소."

이 말은 즉시 송나라 세작에 의해서 송후에게 보고됐다.

이때 송나라는 송성공宋成公이 죽고 그 아들 송소공宋昭公 저구杵臼가 임금 자리에 앉은 지 3년이었다. 송나라가 겨우 좀 안정되었을 때였다.

송소공은 초목왕이 진 · 정 · 채 세 나라 임금과 궐맥 땅에서 만나고, 장차 송나라를 칠 것이라는 보고를 듣고서 당황했다.

대부 화어사華御事가 송소공에게 아뢴다.

"신이 듣건대, 작은 나라는 큰 나라를 섬기지 않으면 망한다고 하더이다. 이제 초나라는 진 · 정 두 나라 임금을 신하로서 거느리고 우리 송나라를 치려는 중입니다. 상감은 지체 마시고 먼저 그들을 영접하십시오. 만일 저들이 쳐들어온 연후에 화평을 청한다면 이미 때는 늦습니다."

송소공은 화어사의 말을 좇기로 했다. 송소공은 친히 궐맥 땅에 가서 초목왕을 배알했다. 그리고 송소공은 사냥할 일체 기구를 초목왕에게 바치고 맹제孟諸 땅에서 사냥하기를 청했다. 초목왕은 연신 흡족한 웃음을 지었다.

이리하여 진후陳侯는 전대前隊가 되어 앞을 인도하고, 송소공은 우진右陣이 되고, 정목공은 좌진左陣이 되고, 채장공은 후대後隊가 되어 초목왕을 모시고 나아갔다.

맹제 땅에 당도하자 초목왕이 분부한다.

"제후들은 내일 이른 새벽까지 사냥할 준비를 마치되, 언제고 즉시 불을 피울 수 있도록 각기 부싯돌을 병거 안에 준비하오."

이튿날 일찍부터 들을 에워싸고 사냥이 시작되었다.

초목왕은 기세 좋게 덤불 사이로 수레를 달렸다.

문득 여러 마리 여우가 떼를 지어 달아났다. 초목왕은 그 여우들 뒤를 추격했다. 달아나던 여우들은 일제히 굴속으로 들어가버렸다.

초목왕이 송소공을 돌아보며 분부한다.

"속히 불을 피우오."

그러나 송소공의 수레엔 부싯돌이 없었다.

초나라 사마司馬 신무외申無畏가 아뢴다.

"송공은 왕의 명령을 어겼습니다. 그냥 둘 수 없으니 왕은 송공에게 형벌을 내리소서."

초목왕은 머리를 끄덕였다.

"송공의 수레를 모는 어자를 여기다 잡아 엎쳐라!"

초목왕은 어자를 송소공 대신으로 엎어놓고 볼기에 곤장 300대를 쳤다. 어자는 반죽음을 당하여 끌려나갔다. 송소공은 차마 당할 수 없는 모욕을 당했다. 그러나 말 한마디 하지 못했다. 이때가 바로 주경왕周頃王 2년이었다.

이때, 모든 나라 중 초나라가 가장 강했다. 초목왕은 투월초를 보내어 제후齊侯와 노후魯侯를 초빙했다. 제·노 두 나라 임금은 설설 기다시피 초나라에 가서 초목왕에게 문안을 드렸다.

초목왕은 중국을 제패한 백주伯主로서 자처했다. 그러나 초목왕은 지금까지 모든 나라 맹주로서 내려오는 진晉나라만은 누르질 못했다.

주경왕 4년 때 일이다.

진秦나라 진강공秦康公은 모든 신하와 함께 회를 열었다.

"과인이 영호令狐 땅에서 진군晉軍에게 배신당한 지도 이미 5년이 지났다. 지금 천하 대세를 보건대 진晉나라에선 조돈이 대신 다섯을 죽이고 더욱 독재하기에 바빠서 국경 지대를 돌보지 못하고 있다. 또 진陳·채·정·송 등 여러 나라는 다 어깨를 나란히 하고 초나라를 섬기는 실정이다. 그런데 진晉나라는 아무런 대책도 세우지 못하고 있다. 이것만 봐도 진나라가 얼마나 무능해졌는가를 알 수 있다. 바로 이때를 당하여 진나라를 치지 않는다면 다시 어느 때를 기다리리오."

모든 대부가 일제히 대답한다.

"죽음을 각오하고 상감을 돕겠습니다."

이에 진강공은 큰 군사를 일으켰다. 맹명孟明은 나라를 지키기로 하고, 서걸술西乞術은 대장이 되고, 백을병白乙丙은 부장이 되고, 진晉나라에서 귀화해온 사회士會는 참모가 되어 병거 500승을 거느리고 호호탕탕히 황하를 건너 진晉나라 접경으로 쳐들어갔다.

진군秦軍은 먼저 기마羈馬 고을을 쳐서 점령했다.

한편, 진나라 조돈은 진군秦軍이 쳐들어온다는 급한 보고를 받았다. 그는 친히 중군 원수가 되고 상군 대부 순림보荀林父를 중군 부장으로 돌려서 죽은 선극의 자리를 채우고 제미명提彌明을 차우車右로 등용하고, 극결郤缺에게 죽은 기정보의 자리인 상군 대장의 지위를 맡겼다.

조돈의 종제從弟에 조천趙穿이란 젊은이가 있었다. 조천은 또한 진양공晉襄公이 사랑하던 사위였다. 조천은 자진해서 상군 부장이 되겠다고 청했다.

조돈은 종제인 조천에게,

"너는 나이 젊고 싸움을 좋아하나 아직 경험이 없다. 다음날을 기다려라."

하고 유병臾駢을 상군 보좌로 등용했다.

그리고 난돈欒盾을 하군 대장으로 삼아 진秦나라로 귀화해간 선멸의 자리를 메우고, 서신胥臣의 아들 서갑胥甲을 하군 부장으로 삼아 죽은 선도의 자리를 보충했다.

조천이 또 청한다.

"그럼 자원해서 상군 소속이 되겠습니다. 이번에 나아가서 공훈을 세우거든 승급이나 시켜주십시오."

조돈은 조천의 청을 허락했다. 다만 사마司馬 자리가 비어 있었다. 한자여韓子輿의 아들 한궐韓厥은 어려서부터 조돈의 집에서 자라난 사람이다. 그는 조돈의 문객門客으로 있었다. 한궐은 어질고도 재주가 있었다. 조돈은 한궐을 진영공에게 추천해서 사마로 삼았다.

모든 부서를 정한 진晉나라 삼군은 진군秦軍과 싸우려고 강성絳城을 떠났다. 진군晉軍의 행진은 실로 엄숙했다. 진군이 한 10리쯤 갔을 때였다. 병거 한 대가 뒤좇아와서 군대 행렬을 무시하고 한가운데를 뚫고서 들어갔다.

한궐이 부하에게 명령한다.

"행렬을 무시하고 뛰어든 저 병거에 탄 놈이 누구인지 알아오너라."

한궐의 명령을 받은 부장이 그 병거 앞으로 갔다.

그 병거를 몰고 온 어자가 말한다.

"조돈 상국相國께서 군사들이 물통을 잊고 왔으니 빨리 가서 가져오라 하시기에 분부대로 물통을 운반해온 길입니다."

부장은 어자의 말을 한궐에게 전했다.

한궐이 분노하여 말한다.

"군대 행렬이 이미 정해졌는데, 어찌 병거를 타고 한가운데로 들이닫는단 말이냐! 그놈을 당장 잡아내어 참하여라."

붙들려온 어자가 엎드려 울면서 사마 한궐에게 호소한다.

"저는 그저 상국의 분부대로 시행했을 따름입니다."

한궐이 엄숙히 말한다.

"나의 직책은 다만 사마일 뿐이다. 사마는 군법만 알 뿐 상국과 관계없다. 군법에 의해서 너를 참하니 그리 알아라."

군사들은 분부를 받고 어자를 그 당장에서 죽이고 그 병거를 산산조각으로 부숴버렸다.

이날, 모든 장수는 조돈에게 이 사실을 고했다.

"상국께선 한궐을 천거해서 사마를 시켰는데, 한궐은 대감의 분부를 모신 어자를 죽이고 그 병거까지 부숴버렸습니다. 이런 배은망덕한 사람을 어찌 쓸 수 있습니까. 대감은 당장 한궐을 처벌하십시오."

조돈은 고요히 미소를 지으며,

"사마 한궐을 이리로 오라 일러라."

하고 분부했다.

모든 장수는 한궐이 오기만 하면 그 당장에 조돈에게 혼이 날 줄 알았다.

잠시 후 한궐이 중군 원수 조돈 앞으로 왔다. 조돈은 자리에서 내려가 정중히 예하고 한궐을 영접했다.

"내 일찍부터 무릇 임금을 섬기는 자는 만사에 공평하고 당파를 초월해야 한다는 말을 들었소. 그대가 이렇듯 법을 잘 지키니 참으로 천거한 보람을 느끼겠소. 앞으로 더욱 힘쓰기 바라오."

한궐은 조돈의 간곡한 말에 깍듯이 인사하고 물러갔다.

조돈은 모든 장수를 둘러보며,

"다음날 진晉나라 정권을 잡을 자는 반드시 한궐일진저, 한씨韓氏는 장차 번창하리로다."

하고 말했다.

진군晉軍은 하곡河曲에 이르러 영채를 세웠다. 유병이 조돈에게 계책을 아뢴다.

"진군秦軍은 수년 동안 군사를 길러 이번에 싸우러 온 것입니다. 그러니 날카로운 그들의 사기를 당할 수 없습니다. 우선 구렁을 깊이 파고 보루를 높이 쌓고 굳게 지킬 뿐 싸우질랑 마십시오. 진군은 무작정하고 오래 있진 못할 것입니다. 그들이 물러갈 때를 기다려서 치면 반드시 이기리이다."

조돈은 유병의 계책대로 했다.

한편 진강공秦康公은 누차 진군晉軍에게 싸움을 걸었으나 진군은 나오질 않았다. 진강공은 진나라에서 귀화해와 있는 사회와 앞일을 의논했다.

"지금 조돈에게 계책을 일러주는 사람이 있습니다. 그의 성은 유臾며 이름은 병駢입니다. 원래 유병은 지혜와 꾀가 많습니다. 이제 진군晉軍이 굳게 지킬 뿐 싸우려 않는 것은 조돈이 유병의 계책을 쓰고 있기 때문입니다. 곧 그들은 우리 군사가 싸우려다가 지쳐서 돌아갈 때를 기다리고 있습니다."

"그러면 장차 이 일을 어쩌면 좋을꼬?"

"세작의 보고에 의하면 조돈의 종제 조천이란 사람이 지금 진군 속에 있다고 합니다. 그는 진나라 전 임금이 사랑하던 사위입니다. 그는 이번에 상군 부장이 되려고 자청했다던데, 조돈은 그 청을 듣지 않고 유병을 등용했습니다. 지금 조천은 필시 속으로 조돈을 원망하고 있을 것입니다. 더구나 조돈이 유병의 계책을 쓰고 있으니, 조천은 반드시 복종하지 않을 것입니다. 조천이 이번에 자원해서 온 것은 유병의 공로를 뺏기 위해서입니다. 그러니 우리는 진나라 상군에게 가서 싸움을 걸어야 합니다. 유병은 물론 나오지 않겠지만 조천은 반드시 자기 용기를 믿고 나와서 우리 군사를 추격할 것입니다. 만일 그것이 계기가 되어 싸우게만 된다면 또한 좋지 않겠습니까?"

진강공은 사회의 말대로 했다.

이에 백을병이 병거 100승을 거느리고 진晉나라 상군을 엄습하고 싸움을 걸었다.

진나라 장수 극결과 유병은 더욱 굳게 지킬 뿐 요동하지 않았다. 한데 과연 조천은 진군秦軍이 와서 싸움을 건다는 말을 듣자 곧 병거 100승을 거느리고 싸우러 나갔다.

백을병은 조천이 나오는 걸 보자, 즉시 병거를 돌려 달아났다.

조천은 10여 리나 쫓아가다가 결국 진군秦軍을 따를 수 없어서 돌아섰다.

조천은 돌아오면서 여간 분개해하지 않았다. 자기가 진군秦軍의 뒤를 추격해가는데도 유병은 나와서 협력하질 않았다.

조천은 돌아오는 즉시 군리軍吏를 불러놓고 큰소리로 꾸짖었다.

"군량을 쌓아놓고 모든 군사가 갑옷을 입고 있는 것은 무엇 때문이냐? 결국은 싸우기 위해서 이러고 있는 것이 아닌가! 그런데 어떤가? 적이 와서 싸움을 거는데도 나가서 싸우려 하지 않으니, 그래 진晉나라 상군은 여자만도 못하단 말이냐?"

군리가 대답한다.

"원수께선 이미 적군을 격파할 계책이 서 있으시답니다. 다만 오늘은 적을 칠 기회가 아니기 때문입니다."

혈기방장한 조천은 더욱 화가 나서 욕설을 퍼부었다.

"쥐새끼 같은 것들에게 무슨 깊은 계책이 있단 말이냐? 그저 죽을까 봐 모두가 벌벌 떨고 있을 뿐이다. 다른 사람들은 진군秦軍이 무서워서 떨지만 나는 조금도 그들을 두려워 않는다. 내 장차 단독으로 진군에게 가서 사생결단을 내어, 이러고 처박혀 있던 분을 풀리라."

조천이 다시 병거를 달려나가면서 군사들을 돌아보고 외친다.

"이중에 뜻 있는 자는 다 나를 따라오너라."

그러나 진晉나라 군사는 아무도 선뜻 나서지 않았다. 다만 하군

부장 서갑이,

"참으로 조천은 씩씩한 사람이다. 내 마땅히 그를 도우리라."
하고 자기 군사를 거느리고서 뒤따라갔다.

한편 상군 대장 극결은 조천이 적군에게 갔다는 보고를 받고, 곧 이 사실을 조돈에게 보고했다.

조돈이 크게 놀라 분부한다.

"그 미친놈이 혼자 적군에게 가다니! 그놈은 반드시 적에게 사로잡힐 것이다. 내 어찌 그를 구하지 않을 수 있으리오. 즉시 삼군을 출동시켜라."

이에 진晉나라 삼군이 일제히 쏟아져나갔다.

한편 조천은 진군秦軍의 보루를 향해 쳐들어갔다.

백을병이 나아가서 달려오는 조천과 맞붙어 싸웠다. 서로 싸운 지 30여 합 동안에 양쪽 군대는 많은 사상자를 냈다.

서걸술은 나가서 백을병을 도와 진군晉軍을 협공하려고 했다. 이때 전면에서 진晉나라 대군이 달려왔다.

이리하여 두 나라 군대는 일대 혼전을 피하기 위해 각기 금을 울리고 군사를 거두었다.

조천이 본진으로 돌아가서 조돈에게 불평한다.

"나 혼자 진군秦軍을 쳐부수고 우리 나라 모든 장수의 굴욕을 설치하려는데, 왜 갑자기 금을 울려 군사를 거두어들였습니까?"

조돈이 대답한다.

"진秦나라는 대국이다. 경솔히 당적하지 못하리라. 반드시 계책을 써서 적을 격파해야 한다."

조천이 비웃듯 말한다.

"계책 계책 하고 말만 하니 이러다간 어떻게 되는 것입니까?"

바로 이때, 진군秦軍에서 사람이 전서戰書를 가지고 왔다. 조돈은 유병으로 하여금 그 전서를 받아오게 했다.

그 전서에 하였으되,

두 나라 군사가 서로 별 손상이 없으니 청컨대 내일 다시 한 번 싸워 승부를 내기 바라오.

조돈은 진군秦軍 사자를 불러들였다.

"삼가 분부대로 거행하겠다고 가서 여쭈어라."

진군 사자가 돌아간 후 유병이 조돈에게 말한다.

"진군秦軍 사자가 비록 싸움을 청하러 왔으나, 그자의 눈이 사방을 살펴보기에 황급하더이다. 진군은 우리를 두려워하고 있는 것이 분명합니다. 나는 오늘 밤에 그들이 반드시 달아나리라고 믿습니다. 그러니 우리는 황하 어귀에 복병을 매복시키고 있다가 그들이 배를 탈 때에 습격하면 완전한 승리를 거둘 수 있습니다."

조돈이 머리를 끄덕이며 대답한다.

"그 계책이 참 묘하오. 지금 당장 군사를 황하 어귀로 보내어 매복시키겠소."

한데 서갑이 곁에서 이 말을 들었다. 서갑은 이 일을 조천에게 알렸다.

마침내 조천과 서갑은 서로 분노를 참지 못하고 함께 군문軍門 앞에 가서 큰소리로 외쳤다.

"모든 군사는 나의 말을 듣거라. 우리 진晉나라 군대는 강한 대군이다. 어찌 서쪽 진秦나라만 못하겠느냐. 오늘 진秦나라 임금이 사람을 보내어 우리에게 내일 싸우자고 청해왔다. 우리는 내일 싸우기로 쾌히 허락했다. 그런데 우리 진군晉軍은 황하 어귀에다 복병을 매복시키고서 적을 엄습하기로 다시 계획을 바꿨다. 이러고서야 우리가 어찌 사내대장부라고 할 수 있겠느냐?"

조돈은 사람을 보내어 조천과 서갑을 급히 불러들였다.

"너희들은 어째서 이렇게 주책이 없느냐? 내 원래 그런 뜻이 없으니 군심을 어지럽히지 말아라."

그러나 진군晉軍 속에 끼여 있던 진秦나라 세작이 이미 조천과 서갑이 군문 밖에서 외치던 말을 다 듣고, 그 즉시 달아나 진강공에게 가서 이 사실을 고했다.

진강공은 세작의 보고를 듣고 속으로 매우 놀랐다.

이튿날 진군秦軍은 하읍瑕邑을 치고 도림桃林 땅으로 빠져나가 본국으로 돌아갔다.

조돈 또한 군사를 거두어 강성으로 돌아갔다.

조돈은 강성에 돌아가자 즉시 이번에 군사 비밀을 누설시킨 자에 대해서 죄를 다스렸다.

그러나 조돈은 조천이 전 임금의 사위며 또 자기 종제라 해서 일체 불문에 부치고 오로지 그 죄를 서갑에게만 뒤집어씌웠다.

이리하여 서갑은 모든 관직을 삭탈당하고 위나라로 국외 추방을 당했다. 그러나 조돈은,

"공신의 자손을 그냥 둘 수 없다."

하고 서갑의 아들 서극胥克을 하군 부장으로 삼았다.

염옹이 시로써 조돈의 불공평한 처사를 비난한 것이 있다.

두 사람이 함께 군문에서 외쳤으니, 그 죄 똑같건만
홀로 서갑만이 법에 의해서 처벌을 당했도다.

조돈이 자기 일가를 감싸주는 뜻이 없지 않았으니
청컨대 직필直筆하던 사관에게 그 시비를 물어보아라.
同呼軍門罪不殊
獨將胥甲正刑書
相君庇族非無意
請把桃園問董狐

주경왕 5년이었다.

조돈은 진秦나라가 다시 쳐들어오지나 않을까 하고 두려웠다. 이에 대부 첨가詹嘉가 하읍에 가 있으면서 도림 땅의 요새까지 지켰다.

유병이 조돈에게 말한다.

"지금 진秦나라에서 여러 가지 계책을 일러주는 사람은 바로 사회士會올시다. 사회가 진나라에 있는 한 우리가 어찌 베개를 높이 베고 편히 잘 수 있으리오."

조돈은 거듭 머리를 끄덕였다.

조돈은 제부諸浮 땅 별관別館에서 육경六卿을 소집하고 회의를 열었다. 이때 진晉나라 육경은 조돈·극결·난돈·순림보·유병·서극 여섯 사람이었다.

이날 육경이 다 참석했다. 조돈이 먼저 말한다.

"이제 호사고狐射姑는 노潞나라에 망명 중이고 사회는 진秦나라에 귀화해 있소. 그 두 사람이 우리 진晉나라를 해롭게 하니 장차 어찌하면 좋겠소?"

순림보가 대답한다.

"사람을 보내 호사고를 데려오게 하십시오. 호사고에겐 가히 변방을 맡길 만합니다. 또 그는 지난날 공로가 적지 않은 사람입니다."

극결이 반대한다.

"그렇지 않소이다. 호사고는 비록 지난날 공로가 있다지만, 그는 제 맘대로 대신을 죽인 죄가 있소. 그를 돌아오게 하면 그러한 그에게 무슨 벼슬을 줘야 한단 말이오? 그러니 사회를 부르도록 합시다. 사회는 천성이 유순하고 지혜가 많은 사람이오. 그가 진秦나라로 가버린 것은 실은 그의 죄가 아닙니다. 우리 나라에서 보면, 노나라는 멀고 진나라는 가깝습니다. 우리가 가까운 진나라로부터 받는 피해를 벗어나려면, 먼저 진나라에 계책을 일러주는 사회를 데려오는 수밖에 없습니다."

조돈이 묻는다.

"진나라 임금은 사회를 총애하고 신임하고 있소. 우리가 사회를 돌려달래도 결코 진나라 임금은 돌려보내지 않을 것이오. 장차 어떤 계책을 써야만 그를 데려올 수 있겠소?"

유병이 대답한다.

"전부터 나와 절친한 사람이 있습니다. 바로 지난날 우리 나라에서 대부 벼슬을 산 필만畢萬의 손자입니다. 그의 이름은 수여壽餘로 위주魏犨의 종자從子뻘 되는 사람이지요. 그는 지금 위魏 땅의 원으로 식읍을 받고 있습니다. 그는 우리 나라 명문세작名門世爵의 자손임에도 아직 조정 벼슬을 얻지 못하고 있습니다. 그 사람은 참으로 놀라운 권변權變과 지혜가 있습니다. 우리가 사회를 데려오려면 반드시 그 사람에게 부탁하는 길밖에 없습니다."

유병은 조돈의 귀에다 무엇인가를 한참 속삭이더니,

"……그렇게 하는 것이 어떻겠습니까?"

하고 묻는다.

조돈이 크게 기뻐하면서 대답한다.

"내 그대의 수고를 빌려 수여를 취하겠소."

이리하여 회는 끝나고 육경은 각기 자기 집으로 돌아갔다.

이튿날 유병은 위 땅에 가서 수여를 심방했다.

수여는 유병을 반가이 영접했다. 유병은 수여에게 사람 없는 밀실에서 이야기하고 싶다고 청했다.

밀실에서 서로 자리를 정하자 유병은 진秦나라에 가 있는 사회를 데려올 계책을 말하고 그 임무를 맡아달라고 청했다. 수여는 두말 않고 응낙했다.

유병은 다시 수레를 달려 강성으로 돌아가서 조돈에게 다녀온 경과를 보고했다.

이튿날 아침이었다.

조돈이 궁에 들어가서 진영공에게 아뢴다.

"진秦나라 군사가 자주 우리 진晉나라를 침범하니 큰 걱정입니다. 마땅히 하동河東 모든 고을의 원들에게 영을 내려 각기 지방 장정들을 훈련시키고 황하 일대에 영채를 세우게 하고 윤번제로 지키게 하는 동시, 이 일을 각 고을 원들이 책임지고 지휘하게 해야겠습니다. 만일 이 일에 소홀한 점이 있을 때엔 즉시 그 고을의 원을 삭탈관직시키고 다른 고을 원들에게도 본보기를 보여야겠습니다."

진영공은 두말 않고 허락했다.

조돈이 또 아뢴다.

"하동 각 고을 중에 위魏가 제일 큰 고을입니다. 그러니 위 땅이 이 일을 제일 먼저 솔선해서 수범해야겠습니다. 그러면 다른 고을도 다 따라서 할 것입니다. 그러니 상감께서 위 땅의 원을 부르사 친히 분부를 내리십시오."

마침내 진영공의 명령으로 위 땅의 수여는 강성으로 올라왔다.

진영공이 수여에게 분부한다.

"그대는 각 고을 민병民兵 조직을 총감독하고 변경 지키는 것을 총지휘하여라."

수여가 아뢴다.

"신은 조상이 우리 나라에 끼친 공로 덕분에 큰 고을에 아무 걱정 없이 살아왔습니다. 그러니 어찌 군사軍事에 관한 것을 알 리 있겠습니까? 더구나 황하 유역으로 말하오면, 그 길이만 하여도 100여 리가 넘습니다. 누구나 언제든 어디서든지 맘대로 황하를 건널 수 있는 형편입니다. 그 100여 리가 넘는 황하 유역을 어떻게 일일이 다 지킬 수 있습니까? 설사 지킨다 할지라도 공연히 백성만 괴롭힐 뿐이지 아무 이익도 없을 것입니다."

이 말을 듣고 곁에서 조돈이 진노한다.

"조그만 벼슬아치가 어찌 나의 큰 계획을 비방하느냐? 네 잔말 말고 사흘 안에 황하 연안 일대의 민병 병적부兵籍簿를 만들어서 바쳐라. 만일 명령을 어기는 날엔 반드시 군법으로 너를 다스리리라."

수여는 길이 탄식하며 궁에서 물러나갔다.

수여는 위 땅으로 돌아가 수심이 만면하여 연방 한숨만 쉬었다. 이에 아내와 아들들이 수여에게 무슨 걱정이 있으시냐고 물었다.

수여가 다시 한숨을 몰아쉬면서 대답한다.

"참으로 조돈은 무도한 놈이다. 글쎄, 나에게 황하 일대 각 고을의 민병을 조직하고 지키라는구나. 그것도 사흘 안에 하라니 어디 될 성싶은 일이냐? 이젠 하는 수 없다. 우리 식구는 다 집안 살림을 꾸려 진나라에 가서 사회나 만나보자. 어서 짐을 꾸리고 진나라로 갈 준비를 하여라."

수여의 집안 종놈들은 수레와 말을 등대하고 짐을 꾸리기에 바빴다.

그날 밤에 수여는 술을 가져오라고 해서 폭음했다. 술이 대취하자, 수여는 부엌에서 요리하는 종놈을 불러들여 '이걸 술안주라고 차렸느냐' 하고 생트집을 잡았다. 그는 요리하는 종놈을 엎어놓고 친히 매질을 했다.

100대 이상의 매를 맞고 요리하는 종놈은 속으로 이를 갈며 수여를 저주했다. 종놈은,

'내 반드시 이놈을 죽이리라.'

하고 말을 타고 밤길을 달려 강성으로 갔다.

그는 즉시 조돈에게 가서,

"수여는 우리 진晉나라를 배반하고 진秦나라로 달아날 채비를 하고 있습니다."

하고 밀고했다.

조돈은 즉시 한궐에게 군사를 주어 수여를 잡아오게 했다. 한궐은 달아나는 수여를 뒤쫓아갔으나 그를 잡아오지는 않았다. 다만 수여의 처자만을 잡아와서 옥에 가뒀다.

한편, 수여는 밤낮을 가리지 않고 진秦나라로 달아났다. 그는 진강공에게 가서 호소했다.

"조돈은 실로 무리한 짓만 시키는 무도한 놈입니다. 지금 저의 처자는 다 옥에 갇혀 있습니다. 저는 겨우 진晉나라를 탈출해왔습니다."

진강공이 사회에게 묻는다.

"수여의 말이 참말일까?"

사회가 대답한다.

"진晉나라 사람은 속임수를 잘 쓰니 믿지 마십시오. 만일 수여가 참으로 투항해왔다면 마땅히 무엇으로써 진秦나라에 이바지하려는지 알고 싶습니다."

수여는 소매 속에서 한 문서 하나를 내놓았다. 그것은 위 땅의 토지와 백성 수효를 세세히 기록한 장부였다.

수여가 그 장부를 진강공에게 바치며 말한다.

"군후께서 이 수여를 거두어 진秦나라에서 살게 해주신다면 이 장부에 기록되어 있는 진晉나라 위 땅을 군후께 바치겠습니다."

진강공이 또 사회에게 묻는다.

"참으로 수여가 진나라 위 땅을 우리에게 바칠 수 있을까?"

수여는 눈을 끔벅하면서 사회에게 눈짓을 했다. 그리고 사회의 발을 슬쩍 밟았다.

사실 사회는 고국을 떠나 진秦나라에 와서 벼슬을 살지만 마음속으론 늘 진晉나라가 그리웠다. 지혜 있는 사회가 수여의 눈짓과 발을 밟는 뜻을 어찌 모르리오.

사회가 진강공에게 대답한다.

"지난날 진秦나라가 진晉나라에 하동河東 다섯 성을 돌려준 것은 서로 인척간으로서 우호를 지키기 위해서였습니다. 그런데도 이젠 진秦·진晉 두 나라는 여러 해 동안 늘 싸움이 그치질 않았습니다. 군사를 일으켜 고을을 뺏으려면 피를 흘려야 합니다. 그러나 피를 흘리지 않고 적국의 고을을 얻을 수 있다면 이 이상 다행한 일이 어디 있겠습니까. 더구나 하동 땅 모든 성들 중에서 제일 큰 고을이 바로 위 땅입니다. 만일 우리가 진나라 위만 점거하게 된다면 차차로 하동 일대를 다 우리 것으로 만들 수 있습니다. 이 이상 다행한 일도 없을 것입니다. 그러나 지금 위 땅에 남아 있는 수여의 부하 관리들이 성을 우리에게 썩 내줄지 모르겠습니다. 그들은 우리 진秦나라 밑에 있고 싶을지라도 조돈이 군사를 거느리고 와서 위 땅을 치지나 않을까 하고 겁을 먹고 있기 때문입니다."

수여가 즉시 답변한다.

"위 땅의 벼슬아치들은 비록 진晋나라 신하지만 실은 다 저의 직속 부하들이며, 저의 집안 사람들입니다. 군후께서 군사를 거느리시고 하서河西에 주둔하사 멀리 후원만 해주시면 제가 위 땅에 가서 어떻게 해서라도 그들을 설복시키겠습니다."

진강공이 사회를 돌아보고 말한다.

"경은 진晋나라 일을 잘 아니 과인과 함께 가도록 하자."

이에 진강공은 서걸술을 부장으로 삼고 사회와 함께 군사를 거느리고 황하 어귀에 가서 영채를 세우고 주둔했다.

전초병前哨兵이 와서 보고한다.

"하동에 이미 진晋나라 일지군一枝軍이 주둔해 있습니다. 어찌 되는 일인지 잘 모르겠습니다."

수여가 말한다.

"그건 위 땅 사람들이 진군秦軍이 왔다는 소문을 듣고 방비하려고 나온 것이겠지요. 그들은 내가 지금 진秦나라에 와 있다는 걸 모릅니다. 진실로 진晋나라 일을 잘 아는 사람을 데리고 신이 건너가서 그들에게 어떤 것이 행복이며, 어느 쪽이 훌륭한가를 함께 타이른다면 어찌 위 땅의 벼슬아치와 백성들이 진秦나라를 따르지 않겠습니까?"

진강공이 사회에게 분부한다.

"그대는 원래 진晋나라 사람이며 그 나랏일을 잘 아니 수여와 함께 황하를 건너가서 우리 진秦나라의 훌륭하고 좋은 점을 잘 선전하오."

사회가 사양한다.

"원래 진晉나라 사람은 그 성격이 늑대 같아서 매우 거칠고 우악스런 만큼 앞일을 측량할 수 없습니다. 만일 신이 가서 다행히 그들을 설득시킨다면 이는 우리 진秦나라의 복입니다만, 만일 그들이 신의 말을 듣지 않고 신을 사로잡는다면 참으로 야단납니다. 그렇게 되면 상감께선 신이 이 일을 성공하지 못했다고 노하사 신의 처자에게까지 벌을 내리실지 모릅니다. 신이 진晉나라에서 붙들리는 날이면 고국을 배반한 놈이라고 갖은 형벌을 받을 것이며, 신의 처자 또한 상감의 손에서 결딴날 것이라, 신과 신의 처자가 죽은 후에 후회한들 무슨 소용이 있겠습니까? 그러므로 신은 이 황하를 건너갈 수 없습니다. 다른 사람을 보내십시오."

진강공은 사회가 어떤 속임수를 쓰리라곤 생각지 않았다.

"그러지 말고 경은 건너가서 과인을 위해 위 땅 사람들을 설득하라. 경이 수여와 함께 가서 위 땅을 우리의 것으로 만들기만 한다면 내 마땅히 경에게 더 높은 벼슬과 상을 주리라. 또 만일 경이 불행히도 진晉나라 사람에게 붙들린다면 내 마땅히 그대의 처자를 진나라로 보내주리라. 내 그대와의 그간 정리情理를 생각해서라도 어찌 무심할 리 있겠는가."

"그럼 신은 죽음을 각오하고 가겠습니다. 상감께서는 생명을 걸고 가는 신에게 확답을 들려주소서."

이에 진강공은 사회와 함께 유유히 흐르는 황하 물을 손가락으로 가리키며 맹세했다.

진秦나라 대부 요조繇朝가 간한다.

"원래 사회는 진晉나라 모사謀士입니다. 그를 황하 건너로 보낸다는 것은 마치 큰 고기를 바다로 내보내는 것과 같습니다. 사회는 한번 가면 다시 돌아오지 않을 것입니다. 상감께서는 수여의 말을 경솔히 믿고 모사를 적국에 제공하시렵니까?"

진강공이 대답한다.

"이 일은 과인이 부탁한 것이니 경은 의심하지 마라."

사회와 수여는 진강공에게 절하고 길을 떠났다. 그들이 얼마쯤 갔을 때였다. 요조가 황급히 말을 달려 그들을 뒤쫓아와서 부르짖는다.

"그대들은 잠시 기다리라."

수여와 사회는 말을 멈추었다. 요조가 말채찍을 사회에게 주며 말한다.

"그대는 우리 진秦나라에 지혜 있는 사람이 없다고 비웃지 마오. 다만 주공께서 내 말을 듣지 않으실 뿐이다. 그대는 이 말채찍을 가지고 갔다가 속히 돌아오라. 돌아오는 것이 늦으면 재미롭지 못하리라."

사회는 말채찍을 받고 요조에게 깍듯이 인사하고 급히 떠났다.

사신이 시로써 이 일을 읊은 것이 있다.

> 말을 달려 그들을 뒤쫓아가서
> 요조는 사회에게 은근히 말채찍을 주었도다.
> 진나라에 인물이 없다고 말하지 마라
> 상감이 내 말을 듣지 않으니 어찌하리오.
> 策馬揮衣古道前
> 慇懃贈友有長鞭

休言秦國無名士
爭奈康公不納言

마침내 사회와 수여는 황하를 건넜다. 그들이 동쪽을 바라보고 한 마장도 못 갔을 때였다.

젊은 장군 한 사람이 한 무리의 군마를 거느리고 왔다. 그 젊은 장군이 병거 위에서 허리를 굽히며 인사한다.

“사회는 그간 별고 없으신지요?”

사회는 가까이 오는 그 장군을 유심히 봤다.

그 장군의 성은 조趙며 이름은 삭朔이니 바로 조돈의 아들이었다.

사회와 수여는 조삭과 반가이 손을 잡았다.

사회가 묻는다.

“어째 오셨소?”

조삭이 대답한다.

“아버지의 분부를 받고 두 분을 영접하려고 왔습니다. 지금 후방에서 우리 대군大軍이 이곳으로 오는 중입니다. 어서 가십시다.”

진군晉軍은 쿵하니 포 소리를 한 번 울리고 즉시 사회와 수여를 앞뒤로 호위하고 풍우같이 사라져갔다.

한편, 진강공은 황하 건너에서 포 소리가 한 번 일어나는 걸 듣고 놀랐다. 언덕에서 황하 저편을 바라보던 군사가 달려와서 진강공에게 아뢴다.

“난데없이 진군晉軍 일대가 나타나 사회와 수여를 정중히 영접해 수레 위에 모시고서 전후좌우로 호위하고 가버렸습니다.”

진강공은 그제야 번뜩 느껴지는 것이 있었다. 속았구나! 진강공이 격노하여 분부한다.

"곧 황하를 건너가서 진晉나라를 치도록 하여라."

그때 또 전초 군사가 달려와서 진강공에게 보고한다.

"진晉나라 대군이 황하 저편 언덕에 몰려왔습니다."

한편, 진晉나라 장수 순림보와 극결 두 사람은 대군을 거느리고서 황하 건너에 있는 진강공을 위협하듯 일대 시위를 했다.

서결술이 진강공에게 아뢴다.

"이미 진晉나라는 사회를 데려갔고 잇달아 대군이 계획적으로 나타났으니 우리가 황하를 건너도록 구경만 하고 있지는 않을 것입니다. 일이 이렇게 된 바엔 돌아가는 수밖에 없습니다."

진강공은 분한 생각을 풀지 못하고 군사를 거두어 돌아갔다. 진군秦軍이 돌아가는 걸 보고야 진군晉軍도 돌아갔다.

사회는 3년 만에 고국에 돌아왔다. 강성으로 들어서자 그는 감개무량했다.

사회는 궁에 들어가서 진영공 앞에 꿇어엎드려 사죄했다. 진영공이 위로한다.

"경에게 무슨 죄가 있으리오."

이리하여 사회는 진晉나라 육경 사이에 참석했다.

조돈은 수여의 이번 공로를 진영공에게 아뢰었다. 진영공은 수여에게 수레 10승을 하사했다. 곧 수레 10승을 거느릴 수 있는 벼슬을 준 것이다.

그후, 진강공은 사람을 시켜 사회의 아내와 아들을 다 진晉나라로 돌려보내면서 말했다.

"사회는 나를 속였지만 과인은 황하에서 맹세한 바를 어기지 않으리라!"

그후 사회는 진秦나라의 의리에 감격하고 진강공에게 서신을 보내어 아내와 아들을 보내준 데 감사하고 진晋 · 진秦 두 나라의 평화를 간곡히 청했다.

진 · 진 두 나라는 각기 국경을 지키고 그후로 수십 년 동안 싸우지 않았다.

죽지竹池에서 변을 당한 제의공齊懿公

주경왕周頃王은 등극한 지 6년 만에 세상을 떠났다. 그 뒤를 이어 태자 반班이 즉위했으니 그가 바로 주광왕周匡王이다. 이때가 바로 진영공晉靈公 8년이었다.

같은 해에 초목왕도 죽었다. 그래서 세자 여侶가 왕위에 올랐으니 그가 바로 초장왕楚莊王•이다.(실제로 주광왕 1년은 진영공 9년이고 초장왕 1년은 진영공 8년이다. 원저자의 착오인 듯하다. ―편집자 주)

한편, 진晉나라 조돈趙盾은 초나라에 국상이 난 기회를 이용하여 선세先世부터 내려오는 맹주의 지위를 다시 확고히 하려고 모든 나라 제후를 신성新城으로 초청했다.

송소공宋昭公 저구杵臼, 노문공魯文公 흥興, 진영공陳靈公 평국平國, 위성공衛成公 정鄭, 정목공鄭穆公 난蘭, 허소공許昭公 석아錫我가 신성으로 착착 모여들었다.

송 · 진陳 · 정 세 나라 임금은,

"전날 초나라에 복종한 것은 형편상 부득이해서 한 노릇입니다. 이 점을 잘 통촉해주십시오."
하고 호소했다.

조돈은 송 · 진 · 정 세 나라 임금을 좋은 말로 위로했다.

이리하여 모든 나라 제후는 다시 진晉나라를 섬기게 됐다. 다만 채후蔡侯만이 신성의 대회에 참석하지 않았다. 채나라는 여전히 초나라에 충성을 바치고 있었다.

조돈은 군사를 극결에게 내주고 채나라를 치게 했다. 그러나 채나라는 진군晉軍이 쳐들어오자 곧 화평을 청했다. 그래서 극결은 그냥 군사를 거느리고 돌아왔다.

제소공齊昭公 반潘은 신성 대회에 참석할 작정이었으나 마침 병이 나서 가질 못했다. 그 뒤 제소공이 병으로 죽고 세자 사舍가 즉위했다. 세자 사의 어머니는 노魯나라 여자로서 소희昭姬라고 한다. 그런데 소희는 비록 제소공의 부인이었지만 별로 남편의 사랑을 받지 못했다. 뿐만 아니라 아들 세자 사는 재주와 덕성이 없었다. 그래서 백성들이 그다지 존경하질 않았다.

그런데 공자 상인商人은 제환공齊桓公의 첩인 밀희密姬의 소생이었다. 공자 상인은 늘 언제고 임금 자리를 뺏을 생각이었다. 그러나 제소공은 생전에 공자 상인을 극진히 대우했다. 그래서 임금 자리를 뺏을 생각을 중단했다. 공자 상인은 제소공이 죽은 후에 임금 자리를 뺏기로 작정했었다.

제소공 말년 때 일이다. 제소공은 그 당시 위나라에 가 있는 공자 원元을 불러들여 나라 정사를 맡겼다.

공자 상인은 공자 원이 어질고 덕 있음을 시기하는 한편, 자기도 인심을 얻어야겠다고 결심했다.

이에 공자 상인은 자기 재산을 다 털어 빈민들에게 두루 나누어

줬다. 심지어 빚을 내서까지 가난한 백성들을 구조해줬다. 백성들은 모두 다 공자 상인의 고마운 마음씨에 감격했다. 그리고 공자 상인은 많은 장사壯士들을 집에 모아놓고 아침저녁으로 훈련을 시켰다. 그래서 그가 출입할 때면 많은 장사들이 따라다녔다.

마침내 제소공이 죽고 세자 사가 즉위한 지 얼마 지나지 않았을 때였다.

어느 날 밤에 혜성이 북두 사이에 나타났다.

공자 상인은 어떤 점쟁이에게 혜성이 나타난 징조를 점쳐보게 했다. 그 점쟁이가 점을 쳐보고서 말한다.

"송 · 제 · 진晉 세 나라 임금이 장차 다 변란으로 죽을 징조입니다."

공자 상인이 혼자 속으로 생각한다.

'우리 제나라에서 변란을 일으킬 자라면 나 아니고 그 누구겠는가.'

이날 장사들은 공자 상인의 분부를 받고 궁으로 들어갔다. 그 장사들은 상막喪幕 안에서 상주 노릇을 하고 있는 세자 사를 찔러 죽였다.

공자 상인은 이렇게 새로 즉위한 세자 사를 죽이고 나서 엉뚱한 소리를 했다.

"이번에 새로 즉위한 사는 어느 모로 보아도 이 나라 임금이 될 만한 자격이 없다. 그래서 나는 우리 형님 공자 원을 위해 사를 죽였다."

이 말을 듣고서 공자 원이 크게 놀라 공자 상인에게 말한다.

"난 네가 오래 전부터 임금이 되고 싶어한 걸 안다. 그런데 어째서 이번 일을 나에게 떠넘기려 하느냐? 나는 너를 임금으로 섬길 수 있다만 너는 나를 임금으로 섬길 사람이 못 된다. 그러니 딴 소리 말고 너나 임금이 되어라. 그저 나는 제나라 사람으로서 명대로 살다가 죽기를 바랄 뿐이다."

이리하여 공자 상인이 임금 자리에 올랐으니, 그가 바로 제의공齊懿公이다.

그러나 공자 원은 맘속으로 제의공을 미워했다. 그는 병들었다 핑계대고 대문을 닫고 조정 출입을 하지 않았다. 공자 원으로선 현명한 처신이었다.

한편, 소희는 임금 자리까지 올랐던 자기 아들 세자 사가 비명에 죽었으므로 매우 슬퍼했다. 그녀는 밤낮없이 죽은 아들을 생각하고 통곡했다. 제의공은 소희를 미워한 나머지 별실에 감금하고 음식도 넉넉히 주지 않았다.

소희는 궁인 한 사람에게 비밀히 뇌물을 주어 자기 친정인 노나라로 편지를 보냈다. 물론 그 편지엔 소희의 기막힌 신세가 소상히 적혀 있었다.

한편, 노나라 노문공魯文公은 소희의 편지를 받았으나 그는 강한 제나라를 워낙 두려워했다. 노문공은 대부 동문東門 수遂를 불렀다.

"경은 주나라에 가서 주광왕께 고하고 천자의 힘을 빌려 소희가 석방되도록 주선하여라."

동문 수는 주나라에 가서 주광왕에게 소희의 딱한 사정을 호소했다.

이에 주광왕은 선백單伯을 제나라로 보냈다.

선백이 제나라에 가서 제의공에게 청한다.

"이미 그 아들까지 죽였으면 그만이지 그 어머니는 무엇에 쓰려고 감금하였소? 속히 소희를 그 친정인 노나라로 돌려보내고 제나라의 너그러운 덕을 밝히시오."

제의공은 세자 사를 죽인 걸 감추고 있었다. 그는 '그 아들까지 죽였다' 는 말을 듣자 얼굴을 붉히고 아무 대답도 못했다.

선백은 궁을 나와 객관客館으로 갔다.

제의공은 이날 즉시 소희를 다른 궁실로 옮겨놓았다.

궁중 사람이 객관으로 가서 선백에게 제의공의 말을 전한다.

"우리 상감께선 국모國母에 관한 일을 항상 생각하시던 중, 천자의 분부를 받고 국모를 가서 뵈옵는 동시에 천자의 염려하심을 황송해하시나이다."

"거 참 듣기 반갑소."

선백은 수레를 타고 사자를 따라 궁으로 들어가서 소희를 보았다. 소희가 흐느껴 울면서 그간 겪은 고생과 가지가지 설움을 선백에게 호소했다.

선백이 미처 대답도 하기 전이었다. 이때 제의공이 문을 열고 시근벌떡거리며 궁실로 들어와서 큰소리로 선백을 꾸짖는다.

"선백은 어찌하여 맘대로 나의 궁실에 들어와서 국모와 비밀히 만나고 음탕한 행동거지를 하려 하느냐? 과인은 이런 무엄한 그대의 소행을 장차 천자께 고발하리라."

제의공은 선백과 소희를 각각 밀실에다 가뒀다.

제의공은 노문공이 주광왕에게 고자질해서 자기를 탄압한 데 대해 분노하고 즉시 군사를 일으켜 노나라를 쳤다.

후세 사가史家는 제의공을 다음과 같이 논평했다.

제의공은 어린 임금을 죽이고 국모를 감금하고 천자의 사신

使臣을 구속하고 이웃 나라를 쳤다. 참으로 그는 궁흉극악窮凶極惡한 자였다. 하늘이 어찌 그를 용납하리오. 그 당시 노대신老大臣들이 조정에 많았는데 왜 그들은 공자 원을 받들어 제의공의 죄를 성토하지 않고 이 지경에 이르도록 내버려뒀는지 모르겠다.

또 사신이 시로써 이 일을 탄식한 것이 있다.

임금 자리를 탐하여 외로운 임금을 속이고
집안 재산을 풀어서 가난한 백성들의 환심을 샀도다.
슬프다. 조당의 대신들은 꼼짝을 못하고
그저 시정 백성들처럼 흉악한 자에게 아첨했도다.
欲圖大位欺孤主
先散家財買細民
堪恨朝中綏若若
也隨市井媚凶人

한편, 노나라 상경 벼슬에 있는 계손행보季孫行父는 즉시 진晉나라에 가서 구원을 청했다. 진나라 조돈은 진영공을 받들고 송宋·채蔡·위衛·진陳·정鄭·조曹·허許 일곱 나라 제후들을 소집했다.

진晉나라까지 합쳐 이들 여덟 나라는 호扈 땅에 모여 장차 제나라 칠 일을 상의했다.

한편 제의공은 진晉나라가 일곱 나라를 거느리고 자기 나라를 치러 온다는 말을 듣고 놀라 어쩔 줄 몰랐다. 제의공은 즉시 사람을 보내어 많은 뇌물을 진晉나라에 바치고 선백을 석방해서 주나라로 돌려보내고 소희를 그 친정인 노나라로 보냈다. 비로소 여덟 나라 제후는 각기 흩어져 본국으로 돌아갔다. 노나라는 진나라가 제나라를 쳐서 무찌르지 않는 걸 보고, 혹 후환이 있을까 두려워서 공자 수遂를 제나라로 보내어 제의공에게 많은 뇌물을 바치고 화해를 청했다.

송양공宋襄公의 부인 왕희王姬는 주양왕周襄王의 누이며 송성공의 어머니며 송소공宋昭公의 할머니였다.

송소공은 세자로 있을 때부터 공자 앙卬, 공손공숙公孫孔叔, 공손종리公孫鍾離 세 사람과 함께 늘 사냥을 다니며 서로 친밀히 지냈다.

송소공은 즉위한 후로 전부터 친한 세 사람의 말만 들었다. 그는 대신들에게 나랏일을 맡기지 않고, 조모祖母인 왕희에게 문안도 드리지 않고, 일가친척인 공족公族들을 멀리하고, 백성의 일을 돌보지 않고, 날마다 들에 나가서 사냥만 했다.

사마 악예樂豫는 장차 송나라가 반드시 어지러울 것을 알고 사마 벼슬을 공자 앙에게 넘겨줬다. 사성司城• 공손수公孫壽 또한 장차 자기 일신에 불행이 닥쳐올 것을 염려하고 사성 벼슬을 내놓고 늙었다 핑계하고 집 안에 들어앉아버렸다.

이에 송소공은 사성 벼슬을 공손수의 아들 탕의제蕩意諸에게 줬다.

왕희는 늙었지만 음탕한 여자였다. 송소공의 서庶동생 공자 포鮑는 인물이 매우 아름다웠다. 세상에선 그를 여자보다도 곱다고 했다. 왕희는 맘속으로 공자 포를 은근히 사랑했다.

한번은 공자 포를 자기 방으로 불러들여 함께 술을 마시다가 취하자 왕희는 손자뻘인 공자 포에게 정을 나누자고 덤벼들었다. 할머니가 흥분해서 덤벼드는 바람에 공자 포는 깜짝 놀라 빌다시피 거절하고 겨우 그 방에서 뛰어나왔다.

그러나 그를 사랑하는 왕희의 마음엔 변함이 없었다. 드디어 왕희는 송소공을 내쫓고 포를 임금 자리에 세우기로 결심했다.

송소공은 송목공宋穆公, 송양공宋襄公의 후손과 친척들인, 세상에서 말하는바 목양지족穆襄之族이 강성한 걸 두려워한 나머지 공자 앙 등과 상의하고 그들을 억압하기로 했다.

그러나 결과는 왕희가 먼저 선수를 쳤다. 왕희는 목穆, 양襄 두 공족을 시켜 난을 일으켰다.

마침내 그들은 송소공의 심복인 공자 앙과 공손종리 두 사람을 조문朝門에서 칼로 찔러 죽였다. 이에 사성 탕의제는 겁이 나서 노나라로 달아났다.

공자 포는 원래 대신들을 존경했다. 일이 이쯤 되자 공자 포는 중간에 나서서 조정 대신들과 목, 양 두 공족을 화해시키고 더 이상 사람이 상하지 않도록 힘썼다.

그리고 공자 포는 노나라에 도망가 있는 탕의제를 소환하여 다시 사성 벼슬에 있게끔 했다.

일찍이 공자 포는 제나라 공자 상인이 자기 재산을 털어 백성들의 마음을 사고 마침내 제나라 임금 자리를 뺏었다는 걸 들어서 알고 있었다. 그는 자기도 그렇게 하기로 결심했다.

이에 공자 포는 자기 재산을 빈민들에게 두루 나눠줬다.

송소공 7년에 송나라는 큰 흉년이 들었다. 공자 포는 자기 창고의 곡식을 다 풀어 가난한 백성들을 구제했다. 또 늙은이를 공경하고 어진 사람을 존경했다. 무릇 국내 70세 이상의 노인에겐 매달 곡식과 비단과 맛있는 음식을 보내고, 사람을 시켜서 문안하고 위로했다. 또 한 가지 재주만 뛰어난 사람이면 다 자기 문하에 불러들여 후하게 대접했다. 또한 공경, 대부의 집에도 달마다 음식을 보냈다. 종족간에도 친소親疎 없이 길사나 흉사가 있으면 주머니를 기울이다시피 부조했다. 송소공 8년에 송나라는 잇달아 또 큰 흉년이 들었다. 이에 공자 포의 창고는 텅 비고 말았다.

이번엔 왕희가 궁중 곡식을 내주어 공자 포를 도왔다. 송나라는 가는 곳마다 공자 포에 대한 칭송이 자자했다. 송나라 백성들은 남녀 귀천 할 것 없이 공자 포가 임금이 되기를 바랐다.

공자 포는 송나라 백성이 모두 자기를 지지한다는 걸 알고서 하루는 왕희에게 가서 비밀히 고했다.

"이젠 임금을 죽여버릴 때가 됐습니다."

왕희가 대답한다.

"머지않아 임금은 또 맹제孟諸의 들로 사냥을 간다고 한다. 그가 사냥을 가기만 하면 나는 공자 수須를 시켜 궁문을 굳게 닫아걸게 하겠으니 너는 부하들을 거느리고 가서 임금을 쳐라. 그러면 만사는 성공할 것이다."

공자 포는 왕희와 계책을 짜고서 궁을 나갔다.

사성 탕의제는 그 당시 어진 사람으로 널리 알려져 있었다. 공자 포도 평소 그를 존경했다. 이때, 탕의제는 공자 포와 왕희 사이에 모종의 계책이 있다는 걸 눈치챘다. 탕의제가 송소공에게 아뢴다.

"상감께선 사냥을 가지 마십시오. 한번 나가시면 다시 돌아오지 못하실까 두렵습니다."

송소공이 대답한다.

"누가 만일 역적 노릇을 하려고만 들면 내가 궁성에 있다고 능히 면하겠는가?"

송소공은 무슨 각오라도 한 듯이 우사右師• 화원華元과 좌사左師• 공손우公孫友에게 궁을 지키게 하고, 부고府庫에 있는 보물을 그들에게 약간씩 나눠준 후 그 나머지 보물을 다 수레에 가득 싣고서 맹제로 사냥을 떠났다.

그때가 겨울 동짓달 보름이었다.

송소공이 성밖을 나가자 왕희는 즉시 화원과 공손우를 불러들여 궁중에 머물도록 분부했다.

한편, 공자 수須는 사방 궁문을 굳게 닫아걸었다. 동시에 사마 화우華耦는 공자 포의 명령을 받고 군중軍中에 가서 말했다.

"왕희의 명령을 받아 이제 공자 포를 이 나라 임금으로 모시기로 했다. 우리들은 무도한 지금 임금을 없애버리고 덕 있는 새 임금을 모시는 것이다. 너희들의 뜻은 어떠하냐?"

이 말을 듣자 군사들은 환호작약하면서 일제히 외쳤다.

"원컨대 우리에게 명령을 내리십시오. 비단 우리 군사들만이 아니라 공자 포를 위해서라면 이 나라 백성들은 다 기꺼이 분부대로 거행할 것입니다."

화우는 곧 군사들을 거느리고 성밖으로 나가서 송소공의 뒤를 쫓았다.

한편, 송소공은 맹제로 사냥 가다가 도중에서 도성에 변란이 일어났다는 보고를 받았다. 탕의제가 송소공에게 권한다.

"속히 다른 나라로 몸을 피하십시오. 다음날에 다시 군위를 도로 찾도록 하셔야 합니다."

송소공이 한숨을 몰아쉬며 대답한다.

"위론 할머니부터 아래론 백성들에 이르기까지 이 나라 전부가 다 과인을 원수처럼 미워하고 있다. 나는 벌써부터 이런 움직임이 있음을 알았다. 도망간대도 모든 나라 제후들 중에서 누가 나를 받아주리오. 다른 나라에 가서 죽느니보다는 오히려 내 나라 이 땅에서 죽겠다."

송소공은 수레에서 내려 밥을 짓게 하고 시종들을 배불리 먹였다.

식사가 끝나자 송소공이 모든 시종들에게 말한다.

"죄는 과인 한 몸에 있을 뿐이다. 너희들에게 무슨 죄가 있느냐. 너희들이 나를 모신 지 수년이 지났다만 그동안 너희들의 수고에 아무 보답도 못했구나. 이번에 부고에 있는 보물을 가지고 온 것이 여기 있다. 너희들에게 나눠주려고 일부러 가지고 온 것이다. 보물을 나누어 가지고 각기 살길을 찾아 달아나거라. 나와 함께 죽을 필요는 없다."

모든 시종들이 슬피 울면서 아뢴다.

"상감마마! 청컨대 곧 출발하사이다. 우리를 뒤쫓는 군사가 있다면 우리는 죽기를 각오하고 싸우겠습니다."

송소공이 대답한다.

"공연히 생명을 버린다는 것은 뜻 없는 일이다. 나만 이곳에서 죽으면 만사는 해결된다. 너희들은 나를 생각지 마라."

이러는 중에 화우가 군사를 거느리고 뒤쫓아왔다.

군사들이 즉시 송소공을 에워싸고 왕희의 분부를 전한다.

"다만 무도한 혼군을 죽일 뿐이니 그외 사람은 안심하라."

송소공은 손을 휘둘러 좌우 사람들에게 달아나라고 손짓했다.

송소공을 따라온 시종들 중에서 달아난 자는 반이 좀 넘을 정도였다.

탕의제는 굳게 칼을 짚고 송소공 곁에 서 있었다.

화우가 탕의제에게 왕희의 분부를 전한다.

"왕희의 분부요. 탕의제는 곧 궁으로 돌아가시오."

탕의제가 길이 탄식한다.

"임금의 신하 된 자가 그 어려운 고비를 당하여 몸을 피한다면 비록 살았다 할지라도 죽은 거나 다름없다."

화우는 칼을 뽑아들고 즉시 송소공의 목을 치려 덤벼들었다.

탕의제는 송소공의 앞을 가로막고 화우와 싸웠다. 이에 군사들이 벌 떼처럼 덤벼들어 우선 탕의제부터 죽였다. 그리고 송소공을 어지러이 찔러 죽였다.

송소공을 따라온 시종들로 달아나지 아니한 자는 다 도륙을 당했다. 참으로 애달픈 일이었다.

사신이 시로써 이 일을 읊은 것이 있다.

지난날에 화독이 송상공을 죽이더니
이젠 그 자손 화우가 송소공 죽이는 걸 도왔도다.
난신 적자란 원래부터 씨가 있나니
장미와 도리화가 어찌 같을 수 있으리오.

昔年華督弑殤公
華耦今朝又助凶
賊子亂臣原有種
薔薇桃李不相同

화우는 군사를 거느리고 돌아가서 왕희에게 송소공을 죽인 경과를 보고했다.

이에 우사 화원과 좌사 공손우가 왕희에게 아뢴다.

"공자 포는 관인하시고 백성들의 존경을 받으니 마땅히 군위를 이으셔야 합니다."

그들은 마침내 공자 포를 임금으로 삼았다. 그가 바로 송문공宋文公이다.

이날 화우는 새 임금에게 조하朝賀하고 집으로 돌아갔다. 그날 밤에 그는 급살병이 나서 죽었다.

송문공은 탕의제의 충성을 가상히 여기어 그 동생 탕훼蕩虺를 사마司馬로 삼아 죽은 화우의 자리를 잇게 했다. 다시 공자 수須를 사성司城으로 삼아 죽은 탕의제의 자리를 잇게 했다.

한편, 진나라 조돈은 송나라에서도 임금을 죽인 난이 일어났다는 보고를 받았다.

"우리 진나라는 모든 나라 제후를 통솔하는 맹주로서 송나라를 그냥 둘 순 없다."

조돈은 순림보를 장수로 삼고 모든 나라에 호응하도록 통지했다. 이에 순림보는 위衛 · 진陳 · 정鄭 세 나라 군대와 함께 송나라를 쳤다.

한편, 송나라 우사 화원은 나가서 쳐들어오는 진군晉軍을 영접하고 호소했다.

"이번 변란은 일국 백성들이 다 공자 포를 임금으로 모시고자 한 데서 일어난 것입니다."

화원은 자세히 설명하고 황금과 비단을 가득 실은 여러 대의 수레를 순림보에게 바치고 진군晉軍을 배불리 대접하며 화평을 청했다.

순림보는 황금과 비단 수레를 받으려고 했다.

곁에서 정목공鄭穆公이 말린다.

"우리 세 나라가 종을 치고 북을 울려 군사를 거느리고 장군을 따라온 것은 송나라의 무법을 징계하기 위함이라. 만일 송나라와 화평한다면 이는 난신亂臣 적장賊將을 장려하는 것밖에 안 되오."

순림보가 대답한다.

"제나라나 송나라나 다 다른 것이 없습니다. 우리가 이미 제나라 변란도 용서해줬는데 어찌 송나라만 무찔러야 합니까? 더구나 백성들이 원해서 임금 자리에 오른 것이라 하니 큰 죄를 저질렀다고는 할 수 없습니다."

순림보는 화원이 바치는 황금과 비단을 다 받고 송문공의 군위까지 승인하고서 돌아갔다.

정목공이 자기 나라로 돌아가며 말한다.

"진晉나라는 너무나 뇌물을 좋아한다. 그들의 패업이란 이제 명색뿐이지 실속이 없다. 진나라는 다시 모든 나라 제후들 간에 백주가 되긴 틀렸다. 지금 초나라엔 왕이 새로 섰고, 그들은 또 큰 뜻을 품고 있다. 그러니 과인은 진나라를 버리고 장차 초나라를 섬겨 편안할 도리나 차려야겠다."

그후 정목공은 사람을 초나라로 보내어 다시 우호를 맺었다. 진晉나라도 변덕 많은 정나라를 더 이상 어쩌지 못했다.

염옹이 시로써 이 일을 읊은 것이 있다.

정의를 위해 무법을 치는 것이 백주의 할 일인데
군사를 일으켜 도리어 난신 적자를 승인했도다.
제나라 공자 상인과 송나라 공자 포가 다 임금 노릇을 하게 됐으니 중국에 정대한 인물이 없음을 못내 슬퍼하노라.

仗義除殘是伯圖
興師翻把亂臣扶
商人無恙鮑安位
笑殺中原少丈夫

한편 제나라 제의공 상인은 천성이 간악하고 욕심이 많았다. 그는 아버지 제환공이 살아 있을 때, 여기까지가 내 땅이거니 저기까지가 네 땅이거니 하고 대부 병원邴原과 서로 다툰 일이 있었다. 그때 제환공은 관중管仲으로 하여금 두 사람의 시비를 가리게 했다. 관중은 상인의 주장이 억지라는 걸 밝히고 땅을 병원에게 돌려주도록 판결했다.

그때부터 앙심을 품었던 상인은 세자 사를 죽이고 스스로 임금이 되자 즉시 병씨邴氏의 땅을 모조리 뺏었다.

또 그는 그 당시 관중이 병원과 한패였다고 곡해하고 관씨管氏 일족의 식읍食邑 반을 뺏었다. 이에 관중의 자손 관씨 일족은 제의공이 설치는 꼴이 무서워서 초나라로 달아났다. 그후 관중의 자손들이 모두 다 초나라에서 벼슬을 살게 된 것은 이 때문이다.

이러고도 제의공은 병원에 대한 앙심이 풀리지 않았다. 물론 이때는 병원이 죽은 지도 오랜 후였다. 제의공은 병원의 무덤이 동교東郊에 있다는 걸 알고 있었다.

제의공이 사냥 간다는 핑계를 대고 그 무덤 앞을 지나면서 슬쩍 묻는다.

"저것은 누구의 무덤이냐?"

"대부 병원의 무덤입니다."

"음, 그렇다면 저 무덤을 파라."

군사들은 무덤을 팠다. 제의공은 시체를 끌어내게 하고 시체의 발을 끊었다.

이때 병원의 아들 병촉邴歜이 곁에서 제의공을 모시고 서 있었다.

제의공이 묻는다.

"네 아비의 죄는 발을 끊어야 마땅하지? 너는 과인을 원망하는가?"

병촉이 대답한다.

"신의 아비는 살아 있을 때 죽음을 당하지 않은 것만도 다행입니다. 더구나 이런 썩은 뼈를 끊었는데 신이 어찌 상감을 원망하겠습니까?"

제의공은 이 말을 듣고 만족했다.

"경은 가히 아비의 죄를 씻어준 자식이다. 지난날 뺏은 토지를 도로 경에게 돌려주마."

"신의 아비를 다시 묻어도 좋겠습니까?"

제의공은 머리를 끄덕이었다.

그후 제의공은 국내의 아름다운 여자들을 궁으로 모아들였다. 그는 아름다운 여자들과 함께 날마다 음탕한 생활을 했다.

그는 그것만으로도 만족할 줄을 몰랐다.

한번은 어떤 사람이 제의공에게 대부 염직閻職의 아내가 천하절색이라고 말했다.

제의공이 모든 신하에게 분부한다.

"며칠 후면 금년도 다 간다. 정월 초하룻날, 모든 대부는 부인과 함께 궁으로 들어와서 조례朝禮하여라."

정월 초하룻날 염직의 아내는 남편과 함께 궁으로 들어갔다. 제의공은 염직의 아내를 한번 보자 흡족해했다. 제의공은 염직의 아내를 궁중에 머물도록 하고 돌려보내지 않았다. 제의공이 염직에게 말한다.

"궁중 사람이 경의 아내를 좋아하는지라. 그러니 경은 다시 장가를 들도록 하여라."

염직은 속으론 분노했으나 말을 못했다.

제나라 서남문西南門 밖에 아름다운 못이 있다. 그 못을 신지申池라고 한다. 못물이 맑고 깨끗해서 목욕하기에 좋았다. 또 못 주위엔 대나무가 울창했다.

여름 5월이었다.

제의공은 신지에 더위를 피해 물놀이를 가기로 했다.

"병촉에게 수레를 몰게 하고 염직을 불러 과인 뒤에 배승陪乘하게 하여라."

궁중 시자侍者가 곁에서 아뢴다.

"상감께선 병촉의 아비의 시체를 파내어 그 발을 끊었고, 염직의 아내를 후궁으로 앉혔습니다. 그러니 그 두 사람이 어찌 상감께 원한을 품고 있지 않다고 장담할 수 있겠습니까? 상감께서는 그 두 사람을 가까이 마십시오. 신하들이 많은데, 왜 하필이면 그 두 사람을 부르십니까?"

제의공이 대답한다.

"그 두 사람은 과인을 원망하고 있지 않다. 경은 의심 마라."

마침내 제의공은 병촉과 염직을 거느리고서 수레를 달려 신지로 갔다.

제의공은 신지에서 목욕을 하고 술을 마시고 즐겼다. 담뿍 취하자 제의공은 수탑繡榻을 시원한 대숲 속에 놓게 하고 그 위에 드러누웠다.

이때 병촉과 염직은 신지에 들어가서 목욕을 하고 있었다.

병촉은 제의공을 속으로 몹시 미워했다. 언제고 임금을 죽여 아비의 원수를 갚을 작정이었다. 그러나 동지 없이 혼자서 할 순 없었다. 그는 염직이 아내를 임금에게 뺏겼으니 저 사람도 임금을 오죽 원망하랴 하고 생각했다. 그는 염직과 상의하고 싶었으나 함부로 말을 낼 순 없었다.

병촉은 함께 목욕을 하다가 문득 계책 하나를 생각해내고 대나무 가지를 꺾어 앞에서 목욕하고 있는 염직의 머리를 톡톡 쳤다.

염직이 돌아보며 화를 낸다.

"어찌 버릇없이 구오?"

병촉이 일부러 웃으면서 대답한다.

"아내를 뺏기고도 꼼짝못하는 주제에 댓가지로 좀 맞았기로서니 못 참을 것 있소?"

염직이 대답한다.

"아내를 뺏긴 것은 나의 수치요. 그러나 죽은 아버지의 시체가 형벌을 받은 것은 그대의 영광이오? 그대는 자식으로서 못 참을 것을 참으면서도 그래 계집 뺏긴 나를 꾸짖으오? 왜 저렇게 사람이 우매할까?"

병촉이 말한다.

"내가 진심으로 그대에게 할말이 있소. 그러나 지금까지 말을 못하고 있었지. 그대가 만일 부끄러운 걸 모르는 사람이라면 내가 말을 한대도 아무 소용이 없기 때문이오."

염직이 대답한다.

"나도 사람인 이상 왜 생각이 없으리오. 어느 날인들 그 치사스런 생각을 잊은 적이 있으리오. 그저 힘없는 것이 한이로다."

병촉이 속삭인다.

"지금 그 흉악한 자가 취하여 대발 속에서 누워 자고 있는데 이곳엔 우리 두 사람밖에 없소. 하늘이 우리에게 보복할 기회를 주신 것이니 이 기회를 놓치지 맙시다."

염직이 대답한다.

"그대가 능히 이 일을 해내겠소? 내 마땅히 힘 자라는 데까지 돕겠소."

두 사람은 곧 물에서 나와 옷을 입고 함께 대숲 속으로 갔다. 깊이 잠든 제의공의 코고는 소리가 우레 같았다. 그리고 내시 두 사람이 지키고 서 있었다. 병촉이 두 내시에게 말한다.

"상감께서 잠을 깨시면 반드시 물을 찾을 것이다. 너희들은 미리 물을 끓여서 식혀두어라."

두 내시는 물을 끓이러 갔다.

염직은 제의공의 손을 잡았다. 동시에 병촉은 차고 있던 칼을 뽑아 제의공의 목을 쳤다. 당장에 제의공의 목은 수탑에서 땅바닥으로 굴러떨어졌다.

두 사람은 제의공의 시체를 대숲 깊숙한 곳에 감추고 그 목을 신지 속에 버렸다. 제의공은 임금이 된 지 겨우 4년 만에 죽었다. 내시가 더운물을 준비해 왔다.

병촉이 말한다.

"상인은 어린 임금을 죽이고 군위에 오른 놈이다. 우리는 억울하게 죽은 선군을 위해 상인을 죽였다. 공자 원은 어질고도 효성이 대단한 분이니 그분을 임금으로 모시는 것이 좋을 것이다."

좌우 내시들은,

"예, 예."

하고 허리만 굽실거릴 뿐 아무 말도 못했다.

병촉과 염직은 수레를 타고 성안으로 돌아가 술집에 들어가서 통쾌히 마시며,

"이젠 분을 설치해서 시원하오."

하고 서로 축하했다.

이 소문은 즉시 상경 벼슬에 있는 고경高傾과 국귀보國歸父에게 알려졌다. 고경이 분개한다.

"그들의 죄를 따지고 그들을 죽임으로써 후에 오는 사람들을 경계해야겠소."

국귀보는,

"임금을 죽이고 임금이 된 사람을 우리는 치지 못했소. 우리가 못한 것을 남이 대신 해주었는데 그들에게 무슨 죄가 있단 말이오?"

하고 반대했다.

한편 병촉과 염직은 술상을 물리고 각기 집으로 돌아가서 비복들을 시켜 큰 수레에다 집안 살림을 싣게 하고 처자를 태우고 유유히 남문으로 나갔다.

식구들이 급히 수레를 달리자고 권한다.

"상인은 무도한 놈이다. 그놈이 죽은 것을 제나라 사람이면 다 다행으로 생각할 것인데 내 무엇이 무서워서 급히 달리리오."

하고 병촉은 대답했다.

병촉 · 염직 두 사람은 재산과 식구를 거느리고 초나라로 갔다.

한편 고경과 국귀보는 모든 신하들과 상의하고서 공자 원을 임

금으로 세웠다. 그가 바로 제혜공齊惠公이다.

염옹이 시로써 이 일을 읊은 것이 있다.

어찌 원수를 데리고 함께 논단 말인가
원수를 가까이하다가 원수에게 죽음을 당했도다.
임금을 죽이고 임금이 된 자가 어찌 복을 받을 수 있으랴
하늘이 두 사람을 시켜 다시 그자를 죽였도다.
仇人豈可與同遊
密近仇人仇報仇
不是逆臣無遠計
天敎二憾逞凶謀

노나라 노문공魯文公은 노희공魯僖公의 본부인 제강齊姜(제환공齊桓公의 딸)의 친아들이었다. 노문공이 임금이 된 것은 주양왕周襄王 26년 때 일이었다.

그후 노문공은 제나라 제소공의 딸 강씨姜氏에게 장가를 들었다.

노문공의 부인 강씨는 아들 둘을 낳았다. 하나는 이름을 악惡이라 하고, 하나는 이름을 시視라 했다. 또 노문공에겐 진秦나라 여자 경영敬嬴이란 애첩이 있었다. 경영의 몸에서도 아들 둘이 나왔다. 하나는 이름이 왜倭며, 또 하나는 숙힐叔肸이라 했다. 이 네 아들 중에서 왜가 제일 나이가 많았다. 그러나 악은 강씨가 낳은 적자였다.

그래서 노문공은 적자인 공자 악을 세자로 세웠다.

이때 노나라는 세상에서 말하는바 삼환三桓이 정권을 잡고 있었다. 전에도 말한 바 있지만 삼환이란 맹손씨孟孫氏, 숙손씨叔孫

氏, 계손씨季孫氏이다. 그들은 다 노환공魯桓公의 후예이기 때문에 세상에서 삼환이라고도 하고 삼가三家라고도 했다. 그들 세 사람의 자손들이 대대로 노나라 정권을 잡았다.

이때 맹손씨의 후손 맹손오孟孫敖에겐 곡穀과 난難이란 두 아들이 있었다.

또 숙손씨의 후손 숙손자叔孫玆에겐 숙손팽생叔孫彭生, 숙손득신叔孫得臣이란 두 아들이 있었다.

노문공은 숙손팽생을 세자 악의 태부太傅로 삼았다.

또 계손씨의 후손 계손무일季孫武佚에겐 계손행보季孫行父란 아들이 있었다. 또 전 임금 노장공魯莊公의 서자에 공자 수遂란 사람이 있었다. 공자 수는 동문東門 근처에 살고 있었기 때문에 세상에선 그를 동문 수라고 불렀다.

선군先君 노희공 때부터 그들 삼환 일당은 정치의 주동 세력을 이루었다.

그러기에 맹손오와 동문 수는 재종형제간이었다. 계손행보 또한 그들의 일당이었다.

그런데 그후 맹손오가 동문 수에게 한 가지 과오를 범했다. 그 때문에 맹손오는 타국에서 객사하는 사태가 벌어졌다. 그래서 맹손씨는 권세를 잃고 중손씨仲孫氏, 숙손씨, 계손씨 세 집안 사람만이 노나라 정치를 하게 됐다.

그럼, 맹손오는 무슨 과오를 저질렀기에 그들 중에서 실권했던가. 그 이야기를 해야겠다.

원래 맹손오의 아내는 거莒나라 여자로 이름을 대기戴己라 하였다. 대기는 곡穀이란 아들을 낳았다. 맹손오는 또 그 처제인 성기聲己와 관계하여 난難을 낳았다. 그후 첫째 부인 대기는 병으로 죽었다.

본시 맹손오는 음탕한 사람이었다. 그는 사람을 거나라로 보내어 셋째 처제 기씨己氏를 주면 죽은 큰언니 대신 정실 부인으로 삼겠다고 청했다. 거나라에선 맹손오의 요구를 거절했다.

"이미 둘째딸 성기가 자식 난까지 낳고 사는 중이니 죽은 언니 대기 대신으로 성기를 정실 부인으로 삼으면 되지 않는가? 셋째딸까지 줄 순 없다."

거절을 당한 맹손오는 다시 사람을 거나라로 보내어 다음과 같이 말했다.

"내 재종동생 동문 수가 아직 총각이니 셋째 처제와 동문 수를 혼인시키는 것이 어떻겠소?"

거나라는 맹손오의 새로운 제의를 승낙했다.

노문공 7년 때 일이었다.

맹손오는 노문공의 명령을 받고 거나라로 친선 사절로 갔다. 그는 친선을 마치고 거나라를 떠나 돌아오는 길에 동문 수의 아내 될 기씨를 영접해가려고 거나라 언릉鄢陵으로 향했다.

언릉에 당도한 그는 어느 날 성 위에 올라갔다가 우연히 셋째 처제인 기씨를 바라보게 됐다.

기씨는 참으로 젊고 아름다웠다. 수일 후 그는 동문 수와 혼인시키려고 기씨를 데리고 거나라를 떠났다. 그들은 도중에서 자게 됐다.

그날 밤에 맹손오는 기씨가 자는 방으로 들어갔다. 이리하여 그는 셋째 처제인 기씨와 관계했다. 그리고는 노나라로 돌아가서 그녀를 자기 집에 두었다.

동문 수는 재종형인 맹손오에게 약혼한 여자를 뺏기고서 분을 참을 수 없었다. 그는 이 억울한 사실을 노문공에게 호소했다.

"상감께서는 신에게 군사를 내주십시오. 신은 군사를 거느리고 개돼지 같은 맹손오를 쳐서 없애버리겠습니다."

숙손팽생이 노문공에게 간한다.

"신이 듣건대 군사가 국내에서 들고일어나는 걸 난亂이라 하고, 군사가 국외에서 쳐들어오는 걸 구寇라고 합니다. 지금 다행히 구가 없는데 어찌 난을 일으킬 수 있습니까?"

이에 노문공은 맹손오를 불러들였다.

"기씨를 거나라로 돌려보내라. 그리고 동문 수와 서로 화해하여라."

이에 하는 수 없이 맹손오는 기씨를 거나라로 돌려보내고 동문 수와 화해했다.

그러나 맹손오는 자나깨나 기씨를 잊지 못했다.

그 이듬해에 주양왕이 세상을 떠났다. 맹손오는 노문공의 분부를 받고 문상하러 주나라로 떠나갔다.

맹손오는 왕성으로 가다가 부의賻儀할 물건까지 가지고 도중에 거나라로 달아났다.

그는 그립던 기씨와 만나 거나라에서 부부 생활을 했다.

노문공은 맹손오의 이런 행위를 나무라지 않았다. 그 대신 맹손오의 아들 맹손곡에게 조상 제사를 받들게 했다.

그후 맹손오는 노나라로 돌아가고 싶은 생각이 간절해졌다.

그는 자기 아들 곡에게 사람을 보내어,

"동문 수에게 가서 내가 고국으로 돌아갈 수 있도록 좀 주선해 달라고 부탁하여라."

하고 전언했다.

아버지의 기별을 받고 맹손곡은 아저씨뻘 되는 동문 수에게 가서 아비의 부탁을 간청했다.

동문 수가 대답한다.

"네 아비가 돌아오려면 반드시 내가 말하는 세 가지 조건을 지켜야 한다. 첫째는 고국에 돌아올지라도 궁중 출입을 하지 말 것이며, 둘째는 결코 나라 정치에 간섭하지 말 것이며, 셋째는 기씨를 데리고 오지 말 것이다."

맹손곡은 사람을 보내어 동문 수의 세 가지 조건을 아버지에게 통지했다.

맹손오는 하루 속히 고국에 돌아가고 싶은 생각뿐이어서 즉시 그 세 가지 조건을 쾌히 응락했다.

이리하여 맹손오는 여러 해 만에 노나라로 돌아왔다. 과연 그는 대문을 걸어닫고 일체 바깥출입을 하지 않았다. 그러나 또 기씨가 보고 싶어서 견딜 수 없었다. 몇 달이 지난 어느 날이었다. 그는 집 안에 있는 보물과 돈과 비단을 챙겨 그날 밤으로 다시 거나라로 달아났다.

여자에게 빠져 헤어나질 못하고 주책없이 변덕만 부리는 아버지 때문에 맹손곡은 속을 무던히도 썩였다. 그러다가 그 이듬해에 맹손곡은 병으로 죽었다. 이때 맹손곡의 아들 맹손멸孟孫蔑은 너무나 어렸다. 그래서 맹손곡의 동생인 맹손난孟孫難이 뒤를 이어 상경 벼슬을 계승했다.

몇 해가 지난 후 거나라에선 기씨가 죽었다.

사랑하는 기씨가 죽자 맹손오는 또다시 고국으로 돌아가고 싶은 생각이 간절해졌다.

맹손오는 사람을 시켜 자기 재산 전부를 노문공과 동문 수에게 나눠 바쳤다. 그리고 또 아들 맹손난에게 사람을 보내어 아무쪼록 아비가 돌아갈 수 있도록 임금께 잘 간청해보라고 기별했다.

맹손난은 아버지를 위해 노문공께 간곡히 사정을 했고 마침내 노문공은 맹손오의 귀국을 허락했다.

그런데 사람 일을 어찌 알 수 있으리오. 맹손오는 그리운 고국을 향하여 돌아오다가 제나라에 이르러서 병이 났다. 그는 한시바삐 고국에 돌아가고 싶었으나 뜻대로 몸이 일어나지지가 않았다. 마침내 맹손오는 제나라 당부堂阜란 곳에서 객사했다.

맹손난은 임금의 승낙을 얻고 가서 아버지의 시체를 노나라로 운구해와서 장사를 지냈다. 그후 맹손난은 자기를 죄인의 아들로 자처하고, 종손으로서 맹손씨 일족의 조상 제사를 받들긴 했으나 조카 멸이 장성하기만을 기다리면서 별로 나랏일에 간섭하지 않았다.

이리하여 맹손씨 일족은 정권과 세도에서 물러났다.

삼환三桓 중의 하나인 계손씨의 자손 계손행보는 자기 권세를 동문 수와 숙손팽생과 숙손득신에게 양보했다.

원래 숙손팽생은 어진 사람이어서 늘 세자 악의 사부로만 있었다. 결국 진짜 권력은 동문 수와 병권兵權을 잡고 있는 숙손득신 두 사람의 손아귀에 있었다.

앞에서도 말한 바와 같이 진秦나라 여자인 노문공의 사랑하는 첩 경영敬嬴은 자기 아들 왜倭가 세자가 되지 못하고 본실 소생인 악이 세자가 된 데 대해서 한을 품었다.

경영은 많은 뇌물을 비밀히 동문 수에게 주고 자기 아들 왜를 부탁했다.

"만일 다음날에 내 아들 왜가 노나라 임금이 되기만 하면 이 노나라를 그대와 함께 다스리겠소."

이 말에 동문 수는 감격하고 공자 왜를 세자로 추대하고 싶은 생각이 났다. 그는 누구와 함께 손을 잡고 이 일을 꾸며야 할지 가까운 사람부터 손꼽아봤다.

숙손팽생은 바로 세자 악의 사부로 있는 사람이니 반드시 이 일에 반대할 것은 물론이다. 그렇다면 지금 병권을 잡고 있는 숙손득신과 공모하는 일을 추진하는 수밖에 없었다.

동문 수는 숙손득신이 욕심 많고 특히 뇌물을 좋아하는 사람이란 것도 잘 알고 있었다. 그는 이해利害로써 숙손득신을 끌어들이기로 결심했다.

때때로 동문 수는 경영에게서 오는 뇌물을 숙손득신에게 나눠주고 말했다.

"이 물건은 경영 부인이 그대에게 전하라고 내게 맡긴 것이오."

또 동문 수는 공자 왜에게,

"가끔 득신에게 가서 문안을 드리시오."

하고 일러줬다.

공자 왜는 여가 있을 때마다 숙손득신의 집에 가서 깍듯이 절하고 앞일에 대해서 공손히 지도를 청하곤 했다.

어느덧 숙손득신도 공자 왜를 돕기로 결심했다.

주광왕周匡王 4년, 노문공魯文公 18년이었다. 이해 봄에 노문공은 세상을 떠났다. 이에 세자 악이 상주가 되고 임금 자리에 올랐다.

여러 나라에서 제후들이 보낸 사자들은 속속 노나라에 와서 노문공의 죽음을 조상했다.

이때 제나라에선 제의공齊懿公 상인商人이 대밭에서 자다가 피살당하고 제혜공齊惠公 원元이 임금 자리에 오르고 얼마 지나지 않았을 때였다. 제혜공도 사자를 노나라로 보내어 노문공의 장사에 참가시켰다.

동문 수가 숙손득신에게 말한다.

"우리 노나라와 제나라는 대대로 우호가 두텁던 사이요. 그러다가 상인이 임금 자리에 오른 후로 우리 나라와 원수간이 됐소. 이제 공자 원이 새로 제나라 임금이 됐건만 우리는 아직 사절을 보내어 축하하질 못했구려. 그런데 새로 임금 자리에 오른 제후 원은 우리 나라에 사람을 보내어 이번 선군의 장사에 참석시켰소. 이는 제후가 우리 노나라와 수호하려는 아름다운 뜻이 있기 때문이오. 그러니 우리 나라에서도 좀 늦었지만 누가 제나라에 가서 제후 원이 군위에 오른 것을 축하하는 동시에 그것을 계기로 하여 공자 왜를 임금으로 세우는 데 제나라 원조를 받도록 하는 것이 좋을 듯하오."

숙손득신이 대답한다.

"그런 중대한 목적을 위해서라면 다른 사람을 보내선 안 되오. 그대와 내가 함께 제나라로 가야 하오."

이에 동문 수와 숙손득신은 제나라로 떠났다. 장차 그들은 어떻게 무슨 일을 꾸밀 것인가.

죽음을 무릅쓰고 간諫하다

동문東門 수遂와 숙손득신은 제나라에 가서 새로 등극한 제혜공齊惠公을 축하하고 겸하여 이번 상사喪事에 사신까지 보내어 문상해준 데 대해서 감사했다.

제혜공은 잔치를 베풀고 동문 수와 숙손득신을 환영했다.

잔치 자리에서 제혜공이 묻는다.

"새로 등극한 귀국 임금은 어째서 이름을 악惡이라 했소? 세상에 좋고 아름다운 글자가 허다하거늘 하필이면 그다지 아름답지 못한 악할 악자로 이름을 지었는지 이상하구려."

동문 수가 대답한다.

"그가 이 세상에 갓났을 때 우리 선군께선 태사를 불러 점을 쳐 보게 하셨습니다. 태사가 점을 쳐보더니 '이 아기는 반드시 제 명대로 살지 못하고 흉악하게 죽을 것입니다. 도저히 임금 자리를 누릴 팔자가 아닙니다' 하고 말했습니다. 그래서 선군은 아기의 이름을 악이라고 지었습니다. 무슨 살풀이하듯 그렇게 이름을 지은 것이지요. 그러나 선군은 생전에 악을 사랑하지 않았습니다. 선군은 비록 적자는 아니지만 장자 왜倭를 극진히 사랑했습니다. 공자 왜는 그 위인이 어질고 효성이 대단하고 능히 대신들을 공경할 줄 아는 분입니다. 우리 노나라에선 누구나 왜를 임금으로 삼고 싶어했습니다. 그러나 왜는 적자가 아니고 서자입니다."

제혜공이 말한다.

"자고로 장자에게 임금 자리를 물려주는 것이 보통이 아니오? 더구나 선군이 특히 사랑하신 아들이라면 더 주저할 것 없지 않소?"

숙손득신이 대답한다.

"그런데 우리 노나라엔 이상야릇한 관례가 있습니다. 반드시 적자라야만 세자가 될 수 있고 적자가 없는 경우에만 서출 장자가 임금 자리를 계승하게 되어 있답니다. 그래서 선군께선 노나라 상례常禮를 따라 장자인 왜를 제쳐놓고 적자 악을 세자로 세웠습니다. 그러나 노나라 사람들은 남녀 상하 할 것 없이 다 악을 싫어합니다. 만일 군후께서 우리 노나라를 위해 새로이 어진 임금을 세워주신다면 우리 나라는 귀국과 혼인하고 귀국에 조례를 드리겠습니다."

이 말을 듣고 제혜공은 매우 기뻐했다.

"두 대부가 능히 국내에서 일을 꾸민다면 과인이 어찌 반대할 리 있으리오."

이에 제혜공과 동문 수와 숙손득신은 서로 입술에 피를 바르고 앞날을 위해 맹세했다. 그리고 공자 왜가 임금이 되면 제혜공의 딸과 혼인시키기로 언약했다.

동문 수와 숙손득신은 본국으로 돌아갔다. 이 두 사람은 제나라에서 돌아오는 길로 계손행보에게 갔다.

"진晉나라 패업은 점점 무너져가고 지금 제나라가 다시 강성해지는 중입니다. 제혜공은 자기 딸을 우리 나라 공자 왜와 혼인시켰으면 하고 원하더군요. 우리는 강성한 제나라의 호의를 받아들여야겠습니다."

계손행보는 수상한 생각이 들었다.

"지금 선군의 부인은 제후齊侯와 형제간이며 지금 우리 임금은 바로 제후의 외생질이오. 제후가 딸을 자기 생질인 우리 임금께 출가시킨다면 모르지만 왜 하필이면 자기와 아무 관계없는, 더구나 서출인 공자 왜에게 출가시키려 할까? 도무지 알 수 없는 일이오."

동문 수가 대답한다.

"제후는 공자 왜가 덕망이 높다는 소문을 듣고서 사위로 삼고 싶은 욕심이 난 것입니다. 지금 선군 부인 강씨姜氏로 말할 것 같으면 바로 제소공의 따님이 아닙니까? 지난날 제환공이 죽은 이후로 그 아들들은 각기 임금 자리를 노리고 서로 원수처럼 싸웠습니다. 그러기에 제나라는 지금까지 4대째 내려오며 동생이 형을 없애버리고 임금 노릇을 해왔습니다. 지금 제후도 제의공 상인이 죽기 전에는 어디 형을 형님으로 생각이나 했습니까? 대대로 제나라 임금들은 형제를 원수로 알았는데 그까짓 여자 형제에 대해서야 무슨 관심이 있겠습니까? 그러니 지금 제후도 우리 상감을 자기 생질이래서 뭐 대수롭게 생각할 리는 없습니다."

계손행보는 아무 대답도 안 했다. 두 사람이 가버린 후에야 그는 길이 탄식했다.

"동문 수가 딴 뜻을 품고 있으니 장차 이 나라에 괴변이 일어나겠구나!"

계손행보는 임금의 스승으로 있는 숙손팽생叔孫彭生을 찾아갔다.

"동문 수가 임금을 갈아치울 생각이 있나 봅니다."

"임금 자리가 이미 정해졌는데 누가 감히 딴 뜻을 품으리오. 그대가 잘못 알았을 것이오."

하고 숙손팽생은 귀담아들으려고도 하지 않았다.

그후 동문 수와 경영敬嬴은 계책을 세우고 마구간에다 장사들을 매복시켰다. 일은 계책대로 추진되었다. 마구간을 지키는 어인御人이 내궁으로 가서 경영에게 천연스레 고한다.

"지금 말이 새끼를 낳았는데 참 귀엽습니다."

경영이 웃으며 악에게 권한다.

"상감은 두 형제를 거느리고 우애 좋게 망아지나 한번 보고 오십시오."

임금 악은 형제간의 우애를 보이려고 친동생 시視와 서형庶兄인 왜의 부축을 받고서 마구간으로 갔다.

그들이 갓난 망아지를 보고 있을 때였다. 지금까지 마구간 구석에 숨어 있던 장사들이 뛰어나왔다. 그들은 몽둥이로 악의 머리를 쳐서 죽였다. 장사들은 달아나는 시를 뒤쫓아가서 역시 몽둥이로 쳐죽였다. 그제야 마구간 구석에 숨어 있던 동문 수가 나와서 장사들에게 지시한다.

"임금의 스승으로 있는 숙손팽생을 없애버리지 않는 한 아직 일은 끝나지 않았다. 너희들은 다시 숨어서 다음 일을 위해 좀 쉬어라."

이때 경영의 지시를 받고 내시 한 사람이 숙손팽생의 집으로 갔다.

"임금께서 대감을 곧 궁으로 드시라 하십니다."

숙손팽생이 궁으로 갈 채비를 하는데 그의 부하 공염무인公冉

務人이 말린다.

"제가 보기엔 지금 다녀간 내시의 언행이 수상합니다. 요즘 동문 수의 태도가 전과 다르다고 생각되지 않습니까? 궁으로 가지 마십시오. 가시면 위험합니다."

팽생이 대답한다.

"임금의 명이니, 비록 죽는대도 안 들어갈 수 있느냐?"

"참으로 임금이 부르셨다면 염려할 것 없습니다. 그렇지 않다면 죽습니다. 그렇게 죽어서야 무슨 명목이 섭니까?"

그러나 숙손팽생은 듣질 않았다. 공염무인은 숙손팽생의 소매를 붙들고 울었다. 숙손팽생은 이를 뿌리치고 수레에 올라 궁으로 갔다. 그가 궁중에 들어가 내시에게 묻는다.

"임금께서는 지금 어디 계시냐?"

내시가 공손히 대답한다.

"말이 새끼를 낳았답니다. 지금 마구간에서 망아지를 보고 계십니다."

내시는 앞장서서 숙손팽생을 마구간으로 안내했다. 장사들은 또다시 뛰어나와 숙손팽생을 몽둥이로 때려죽였다. 장사들은 숙손팽생의 시체를 말똥 속에 끌어다 묻었다.

이에 경영은 사람을 제강齊姜에게 보냈다. 그 사람이 제강에게 가서 고한다.

"상감과 공자 시가 미친 말에 차여서 세상을 떠났습니다."

제강은 두 아들이 죽었다는 소식을 듣고 방성통곡하며 마구간으로 갔다. 그러나 시체 둘을 이미 중문 밖으로 내간 후였다.

계손행보는 악과 시가 한꺼번에 죽었다는 걸 듣고 동문 수의 소행이란 걸 알았으나 감히 이 사실을 세상에 밝히진 못했다. 그는 동문 수와 단둘이 만났을 때 말했다.

"그대는 지독한 짓을 했구려. 나는 그 참사를 들었을 때 매우 괴로웠소."

동문 수가 대답한다.

"그건 경영 부인이 한 짓입니다. 나는 그 일과 아무 관계없습니다."

계손행보가 걱정한다.

"지금 모든 나라 제후의 맹주로서 자처하고 있는 진晉나라가 이번 참사를 밝히려고 쳐들어온다면 그대는 어찌할 요량이오?"

동문 수가 태연히 대답한다.

"지난날 제나라와 송나라 임금이 맞아죽었을 때도 진나라는 뇌물을 받아먹고서 흐지부지해버렸습니다. 그까짓 두 사람이 죽었대서 진나라가 우리 나라를 치진 않을 것입니다."

"그럼 죽은 임금의 시체나 마지막으로 한번 보여주오."

"그까짓 건 봐서 뭘 합니까? 그러나 정 보고 싶으시다면 같이 갑시다."

동문 수는 계손행보를 시체 있는 곳으로 데리고 갔다.

계손행보는 거적을 젖히고 악의 시체를 쓰다듬으면서 눈물을 흘리다가 자기도 모르는 중에 소리를 내어 통곡했다.

동문 수가 말한다.

"대신으로서 마땅히 앞일을 상의하지 않고 아녀자처럼 울면 뭘 합니까?"

이때 숙손득신이 왔다.

"나의 형님 팽생은 지금 어디에 있소?"

동문 수가 시침을 뗀다.

"나도 모르겠소."

숙손득신이 생글생글 웃으면서 말한다.

"그대와 나는 다 같은 이 나라 충신이오. 그런데 나를 속일 건 뭐요?"

동문 수는 숙손팽생의 시체가 마구간 똥 속에 묻혀 있다는 걸 알리고,

"오늘날은 무엇보다도 새 임금을 세우는 일이 급하오."

하고 주장했다. 그들은 함께 궁으로 들어갔다.

동문 수가 문무백관을 불러들이고서 말한다.

"공자 왜는 덕망이 높고 또한 장자이시라. 마땅히 그분을 임금으로 모셔야겠소."

모든 대신은 그저 허리를 굽실거리며 지당하다고 찬동했다. 이에 공자 왜가 임금이 됐다. 그가 바로 노선공魯宣公이다.

문무백관은 노선공에게 조례를 드렸다.

호증 선생이 시로써 이 일을 탄식한 것이 있다.

안팎으로 연놈들이 서로 일을 꾸미건만
무능한 임금은 결국 맞아죽고 말았도다.
우습다, 세도 집안 계손행보야
그대는 번연히 알면서도 이 비극을 막지 않았구나.
外權內寵私謀合
無罪嗣君一旦虀
可笑模稜季文子
三思不復有良謀

그후 숙손득신은 말똥 속에서 그 형 팽생의 시체를 끌어내어 장

사를 지냈다.

한편, 정실 부인 제강은 두 아들이 일시에 맞아죽고 또 동문 수가 공자 왜를 임금으로 세웠다는 말을 듣고서 가슴을 치며 통곡했다. 제강은 몇 번씩 까무러쳤다간 깨어났다.

동문 수가 노선공에게 아첨한다.

"아드님으로서 임금이 되셨는데 그 어머님을 그냥 두실 수 없습니다."

이리하여 경영이 선군의 정실 부인으로 승격했다. 백관들이 모두 다 이 일을 치하했다.

본디 정실 부인인 제강은 내궁에 있는 것이 불안했다. 그녀는 밤낮없이 통곡했다. 제강이 좌우 시녀에게 분부한다.

"너희들도 알다시피 내가 이 지경이 된 바에야 장차 무엇을 바라고 노나라에 머물러 있겠느냐. 제나라 친정으로 돌아가서 목숨이나마 보존해야겠다. 그러니 너희들은 내가 타고 갈 수레와 시종들을 준비하여라."

이 소문을 듣고 동문 수는 사람을 제강에게 보냈다.

"새 임금이 비록 부인의 소생은 아닙니다만 부인은 정실이십니다. 새 임금께서 앞으로 효성껏 봉양할 터이온데 왜 친정 나라로 가시려 하십니까?"

제강이 그 심부름 온 자를 크게 꾸짖는다.

"네 가서 동문 수에게 내 말을 전하여라. 역적 수야! 우리 모자가 너에게 무슨 잘못이 있기에 네 이렇듯 참혹하고 악독한 짓을 저질렀느냐? 네 빈말로 나를 말리지만 귀신은 다 알고 있어서 결코 너를 용서하지 않으리라."

드디어 제강은 경영을 만나보지도 않고 궁문을 나가 수레를 타고 떠났다. 제강은 큰 거리와 중앙 시정을 지나면서 방성통곡을 했다.

“하늘이여! 하늘이여! 내 두 아들이 무슨 죄가 있어 죽었나이까. 또 이 몸은 무슨 죄가 많아서 팔자가 이다지도 기박합니까. 역적 동문 수야! 네가 어찌 사람이냐. 모질고 모진 마귀로다. 네 이놈! 네가 적자를 죽이고 서자를 세워서 얼마나 부귀를 누리나 두고 보자. 백성들아, 나는 이제 그대들과 영이별이다. 이제 가면 다시는 노나라에 돌아오지 않으련다.”

길 가는 사람들은 다 머리를 숙이고 슬퍼했다. 흐느껴 우는 자도 많았다.

이날 노나라 점방들은 다 문을 닫고 철시했다.

이런 뒤로 노나라 백성들은 제강을 말할 때 애달픈 애哀자를 넣어 애강哀姜이라고 했고, 친정인 제나라로 돌아갔다고 해서 출강出姜이라고 했다.

애강은 친정인 제나라로 돌아갔다. 이때 제소공 부인은 과부의 몸으로 아직 생존해 있었다. 그들 모녀는 서로 얼싸안고 방성통곡했다.

애강은 어머니와 함께 오라버니뻘 되는 제혜공에게 노나라를 쳐서 원통하게 죽은 생질의 원수를 갚아달라고 날마다 호소했다.

그러나 제혜공은 이미 노나라 동문 수와 서로 짜고 새로 노나라 임금으로 선 공자 왜와 자기 딸을 혼인시키기로 언약까지 한 처지이니 여동생 애강의 원수를 도와주면 도와주었지 원수를 갚아줄 리는 없었다.

제혜공은 날마다 어머니와 누이동생이 와서 울며 졸라대는 통에 화가 났다. 그래서 그는 따로 집을 짓게 하고 그 어머니와 누이

동생을 그 집으로 나가서 살게 했다.

애강은 천추의 한을 품고 그 집에서 기박한 여생을 마쳤다.

한편, 노나라 경영의 소생으로는 노선공 왜 외에 그 동생뻘 되는 공자 숙힐叔肸이 있었다.

공자 숙힐은 매우 충직한 사람이었다. 숙힐은 그 형 왜가 동문수의 힘을 빌려 적출 동생인 악을 죽이고 스스로 임금이 된 것을 보고 크게 탄식했다. 그래서 노선공 왜가 처음으로 임금 자리에 오른 날도 숙힐은 하례하러 궁에 들어가지 않았다.

노선공은 동생 숙힐에게 높은 벼슬 자리를 주려고 사람을 보내서 불렀다. 그러나 공자 숙힐은 굳이 사양하고 궁에 가지 않았다.

어느 날 친구 한 사람이 숙힐에게 묻는다.

"형님인 상감께서 부르시는데 왜 가지 않았소?"

공자 숙힐이 대답한다.

"난들 부귀를 싫어할 리야 있소. 그러나 내가 궁에 들어가서 임금이 된 형님을 보기만 하면 맞아죽은 동생 악이 생각날 것이오. 그래서 차마 들어가질 않았소."

"그대가 형님의 소행을 옳지 못하다고 생각한다면 차라리 다른 나라로 가는 것이 좋지 않소?"

"그럴 수도 없소. 형님이 나를 버리지 않는데 내가 어찌 형님을 버릴 수 있으리오."

그후 노선공은 사람을 시켜 동생 숙힐에게 안부를 묻고 많은 곡식과 비단을 보냈다.

공자 숙힐이 심부름 온 자에게 온건한 말로 사절한다.

"내 다행히 춥지 않고 굶지 않는데 어찌 감히 나라 비용을 쓸 수 있으리오. 너는 물건을 다시 가지고 돌아가거라."

사자가 아뢴다.

"상감께서 말씀하시기를 '만일 받지 않거든 두 번이고 세 번이고 나의 명이다 하고 전하라' 하셨습니다."

공자 숙힐은,

"내 양식이 떨어지고 입을 옷이 없으면 자진해서 빌려쓰겠다. 지금은 감히 받을 수 없다."

하고 거절했다.

친구가 와서 공자 숙힐에게 묻는다.

"그대는 벼슬을 거절한 것만 해도 이미 자기 뜻을 충분히 밝힌 셈이오. 지금 이렇게 곤궁하게 사는 걸 상감께서 아시고 조석 밥이나 굶지 말라고 곡식과 비단을 보내신 건데 그것쯤 받았대서 꺼림칙할 건 없지 않소. 그런데 그것마저 물리쳤다는 것은 너무 과하구려."

공자 숙힐은 부드럽게 웃을 뿐 아무 대답도 하지 않았다. 그 친구는 탄식하고 돌아갔다.

사자가 궁으로 돌아가서 노선공에게 보고한다.

"공자가 굳이 받지 않으셔서 곡식과 비단을 도로 가지고 왔습니다."

"내 동생은 원래 가난한데 무엇으로 생계를 유지하고 있는지 모르겠구나."

하고 노선공은 탄식했다.

어느 날 밤에 사자는 상감의 분부를 받고 공자 숙힐의 오막살이 집 근처에 가서 찌그러진 토담 너머로 집 안 동정을 엿봤다.

공자 숙힐은 등불 밑에서 짚신을 삼고 있었다.

날이 밝자 공자 숙힐은 밤새 삼은 짚신을 시장에 메고 나가서 팔아 그 돈으로 친히 아침 식사 거리를 사서 돌아가는 것이었다.

사자는 궁으로 돌아가서 자기가 본 대로 임금에게 고했다.

노선공이 탄식한다.

"아! 동생은 옛 백이伯夷, 숙제叔齊를 본받아 수양산首陽山에서 고사리를 캐는 태도로구나! 동생의 그 뜻을 방해하지 않는 것이 좋을까 보다."

그후 공자 숙힐은 노선공 말년에 세상을 떠났다. 그는 일생 동안 그 형님의 물건이라곤 쌀 한 톨, 실 한 오라기 받아쓴 일이 없었다. 그리고 그는 죽기까지 한번도 그 형님의 잘잘못을 말한 일이 없었다.

사신이 시로써 공자 숙힐을 찬탄한 것이 있다.

어질도다 숙힐이여,
느꼈을 때는 피나게 울었구나!
짚신을 삼아서 생계를 유지했건만
나라의 것은 일체 받지 않았도다.
꿋꿋한 백성은 옛 왕조를 생각하나니
수양산에서 죽은 백이, 숙제 같은 분도 있었음이라.
숙힐은 옛사람의 높은 절개를 이어받아
그 위인이 탐욕에서 초탈했도다.
같은 젖을 빨고 자라난 형제간이지만
형은 우악하고 동생은 결백했도다.
그런데 저 동문 수의 소행은 어떠한가
더러워서 말 않는 것이 좋으리로다.

賢者叔肸

感時泣血

織屨自贍

於公不屑

頑民恥周

采薇甘絶

惟叔嗣音

人而不涅

一乳同枝

兄頑弟潔

形彼東門

言之汚舌

노나라 백성들은 공자 숙힐의 절개를 높이 찬양했다.

그후, 노성공魯成公 초년에야 공자 숙힐의 아들 공손영제公孫嬰齊가 대부로 등용됐다. 숙로叔老, 숙궁叔弓 하는 숙씨叔氏 일파는 모두 다 공자 숙힐의 후손이다.

이야기는 다시 지난날로 돌아간다.

주광왕周匡王 5년, 그해가 노선공魯宣公 원년이었다.

정월 초하룻날, 궁중에서 신하들은 노선공에게 신년 조하朝賀를 드렸다.

새해 의식이 끝난 후 동문 수가 노선공에게 고한다.

"상감께서는 아십니까? 아직도 내전이 비어 있습니다. 신이 지난날 제나라에 갔을 때 이미 제후齊侯와 상감의 혼사를 정하고 온 일이 있습니다. 그러니 상감께서는 지체 마시고 제후의 딸과 혼인하십시오."

노선공이 머리를 끄덕이며 묻는다.

"그럼 누가 과인의 혼사를 위해서 제나라에 갔다 오겠느냐?"

동문 수가 대답한다.

"그때 신이 혼인할 것을 정했으므로 이번에도 신이 갔다 오겠습니다."

이에 동문 수는 다시 제나라에 가서 정식으로 노선공을 위해 청혼하고 납폐納幣했다.

동문 수가 제나라에 당도한 것은 정월이었다. 그는 2월에 제혜공의 딸 강씨姜氏를 모시고 노나라로 돌아왔다.

동문 수가 노선공에게 비밀히 아뢴다.

"이제 상감께서는 제후와 장인 사위 간이 됐으나 장차 두 나라 사이가 좋아질지 나빠질지는 두고 봐야 할 일입니다. 대저 한 나라에 큰 사건이 있고 임금이 바뀌는 경우, 그 새 임금은 반드시 맹회盟會에 한 번 참석해야만 비로소 모든 나라 제후와 어깨를 나란히 할 수 있는 기반이 섭니다. 지난날 신은 제후와 입술에 피를 바르고 맹세했습니다. 곧, '우리 노나라는 해마다 빠짐없이 제나라에 조례朝禮를 드리고 충성을 다하겠으니 제후께선 우리 공자 왜가 임금이 되시거든 모든 나라가 간섭을 못하도록 끝까지 잘 보호해주십시오' 하고 미리 부탁하고 다짐까지 받았던 것입니다. 그러니 상감께선 많은 뇌물을 제나라에 보내시고, 아직 모든 나라 제후가 모이는 대회는 없으니, 우선 제후齊侯와 단둘이서나마 회견하기를 바란다고 청하십시오. 그러면 제후가 반드시 우리의 뇌물을 받고 상감과 회견하기를 허락할 것입니다. 그러면 회를 열어

서로 만나보시고 성심껏 제후를 섬겨 제나라와 우리 나라의 우호를 두터이 하시고 서로 밀접한 관계를 맺도록 노력하십시오. 그래야만 상감의 군위가 반석처럼 튼튼해집니다."

노선공은 동문 수가 시키는 대로 우선 계손행보를 제나라로 보냈다.

계손행보는 제나라에 가서 이번 혼인을 사례하고 제혜공에게 아뢰었다.

"우리 상감께선 군후의 특별하신 보호에 힘입어 종묘宗廟를 지키게 되었으므로, 늘 황공한 생각이 없지 않습니다. 그러나 우리 나라 상감께선 아직도 모든 나라 제후의 열列에 참석해보신 일이 없으셔서 그걸 늘 부끄럽게 생각하고 계십니다. 만일 군후께서 이 점을 불쌍히 여기시고 우리 상감과 한번 회견해주신다면, 그런 고마우실 데가 없겠습니다. 비록 변변친 못하나 우리 나라 제서濟西 땅은 일찍이 진晉나라 진문공晉文公이 우리 나라 선군先君에게 하사한 땅인데, 그걸 귀국에 드리려고 왔습니다. 군후께선 토박한 땅이라 꾸짖지 마시고 받아주십시오."

제혜공은 매우 기뻐했다. 즉시 5월에 평주平州에서 노선공과 회견할 것을 허락했다.

어느덧 여름이 오고 5월이 됐다.

노선공은 먼저 평주 땅으로 갔다. 그 뒤를 이어 제혜공이 평주 땅에 당도했다.

맨 처음에 그들은 사위와 장인의 예로써 인사를 나누고 다시 임금으로서 서로 예했다.

노선공을 수행해온 동문 수가 제서 땅의 토지 문서를 두 손으로 받들어 제혜공에게 바쳤다. 제혜공은 한마디의 사양도 않고 제서 땅 토지 문서를 받았다.

이리하여 두 나라 임금의 회견은 끝나고 노선공은 제혜공에게 하직하고 노나라로 돌아갔다.

동문 수는 임금을 모시고 노나라로 돌아가면서 비로소 한숨을 몰아쉬었다.

'이만하면 제나라가 우리를 극력 보호해줄 것이다. 내 오늘 밤부터 베개를 높이 베고 편히 자겠구나.'

이런 뒤로 노나라는 끊임없이 제나라로 사람을 보내어 문안을 드리고 성심껏 충성을 다했다. 그리고 제나라의 분부라면 죽는 시늉이라도 할 듯이 복종했다.

제혜공은 만년에 이르러, 그간 노선공이 자기에게 효성과 충성을 다한 것을 기특히 생각하고 지난날 받았던 제서 땅을 도로 돌려줬다. 그러나 이건 물론 다음날의 이야기다.

한편 초나라 초장왕楚莊王 여는 즉위한 지 3년이 지났으나 신하들에게 한번도 명령을 내린 일이 없었다.

그가 궁성 밖을 나가는 것은 오로지 사냥하러 갈 때뿐이었다. 그렇지 않으면 궁성 안에서 밤이나 낮이나 여러 부인을 거느리고 술만 마셨다.

초장왕은 시자侍者를 시켜 다음과 같은 글을 크게 써서 조문朝門 밖에 내걸었다.

어떤 자든지 감히 짐에게 간諫하는 자가 있으면 사형에 처하리라.

어느 날, 대부 신무외申無畏가 궁으로 들어갔다.

초장왕은 오른팔로는 정희鄭姬를, 왼팔로는 채녀蔡女를 안고 악공들이 음악을 연주하는 종鍾과 북 사이에 앉아 있었다.

초장왕이 신무외가 들어오는 걸 보고 묻는다.

"대부는 술을 마시러 왔느냐, 음악을 들으러 왔느냐? 아니면 무슨 할말이 있어서 왔느냐?"

신무외가 대답한다.

"신은 술을 마시기 위해서라든가 음악을 들으러 온 것은 아닙니다. 며칠 전에 신은 교외에 갔다 왔습니다. 그때 어떤 사람이 신에게 수수께끼 같은 말을 했는데, 그 뜻을 알아들을 수 없었습니다. 그래서 대왕께 그걸 들려드리려고 왔습니다."

초장왕이 묻는다.

"허허! 무슨 말이관데 그 뜻을 알 수 없다는 것인가? 그러나 대부도 알아들을 수 없는 말이라면 과인인들 어찌 알 수 있으리오. 좌우간 이야기나 해보라."

신무외가 아뢴다.

"오색빛이 찬란한 큰 새가 있는데 그 새가 초나라 높은 곳에 앉은 지 3년이 지났답니다. 그런데 그 새가 나는 걸 본 사람이 없고 우는 소리를 들은 사람이 없습니다. 그 새가 무슨 새냐는 것입니다."

초장왕은 신무외가 풍자諷刺하는 뜻을 알았다. 초장왕이 웃고 대답한다.

"음, 과인은 그 새를 알겠다. 그것은 비범한 새다. 3년을 날지 않았다 하니 한 번 날기만 하면 하늘을 찌를 것이며, 3년을 울지 않았다 하니 한 번 울기만 하면 반드시 사람을 놀라게 할 것이다. 그대는 그때를 기다리라."

신무외는 초장왕께 재배하고 물러나갔다.

수일이 지났으나 초장왕은 여전히 주색과 음악만 즐겼다.

이번엔 대부 소종蘇從이 궁성으로 갔다.

소종은 초장왕 앞에 나아가서 구슬프게 울었다.

초장왕이 묻는다.

"그대는 어찌 이렇듯 슬피 우느냐?"

소종이 대답한다.

"신은 이제 죽은 몸입니다. 또 장차 우리 초나라는 망합니다. 그래서 웁니다."

"죽다니? 그대가 어째서 죽을 리 있으며, 이 나라가 왜 망한단 말인가?"

"신이 왕께 간하면 왕께선 반드시 듣지 않고 신을 죽일 것입니다. 신이 죽은 뒤면 다시 왕께 간할 사람이 없습니다. 그럼 더욱 왕은 하고 싶은 대로 할 것이며 나라 정치는 엉망이 됩니다. 그 지경이 되면 초나라가 언제 망하느냐는 것은 물을 필요조차 없습니다."

초장왕은 갑자기 얼굴빛을 바꾸며 버럭 소리를 질렀다.

"과인에게 간하는 자 있으면 반드시 사형에 처한다고 했다. 그대는 간하면 죽는다는 걸 번연히 알면서도 이제 과인에게 덤벼드느냐? 참으로 그대는 어리석은 사람이구나!"

소종이 머리를 앙연히 쳐들고 대답한다.

"신이 아무리 어리석을지라도 왕처럼 어리석진 않습니다!"

초장왕은 노발대발했다.

"과인이 어째서 그대보다 더 어리석단 말이냐?"

"왕께선 만승萬乘의 지존至尊이시며, 천리 국토의 세금을 받으시며, 강한 군사를 거느리고 있습니다. 모든 나라 제후들도 대왕을 두려워하기 때문에 사시四時로 바치는 공물이 끊임없이 우리

궁정으로 들어오고 있습니다. 이는 만세의 이익입니다. 그런데 대왕께서는 지금 어떠하십니까? 주색에 빠지고 밤낮 음악만 즐기고 나라 정치는 다스리지 않고 어진 사람을 멀리하고 계십니다. 장차 바깥 큰 나라는 우리 나라로 쳐들어올 것이며 조그만 나라들은 우리의 지배에서 벗어나려고 반란을 일으킬 것입니다. 한때 즐거움은 눈앞에 있지만 머지않은 불행은 다음날에 있습니다. 대저 한순간의 쾌락 때문에 만세의 이익을 버리니 이보다 더 어리석은 짓이 어디 있습니까? 이 몸의 어리석음은 단지 이 몸을 죽이는 데 불과합니다. 그러나 대왕께서 신을 죽임으로써 후세 사람들은 신을 관용봉關龍逢, 비간比干과 견줄 만한 충신이라고 칭송할 것입니다. 결과적으로 신은 어리석지 않습니다. 그러나 대왕의 어리석음은 실로 딱하기만 합니다. 다음날 대왕께서는 한 백성의 마음도 얻지 못하실 것입니다. 신이 말하고자 하는 것은 이것뿐입니다. 청컨대 대왕은 허리에 차고 있는 그 칼을 뽑아 신에게 주십시오. 신은 마땅히 대왕 앞에서 그 칼로 목을 찌르고 죽겠습니다. 그리하여 대왕의 명령이 얼마나 철저한가를 세상에 알리겠습니다."

초장왕은 벌떡 일어섰다.

"대부는 진정하오. 그대의 말은 충신의 말이로다. 과인이 어찌 그대의 말을 듣지 않으리오. 다만 때를 기다렸을 뿐이다."

그 뒤로 초장왕은 음악을 금하고 정희와 채녀를 멀리했다. 그리고 번희樊姬를 부인으로 삼고 내궁內宮 제반사를 맡겼다.

"과인은 사냥하는 걸 좋아했건만 그럴 때마다 번희는 간했고, 과인이 사냥해서 잡아온 짐승을 번희는 먹지 않았다. 이것은 번희의 어진 천성이 나를 내조한 것이다."

다시 영윤令尹 투월초鬪越椒의 권력을 깎아 위가蔿賈 · 반왕潘

虺·굴탕屈蕩 등에게 나누어 맡겼다.

초장왕은 아침 일찍이 조회를 열고 법을 펴고 명령을 내렸다.

이때부터 초장왕의 활약은 눈부신 바가 있었다. 그는 정나라 공자 귀생歸生에게 명하여 송나라를 치게 하고 즉시 위가에게 군사를 주어 정군鄭軍을 돕게 했다.

이리하여 정군은 대극大棘에서 송군과 싸워 송나라 우사 화원華元을 사로잡았다.

다시 초장왕은 친히 북림北林에 가서 진군晉軍과 싸워 진나라 장수 해양解揚을 사로잡아서 돌아왔다.

다음해에 그는 사로잡아온 장수들을 다 그들의 본국으로 돌려보냈다.

이때부터 초나라 세력은 날로 강성해졌다.

마침내 초장왕은 천하 패권을 잡아 백업伯業을 성취하기로 결심했다.

한편, 지금까지 미약하나마 천하 패권을 잡았던 진晉나라는 초나라가 날로 강성해지는 걸 보고서 골치를 앓았다. 진나라 상경 조돈은 진秦나라와 우호를 맺고 초나라의 진출을 견제하기로 했다.

조천趙穿이 종형從兄인 조돈에게 계책을 말한다.

"진秦나라 속국에 숭崇이란 나라가 있습니다. 모든 속국들 중에서도 숭나라가 가장 오래 진나라를 섬겼습니다. 만일 저에게 군사를 주시면 가서 그 숭나라를 치겠습니다. 그러면 반드시 진군秦軍은 숭나라를 구원하러 올 것입니다. 그때에 진나라와 강화하면 우리는 인심까지 쓰면서 진나라와 서로 친할 계기를 마련할 수 있습니다."

조돈은 머리를 끄덕이며 허락했다.

조돈은 진영공에게 말하고 병거 300승을 일으키고 조천을 장수로 삼아 숭나라를 치게 했다.

이때 조삭趙朔이 아버지 조돈에게 말한다.

"우리 나라와 진秦나라는 오래 전부터 서로 원수간입니다. 우리가 또 그 속국을 친다면 진나라는 더욱 분노할 것입니다. 그들이 어찌 우리와 우호를 맺겠습니까?"

"내가 이미 허락한 바라. 너는 잠자코 있거라."

조삭은 부아가 나서 자기 뜻을 다시 한궐韓厥에게 말했다.

한궐이 소리 없이 싸느랗게 웃으면서 조삭의 귀에다 입을 대고 속삭인다.

"이번에 승상이 숭나라를 치는 것은 조천에게 공명을 세울 수 있는 기회를 주어 조씨 집안의 대를 확고히 하려는 것이오. 결코 진秦나라와 화친하려는 것은 아니오."

조삭은 아무 말도 않고 돌아갔다.

한편, 진秦나라는 진군晉軍이 숭나라를 친다는 보고를 받고도 구원병을 보내지 않았다. 오히려 진秦나라는 즉시 군사를 일으켜 직접 진晉나라로 쳐들어가서 초焦 땅을 포위했다.

이 소식을 듣고 조천은 숭나라를 치다 말고 군사를 돌려 초 땅으로 갔다. 그제야 진군秦軍은 자기 나라로 돌아갔다. 결국 일은 이것도 저것도 안 된 셈이었다.

그러나 조돈은 조천에게 공이 있다 해서 그를 군부軍部에 참석시켰다. 그 뒤 유병臾騈이 병으로 죽자 마침내 조천은 모든 병권을 잡았다.

이때 진영공은 장성해서 어른 티가 났다. 그는 장성하면서부터 음탕하고 포학暴虐했다. 그는 백성들의 수입을 거의 세금으로 뺏어들였다. 그리고 궁중 여기저기에 건물들을 세우고 놀기를 좋아했다.

진영공의 신임과 사랑을 받는 대부 한 사람이 있었다. 그 이름은 도안가屠岸賈니, 그는 바로 도격屠擊의 아들이며 도안이屠岸夷의 손자였다.

도안가는 아첨하여 임금의 기쁨을 사는 데 능란했다. 그의 말이면 진영공은 다 들어줬다.

진영공은 도안가에게,

"경은 과인을 위해 강성絳城 안에다 큰 화원花園을 하나 만들어 보아라. 그리고 그 일을 경이 맡아서 하여라."

도안가는 기이한 꽃과 이상한 수목들을 두루 구해서 큰 화원을 만들었다.

그 화원엔 복숭아꽃이 볼 만했다. 봄이 되어 복숭아꽃이 만발할 때면 마치 동산 전체가 비단에 수를 놓은 것 같았다.

그래서 그 꽃동산의 이름을 도원桃園이라고도 했다. 그 도원에다 삼층三層 고대高臺를 쌓고 중간에다 강소루絳霄樓라는 누각을 세웠다. 그림 기둥에, 조각한 대들보에, 붉은 굽돌에, 사방을 주홍빛 난간과 굽은 복도로 둘렀다. 난간에 기대서서 바라보면 시정市井이 바로 눈앞에 굽어보였다.

진영공은 도원을 한번 둘러보고는 그 뒤로 늘 그곳에 가서 즐겼다.

그는 때를 가리지 않고 강소루에 올라가서 혹 탄알로 새를 쏘아 맞히기도 하고 도안가와 함께 술내기도 하면서 놀았다.

어느 날이었다. 진영공은 배우들을 불러들여 대臺 위에서 가지가지 재주를 부리게 했다. 도원 밖에선 백성들이 높은 대 위에서 재주부리는 배우들을 구경하려고 까맣게 모여들었다.

진영공이 도안가에게 말한다.

"탄알로 새를 쏘는 것보다는 사람을 쏘는 것이 재미있지 않을까? 과인과 경이 내기를 하되 눈을 맞히면 이긴 것으로 하고 어깨나 팔을 맞히면 승부가 없는 걸로 하고, 만일 맞히지 못할 때는 큰 잔으로 벌주를 마시기로 하자."

진영공은 탄궁彈弓을 들고 오른쪽에 서고, 도안가는 왼쪽에 섰다. 대 위에서 임금과 신하는 일제히 소리를 지르며 바깥에 까맣게 모여 선 군중을 향해 탄알을 쐈다.

탄알은 흐르는 별처럼 날아가 군중 속에 서 있는 백성의 한쪽 귀를 맞혔다. 그리고 또 하나의 탄알은 백성의 불알을 맞혔다.

놀란 군중들은 어지러이 달아나며 서로 떠밀며 외쳤다.

"탄알이 또 날아온다!"

군중들이 달아나는 걸 보고 진영공은 격노했다.

"좌우 궁수들은 저놈들을 쏘아라!"

궁수들은 일제히 탄알을 쐈다. 무수한 탄알이 빗발치듯 날았다. 백성들은 몸을 피할 틈이 없었다. 어떤 자는 탄알에 머리가 터지고 이마가 깨어지고 눈알이 빠지고 이빨이 부러졌다. 군중들의 울부짖는 소리는 차마 귀로 들을 수 없었다. 그들은 서로 아버지를 부르고 딸의 이름을 부르고 머리를 감싸고서 쥐처럼 피할 곳을 찾아 서로 떠밀고 쓰러지고 서로 짓밟았다. 그 달아나는 광경은 차마 눈뜨고 볼 수 없었다.

진영공은 대臺 위에서 아비규환을 이룬 백성들을 굽어보다가 탄궁을 내던지면서 소리 높이 웃었다.

"과인이 이 대에 올라 여러 번 놀았지만 이처럼 즐겁기는 처음이다."

도안가는 간사한 웃음을 지으며 공손히 허리를 굽혔다.

그후로 대 위에 사람만 나타나면 도원 앞을 지나가던 사람들은 정신없이 달아났다.

거리에선 백성들 사이에 다음과 같은 노래가 유행했다.

대를 보지 말게
탄알이 날아올걸세.
집을 나올 때는 웃으며 즐거웠으나
집에 돌아가선 울고 슬퍼하리라.
莫看臺
飛丸來
出門笑且忻
歸家哭且哀

이때, 주周나라 사람이 사나운 개 한 마리를 진영공에게 바쳤다. 그 개 이름을 영오靈獒라고 했다. 그 개는 키가 3척이나 되고, 빛깔이 활짝 피어오른 숯불처럼 붉었다. 그리고 사람이 시키는 대로 무엇이든 다 했다. 좌우에 모시고 있는 사람 중에 혹 잘못이 있으면 진영공은 영오를 시켜 물게 했다. 영오가 덤벼들어 한번 물기만 하면 물린 사람은 죽게 마련이었다. 진영공은 종놈 하나를 두어 전적으로 영오의 시중만 들게 했다. 이 개가 하루에 먹는 염소 고기만 해도 여러 근斤이었다. 개도 그 종놈 말은 곧잘 들었다. 그래서 사람들은 그 종놈을 오노獒奴라고 불렀다. 오노는 중대부에 해당하는 국록을 받았다.

진영공은 외전外殿에서 조회하는 걸 철폐했다. 그래서 모든 대부는 내전內殿에 들어가서 임금을 뵈어야 했다.

날마다 내전에서 조회를 마치면 진영공은 그날을 즐기려고 밖으로 행차했다. 그러면 오노는 개를 끌고 임금 곁을 따랐다. 이 사나운 개를 보는 자는 누구나 모골이 송연했다.

이때, 모든 나라는 진晉나라에서 이탈되어갔다. 진문공이 세운 패권과 백업은 여지없이 무너지기 시작했다. 어디 그뿐인가. 만백성은 진영공을 원망했다.

그러니 대부들이 이런 국제 정세와 민심을 모를 리 없었다. 그래서 조돈 등 여러 대부는 진영공에게 나아가 누차 간했다.

"상감께선 어진 사람을 예로써 대우하시고, 간사한 무리를 멀리하시고, 나랏일에 힘쓰시는 동시에 백성들과 친하셔야 합니다."

그러나 진영공에겐 이런 소리가 모두 쇠귀에 경 읽기였다. 신하들의 간언을 전혀 듣지 않을 뿐만 아니라 도리어 그렇게 간하는 신하들을 의심하고 미워했다.

어느 날 내전에서 조회를 파하고 모든 대부들도 흩어진 뒤였다. 다만 조돈과 사회 두 사람만이 침문寢門에 남아서 나랏일을 상의하고 있었다.

그들은 서로 임금을 원망하고 나랏일을 탄식했다. 이때 내시 둘이 대로 만든 채롱〔籠〕을 메고 내궁에서 나왔다.

조돈과 사회는 수상하다는 생각이 들었다. 대로 만든 채롱이 궁중에서 나올 리 없었기 때문이다.

"이거 무슨 까닭이 있는 것 아니오?"

조돈과 사회는 동시에 서로 말하고 쳐다봤다.

"이놈들, 가지 말고 이리 좀 오너라."

하고 그들은 내시들을 불렀다. 내시들은 머리만 숙이고 대답이 없다. 조돈이 묻는다.

"그 채롱 속에 든 것이 뭐냐?"

두 내시가 대답한다.

"승상께서 보시고 싶거든 오셔서 친히 보십시오. 저희들은 감히 말씀드릴 수 없습니다."

조돈과 사회는 더욱 의심이 났다. 그들은 내시들 앞으로 가서 도대체 무엇이 들었나 하고 그 채롱을 흔들어봤다.

채롱 속에서 사람 팔 한 짝이 쑥 빠져나왔다. 두 대부는 즉시 그 채롱을 내려놓게 하고 뚜껑을 열어봤다. 그 속엔 전신을 토막토막 잘라놓은 사람 시체가 들어 있었다.

조돈이 깜짝 놀라 묻는다.

"이게 웬일이냐?"

"……"

그래도 내시들은 대답을 하지 않았다.

"음, 정 너희들이 말을 않겠다면 먼저 너희놈들부터 참斬하겠다."

죽인다는 바람에 내시들은 파랗게 질렸다.

"이것은 재부宰夫•(궁중의 요리사)의 시체입니다. 상감께서 갑자기 술 생각이 나셔서 급히 곰 발바닥을 쪄서 들여오라고 분부하셨습니다. 하도 재촉이 심하셔서 재부는 허둥지둥 술상을 차려올렸습니다. 상감께서 잡숴보시니 그 곰 발바닥이 채 익질 않았습니다. 이에 상감께선 진노하사 구리쇠로 만든 되〔斗〕로 재부를 쳐죽였습니다. 상감은 화를 삭이지 못하사 재부의 시체를 칼로 이렇게 토막을 내시고 저희들에게 야외에다 버리고 오도록 명령하셨습니다. 저희들은 정해주신 시각 안에 돌아가야지 그렇지 못하면 죄를 면할 수 없습니다."

조돈은 내시들에게 채롱을 메고 가라고 허락했다. 조돈이 사회를 돌아보며 말한다.

"이거 야단났소. 상감이 이렇듯 무도하여 사람 목숨을 풀잎처럼 아니 어떻게 하면 좋겠소? 이러다간 이 나라가 조석간에 망하겠구려. 그대는 나와 함께 가서 한번 지성껏 간해봅시다."

사회가 대답한다.

"우리 두 사람이 함께 들어가서 간했다가 듣지 않으면 다시 계속해서 간할 사람이 없소. 그러니 내가 먼저 들어가서 간하리이다. 만일 임금이 듣지 않거든 다음에 그대가 들어가서 간하오."

이때 진영공은 아직 중당中堂에 있었다. 사회는 곧장 중당으로 들어갔다. 진영공은 사회가 들어오는 걸 바라보자, '저자가 과인에게 귀찮은 소리를 하려고 오는구나' 하고 짐작했다.

진영공이 사회를 앉게 하고 먼저 말한다.

"대부는 아무 말 마라. 과인은 이미 잘못을 뉘우쳤노라. 앞으로 모든 잘못을 고치리라."

사회가 머리를 조아리며,

"사람이라면 누가 허물이 없겠습니까. 허물이 있을지라도 능히 고치시면 이는 이 나라 사직社稷의 복입니다."

하고 물러나갔다.

사회가 나와서 조돈에게 말한다.

"주공께서 과연 잘못을 고친다면 조만간에 그 태도가 달라질 것이오."

이튿날 아침 진영공은 내시를 시켜 궁에 들어온 신하들에게 전언하도록 했다.

"오늘은 조회를 폐하니 모든 대신은 그냥 돌아가라."

그리고 진영공이 잇달아 분부한다.

"내 오늘은 도원에 행차하겠으니 곧 어가를 준비시켜라."

외전에서 이 소문을 듣고 조돈이 사회에게 말한다.

"임금의 분부가 이러하니 어찌 개과한 사람이라 하리오. 오늘은 내가 간하겠소."

조돈은 미리 도원 문밖에 가서 임금 행차가 올 때를 기다렸다. 이윽고 진영공의 행차가 오자 조돈은 앞으로 나가서 절했다.

진영공이 의아스런 표정으로 묻는다.

"과인이 경을 부른 일이 없는데 경은 어째서 이곳에 왔느냐?"

조돈이 재배하고 머리를 조아리며 간한다.

"신은 죽을 죄를 무릅쓰고 아뢸 말씀이 있어 왔습니다. 주공께서는 신의 말을 너그러이 받아들이십시오. 신이 듣건대 '어진 임금은 즐거움으로써 백성을 즐겁게 해주고 무도한 임금은 즐거움으로써 자기 자신만 즐긴다' 고 하더이다. 대저 궁녀들과 아첨하는 자들과 함께 사냥을 즐기는 것은 한 개인의 즐거움에 불과합니다. 그러나 사람을 죽이면서까지 즐거워하진 않습니다. 그런데 상감은 개를 시켜 사람을 물게 하고 백성에게 탄알을 쏘고 재부의 몸을 조각내었습니다. 이는 어진 임금으로서 할 짓이 아닙니다. 사람의 목숨이란 가장 귀중한 것인데, 어찌 함부로 목숨을 뺏을 수 있습니까? 안에선 백성들이 배반하고 밖에선 모든 나라 제후들이 우리에게서 이탈해가고 있습니다. 옛날의 폭군 걸桀, 주紂가 멸망하던 그 당시의 불행이 바로 지금 상감께 닥쳐오고 있습니다. 신이 오늘 말하지 않으면 다시 말할 사람이 없습니다. 신은 차마 임금과 나라가 망하는 꼴을 앉아서 볼 수 없어 이렇듯 숨기지 않고 바른 대로 아뢰니다. 상감께서는 곧 어가를 돌려 궁으로 돌아가십시오. 그리고 지난날의 잘못을 고치고, 거칠게 행동하지 마시고, 죽이는 것을 좋아 마시고, 위기에 임박한 진나라를 다시 평화롭게 하십시오. 그러면 신은 비록 죽을지라도 여한이 없겠습니다."

진영공은 크게 무안해하며 소매로 얼굴을 가린다.

"경은 잠시 물러가라. 내 오늘만 화원에서 놀고 궁으로 돌아가서는 마땅히 경의 말대로 하리라."

조돈은 화원 문 앞에서 몸으로 어가를 막았다.

"상감께선 지금 곧 궁으로 돌아가셔야 합니다."

도안가가 곁에서 말한다.

"승상이 이렇듯 간하는 것은 물론 좋은 일이나 어가가 이곳까지 오셨는데 어찌 그냥 돌아갈 수 있으리오. 백성들의 웃음거리가 될까 두렵소. 승상은 잠시 방편을 써서 만일 나라 정사에 관한 일이 있거든 내일 이른 아침에 조당에서 상감과 상의하는 것이 어떻겠소?"

진영공이 잇달아 청한다.

"내일 일찍이 반드시 경을 부르리라. 그러니 안심하라."

조돈은 하는 수 없이 몸을 비켜 어가를 화원으로 들여보냈다. 조돈은 노한 눈으로 도안가를 노려보며,

"나라가 망하는 것도 다 저런 무리 때문이다."

하고 길이 탄식했다.

화원에서 도안가는 진영공을 모시고 서로 웃으며 놀며 즐겼다. 문득 도안가가 길이 탄식한다.

"이런 즐거운 놀이도 오늘이 마지막입니다!"

진영공이 깜짝 놀라며 묻는다.

"대부는 무슨 그런 상서롭지 못한 소릴 하느냐?"

"내일 아침이면 조승상이 상감께 와서 또 잔소리를 늘어놓을 것입니다. 그는 상감을 다시 궁 밖으로 내보내지 않을 것입니다."

진영공이 괘씸하다는 표정을 지으면서 말한다.

"자고로 임금이 신하를 부리는 법이지 신하가 임금을 부린다는 말은 듣지 못했다. 어떻든 그 늙은 놈이 있는 한 매우 불편하겠단 말이야. 그놈을 없애버릴 무슨 좋은 계책이라도 없느냐?"

도안가가 대답한다.

"신이 아는 사람 중에 서예鉏麑란 자가 있습니다. 그 사람은 집안이 몹시 가난합니다. 그래서 신이 늘 그 사람에게 양식을 대줬습니다. 그는 신의 은혜에 감격해서 언제든지 신이 명령만 하면, 신을 위해 죽음으로써 은공을 갚기로 결심한 사람입니다. 만일 그 사람을 시켜 조승상을 처치하게 하면, 상감께선 앞으로 맘대로 즐길 수 있을 것입니다."

"이 일이 성공만 하면 경의 공로가 결코 적지 않으리라."
하고 진영공은 은근히 당부했다.

그날 밤에 도안가는 비밀히 서예를 자기 집으로 불러 술과 음식을 먹였다.

"지금 조돈이 나랏일을 독재하면서 상감을 속이고 있네. 내가 지금 그대에게 말하는 것은 상감의 밀지密旨일세. 그대는 조승상 집 문밖에 가서 매복하고 있게. 오경五更을 알리는 북소리가 나면 조승상은 궁으로 가려고 나올 것이니 그때에 찔러 죽여야 하네. 알겠나? 각별 조심해서 일을 그르치지 않게 하게."

서예는 분부를 받고 비수를 품속에 품고 조부趙府 근처에 가서 매복했다.

이윽고 이곳저곳에서 오경을 알리는 북소리가 일어났다. 그는 조부 문 앞으로 갔다. 이미 조부의 대문과 중문은 활짝 열려 있었다. 그리고 문 앞엔 수레와 말이 이미 대령하고 있었다. 바라보니 당상堂上엔 등불이 환히 밝혀 있었다.

서예는 기회를 엿보아 나는 듯이 중문으로 뛰어들어가서 어두운 곳에 몸을 숨기고 안을 자세히 살펴봤다.

관원 한 사람이 관복을 입고 조관朝冠을 쓰고 신紳줄을 앞자락에 드리운 채 똑바로 홀笏을 잡고 당상에 단정히 앉아 있었다.

그 관원官員이 바로 승상 조돈이었다. 그는 조정에 들어가려고 날도 새기 전에 이미 준비를 마치고 시간을 기다리는 중이었다.

서예는 깜짝 놀라 다시 대문 밖으로 나와서 길이 탄식했다.

"나랏일을 위해서 저렇듯 애쓰시는 분을 죽인다면 이는 충忠이 아니며, 임금의 분부를 받고서 실행하지 않는다면 이는 신信이 아니라. 어찌하면 좋을꼬! 불충不忠, 불신不信한 이 몸이 어찌 천지간에 용납될 수 있으랴!"

그는 대문 앞에 가서 큰소리로 외쳤다.

"나는 서예라는 사람이다. 오히려 임금의 분부를 어길지언정 차마 충신을 죽일 순 없구나. 혹 승상의 목숨을 노리는 자가 뒤에 또 올지 모르니 승상은 부디 몸조심하시라."

서예는 말을 마치자 문 앞에 서 있는 큰 홰나무로 달려가서 자기 머리를 짓찧었다. 한 번 나무를 들이받자 머리가 터져서 뇌장腦漿이 흘러내렸다. 사람들이 몰려갔을 때는 이미 서예는 죽어 있었다.

사신史臣이 시로써 서예의 죽음을 찬한 것이 있다.

장하다, 서예여!
자객刺客의 으뜸이로다.
오로지 의義를 위해서 결정하노니
전혀 죽음을 두려워하지 않았도다.
도안가에게 은혜를 갚되 조돈을 살렸으니
몸은 죽었으나 그 이름을 천추에 빛냈도다.
홰나무 그늘진 곳이여
오히려 그의 기상이 살아 있는 듯하다.

壯哉鉏麑
刺客之魁
聞義能徒
視死如歸
報屠存趙
身滅名垂
槐陰所在
生氣依衣

문 지키던 자들은 서예의 시신을 보고 간담이 서늘해져 이 사실을 조돈에게 고했다.

조돈의 차우車右로 있는 제미명提彌明이 말한다.

"승상은 오늘 궁에 들어가지 마십시오. 또 무슨 변을 당할지 두렵습니다."

조돈이 대답한다.

"상감이 오늘 아침 일찍 만나겠다고 하셨는데, 내 만일 가지 않는다면 이는 무례無禮라. 살고 죽는 것은 오로지 천명이거늘 내 무엇을 염려하리오. 우선 서예를 홰나무 그늘에 임시로나마 묻어 주어라."

드디어 조돈은 수레를 타고 궁으로 들어가서 대신들의 반열班列을 따라 진영공에게 절했다.

진영공은 조돈이 들어온 걸 보고 도안가에게 나지막한 소리로 묻는다.

"저 늙은 것이 살아 있으니 어찌 된 일이냐?"

도안가가 대답한다.

"서예가 가긴 갔는데 돌아오지 않습니다. 들리는 말로는 홰나무에 부딪쳐 죽었다고 합니다. 어찌 된 일인지 모르겠습니다."

조회가 끝난 뒤 진영공은 다시 도안가와 상의했다.

"일이 실패했으니 장차 어찌하면 좋을까?"

도안가가 아뢴다.

"신에게 또 한 가지 계책이 있습니다. 이번엔 반드시 조돈을 죽이고야 말겠습니다."

"그 계책이란 무엇이냐?"

"상감께선 내일 조돈을 불러들여 술을 대접하십시오. 물론 사전에 무사武士들을 벽 뒤에 매복시켜두셔야 합니다. 예법대로 술 석 잔을 하사하신 후, 상감께선 조돈이 차고 있는 칼을 구경하자고 하십시오. 조돈은 반드시 칼을 상감께 보여드릴 것입니다. 그러면 신이 곁에서 소릴 지르겠습니다. '조돈이 상감 앞에서 칼을 뽑았다! 거기 아무도 없느냐!' 이것이 신호입니다. 무사들이 일제히 나와서 조돈을 결박지어 끌어내다가 참해버리면 그만입니다. 세상 사람은 다 조돈이 스스로 죽음을 취한 것이지 상감께서 대신을 죽였다고는 하지 않을 것입니다. 이 계책이 어떻습니까?"

"묘하고 묘하다! 그 계책대로 하리라."

이튿날 진영공이 조회를 마친 뒤 조돈에게 말한다.

"경이 충고를 해줘서 과인은 모든 신하와 더욱 친근하게 됐다. 약간의 음식으로써 그대의 수고에 보답할까 하노라."

이에 도안가는 조돈을 내궁으로 안내했다.

차우 제미명이 조돈의 뒤를 따라 함께 내궁으로 들어가서 층계를 밟고 올라가려던 참이었다.

도안가가 돌아보며 호령한다.

"임금께서 승상과 술을 즐기시려는 자리다. 다른 사람은 올라오지 마라!"

그래서 제미명은 도로 당하堂下로 내려갔다. 조돈은 재배하고 진영공 오른편 자리에 앉았다. 도안가는 진영공을 모시고 왼쪽에 앉았다. 포인庖人이 주안상을 바쳤다. 술이 세 순배 돌았을 때였다.

진영공이 조돈에게 청한다.

"과인이 듣기에 그대가 차고 있는 칼이 매우 좋다던데 한번 구경시켜줄 수 없는지?"

조돈이 진영공의 계책을 알 리 없었다. 그는 허리에 찬 칼을 뽑아 보이려고 했다.

당하에서 제미명이 이 광경을 보고 큰소리로 외친다.

"신하가 술자리에서 임금을 모시고 겨우 석 잔 술밖에 안 마셨는데 어찌 칼을 뽑으려 하십니까?"

이 말에 조돈은 순간 깨달았다. 조돈은 뽑던 칼을 다시 칼집에 꽂고 벌떡 일어섰다.

제미명은 노기충천하여 단숨에 당 위로 뛰어올라가서 조돈을 부축해모시고 층계를 내려왔다. 도안가가 소리를 버럭 지른다.

"오노獒奴야! 빨리 개를 놓아 저 자줏빛 조복朝服 입은 자를 쫓게 하여라."

말이 미처 끝나기도 전에 사나운 개 영오가 나는 듯이 나타나 내궁 문 안에서 조돈에게 달려들었다.

제미명은 원래 천근 무게를 드는 장사였다. 제미명은 주먹으로 뛰어오르는 개의 머리를 후려갈기고 다시 그 목을 졸랐다. 영오는 소리 한번 지르지 못하고 목이 부러져서 죽었다.

이를 보자 진영공은 펄펄 뛰다시피 격노했다.

"저놈을 냉큼 못 잡느냐!"

벽 뒤에 숨었던 무사들이 일제히 뛰어나와 조돈을 공격했다. 제미명이 몸으로 조돈을 가리고 서서 급히 말한다.

"속히 이곳을 벗어나십시오."

조돈은 내궁 문밖으로 달아났다.

제미명은 혼자 내궁 문을 가로막고 무사들과 싸웠다. 그러나 많은 적을 혼자서 당적할 순 없었다. 제미명은 전신에 상처를 입고 싸우고 싸우다가 죽었다.

사신이 시로써 제미명을 찬한 것이 있다.

임금에게도 신하에게도 개가 있었다
임금의 개는 신하의 개만 못하다.
임금의 개는 사람을 해치지만
신하의 개는 주인을 지켰다.
슬프다, 어느 쪽 개가 더 훌륭한가는 묻지 않아도 알 일이다.
君有獒, 臣亦有獒
君之獒, 不如臣之獒

君之獒, 能害人

臣之獒, 克保身

嗚呼二獒, 吾誰與親

제미명이 무사들과 싸우는 동안에 조돈은 그곳을 벗어나 내처 달렸다. 한참 달아나는데 한 사람이 뒤쫓아와서 조돈의 소매를 붙들었다.

조돈은 속이 철렁했다. 그 사람이 말한다.

"승상은 놀라지 마십시오. 나는 승상을 도우려고 온 사람입니다."

"너는 누구냐?"

"승상께서는 지난날에 배가 고파서 뽕나무 밑에 쓰러져 있던 사람을 기억하지 못하십니까? 제가 바로 그 영첩靈輒입니다."

5년 전 일이었다. 그때 조돈은 구원산九原山에서 사냥을 하고 돌아오다가 큰 뽕나무 밑에서 잠시 쉬었다.

그때 뽕나무 그늘에 한 사람이 누워 있었다. 조돈은 혹시 자기를 죽이려는 자객이나 아닌가 의심하고 사람을 시켜 문초했다.

그러나 그 사람은 배가 고파서 능히 일어나질 못했다.

"네 이름이 뭐냐?"

"영첩이라고 합니다."

"어째서 이런 데 누워 있느냐?"

"저는 위나라에서 3년 동안 유학遊學하고 지금 돌아오는 길입니다. 돈도 없고 얻어먹지도 못해서 굶은 지 사흘이 됐습니다."

조돈은 그를 불쌍히 생각하고 사람을 시켜 그에게 밥과 고기 포脯를 줬다. 영첩은 조그만 광주리를 내어 받은 음식 반을 덜어서 넣고 그 반만 먹었다.

조돈이 묻는다.

"음식 반을 광주리에 넣어두는 것은 무슨 뜻이냐?"

영첩이 대답한다.

"저에겐 늙은 어머님이 서문西門 근처에서 살고 계십니다. 저는 오랫동안 다른 나라에 가 있어서 아직 어머님이 생존해 계시는지 어쩐지 그것마저 모릅니다. 이제 집까지 몇 리 남지 않았습니다. 다행히 살아 계시면 대인大人이 주신 음식을 어머님께 드리려 합니다."

조돈은,

"그대는 효자로다. 그러나 염려 말고 그 음식을 다 먹어라."
하고 따로 둔 자루 속의 음식과 고기를 다 영첩에게 내줬다. 영첩은 그 음식을 받고 조돈에게 절하고 떠나갔다.

오늘날도 강주絳州에 가면 포반판脯飯坂이란 곳이 있다. 곧, 조돈이 영첩에게 음식을 준 곳이라 하여 그때부터 포반판이라고 했다.

그후 영첩은 나라 벼슬에 응모하여 공도公徒로 있다가 이번 무사들 속에 끼였던 것이다. 그는 지난날 조돈에게서 받은 은혜를 갚고자 뛰어온 것이었다.

이때, 조돈의 시종배들은 내궁에서 변이 일어났다는 소문을 듣고 다 달아나버리고 없었다.

영첩은 조돈을 들쳐업고 조문 밖으로 나갔다.

무사들은 제미명을 죽이고 떼를 지어 조돈의 뒤를 쫓았다. 이때 도망온 시종배들의 보고를 받고 조돈의 아들 조삭이 집안 장정들을 모조리 거느리고 아버지를 구출하려고 궁으로 달려가다가 도중에서 서로 만났다.

조삭은 아버지를 부축해서 급히 수레에 태웠다.

조돈은 함께 수레에 태우려고 영첩을 불렀으나 이미 그는 어디로 갔는지 없었다. 뒤쫓아오던 무사들은 조부趙府 사람들이 많은 걸 보고서 더 쫓지 않았다.

조돈이 조삭에게 말한다.

“내가 지금 집으로 돌아갈 처지가 못 된다. 이 길로 책나라에 가든지 아니면 진秦나라에라도 가서 이 한 몸을 의탁할 곳부터 정해야 겠다.”

이에 아버지와 아들은 수레를 몰고 서문을 벗어나 곧장 서쪽 길로 달렸다.

동호董狐의 매서운 붓

진영공晉靈公은 비록 조돈趙盾을 죽이려다 성공하지는 못했으나 조돈이 강성絳城을 떠난 것만으로도 반가웠다. 진영공은 마치 엄한 스승 곁을 떠난 촌아이처럼, 또는 까다로운 주인 곁을 떠난 머슴처럼 얼마나 가슴이 후련하고 좋은지 형언할 수 없었다.

드디어 진영공은 궁중 권속들을 거느리고 도원桃園으로 놀러 갔다. 그는 밤낮 질탕하게 놀며 궁으로 돌아갈 줄을 몰랐다.

한편, 그날 조천趙穿은 서교西郊에서 사냥을 하고 돌아오다가 도중에서 수레를 타고 달려오는 숙부 조돈과 조삭趙朔을 만났다.

조천이 수레를 멈추고 묻는다.

"숙부는 어디로 이렇게 급히 가십니까?"

조돈은 자초지종을 대충 설명했다.

조천이 말한다.

"숙부는 국경 밖으론 나가지 마십시오. 제가 수일 안에 도성의 소식을 연락해드리겠습니다. 그때에 어떻게 할지를 다시 정하십시오."

조돈이 대답한다.

"일이 이 지경에 이르렀으니 그럼 네 말대로 잠시 수양산首陽山에 가서 몸을 피하마. 그저 좋은 소식이 있기를 기다리겠다. 너는 매사에 삼가고 조심하여 이 이상 불행에다 불행을 더하는 일이 없도록 하여라."

조천은 조돈 부자父子와 작별하고 강성으로 돌아갔다. 조천이 도원으로 가서 진영공을 찾아뵙고 머리를 조아리며 사죄한다.

"신臣 천穿은 조씨趙氏 집안 사람으로 죄인의 친척이 되고 말았습니다. 그저 황공하와 앞으론 상감을 곁에서 모시지 못하겠습니다. 바라건대 상감께선 신의 벼슬을 삭탈하십시오."

진영공은 조천이 하는 말을 진정으로 곧이듣고서 위로한다.

"조돈은 과인을 한두 번 속인 것이 아니었다. 이젠 과인도 더 이상은 참을 수가 없었던 것이다. 그러나 경卿은 이 일에 조돈과 하등의 관계가 없다. 경은 안심하고 과인을 잘 모시어라."

조천이 사은謝恩하고 다시 아뢴다.

"신이 듣건대, 임금으로서 가장 귀중한 것은 인생의 성색聲色을 마음껏 누리는 즐거움에 있다고 하옵니다. 상감께선 비록 모든 악기樂器를 다 갖추셨지만 내궁이 너무 비어 있으니 무슨 즐거움이 있겠습니까. 지난날 제환공齊桓公만 보더라도 그는 내궁에다 사랑하는 궁녀를 가득히 두었으며, 정식으로 결혼한 부인 외에도 그와 다름없는 여인을 여섯이나 거느렸습니다. 역시 천하 패권을 잡고 백업伯業을 성취하신 우리 나라 선군先君 문공文公께서도 여러 나라를 두루 다니시며 망명 중이던 그 경황없는 때에도 여자를 여럿 얻으셨고, 마침내 고국으로 다 데리고 오시기까지 하셨습니다. 어디 그뿐입니까. 문공께서 육십이 넘으신 뒤에도 얼마나 많은 여자를 거느리셨는가는 신보다도 상감께서 더 잘 아실 줄 압니다. 이제 상감께선 높은 대臺와 꽃동산을 두시어 어디서나 머물 수 있고, 어디서나 주무실 수 있습니다. 어찌하사 여자들을 많이 뽑아 많은 방에 채우지 않으시며, 좋은 악사들을 시켜 노래와 춤을 가르치려 하지 않으십니까? 임금으로서 이런 즐거움을 갖추는 것이 어찌 아름다운 일이 아니겠습니까?"

진영공이 대답한다.

"그대의 말이 과인의 뜻과 똑같도다. 즉시 나라 안의 아름다운 여자들을 두루 뽑도록 하라. 한데 이 일을 누구에게 맡기면 좋을꼬?"

"이런 일을 맡아서 하는 데엔 대부 도안가屠岸賈가 가장 적임자인 줄로 압니다."

진영공이 도안가에게 분부한다.

"그러면 수고스럽겠지만 대부가 이 일을 전적으로 맡아서 하라. 성안, 교외 할 것 없이 자색이 아름답고 시집 안 간 스물 미만의 여자면 다 관가官家에 등록하게 하여 그중에서 뽑되, 한 달 내에 과인에게 그 경과를 보고하여라."

조천은 이런 수단을 써서 우선 도안가를 진영공 곁에서 떼어놓았다.

조천이 다시 아뢴다.

"도원桃園을 지키는 군사들이 너무나 약합니다. 신이 거느리는 군대에서 날쌔고 용기 있는 자 200명만 뽑아 도원을 지키게 할까 합니다."

"거 좋은 생각이다."

하고 진영공은 즉시 허락했다.

조천은 병영兵營으로 돌아가서 지체 없이 군사 200명을 골랐다. 그 200명의 군사들이 조천에게 묻는다.

"장군께선 장차 우리를 어디로 보내시려는 것입니까?"

"상감이 백성들의 사정은 돌보지 않고 종일 도원에서 즐기고만 있다. 상감은 나에게 너희들을 뽑아 밤낮없이 도원을 지키라고 명하셨다. 너희들도 집이 있고 처자가 있지 않느냐? 이제 한번 가면 찬바람에 서 있어야 하고, 이슬 내리는 밤에도 서 있어야 한다. 그러니 언제 너희들이 집으로 돌아갈 수 있을지, 그것은 아무도 모를 일이다."

200명의 군사들이 저마다 투덜거린다.

"이런 무도한 임금은 왜 속히 죽지도 않나. 조승상趙丞相만 계셨더라도 이런 일은 결코 없었을 터인데!"

조천이 기회를 놓치지 않고 말한다.

"할말이 있는데, 너희들이 나와 의논해줄지 모르겠구나."

모든 군사가 대답한다.

"장군께서 저희들의 괴로움을 구제해주신다면 이는 죽은 목숨을 다시 살려주시는 거나 다름없습니다."

조천이 천천히 군사들을 선동한다.

"도원은 궁중에 비해서 그다지 깊지 않다. 너희들은 오늘 밤 이경二更이 되기를 기다려 도원 안으로 쳐들어오너라. 처음엔 '출출하니 밤참을 좀 주십시오' 하고 핑계를 대야 한다. 그리고 내가 소매를 휘두르거든 그것을 신호로 알고 임금을 죽여라. 그러면 내 마땅히 조승상을 영접해와서 새로이 임금을 세우리라. 너희들의 뜻엔 내 계책이 어떠하냐?"

군사들이 일제히 대답하다.

"그거 참 좋은 계책입니다."

조천은 술과 음식으로 200명의 군사들을 대접한 후, 도원 밖에다 늘어세우고 파수를 보게 했다. 그러고는 곧 도원에 들어가서 진영공에게 결과를 보고했다.

진영공은 높은 대 위에 올라가서 바깥에 늘어서 있는 군사들을 굽어봤다. 어느 누구 할 것 없이 모두가 다 용맹스러워 보였다.

진영공이 기뻐 웃으며 조천에게 분부한다.

"오늘 밤 주연엔 경도 참석해서 과인과 함께 즐기도록 하여라."

그날 밤에 술잔치가 벌어졌다. 어느덧 이경이 됐다. 바깥에서 문득 요란한 함성이 일어났다.

진영공이 조천에게 묻는다.

"저게 무슨 소린고?"

"아마 숙위宿衛하는 군사들이 밤길 걷는 사람들을 쫓아버리는 소리인가 봅니다. 상감께서는 놀라지 마소서. 신이 곧 가보고 오겠습니다."

하고 조천은 손에 초롱불을 들고 대 아래로 내려갔다.

이때 200명의 군사들이 문을 부수고 들어왔다. 조천은 두 팔을 쩍 벌리고 일단 그들을 막는 듯하더니, 이내 그들을 거느리고 대 앞으로 왔다.

조천이 자기 혼자만 대 위로 성큼성큼 올라가서 진영공에게 은근히 아뢴다.

"상감께서 주연을 베푸신 것을 군사들이 알고 밤참을 좀 주십소서 하고 왔답니다. 다른 뜻은 없는 듯하니 이런 때에 어진 덕을 보이소서."

진영공이 내시를 불러 분부한다.
"군사들에게 술을 주고 위로하여라."
진영공은 일어나 난간을 의지하고 군사들에게 술 나눠주는 것을 구경했다.
이때 조천은 진영공 바로 뒤에 서서,
"상감께서 친히 너희들을 위로하시는 것이니 사양 말고 많이 먹어라."
하고 팔을 들어 소매를 휘둘렀다.
모든 군사들은 조천 앞에 서 있는 사람이 바로 진영공임을 알고 일시에 대 위로 뛰어올라갔다.
진영공이 몹시 당황하여 조천을 돌아보고 묻는다.
"군사들이 어찌하여 대 위로 뛰어올라오느냐? 경은 속히 저들을 물러가게 하여라."
조천이 대답한다.
"군사들은 조승상이 보고 싶어서 상감께 그를 소환하라고 청하려는 것입니다."
진영공은 미처 대답도 하지 못하고 달려드는 군사들의 창에 찔려 꼬꾸라졌다.
군사들이 잡아일으켰을 때 진영공은 이미 죽어 있었다. 진영공을 모시고 있던 좌우 사람들은 대경실색하여 일시에 달아났다.
조천이 군사들 앞에 나서서 외친다.
"무도한 임금은 이제 죽었다. 너희들은 쓸데없이 한 사람이라도 죽이지 마라. 모두 나와 함께 승상을 영접하러 가자."
원래 진영공은 사람 죽이기를 좋아했기 때문에 가까이에서 모시던 사람들은 언제 죽음을 당할지 몰라 늘 떨고만 있었다. 그래서 군사들이 임금을 죽일 때에도 말리는 자가 없었다.

백성들은 오랫동안 고통을 받고 원한에 사무쳐 있었기 때문에 진영공이 죽었다는 소문을 듣고서 도리어 통쾌해했다. 조천을 욕하는 사람은 하나도 없었다.

7년 전에 혜성彗星이 북두北斗 사이에 나타났을 때 한 점쟁이가, '송宋 · 제齊 · 진晉 세 나라 임금은 장차 다 변란으로 죽을 징조이다' 고 한 말이 이제야 들어맞은 셈이다.

염옹髥翁이 시로써 이 일을 탄식한 것이 있다.

높은 대 음악 소리가 끝나기도 전에
임금의 피가 누각을 붉게 물들였도다.
그때 임금을 구하려 한 사람이 없었다는 것을 이상히 생각지 마라
탄알에 쫓겨간 뒤론 아무도 오는 사람이 없었더니라.

崇臺歌管未停聲
血濺朱樓起外兵
莫怪臺前無救者
避丸之後絶人行

이때 도안가는 교외郊外에 있었다. 그는 집집마다 돌아다니면서 아름다운 처녀를 추려내던 참이었다.

그는 진영공이 피살됐다는 보고를 듣고 매우 놀랐다.

'조천이 한 짓이로구나!'

그러나 감히 말을 못하고 숨어서 자기 집으로 돌아갔다.

한편, 사회士會 등은 임금이 죽었다는 기별을 받고 곧 도원으로

달려갔다. 사방은 고요할 뿐 사람 하나 없었다. 사회는 조천이 조승상을 영접하러 갔으리라 짐작하고 도원 문을 봉한 채 기다렸다.

그 이튿날이 지나기 전에 조돈은 수레를 타고 강성絳城으로 돌아왔다.

조돈이 도원에 당도하자 모든 문무백관이 다 모여들었다. 조돈은 진영공의 시체 앞에 엎드려 통곡을 했다. 그 애달픈 울음소리는 도원 밖에 모여든 백성들의 귀에도 들렸다.

백성들이 서로 말한다.

"조승상은 임금에 대한 충성이 저렇듯 대단하구나. 누구를 원망하리오. 임금이 스스로 불행을 자초했을 뿐이다. 승상에게 무슨 허물이 있으리오."

조돈은 진영공의 시체를 빈렴殯殮하고 곡옥曲沃 땅에 장지葬地를 잡았다. 동시에 조돈은 모든 대신들을 불러모으고 새로이 임금 세울 일을 의논했다.

이때 진영공에겐 아들이 없었다.

조돈이 여러 대신들에게 말한다.

"선군先君 양공襄公께서 세상을 떠나셨을 때, 나는 가장 나이 많은 어른을 임금으로 세우자고 주장했건만 모두가 내 말을 듣지 않더니 결국 이런 참변이 생겼소. 이번에는 임금을 세우는 데 신중을 기해야겠소."

사회가 의견을 말한다.

"나라의 가장 연장자인 어른을 임금으로 세운다는 것은 사직社稷의 복인가 하오. 진실로 승상의 말이 옳소."

조돈이 좌중을 둘러보며 말한다.

"지금 문공文公의 아드님이 한 분 계시오. 전날 그 어머니 되시는 분이 태몽을 꿨는데, 꿈에 한 신인神人이 나타나서 검댕을 아기 볼기에다 발라주더랍니다. 그래서 아기의 이름을 흑둔黑臀이라고 했다는 바로 그 어른이오. 지금 흑둔은 주周나라 왕실에서 벼슬을 살고 계시오. 그분이 항렬로나 나이로나 제일 어른뻘이니, 내 생각엔 그분을 임금으로 모셨으면 싶소."

모든 대신이 다 찬성한다.

"승상의 처분이 가장 합당하오."

조돈은 임금을 죽인 조천의 죄를 씻어주고 싶었다. 그래서 조천을 주 왕실로 보냈다. 이에 조천은 주나라에 가서 공자 흑둔을 모시고 진晉나라로 돌아왔다.

공자 흑둔은 태묘太廟에 가서 절하고 그날로 진晉나라 임금 자리에 올랐다. 그가 바로 진성공晉成公이다.

진성공은 나랏일을 오로지 조돈에게 일임했다. 그리고 자기 딸 장희莊姬를 조돈의 아들 조삭趙朔과 결혼시켰다.

조돈이 진성공에게 청한다.

"비록 신을 낳아주신 친어머니는 아니오나, 신의 어머니는 적狄나라 태생으로 진문공晉文公의 따님이신 희씨姬氏입니다. 신의 어머니는 임금의 따님이건만, 원래 겸손한 미덕이 있어 정실 부인 자리를 신의 친어머니께 사양하셨습니다. 문공께선 신의 아비 조쇠趙衰에게 신과 신의 친어머니를 진晉나라로 데려오게 하셨던 것입니다. 그리하여 신은 황송하옵게도 정실 부인의 소생이 되었고, 생각지도 않았던 적자嫡子로 행세하게 되어 마침내 이젠 나랏일을 맡아보는 정승까지 됐습니다. 그런데 희씨 소생인 신의 이복형제 동同과 괄括과 영 嬰은 지금 다 장성해서 훌륭한 어른들이 됐건만 아직 아무 벼슬이 없습니다. 상감께선 그들에게 벼슬을 내려 주십시오."

진성공이 만족한 웃음을 띠며 대답한다.

"경의 이복동생들은 바로 내 여동생의 아들들이라. 어찌 과인이 무심할 수 있으리오."

이에 진성공은 조동趙同 · 조괄趙括 · 조영趙嬰 삼형제에게 대부 벼슬을 줬다.

조천은 여전히 중군中軍을 보좌하는 벼슬에 그냥 머물렀다.

한번은 조천이 숙부인 조돈에게 청한다.

"도안가屠岸賈는 전 임금에게 아첨하고 우리 조씨趙氏를 원수로 대한 사람입니다. 도원에서 전 임금이 거꾸러진 뒤로 도안가는 더욱 우리에게 반항하는 마음을 품고 있을 것입니다. 그자를 없애버리지 않고는 우리 조씨 일족이 한시도 마음을 놓을 수 없습니다."

조돈이 좋은 말로 타이른다.

"남이 너를 벌하지 않는데, 너는 도리어 남을 벌하려 드느냐. 지금 우리 조씨 종족은 다 귀貴하고 세도를 누리고 있으니, 도안가와도 마땅히 친목해야 한다. 굳이 남과 원수를 맺을 필요는 없다."

한편, 도안가도 모든 일에 조심하며 조씨 일족을 섬김으로써 미움을 사지 않으려고 노력했다.

조돈은 도원에서 진영공이 피살됐다는 사실이 늘 마음에 걸렸다. 그래서 하루는 사관史館으로 갔다.

그는 사실史實을 맡아서 기록하고 관리하는 동호董狐•에게 청했다.

"선군先君에 관한 기록을 좀 보여주오."

태사太史 벼슬에 있는 동호는 곧 사간史簡을 조돈에게 내보였다.

조돈은 그 기록을 보고 몹시 놀랐다.

가을 7월 을축일에 조돈이 도원에서 그 임금 이고夷皐(진영공의 이름)를 죽였다.

秋七月乙丑, 趙盾弑其君夷皐於桃園.

조돈이 항의한다.

"태사는 이 기록을 잘못 적었소. 그때 나는 이곳 강성絳城에서 200리나 떨어져 있는 하동河東 땅에 몸을 피하고 있었소. 그런 내가 그때 임금이 피살된 걸 어찌 알 리 있었으리오. 그런데 그대는 임금을 죽였다는 끔찍스런 허물을 나에게 뒤집어씌웠구려. 이것은 멀쩡한 생사람을 잡는 게 아니고 무엇이오. 후세 사람이 이 기록을 보면 나를 뭐라고 하겠소?"

동호가 냉정히 대답한다.

"그대는 승상의 몸으로서, 그때 비록 달아났다고 하지만 국경을 넘지 않고 이 나라 안에 있었소. 뿐만 아니라 그대는 그후 도성으로 돌아왔으나 임금을 죽인 자를 찾아내어 그 죄를 벌하지 않았소. 그렇다면 승상이 그 일을 꾸민 것이 아니라고 극구 변명할지라도 누가 곧이듣겠소?"

조돈이 얼굴을 찌푸리며 사정한다.

"이 기록을 고칠 수 없겠소?"

"옳은 것은 옳다 하고 그른 것은 그르다 하는 것이 사관史官의 직책이오. 그러기에 임금도 사관의 기록에 대해선 일체 간섭을 못하는 법입니다. 승상이 내 머리를 끊을 순 있지만, 이 기록만은 고치지 못하오."

조돈이 탄식한다.

"슬프다! 사관의 권력이 정승보다 더하구나. 내 그때에 국경을 넘어가지 않았다가 천추만세에 누명을 쓰게 됐으니 한恨이로다. 내 지금 후회한들 무슨 소용이 있으리오!"

그 뒤로 조돈은 진성공을 섬기되 더욱 공경하고 매사에 더욱 조심했다.

그런데 조천은 임금을 죽인 것을 자기 공로라고 자랑했다. 그는 자기에게 정경正卿 벼슬을 달라고 조돈에게 청했다. 그러나 조돈은 세상 공론이 두려워서 조천의 청을 거절했다.

이에 조천은 분노를 참지 못해서 병석에 드러눕게 됐고, 마침내 등창이 나서 죽었다.

그후 조천의 아들 조전趙旃이 조돈에게,

"죽은 아버지의 벼슬을 제가 이어받을 수 있도록 허락해주십시오."

하고 간청했다.

이에 조돈은,

"네가 앞으로 큰 공만 세운다면 정경 벼슬이라도 안 줄 리 있겠느냐."

하고 조전의 청 역시 거절했다.

후세 사신史臣은 이 일을 다음과 같이 논평했다.

> 조돈이 조천 부자에게 조금도 사적인 정을 두지 않은 것은 다 동호의 직필直筆에 영향을 받았기 때문이다.

그리고 시로써 동호의 엄격한 필봉筆鋒을 칭송한 것이 있다.

> 보통 사관史官은 사실을 기록하고
> 훌륭한 사관은 붓으로 부정不正을 죽이는도다.

조천이 그 임금을 죽였지만
조돈은 그 죄를 벗지 못했도다.
'비록 그대가 내 머리를 끊을 순 있지만
내 어찌 붓대로써 그대에게 아첨하리오' 했으니
참으로 장하도다, 동호여
세상에 두려운 것은 시비是非 흑백黑白인가 하노라.
庸史紀事
良史誅意
穿弑其君
盾蒙其罪
寧斷吾頭
敢以筆媚
卓哉董狐
是非可畏

이때가 바로 주광왕周匡王 6년이었다. 이해에 주광왕은 세상을 떠나고 그 아우 유瑜가 왕위에 올랐으니 그가 바로 주정왕周定王이다.

주정왕 원년元年이었다. 초나라 초장왕楚莊王이 군사를 일으켜 육혼陸渾 땅의 오랑캐 융戎을 치고, 마침내 낙수雒水를 건너 주나라 경계에 군사를 상륙시켰다. 초장왕은 장차 천자天子를 위협하고, 주나라와 함께 중원 천하를 나누어 가질 심산이었다. 참으로 대역무도한 생각이었다.

주정왕은 초장왕이 괘씸했으나 대적할 힘이 없었다. 그래서 왕손王孫 만滿을 보내어 초장왕이 온 뜻을 알아오게 했다.

왕손 만은 초군楚軍에게 가서 초장왕에게 물었다.

"이렇듯 대군을 거느리고 온 뜻이 무엇이오?"

초장왕이 대답한다.

"과인이 듣건대, 옛적에 하夏나라 우왕禹王이 만든 가마솥〔鼎〕 아홉 개가 상商나라를 거쳐 지금 주나라에까지 세 왕조를 전해내려왔다더군요. 그 아홉 개의 가마솥〔九鼎〕•은 천자天子를 상징하는 것으로서 세상에 으뜸가는 보물이라고 합디다. 과인은 지금 그 보물이 낙양洛陽의 주 왕실에 있다는 말만 들었지, 그 가마솥이 어떻게 생겼는지, 어느 정도로 큰지 작은지, 가벼운지 무거운지 한번도 보지를 못했소. 그래서 한번 구경하려고 왔소."

이건 그야말로 천자의 자리를 넘보는 수작이며, 중원 전체를 삼키려는 언사였다.

왕손 만이 정색하고 대답한다.

"세 왕조가 덕으로써 천하를 전했을 뿐 어찌 가마솥 따위로 전했겠소. 고대에 우왕이 천하를 다스렸을 때는 전국을 아홉 고을로 나누었는데, 그 고을을 다스리던 아홉 지방관이 우왕께 각기 황금을 진상했소. 우왕은 그 황금으로 아홉 개의 가마솥을 만드신 것이오. 그후 하夏나라 폭군 걸桀이 무덕무도無德無道했기 때문에 그 가마솥은 상商나라로 옮겨졌고, 그후 상나라 폭군 주紂 또한 흉악무도했기 때문에 그 가마솥은 다시 우리 주나라로 옮겨진 것이오. 만일 천자가 유덕有德하시면 그 가마솥이 비록 작을지라도 무겁기가 태산 같을 것이며, 만일 덕이 없으면 그 가마솥이 클지라도 오히려 가볍기가 티끌 같은 것이오. 우리 성군聖君 주무왕周武王께선 그 아홉 개의 가마솥을 가지고 천하의 도읍을 정하시고

만대의 창업을 열었다고 하지만, 실은 다 천명天命에 의해서 이루어진 것이오. 그러므로 그 아홉 개의 가마솥이 천하를 좌우한 것은 아니니 그걸 본들 무슨 소용이 있겠소."

왕손 만의 답변에 초장왕은 부끄러운 생각이 들어서 군사를 거느리고 돌아갔다.

그 뒤로 초장왕은 주 왕실을 넘보려던 불측한 생각을 버렸다.

한편, 초나라 영윤令尹 벼슬에 있는 투월초鬪越椒는 초장왕이 왕위에 오른 이후로 자기의 세도가 줄어든 것을 생각할 때마다 원통했다. 그래서 투월초와 초장왕 사이에는 금이 가기 시작했다. 투월초는 자기 재주와 용기를 믿고, 또 선세先世 때부터 쌓아온 공로를 믿고, 백성들이 자기에게 복종하고 있음을 믿는 터라 오래전부터 모반할 뜻을 품고 있었다.

투월초는 항상 말하기를,

"초나라에 인재가 있다면 다만 사마司馬 벼슬에 있는 위가蔿賈 한 사람뿐이다. 그 나머지는 말할 것이 못 된다."

고 했다.

초장왕도 이런 기미를 어느 정도 알았기 때문에 육혼 땅 오랑캐를 치러 갈 때도 투월초가 변란을 일으키지나 않을까 염려하여 특별히 위가를 도성에 남겨두었다.

아니나 다를까! 투월초는 초장왕이 군사를 거느리고 육혼 땅을 치러 가는 걸 보고서 마침내 난을 일으키기로 결심했다.

그는 투씨 일족에게 이 뜻을 말하고 서로 단결해서 거사할 것을 청했다.

투씨 일족은 다 응낙했으나 투극鬪克 한 사람만이 반대했다. 마침내 투월초는 반대하는 투극을 죽이고, 그 길로 사마부司馬府를 엄습하여 위가까지 잡아죽였다.

이에 위가의 아들 위오蔿敖•는 그 어머니를 수레에 태우고 함께 몽택夢澤이란 곳으로 달아났다.

그후 투월초는 군사를 거느리고 증야烝野란 곳에 가서 주둔했다. 그는 본국으로 돌아오는 초장왕을 기다렸다가 도중에서 습격할 작정이었다.

한편 초장왕은 본국으로 돌아오다가 도중에서 국내에 변란이 일어났다는 보고를 받았다. 초장왕은 군사를 재촉하여 밤낮없이 초나라로 행군했다.

초장왕이 장서漳澨란 곳에 당도했을 때였다. 투월초가 군사를 거느리고 나타나 초장왕의 앞길을 막았다. 길을 가로막은 투월초의 군사는 그 수효가 매우 많았다. 투월초는 활을 메고 창을 들고 말을 달리며 호기 있게 군사를 지휘했다.

초장왕의 군사는 투월초의 군사를 바라보고는 기가 질려 도저히 당적해낼 자신이 없었다. 그래서 모두가 두려워하는 기색이었다.

초장왕도 생각한 것보다 사태가 심상치 않다는 걸 알았다.

초장왕이 말한다.

"원래 투씨는 대대로 우리 초나라에 많은 공훈을 세웠다. 투월초는 과인을 저버렸지만 과인이 어찌 그를 저버릴 수 있으리오. 대부 소종蘇從은 즉시 투월초의 영채에 가서 강화講和를 청하여라."

이에 대부 소종은 초장왕의 분부를 받고 투월초의 영채로 가서 서로 강화하자는 조건을 내놨다.

"우리 대왕께선 그대가 맘대로 사마 위가를 죽인 죄를 용서하시고 또 왕자를 그대에게 인질로 맡기겠다고 하셨소. 그러니 속히 군사를 거두오."

투월초가 싸느랗게 비웃으면서 대답한다.

"나는 내가 지금까지 영윤 벼슬에 있었다는 것만도 치사스럽소. 결코 용서를 받고 싶진 않소. 잔말 말고 왕은 다른 나라로 망명을 가든지, 아니면 우리와 싸울 준비를 하라고 하오."

소종은 거듭거듭 투월초를 타일렀다. 그러나 투월초는 끝내 거절했다. 소종은 하는 수 없이 초장왕에게로 돌아갔다.

투월초가 즉시 군사에게 명령한다.

"북을 쳐라. 그리고 군사들을 전진시켜라."

이윽고 북소리가 둥둥 둥둥둥 일어났다. 투월초의 군대는 일제히 전진했다.

한편 초장왕은 반군叛軍들이 전진해오는 걸 보고서 모든 장수에게 묻는다.

"너희들 중에 누가 투월초를 쳐 물리치겠느냐?"

대장 악백樂伯이 앞으로 나아가,

"신이 투월초를 물리치겠습니다."

하고 말에 올라 나는 듯이 달려나갔다.

저편에선 투월초의 아들 투분황鬪賁皇이 달려나와 악백을 맞이해서 서로 싸웠다.

얼마 후 악백이 투분황을 쉽사리 꺾어누르지 못하자 이를 바라보고 있던 반왕潘尫이 급히 병거를 달려 나갔다. 동시에 저편에선 투월초의 종제從弟 투기鬪旗가 병거를 타고 달려나와 반왕을 맞이해서 싸웠다.

초장왕은 융로戎輅에 올라 친히 북을 치며 싸움을 독려했다.

이때 투월초는 저 멀리 초장왕이 친히 북을 울리는 걸 바라보고서 곧장 나는 듯이 병거를 몰았다. 그는 초장왕 앞으로 달려가면서 화살 한 대를 뽑아들었다. 그리고는 달리는 병거 위에서 활을 힘껏 잡아당겨 초장왕을 향해 쐈다.

화살은 흐르는 별처럼 날아가서 초장왕이 치고 있는 북의 시렁〔架〕에 들어박혔다.

초장왕은 간담이 서늘해져 융로에서 뛰어내리면서 좌우 장수들에게 외쳤다.

"속히 화살을 피하여라!"

장수들은 곧 화살 막는 방패 두 개를 가져다가 초장왕 앞에 세웠다.

투월초는 화살 한 대를 다시 쐈다. 화살은 초장왕을 가리고 있는 왼편 방패를 뚫었다.

초장왕은 즉시 금을 울려 군사들을 후퇴시켰다. 왕군王軍은 달아나면서 많은 손해를 입었다. 초장왕은 군사를 거느리고 달아나 황호皇滸 땅에 이르러 영채를 세웠다. 그제야 장군들은 투월초가 쐈던 화살을 가져오라 해서 살펴봤다.

그 화살은 보통 화살보다 길이가 반이나 더 길었다. 화살에는 학鶴의 깃이 달려 있고, 표범〔豹〕 이빨로 만들어진 활촉은 그 끝이 몹시 날카로웠다. 군사들은 그 화살을 보고 모두 혀를 내둘렀다.

그날 밤이었다.

초장왕은 친히 병영을 순시했다.

병영 안에서 군사들이 서로 모여 숙덕거린다.

"오늘 투월초의 활솜씨와 그 화살을 봤지. 무서운 솜씨야. 암만 생각해도 우리가 이기긴 어려울 것 같네."

초장왕은 돌아가서 즉시 한 장수를 시켜 군사들에게 거짓말을 하도록 했다.

그 장수가 분부를 받고서 군사들을 모아놓고 거짓말을 한다.

“지난날에 선군先君 문왕文王께서 융만戎蠻 오랑캐들이 화살을 가장 잘 만든다는 말을 들으시고, 사람을 보내어 융만 오랑캐들에게 화살 만드는 법을 알아오게 하신 일이 있었다. 그때 융만 오랑캐들이 화살 두 대를 우리 나라에 진상進上했는데, 그 이름이 투골풍透骨風이라. 그후 투골풍 화살을 태묘 안에 뒀는데, 그것을 이번에 투월초가 훔쳐서 사용했다. 투월초는 오늘 투골풍 화살 두 대를 다 쐈으니 앞으론 두려울 것이 없다. 내일 마땅히 역적을 쳐서 사로잡으리라.”

군사들은 이 말을 듣고서야 비로소 안심했다. 물론 군사들은 이것이 초장왕이 지어낸 거짓말이란 걸 알 리 없었다.

초장왕이 군사들에게 직접 명령을 내린다.

“우리가 나라를 도로 찾기 위해선 내일 다시 후퇴해야 한다. 그리고 과인은 한동漢東 땅 모든 나라 군사들을 일으켜 역적 투월초를 칠 작정이다.”

초장왕의 명령은 삽시에 퍼졌다.

대부 소종은 다른 장막에 있다가 이 의외의 말을 듣고 근심했다.

“강한 적군이 바로 눈앞에 있는데 자꾸 후퇴만 하면 어떻게 되나! 왕은 계책을 잘못 세우시는도다.”

공자 측側이 웃으면서 대꾸한다.

“우리 함께 왕께 가봅시다. 필시 별다른 조처가 있을 것이오.”

이에 소종은 공자 측과 공자 영제嬰齊와 함께 한밤중에 초장왕에게로 갔다.

아니나 다를까, 초장왕의 속뜻은 달랐다.

“투월초의 형세는 매우 날카롭다. 꾀로써 그놈을 잡아야지 힘으로 당적하다간 많은 사람이 상한다."

이에 초장왕은 소종과 공자 측과 공자 영제를 가까이 앉히고는 목소리를 낮추어 무어라고 계책을 일러줬다.

이튿날 이른 새벽, 사방에서 닭 울음 소리가 일어나자 초장왕은 군사를 거느리고 달아났다.

한편 투월초는 세작細作으로부터 초장왕이 달아난다는 보고를 받고 즉시 군사를 휘몰아 그 뒤를 쫓았다. 왕군은 쉬지 않고 경릉竟陵 땅을 지나 역시 북쪽을 향해 달아났다.

투월초는 하루 낮 하루 밤 동안 200여 리를 뒤쫓아가서 청하교淸河橋에 이르렀다.

이때 왕군은 청하교 북쪽에서 아침밥을 짓고 있었다. 왕군은 반군이 뒤쫓아오는 걸 바라보고는 가마솥이니 그릇이니 다 버리고 다시 달아나기 시작했다.

투월초가 달아나는 왕군을 보고 즉시 명령한다.

"우선 초왕을 사로잡은 연후에 아침 식사를 하기로 하자!"

밤낮없이 뒤쫓아오느라 지칠 대로 지친 반군은 시장한 배를 움켜쥐고서 또다시 달아나는 왕군을 뒤쫓았다.

반군은 간신히 뒤쫓아가서 드디어 왕군을 포위했다. 그러나 거기엔 초장왕이 없었다. 그것은 반왕이 거느린 군대였던 것이다.

반왕이 병거에 올라서서 투월초에게 일러준다.

"그대가 초왕을 잡을 생각이라면 우리를 포위할 것이 아니라, 한시 바삐 뒤쫓아가야 하지 않겠느냐?"

투월초는 그 말이 그럴듯하여 반왕을 버려두고 다시 군사를 휘몰아 풍우같이 달려갔다.

반군은 다시 60리를 달려가 청산靑山 땅에 이르렀다. 투월초는 그곳에서 초장楚將 웅부기熊負羈를 만났다.

투월초가 묻는다.

"초왕은 어디 있느냐?"

웅부기가 대답한다.

"왕은 아직 이곳에 오시지 않았다."

이 말에 투월초는 의심이 났다.

"그대가 나를 도와준다면, 나라를 얻은 후에 내 마땅히 그대와 함께 정치를 하리라. 그러니 그대 뜻은 어떠하냐?"

웅부기가 웃으면서 대답한다.

"내 그대 군사들을 보니, 모두 피곤하고 굶주린 상이라. 우선 군사부터 배불리 먹여야만 가히 싸울 수 있지 않겠는가?"

투월초는 그 말을 옳게 여기고 군사들에게 분부했다.

"모두 병거와 말에서 내려 곧 밥을 지어라"

반군들은 솥을 걸고 쌀을 일어 열심히 밥을 짓기 시작했다. 아직 밥이 뜸도 들기 전이었다.

양쪽 길에서 공자 측과 공자 영제의 군마가 쳐들어왔다. 투월초의 군사는 싸울 겨를도 없이 짓던 밥을 다 버리고 굶주린 배를 움켜쥔 채 남쪽으로 달아났다.

반군이 청하교까지 다시 돌아왔을 때였다. 청하교는 이미 끊어져 있었다. 원래 초장왕은 청하교 근처 좌우편에 군사를 매복시키고 숨어 있다가 투월초가 지나간 뒤 곧 다리를 끊었던 것이다.

그곳으로 다시 돌아온 투월초는 그새 청하교가 끊어진 걸 보고서 매우 놀랐다.

"물이 얼마나 깊은지 조사해보아라."

하고 그는 군사들에게 분부했다.

이때 강물 저편 언덕에서 큰 포성이 일어났다. 동시에 저편 언덕에서 왕군이 일렬로 나타났다.

한 장수가 달려오며 외친다.

"악백이 여기 있으니 투월초는 속히 말에서 내려 내 결박을 받아라!"

이 말을 듣고 투월초가 분기충천하여 즉시 군사들에게 명한다.

"속히 활을 쏘아라."

반군들이 쏘는 화살이 일제히 저편 언덕을 향해 날았다.

이때 악백이 거느린 군사들 속에 한 소교小校가 있었다. 그의 성은 양養이며 이름은 유기繇基였다.

양유기는 원래 활을 잘 쐈다. 그래서 군사들은 양유기의 활을 신궁神弓이라고까지 했다.

양유기가 장수 악백에게 청한다.

"원컨대 투월초와 활로 맞대결을 해보겠습니다."

악백은 쾌히 승낙했다. 양유기가 강물 앞으로 나아가서 저편 반군 쪽을 향해 큰소리로 외친다.

"강이 이렇게 넓은데, 그곳에서 자꾸 쏴봤자 화살만 버릴 뿐이다. 내 듣건대 영윤令尹은 활을 잘 쏜다 하니 나와 우열을 겨뤄보지 않겠는가? 서로 다리를 사이에 두고 양쪽 언덕에 올라서서 각기 화살 세 대를 쏘되, 누가 죽고 누가 사느냐 하는 것은 다 천명에 맡기자!"

저편 언덕에서 투월초가 묻는다.

"너는 누구냐?"

양유기가 대답한다.

"나는 악백 장군 휘하의 소장小將으로, 양유기라 하노라."

투월초로선 처음 듣는 이름이었다. 그는 양유기가 이름없는 군사인 줄 알고서 응낙했다.

"네가 만일 활 쏘는 솜씨를 나와 겨루려 할진대, 내가 먼저 화살 세 대를 쏠 때까지 너는 양보하여라."

양유기가 소리를 높여 대답한다.

"그대가 먼저 쏘아도 좋다. 설사 세 대가 아니라 백 대를 쏘아도 내 어찌 두려워하리오. 그 대신 한 가지 조건이 있다. 비록 화살이 날아올지라도 몸을 피하지 않기로 하자!"

이에 양편 군사는 뒤로 물러서고, 두 사람만이 각기 다리가 끊어진 낭떠러지 끝으로 나아가서 강을 사이에 두고 남북으로 마주 섰다.

투월초가 먼저 활을 잔뜩 잡아당겨 첫번째 화살을 쐈다.

그는 화살 단 한 대로 양유기의 머리를 꿰뚫어 강물로 떨어뜨리려고 조급히 쐈다. 그러나 조급히 서두르는 자는 실력이 모자라는 자며, 자신이 있을수록 급히 서두르지 않는 법이다.

양유기는 활을 들어 정면으로 날아드는 화살을 쳐냈다. 날아오던 화살은 양유기의 활에 맞아 강물 위로 떨어졌다.

양유기가 외친다.

"좀더 힘있게 쏘아라!"

투월초는 두번째 화살을 시위에 메기고 힘껏 잡아당겨 신중히 가늠한 다음에 손을 뗐다. 화살은 정통으로 양유기를 향해 날아갔다.

순간 양유기는 무릎을 굽히고 몸을 숙였다. 화살은 곧장 양유기의 머리 위로 지나가버렸다.

동시에 저편에서 투월초가 큰소리로 부르짖는다.

"네가 먼저 몸을 피하지 않기로 조건을 내세우지 않았느냐! 그런데 어째서 몸을 숙여 화살을 피하느냐? 네놈은 사내대장부가 아니다."

양유기가 역시 큰소리로 대답한다.

"네게 아직 화살 한 대가 남아 있다. 내 이젠 몸을 숙이지 않으리라. 그러나 이번에 네가 나를 맞히지 못하면 그때는 내가 너를 쏠 차례란 걸 잊지 말아라."

투월초는 속으로 생각했다.

'네가 피하지만 않는다면 넌 내 화살에 죽은 목숨이다.'

투월초는 세번째 화살을 뽑아 시위에 얹고는 한쪽 눈을 지그시 감고 똑바로 겨냥한 다음 전력을 기울여 활을 잡아당긴 후, 외마디 소리를 지르면서 오른팔을 뒤로 젖혔다.

양유기는 두 다리를 딱 버티고 서서 꼼짝하지 않았다.

화살은 흐르는 별처럼 날아가 양유기의 얼굴에 꽂혔다.

양편 군사들은 동시에 악! 비명을 내질렀다.

그러나 얼굴에 화살을 맞고도 양유기는 쓰러지지 않았다. 아니 유유히 움직이고 있었다. 자세히 바라보니 그는 입에 화살촉을 물고 있었다. 화살이 날아오는 순간 입을 벌려 날아온 화살 끝을 물어서 막았던 것이다.

이를 보고 왕군은 경탄하는 환호성을 질렀다.

한편 투월초는 당황했다. 약속한 화살 세 대를 다 쐈건만 상대를 거꾸러뜨리지 못했으니 말이다. 그러나 그는 체면상 태연한 체했다.

"이젠 네가 쏠 차례다. 만일 화살 세 대로 나를 맞히지 못할 때엔 내가 다시 너를 쏘기로 하자."

양유기가 웃으면서 대답한다.

"너를 맞히는 데 어찌 화살 세 대까지 허비할 것 있으리오. 단 한 대로 너의 목숨을 뺏으리라."

"이놈! 주둥아리를 함부로 놀리지 말아라."
하고 투월초는 짐짓 큰소리로 웃으며 응수했다.

그러나 양유기의 활솜씨가 백발백중일 줄이야 어찌 알았으리오.

양유기는 화살 한 대를 뽑아 손에 쥐고 외마디 소리를 지르면서 투월초를 향해 쐈다. 그런데 그는 활시위만 잡아당겼다가 놓았을 뿐 정작 화살은 쏘지 않았다.

그러나 저편에 선 투월초는 활시위 소리만 듣고서도 화살이 날아오는 줄로 알고, 순간 몸을 돌려 왼편으로 비켜섰다.

이를 보고 양유기가 소리를 지른다.

"화살이 내 손에 있거늘 몸을 피하다니 비굴한 자다. 네 이번에도 몸을 돌려 내 화살을 피하겠느냐?"

투월초가 대답한다.

"내가 몸을 피할까 염려하고 화살을 쏘지 않았다는 것은 활 쏘는 법을 전혀 모르는 자의 소행이다."

양유기는 다시 활시위를 팽팽히 잡아당겼다가 화살은 쏘지 않고 손을 놓았다.

투월초는 또 시위 소리만 듣고서 이번엔 몸을 돌려 오른편으로 비켜섰다.

그 순간이었다. 양유기는 번개같이 활을 쐈다. 너무나 순식간이어서 투월초는 이번엔 진짜 화살이 날아오는 것을 몰랐다. 그는 몸을 비킬 여가도 없었다.

화살은 정통으로 투월초의 머리를 꿰뚫었다. 참으로 어처구니없는 일이었다. 여러 해 동안 초나라 영윤 벼슬을 누린 투월초는 이제 소장 양유기가 쏜 화살 한 대에 죽었다.

염옹이 시로써 이 일을 차탄嗟歎한 것이 있다.

사람은 만족할 줄을 알아야 하나니
그는 영윤 벼슬이 부족해서 왕까지 되려 했다.
신궁 양유기는 그저 솜씨를 시험해본 데 불과했건만
투월초는 이미 끊어진 다리 저편에서 숨을 거두었도다.
人生知足最爲良
令尹貪心又想王
神箭將軍聊試技
越椒已在隔橋亡

굶주리고 피곤한 반군은 주장主將인 투월초가 허무하게 죽자 혼비백산하여 사방으로 흩어져 달아났다.

이에 왕군의 장수 공자 측과 공자 영제는 달아나는 반군과 투씨 일족을 뒤쫓으며 닥치는 대로 쳐죽였다.

시체는 쌓이고 쌓여 산 같고, 피는 흘러서 강물을 물들였다.

이에 투월초의 아들 투분황은 진晉나라로 달아났다. 진후晉侯는 투분황을 대부로 삼고, 묘苗 땅을 식읍으로 줬다. 그래서 세상 사람들은 투분황을 묘분황苗賁皇이라고도 했다. 물론 이것은 모두 다 다음날의 이야기다.

초장왕은 완전히 승리를 거두고, 명령을 내려 회군했다. 그때 사로잡힌 자는 모두 군전軍前에서 목이 달아났다.

초군은 개가를 부르며 영도郢都로 돌아왔다. 군사들은 투씨 일족이면 남녀노소 할 것 없이 몽땅 잡아다가 도륙을 냈다.

이리하여 투씨 일족은 씨도 손孫도 없이 멸족을 당했다. 이때 투씨 성을 가진 사람으로서 살아남은 자는 투반鬪般의 아들 투극황鬪克黃뿐이었다.

투극황의 벼슬은 잠윤箴尹•이었다. 그는 1년 전에 초장왕의 명령을 받고 친선 사절로 제 · 진秦 두 나라에 가고 없었다.

투극황은 진秦나라를 거쳐 제나라로 해서 돌아오다가 송나라에 당도했을 무렵, 고국에서 투월초가 반란을 일으켰다는 소문을 들었다.

수행원들이 좌우에서 투극황에게 권한다.

"다른 나라로 망명하십시오. 본국으로 돌아가면 죽습니다."

투극황이 의연히 대답한다.

"임금은 하늘과 같다. 어찌 천명을 어길 수 있으리오. 속히 초나라로 돌아가자."

투극황은 밤낮없이 수레를 달려 영성郢城에 당도했다.

그는 즉시 궁으로 들어가서 초장왕에게 다녀온 경과를 보고하고 물러나와, 그 길로 사구司寇(옛 관명官名으로, 주대周代 육경六卿의 하나. 오늘날의 경찰서에 해당)에 가서 자수했다.

"나의 조부 자문子文(투곡오도鬪穀於菟의 자字)께선 생전에, '월초越椒의 얼굴은 반역할 상이다. 필시 그놈은 우리 투씨 일족을 멸망시킬 것이다' 고 늘 말씀하셨소. 또 세상을 떠나실 때 나의 아버지에게 '너는 자식들을 데리고 다른 나라에 가서 목숨이나 보존하여라' 하고 유언까지 하셨소. 그러나 아버지께서는 조상이 대대로 초나라 국록을 받았기 때문에 그 은혜를 잊을 수 없다 해서 다른 나라로 차마 떠나시지 못하였다가, 마침내 투월초에게 죽음까지 당하셨소. 오늘날에 이르러 과연 우리 할아버지 말씀이 맞았구려. 나는 불행히도 이젠 역신逆臣의 친척이 됐으며, 더욱 불행하게도 선조의 유훈遺訓을 어긴 자손이 됐소. 나는 죽어야 마땅한 사람이오. 어찌 형벌을 피하고 살기를 바라리오."

초장왕은 신하로부터 투극황의 말을 전해듣고 차탄해 마지않았다.

"그의 조부 자문은 참으로 미래를 내다본 신인神人이로다! 더구나 자문은 우리 초나라에 많은 공로를 남긴 사람이다. 내 어찌 그 자손의 대를 끊을 수 있으리오. 곧 투극황을 석방해주어라."

그리고 다시 분부를 내린다.

"투극황은 죽기를 각오하고 형벌을 피하지 않았으니, 그는 바로 충신이다. 곧 입궐하라 하여라."

초장왕은 투극황이 입궐하자 그에게 다시 이전 벼슬을 주고, 겸하여 그의 이름을 투생鬪生이라고 고쳐줬다. 곧 마땅히 죽어야 할 처지인데 다시 살아났다는 뜻에서 그런 이름을 지어준 것이다.

또한 초장왕은 화살 한 대로 역적 투월초를 거꾸러뜨린 양유기의 공훈을 크게 표창했다.

양유기는 많은 상을 받고 근위군近衛軍 장수가 되었으며, 차우車右의 직職까지 맡았다.

이제는 영윤 자리가 비었을 따름이었다.

초장왕은 침윤沈尹•(침윤의 침沈은 초나라 지명이며 윤尹은 장長이란 뜻)으로 가 있는 우구虞邱가 매우 어진 사람이란 말을 듣고, 그를 불러와 영윤 벼슬을 주고 나랏일을 맡겼다.

그리고 초장왕은 궁중 점대漸臺(높은 누대樓臺)에 성대히 잔치를 차리고 모든 신하를 초대했다. 꽃 같은 후궁과 비빈들도 왕명을 받들어 잔치 자리에 나왔다.

초장왕이 모든 문무백관에게 말한다.

"과인은 음악을 듣지 아니한 지가 벌써 6년이 됐다. 이제 역적은 죽고 사방이 안정된지라. 바라건대 경들과 함께 오늘 하루를 즐겨볼까 하노라."

그리고 그 잔치를 태평연太平宴이라 이름붙였다.

이 잔치는 벼슬의 상하 할 것 없이 모두가 마음껏 즐기기 위한 자리였다.

이윽고 모든 신하들은 초장왕에게 재배하고 자리에 앉았다. 동시에 포인庖人은 산해진미를 들여오고, 태사太史는 음악을 탄주했다.

잔치는 해가 서산에 떨어진 뒤에도 계속됐다.

초장왕은 촛불을 밝히게 하고 다시 술잔을 들었다. 잔치 자리는 마치 꽃동산처럼 휘황찬란했다.

초장왕이 사랑하는 허희許姬에게 분부한다.

"그대는 모든 대부에게 일일이 술을 따르고 권하여라."

허희가 일어나 한 대부에게 술을 따르자 다른 대부들도 다 일어서서 자기 차례가 오기를 기다렸다. 허희가 일일이 대부들에게 술을 따르며 잔치 자리를 반쯤 돌았을 때였다.

어디선가 난데없는 바람이 불어와 잔치 자리의 촛불들이 한꺼번에 다 꺼져버렸다. 잔치 자리는 지척을 분별할 수 없는 암흑 천지로 변했다.

내시들이 아직 불씨를 가지고 오기 전이었다. 이때 누군지 알 수 없는 한 대부의 억센 손이 허희의 허리를 슬며시 끌어안았다.

어둠 속에서 허희는 대부의 가슴을 밀어냈다. 그러면서 다른 손으로 그 대부가 쓰고 있는 관冠 끈을 잡아끊었다. 그제야 그 대부는 몹시 놀라 허희의 허리를 놓았다.

허희가 관 끈을 손에 쥐고 가서 초장왕의 귀에 대고 아뢴다.

“첩은 대왕의 명령을 받들어 공경하는 뜻에서 차례로 대부들에게 술을 따랐습니다. 그런데 그중 무례한 사람이 있어 첩의 몸에 손을 대지 않겠습니까. 첩이 그 사람의 관 끈을 끊어 왔습니다. 속히 불을 밝히도록 명을 내리시고 그 대부가 누구인지 살피십시오.”

초장왕이 황급히 분부한다.

“아직 불을 밝히지 마라. 과인이 오늘 이렇듯 잔치를 베푼 뜻은 모든 경들과 함께 서로 기뻐하기 위해서다. 경들은 우선 그 거추장스러운 관 끈부터 일제히 끊어버리고 진탕 마시라. 만일 관 끈을 끊지 않는 자가 있다면 그는 과인과 함께 즐기기를 거역하는 자리라.”

이에 모든 문무백관은 일제히 관 끈을 끊었다. 그제야 초장왕은 불을 밝히게 했다.

이리하여 결국 허희의 허리를 끌어안은 자가 누구인지는 아무도 몰랐다.

잔치가 끝났다. 초장왕은 내궁으로 들어갔다.

허희가 초장왕에게 아뢴다.

“첩이 듣건대 남녀는 함부로 범하지 못한다 하더이다. 더구나 임금과 신하의 사이야 더 말할 것 있습니까. 오늘 밤 잔치 자리에서 대왕께서는 첩에게 모든 대신들의 술을 따라주라 하시며 대신들에게 공경하는 뜻을 보이셨건만, 그럼에도 감히 첩의 몸에 손을 댄 자가 있었습니다. 그러나 왕께서는 그 무례한 자를 잡아내려 하지 않으셨습니다. 이러고서야 어떻게 상하의 예의를 밝히며 남녀의 구별을 바로잡겠습니까?”

초장왕이 웃으며 대답한다.

"이는 부녀자의 알 바 아니다. 자고로 임금과 신하가 한자리에서 술을 마실 때엔, 서로 석 잔〔三杯〕 이상을 못 마시는 법이다. 그것도 낮에만 마시고 밤엔 못 마시게 되어 있다. 그런데 과인은 오늘 모든 신하와 함께 취하도록 마셨고, 또 촛불까지 밝히고서 마셨다. 누구나 취하면 탈선하는 것이 인정이다. 만일 그 대부를 찾아내어 처벌하고 그대의 절개를 표창하면서 그 사람의 마음을 괴롭힌다면, 모든 신하의 흥취가 어찌 되겠는가? 그렇게 되면 과인이 오늘 잔치를 차린 의의가 없지 않느냐?"

허희는 이 말을 듣고 초장왕의 큰 도량에 탄복했다.

그래서 후세 사람들은 그 잔치를 절영회絶纓會라고 했다.

염옹이 시로써 이 일을 읊은 것이 있다.

어둠 속에서 여인에게 손을 대는 것은 취한 사람의 상정常情이라
그런데 아름다운 손이 바람처럼 관 끈을 끊었도다.
초장왕의 그 바다 같은 도량을 알 수 있으니
물이 너무 맑으면 고기가 없느니라.

暗中牽袂醉中情
玉手如風已絶纓
盡說君王江海量
畜魚水忌十分淸

어느 날 초장왕은 영윤 우구虞邱와 함께 나랏일을 의논하다가 밤늦게야 내궁으로 들어갔다.

부인 번희樊姬가 묻는다.

"오늘 조정에 무슨 일이 있었기에 이제야 들어오십니까?"

초장왕이 대답한다.

"우구와 함께 나랏일을 의논하다가 늦는 줄을 몰랐소."

"우구란 어떤 사람입니까?"

"우리 나라의 어진 사람이오."

"첩이 생각하건대 우구는 결코 어진 사람이 아닙니다."

"우구가 어질지 못하다니, 그걸 그대는 어떻게 단정하오?"

"신하가 임금을 섬기는 것은 마치 아내가 남편을 섬기는 것과 같습니다. 첩은 중궁中宮의 자리에 있건만, 자색이 아름다운 여자가 있으면 반드시 왕께 추천했습니다. 그런데 우구는 왕을 모시고 밤늦도록 나랏일을 상의하면서도 왕께 어진 사람을 천거하지 않았습니다. 대저 한 개인의 지혜는 한정限定이 있습니다. 그러나 우리 초나라엔 어진 선비가 한정 없이 많습니다. 우구는 자기 한 사람의 지혜로써 이 나라 그 많은 선비를 무시하고 있습니다. 그런 사람이 어찌 현자일 수 있습니까."

초장왕은 말없이 머리를 끄덕였다.

이튿날 아침이었다. 조회가 끝나자 초장왕은 전날 밤에 들은 번희의 말을 우구에게 전했다. 그 말을 듣고서 우구가 옷깃을 여미며 아뢴다.

"왕비마마의 지혜는 신보다 월등하옵니다. 즉시 뛰어난 인재를 두루 찾겠습니다."

우구는 여러 대부에게 훌륭한 인재가 있거든 천거해주기를 청했다.

투생이 고한다.

"죽은 위가蔿賈의 아들 위오蔿敖는 참으로 어진 사람입니다. 그는 부친이 투월초에게 피살되자 몽택夢澤에서 숨어살고 있습니다. 그는 나가면 장수가 되고, 들어오면 정승이 될 수 있는 그런 인물입니다."

우구는 이 말을 초장왕에게 아뢰었다.

초장왕이 머리를 끄덕이면서 대답한다.

"위가는 지사智士였다. 그의 아들이라면 반드시 비범하리라. 하마터면 그를 잊을 뻔했구나. 곧 위오를 데려오도록 하오."

우구는 즉시 투생과 함께 수레를 달려 몽택으로 갔다.

한편, 위오는 어머니를 모시고 몽택으로 온 이래 힘써 밭을 갈면서 살고 있었다.

어느 날 그는 괭이를 메고 밭으로 나갔다. 그는 밭을 갈다가 몸은 하나인데 머리가 두 개 붙은 뱀을 보았다. 그는 깜짝 놀라 혼잣말을 중얼거렸다.

"듣건대 머리가 두 개 있는 뱀은 상서롭지 못한 것이어서, 양두사兩頭蛇를 본 사람은 반드시 죽는다고 하더라. 그러니 내 이제 죽을 날이 머지않았구나. 다른 사람이 이 뱀을 보면 그 사람도 죽으리라. 죽으면 나 혼자 죽을 일이지, 어찌 다른 사람에게까지 피해를 입히리오."

이에 위오는 괭이로 양두사를 쳐죽이고 밭둑에 묻었다. 그는 집으로 돌아가서 어머니 앞에 엎드려 울었다.

어머니가 그 우는 연고를 묻자 위오가 아뢴다.

"양두사를 본 사람은 반드시 죽는다고 합니다. 오늘 소자는 양두사를 봤습니다. 장차 어머니를 끝까지 봉양할 수 없겠기에 우나이다."

"그 뱀은 지금 어디에 있느냐?"

"혹 다른 사람이 볼까 염려하여 이미 죽여서 땅에 묻어버렸습니다."

"사람이 한 번만 착한 마음을 가져도 하늘은 반드시 그 사람을 돕는 법이다. 너는 남을 위해서 양두사를 죽이고 묻어버렸으니, 어찌 일시적인 착한 마음이라고만 하리오. 염려 마라. 너는 절대 죽지 않고 장차 큰 복을 받으리라."

이런 일이 있은 지 수일 후였다. 우구와 투생이 몽택에 있는 위오의 집 앞에 당도했다. 그들은 위오에게 왕명을 전하고 즉시 떠나기를 청했다.

위오의 어머니가 웃으면서 말한다.

"이 기쁜 소식은 양두사를 죽여 땅에 묻은 너에게 하늘이 보답하신 것이다."

이에 위오는 어머니를 모시고 우구와 투생을 따라 영성으로 돌아갔다.

초장왕은 위오를 가까이 불러, 하루 종일 국가 장래에 대해서 담론談論했다.

마침내 초장왕은 매우 흡족해하며,

"초나라 모든 신하 중에 경과 견줄 만한 사람이 없도다."

하고 곧 영윤 벼슬을 줬다.

위오가 거듭 사양한다.

"신은 시골에서 갓 올라왔는데 갑자기 나랏일을 맡는다면 아무도 신에게 복종하지 않습니다. 그저 모든 대부의 끝자리나 주십시오."

"경을 아는 사람은 과인이다. 그러니 경은 사양하지 마라."

위오는 몇 번 사양하다가 결국 영윤이 됐다.

영윤이 된 위오는 초나라 제도를 다시 검토하고 군법軍法을 세웠다.

무릇 군부軍部 조직엔 군우軍右, 군좌軍左가 있어 전장에선 맨 앞에 선다. 중권中權은 총참모부總參謀部이니, 바로 중군中軍이다. 경병勁兵은 왕의 친병親兵이니, 싸울 때엔 기병奇兵이 되고, 후퇴할 때엔 적의 추격을 막으면서 왕을 호위한다.

또 우광右廣과 좌광左廣이란 것이 있는데, 각기 병거 15승으로 편성되어 있고, 병거 1승마다 보졸步卒 100명이 따르고, 그 뒤엔 25명으로 이루어진 유병游兵이 따른다. 우광은 축丑 · 인寅 · 묘卯 · 진辰 · 사巳의 오시五時를 맡아보고, 좌광은 오午 · 미未 · 신申 · 유酉 · 술戌의 오시五時를 맡아본다. 매일 첫닭이 울 무렵부터 우광은 말을 타고 사방을 순찰巡察하며, 정오正午가 되면 좌광이 교대하여 황혼 때까지 순찰한다.

위오는 이러한 군법을 그대로 정치에 이용했다.

내관內官들도 반班을 나누어, 해시亥時부터 자시子時까지 궁중을 순시하면서 뜻밖의 변란이 일어나지 않도록 방비했다.

그리고 위오는 모든 대부에게 다음과 같은 부서를 맡겼다. 우구는 중군 대장이 되고, 공자 영제嬰齊는 좌군 대장이 되고, 공자 측側은 우군 대장이 되고, 양유기養繇基는 우광 장수가 되고, 굴탕屈蕩은 좌광 장수가 되어 날마다 때를 정해놓고 부하들을 집합시켜 사열했다.

또 각 부서엔 엄격한 법이 있어서 삼군三軍의 기율이 분명했다. 따라서 백성들 사이에도 아무런 소요 사건이 일어나지 않았다.

위오는 지방 각처에다 둑을 쌓고 수리水利 공사를 크게 일으켰다. 그래서 초나라 농사는 때를 맞추어 풍년을 알렸다.

이에 만백성은 태평가太平歌를 불렀다.

초나라 대신들은 처음에 초장왕이 위오에게 중임重任을 맡기는 걸 보고서 별로 좋아하지 않았다. 그러다가 그후 위오가 하는 일이 모두 다 조리에 맞고 명백하고 효과가 있는 걸 보고서야 대신들은 서로 탄복했다.

"어진 위오가 있다는 것은 우리 초나라의 복이다. 이는 자문子文이 다시 세상에 나온 것이라 하겠다."

지난날에 자문은 영윤으로 있으면서 초나라를 융성케 했다. 그래서 대신들은 위오를 자문의 재생再生이라 했던 것이다.

한편, 이때 정나라에선 정목공鄭穆公 난蘭이 세상을 떠나고 그 아들 세자 이夷가 즉위했으니 그가 바로 정영공鄭靈公이다. 이때는 공자 송宋과 공자 귀생歸生이 정나라 세도를 잡고 있었다.

정나라는 여전히 형편 따라 진晉나라를 섬기기도 하고 초나라를 섬기기도 하면서 결단을 내리지 못하고 있었다.

이에 초장왕과 위오는 거듭 상의하고 드디어 정나라를 치기로 작정했다.

하루는 세작이 돌아와서 초장왕에게 보고한다.

"정나라 정영공이 공자 귀생에게 맞아죽었습니다."

초장왕이 결연히 말한다.

"내 이제 정나라를 칠지라도 대의명분이 서겠구나!"

〔6권에서 계속〕

주周 왕실과 주요 제후국 계보도

* ─ 부자 관계, ㄴ 형제 관계.
* 네모 안 숫자(1, 2…)는 주나라 건국 이후와 각 제후국 분봉 이후의 왕위, 군위 대代 수.

동주東周 왕실 계보 : 희성姬姓

… ─ 18 양왕襄王 정鄭(B.C.652~619) ─┐
└─ 19 경왕頃王 임신壬臣(B.C.618~613) ─┬─ 20 광왕匡王 반班(B.C.612~607)
└─ 21 정왕定王 유瑜(B.C.606~586) ─…

노魯나라 계보 : 희성姬姓

… ─ 18 희공僖公 신申(B.C.659~627) ─ 19 문공文公 흥興(B.C.626~609) ─┐
└─ 세자 악惡 ─┐ 제강齊姜(애강哀姜 혹 출강出姜) 소생
├─ 공자 시視 ─┘
├─ 20 선공宣公 퇴俀(일명 왜倭, B.C.608~591) ─┐ 경영敬嬴(진秦나라 공녀) 소생
└─ 공자 숙힐叔肹(B.C.?~592) ─┘

제齊나라 계보 : 강성姜姓

… — ⑮ 환공桓公 소백小白(B.C.685~643)
- 무휴無虧(일명 무궤無詭, 자字는 무맹武孟) : 장위희長衛嬉 소생
- ⑲ 혜공惠公 원元(B.C.608~599) : 소위희少衛姬 소생
  - ⑳ 경공頃公 무야無野(B.C.598~582) — …
- ⑯ 효공孝公 소昭(B.C.642~633) : 정희鄭姬 소생
- ⑰ 소공昭公 반潘(B.C.632~613) : 갈영葛嬴 소생 — 세자 사舍
- ⑱ 의공懿公 상인商人(B.C.612~609) : 밀희密姬 소생
- 공자 옹雍 : 송화자宋華子 소생

진晉나라 계보 : 희성姬姓

… — ㉒ 문공文公 중이重耳(B.C.636~628)
- ㉓ 양공襄公 환驩(B.C.627~621) : 핍길偪姞 소생
  - 공자 첩捷
  - ㉔ 영공靈公 이고夷皐(일명 척蜴 : B.C.620~607) — …
- 공자 옹雍 : 두기杜祁 소생
- 공자 낙樂 : 회영懷嬴 소생
- 공자 백숙伯儵
- ㉕ 성공成公 흑둔黑臀(B.C.606~600)

초楚나라 계보 : 웅성熊姓

… — ⑳ 성왕成王 군頵(일명 운惲, B.C.671~626) — ㉑ 목왕穆王 상신商臣(B.C.625~614)
- ㉒ 장왕莊王 여旅(혹 여侶, B.C.613~591) — …

진秦나라 계보 : 영성嬴姓

…— ⑭ 목공穆公 임호任好(B.C.659~621) — ⑮ 강공康公 앵罃(B.C.620~609) —
— ⑯ 공공共公 도稻(일명 화和, B.C.608~604) — ⑰ 환공桓公 영榮(B.C.603~577) …

정鄭나라 계보 : 희성姬姓

…— ④ 여공厲公 돌突(B.C.700~673) — ⑤ 문공文公 첩捷(B.C.672~628)
　　└ ⑥ 목공穆公 란蘭(B.C.627~606) —
— ⑦ 영공靈公 이夷(B.C.605) — …

송宋나라 계보 : 자성子姓

…— ⑱ 환공桓公 어열御說(B.C.681~651) — 공자 어魚
　　└ ⑲ 양공襄公 자보玆父(B.C.650~637) —
— ⑳ 성공成公 왕신王臣(B.C.636~620) — ㉑ 소공昭公 저구杵臼(B.C.619~611)
　　└ ㉒ 문공文公 포鮑(B.C.610~589) —…

진陳나라 계보 : 규성嬀姓

…— ⑯ 선공宣公 저구杵臼(B.C.692~648) — ⑰ 목공穆公 관款(B.C.647~632) —
— ⑱ 공공共公 삭朔(B.C.631~614) — ⑲ 영공靈公 평국平國(B.C.613~599) — …

위衛나라 계보 : 희성姬姓

… — ⑰ 대공戴公 신申(B.C.660)
　　└ ⑱ 문공文公 훼燬(B.C.659~635) — ⑲ 성공成公 정鄭(B.C.634~600) —
　　　　└ 숙무叔武
— ⑳ 목공穆公 속速(B.C.599~589) — …

채蔡나라 계보 : 희성姬姓

— ⑬목공穆公 힐肹(B.C.674~646) — ⑭장공莊公 갑오甲午(B.C.645~612) —

— ⑮문공文公 신申(B.C.611~592) — …

주요 제후국 간의 통혼 관계

* = 혼인 관계, | 친자 관계. 네모 안 숫자는 각국 제후위 대代 수.

진秦 ══ **제**齊 ══ **노**魯

진秦 공녀 경영敬嬴 ══ ⑲ 노문공魯文公 ══ ⑰ 제소공齊昭公 공녀 제강齊姜

⑳ 노선공魯宣公 (진秦 공녀 경영敬嬴과 노문공魯文公의 아들)

공자 악惡, 시視 (노문공魯文公과 제강齊姜의 아들)

초楚나라의 유력 세경가世卿家 계보

* 초나라는 건국 당시부터 북방에 비해 비교적 강고하고 오래 지속된 원시 부락 연맹체 사회였음(네모 안 숫자는 초왕의 대代 수).

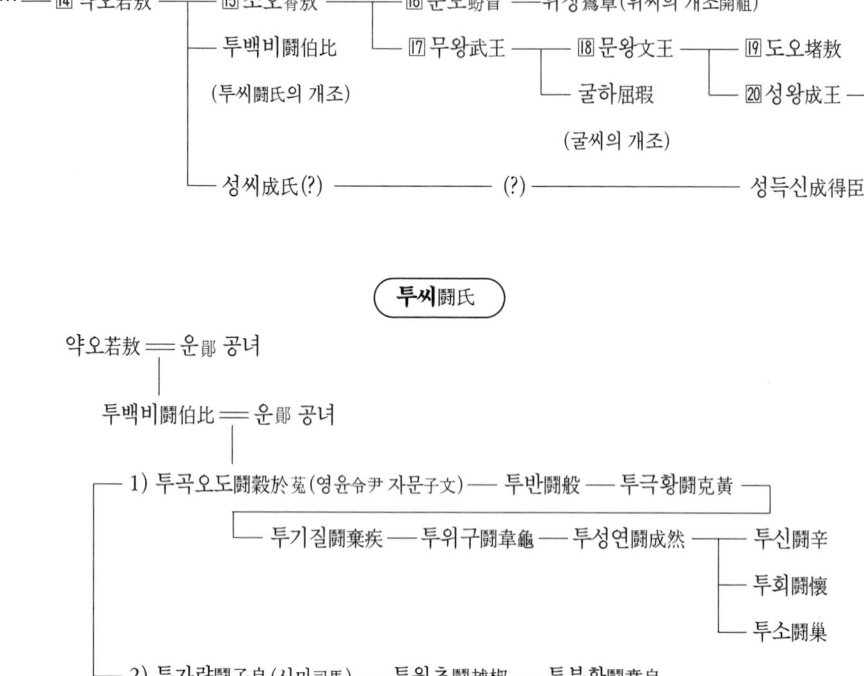

• 투씨 · 성씨 · 굴씨 · 위씨가 춘추 시대 초나라의 4대 유력 세족이었고, 그중에서도 초의 14대 군주 약오若敖에서 파생, 분파되어 가장 문벌이 오래된 투씨 · 성씨 양 가문이 절대적인 기득권을 장악했다(양가 중에서도 투씨가 보다 강대했음. 아마도 성씨成氏는 투씨로부터 분화된 2차 성씨인 듯함. 또 같은 투씨 중에서도 종주宗主에 해당하는 1)의 가문이 더 막강했고 2)와 3)은 입지가 보다 약했음). 굴씨는 17대 군주 무왕武王에게서, 위씨는 16대 군주 분모蚡冒에게서 각각 파생되어 약오씨 양가에 비하면 역사도 짧고 그만큼 문벌 기반도 약했다. 투 · 성 · 굴 · 위는 모두 그들 가문의 시조인 공자들이 부친이나 형인 초왕들로부터 하사받은 봉읍封邑 명칭을 따라 붙여진 성씨일 것으로 추정된다(봉읍이나 영읍領邑 명칭을 가문 성씨로 삼는 것은 춘추 시대까지의 일반적인 관행이었고 현재의 본관本貫도 이와 유사한 개념이다).

성씨成氏

약오若敖 ─ … ? ─ 성득신成得臣(사마→영윤 자옥子玉) ┬ 성대심成大心 ─ 성호成虎
└ 성가成嘉

굴씨屈氏

무왕武王 … 굴하屈瑕 … 굴중屈重 … 굴완屈完 … 굴어구屈禦寇 … 굴당屈蕩 ─ 굴도屈到 ─ 굴건屈建 ─ 굴생屈生 ─ … 굴무屈巫 ─ 굴호용屈狐庸(계통 불명)

• 굴씨 계보 중의 …는 선조-후손 관계로 추정되긴 하지만 직계 관계임을 완전 확신할 수 없음을 의미함. 굴씨는 4대 세족 중 가장 오래 존속되었지만(전국말戰國末의 대시인 굴원屈原 대까지), 각 세대의 계승 관계나 부자 관계는 모호한 부분들이 많은 편이다.

위씨蔿氏

분모蚡冒 ─ 위장蔿章 ─ 위여신蔿呂臣 ─ 위가蔿賈 ─ 위애렵蔿艾獵(위오蔿敖, 손숙오孫叔敖) ─ 위자빙蔿子馮 ─ 위엄蔿掩

관직

*° 표시를 한 것은 그 나라에만 있는 독특한 관직을 지시하고, 표시가 없는 것은 공통 관직을 의미함.

정鄭

어정圉正° 형옥刑獄과 감옥을 관리하던 직책.

진晉

중군 원수中軍元帥° 타국의 재상宰相 지위에 해당하는 진나라의 최고 관직. 명칭상으로는 군사 업무를 총괄하는 최고 장수를 뜻하는 듯 보이지만 실제로는 군제軍制, 군법軍法뿐 아니라 모든 내정과 행정을 총감독했으므로 실질적인 수상首相 지위에 해당함. 이처럼 춘추 시대의 진晉나라는 국내의 최고 집권자에 대해 재상宰相, 집정執政(정권 · 정사政事를 장악한 자라는 뜻), 정경正卿(경卿 중의 으뜸이란 의미)이라는 일반적인 호칭 대신 '중군 원수'라는 특별한 호칭을 사용했음. 이는 초나라의 '영윤令尹'과도 같이 특이한 명칭이었음. 참고로 진나라에는 총 오군五軍이 있었고 중군中軍은 그중 가장 중요하고 핵심적인 정예 군대였음. 그 수장인 중군 원수中軍元帥는 군사에서는 대원수大元帥에 해당하면서 내정에서는 재상宰相급의 지위로 국내의 군사 · 행정을 총괄했음.

군위軍尉 군대의 대오 정비와 훈련 · 군법軍法 · 군기軍紀 숙정 등을 담당하는 직책.

차우車右 전차의 좌우 옆에서 호위하는 직책. 우자右者라고도 함.

사구司寇 (각국의) 사법 운용, 법률 분규, 소송, 재판 등을 관할하는 직책. 법관法官의 수장.

재부宰夫 궁중 요리와 어찬御饌 진상을 담당하는 직책.

송宋

사성司城° 성곽 수비, 개수改修 등을 담당하는 직책.

우사右師° 태사太師(군주에 대한 교육 · 고문 · 충간忠諫 · 정무 기록 등을 관장하는 고위 직책)의 부관副官. 좌사左師와 짝을 이루어 태사를 보좌하는 역할을 함.

좌사左師° 우사右師와 짝이 되어 태사太師를 보필하는 부관(그러나 좌사左師, 우사右師가 어떤 식으로 업무 분담을 했는지는 자료 부족상 알기 곤란하다).

초楚

포인庖人 궁중 요리사. 어찬御饌과 각종 궁중 음식의 가공 · 조리 · 가열 등을 담당.

잠윤箴尹° 침윤鍼尹이라고도 함. 주군에 대한 충간忠諫 · 경계警戒 · 고문顧問 등을 담당한 직책.

침윤沈尹° 침沈 땅을 다스리는 지방관. 초나라에서는 중앙 조정의 관리뿐 아니라 지방 행정을 담당하는 관직들, 특히 각 지방의 수령들에게도 '윤尹' 이라는 칭호를 많이 사용했음.

기물器物

금琴　거문고(호북성湖北省 수주시隨州市 출토 용龍 무늬 칠금漆琴).

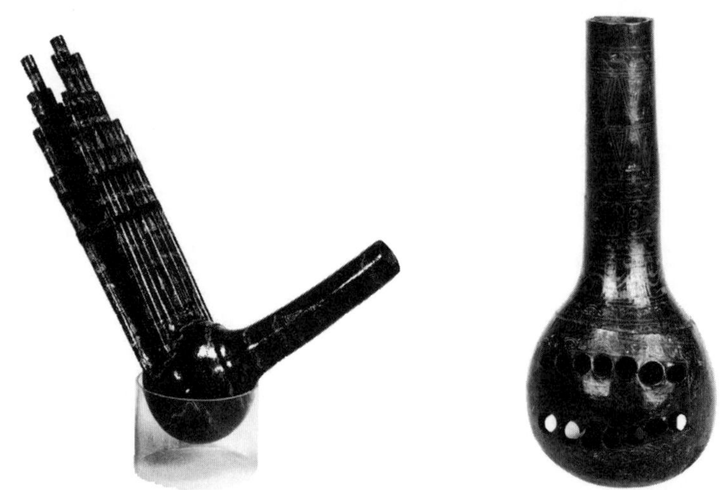

생황笙簧　고대 관악기의 일종. 플라스크 모양의 부리(생笙)에 13, 19개의 구멍을 뚫고 그 구멍에 가는 관管 모양의 대나무로 된 혀(황簧)를 넣어 그 진동으로 소리를 냄(호북성 수주시 출토, 오른쪽이 부리인 생笙, 왼쪽이 생笙의 구멍에 혀인 황簧을 꽂아 만든 완제품).

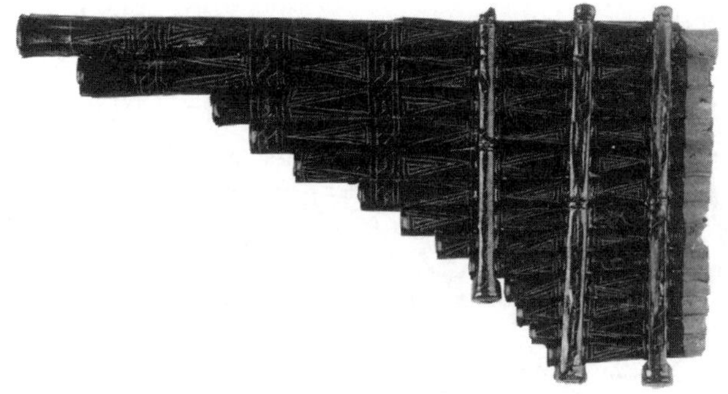

소簫 대나무 관管을 가지런히 엮어 만든 취주吹奏 관악기의 일종(호북성 수주시 출토 채색 배소排簫).

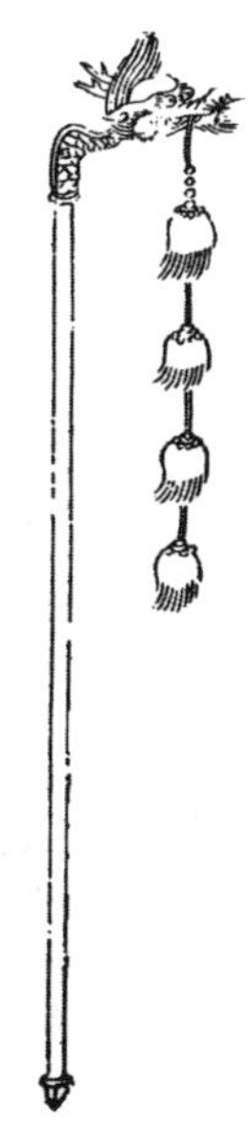

정旌 깃발의 일종. 깃대 위에 검정소의 꼬리를 달고 새털로 장식한 기(『삼재도회三才圖會』 수록).

고대의 연락宴樂 **광경**　사천성四川省 성도成都 백화담百花潭 출토 은상감銀象嵌 동호銅壺 위에 그려진 연락도宴樂圖. 연회에서 악사들이 각종 악기를 연주하는 모습을 세밀하게 묘사하였다.

복희 · 여와 그림　산동성山東省 가상현嘉祥縣 출토 화상석畵像石에 묘사된 복희씨(오른쪽)와 여와씨(왼쪽) 및 그 자손들.

용을 타고 승천하는 귀인貴人의 모습 호남성湖南省 장사長沙 자탄고子彈庫 출토 백화帛畵(비단에 그린 그림). 왼쪽 하단에 보이는 물고기는 영생을 상징한다고 한다.

봉황을 타고 승천하는 귀부인의 모습 호남성 장사 진가대산陳家大山 출토 백화帛畵.

주요 역사

방백方伯 지방의 강력한 영주領主(백伯)라는 뜻으로 패자覇者와 동의어. 패업覇業과 백업伯業도 동의어로 사용됨. 이 경우의 백伯은 제후諸侯의 5등작五等爵 중 3등작을 지칭하는 (좁은 의미의) 호칭이 아니라 봉건 제도하에서 천자의 아래에 위치하면서 각지의 넓은 영토를 분봉分封받아 해당 지역을 자율적으로 통치하는 지방 제후, 곧 영주들을 널리 통칭하는 용어. 일반 백伯들보다도 훨씬 우월하고 압도적인 위치에 서서 천자를 대리해 각지의 수다한 백伯들을 영도하고 이끄는 지방 실력자를 지시하는 용어.

삼황오제三皇五帝 중국 상고上古 시대時代의 신화적 성군聖君들을 총칭하는 말로 중국 역사의 기원이 되는 태고太古의 신비로운 시대 내지 태평성대의 대명사로 사용됨. 삼황은 복희씨伏羲氏·수인씨燧人氏·신농씨神農氏 혹은 천황씨天皇氏·지황씨地皇氏·인황씨人皇氏의 3성군이고, 오제는 황제黃帝·전욱顓頊·제곡帝嚳·요堯·순舜의 5성군임. 수인씨 대신 축융씨祝融氏나 여와씨女媧氏를 꼽기도 하는데, 이들 대부분은 반인반수의 상서로운 외모를 지녔다고 함. 복희씨는 백성들에게 어렵漁獵과 목축을 가르치고 팔괘八卦를 만들었고, 수인씨는 화식火食하는 방법을, 신농씨는 농경과 교역을 가르쳤다고 함. 또 오제 중의 첫째인 황제는 배와 수레 만드는 법, 집 짓는 법, 옷감 짜는 법, 약초 이용법 등을 가르치고 문자와 악기를 발명했으며 중원中原의 다수 부족장들을 통합한 최초의 부족 국가를 건립했기 때문에 중국 민족(화하족華夏族)의 시조이자 문명의 개조로 숭앙됨.

여와씨女媧氏 본 소설처럼 수인씨 대신 여와씨를 삼황三皇에 넣는 것은 북방에 비해 모계 사회의 전통이 강했던 남부 중국 계통의 신앙에서 유래된 것이라고 함. 여와씨는 복희씨와 남매 사이로 대홍수를 극복한 뒤 서로 혼인하여 많은 자손을 퍼뜨렸다고 전해짐. 여기에서 보이는 대홍수 설화와 남매혼男妹婚 신화의 구조는 『구약성서』「창세기」의 노아의 홍수나 메소포타미아의 길가메

쉬 서사시에 나오는 대홍수 설화, 그리스 신화의 우라누스-가이아, 크로노스-레아, 제우스-헤라로 이어지는 남매혼 신화들과 사뭇 유사한 측면이 있음. 이를 통해 선사 시대 인류의, 동서東西를 초월한 공통적인 사고 방식과 생활 양식들을 짐작할 수 있음.

구정九鼎 (일명 구룡신정九龍神鼎) 하夏나라의 시조 우왕禹王이 만들었다고 하는 전설상의 9개의 보정寶鼎(정鼎은 금속으로 만든, 발이 셋, 귀가 둘 달린 크고 귀한 솥). 우왕이 순舜임금의 명을 받들어 황하黃河의 치수治水에 성공한 후 천하를 아홉 개의 주州로 나누고 각 주의 특산에 따른 공부貢賦(각 지역에서 국가에 바치는 특별한 진상품)를 정해주어 통치의 자원으로 삼게 했음(이것이 바로 유명한 '우공구주禹貢九州'이다. 우공구주禹貢九州는 형荊 · 양梁 · 옹雍 · 예豫 · 서徐 · 양揚 · 청靑 · 연兗 · 기冀의 9주를 의미한다). 이때 우왕의 성덕聖德에 감읍한 구주의 수장들이 각 주의 진귀한 금속을 모아 바쳤고 우왕은 이를 재료로 삼아 9개의 정鼎을 차례로 제작해 대대로 왕위 전승의 보기寶器로 삼게 했다고 함. 이후부터 정鼎은 국가 · 국통國統 · 왕위 · 제업帝業 등을 상징하는 말로 두루 쓰이게 되었고, 구정은 하나라를 거쳐 상나라로, 다시 주나라로 전승되었다고 함. 따라서 구정을 소유한다는 것은 바로 천하를 다스릴 만한 덕업德業과 공명功名 및 정통성을 갖추었다는 사실을 상징함.

문정問鼎 뜻을 그대로 풀이하면 '정鼎의 크기를 묻다'가 됨. 중원을 지배하려는 야심을 품은 초楚나라의 장왕莊王(B.C.613~591 재위)이 B.C.606년에 육혼융陸渾戎을 정벌하는 대공大功을 수립한 뒤 내친 김에 낙수雒水(혹 낙수洛水. 황하黃河의 지류 중 하나로 주나라 기내畿內를 관류하는 중요 하천. 흔히 서주 문명의 발상지이자 상징으로 여겨짐) 유역의 주나라 국경 근처에서 대규모 열병식閱兵式을 거행해 초나라의 국력과 위엄을 만방에 과시한 후 주정왕周定王의 사신으로 참석한 왕손王孫 만滿(양왕襄王의 손자)에게 하夏나라의 우왕이 만들고 상商나라를 거쳐 주 왕실로 전해졌다고 하는 전설상의 '구정九鼎'의 크기와 무게를 물었다고 함. 이 말을 통해 장왕은 자신이 구정을 대신 차지해보겠다, 곧 주나라를 대신해 천하의 새로운 주인이 되어보겠다는 야심을 노골적으로 드러내 보였음. 이에 왕손 만은 왕조의 조명祚命과 국가의 안태安泰는 왕도王道

와 덕업德業에 달려 있지, 한낱 정의 무게나 크기에 있지 않다는, 조용하지만 매서운 말로 엄하게 꾸짖어 장왕을 뜨끔하게 만들었음.

필주筆誅 자의字意를 풀이하면 '붓으로써 (상)벌을 내린다'는 의미. 현실에서는 반드시 원칙대로만 관철되지 않는 인간사의 정도正道와 정의正義, 시비是非와 흑백黑白을 올바로 규명하고 그를 사서史書 기록을 통해 미화나 윤색 없이 분명히 밝힘으로써 대대로 후인의 귀감과 경계를 삼게 하려는 중국 특유의 역사 의식을 압축적으로 지칭하는 용어. 곧 사관史官은 투철한 사명 의식에 입각해 당대 사실事實을 왜곡 없이, 특히 현실적인 권력의 위협과 회유에 굴복하는 일 없이 정직하게 직필直筆함으로써 선악善惡과 인과응보因果應報의 대섭리를 역사서를 통해서나마 관철시키고자 하는 기사記史의 대원칙임. 이것은 또한 개개의 인간 행위들을 하늘을 대신해 재단裁斷하고 합당한 상벌을 줌으로써 현세에서는 지켜지지 않을 수도 있는 '종과득과種瓜得瓜, 종두득두種豆得豆'(콩 심은 데 콩 나고 팥 심은 데 팥 난다)의 원리를 사서史書에서만큼은 모두에게 공명정대하게 적용시켜 자신이 저지른 행위의 업보業報와 그에 대한 후세의 엄정한 평가를 스스로 책임지게 하려는 의도라 할 수 있음. 곧 군주를 시역弑逆하거나 불효의 대죄를 범하고도 당대에는 천벌을 받지 않고 부귀영화를 누린 이들도 사서에서는 난신적자亂臣賊子의 악명과 그에 대한 신랄한 비난, 치죄治罪를 피할 수 없게 하고, 반대로 시종 충정과 절개를 지키고 의행義行만을 실천했지만 때를 잘못 만나 갖은 고난을 겪거나 억울하게 비명횡사한 이들도 사서를 통해 그 덕업德業에 합당한 대우와 예찬을 받고 복권復權되게 함으로써, 생전에는 충분하지 않았을 상벌賞罰을 지면을 통해 정확히 내리고자 했던 것. 곧 역사를 기록하는 붓을 통해 악인은 생전에 못 받은 벌을 충분히 받도록 하고 선인, 의인은 생전에 못다 한 영광과 공명功名을 누리는 동시에 생전에 받은 부당한 고난과 박해를 조금이나마 보상받도록 함으로써 인도人道와 천도天道의 공평무사公平無私함을 발양發揚하고자 했던 것. 필주의 가장 대표적인 2대 사례로 꼽히는 진晉나라 태사太史 동호董狐의 일화(본 권에 수록)와 제齊나라 태사太史 형제들의 순직殉職 일화(7권에 수록)는 후세의 중국인들에게 역사의 존엄성을 일깨워주는 가장 근본적이고 정신적인 힘의 원천이 되어왔음.

약오씨若敖氏**의 난**亂 초나라의 최고 귀족인 약오씨들이 B.C.605년(초장왕楚莊王 9년)에 일으킨 춘추 시대 초나라의 최대 규모의 내란. 약오씨若敖氏란 초나라의 14대 군주인 약오若敖(B.C.790~764 재위. 약오는 일종의 시호, 초나라에서는 무왕武王이 B.C.704년에 칭왕稱王하기 전까지 다수 군주에게 종종 '오敖'가 붙은 시호를 올렸음. 오敖는 추장酋長, 추호酋豪 등을 뜻함) 웅의熊儀의 직계 자손들인 유력 세경가世卿家를 뜻하는 말로 투씨鬪氏, 성씨成氏 양 가문을 함께 지칭함. 양 가문 중 좀더 많은 실권을 지녀왔던 투씨가 장왕莊王이 즉위한 이후 굴씨屈氏·위씨蔿氏 등 다른 가문들을 중용하는 데 대해 위기 의식을 느끼고 자신들의 기득권과 국정권을 지키기 위해 장왕莊王-위씨蔿氏 연합 세력을 선제 공격해 난을 일으킨 사건. 이 난이 약오씨(투씨·성씨)의 몰락과 장왕측의 승리로 끝남으로써 초나라의 내정이 안정되고 왕권도 대폭 강화되어 그것이 바로 부국강병富國强兵과 패업霸業으로 직결되었음.

신선神仙 **사상** 『열국지』 5권에는 진목공秦穆公(B.C.659~621 재위)의 딸 농옥弄玉과 그 부군인 소사蕭史(퉁소와 생황笙簧의 달인이었다고 함)가 속세의 부귀영화를 초탈한 채 음풍농월吟風弄月하면서 청정淸淨하게 살다가 어느 날 신선神仙이 되어 봉황鳳凰과 용龍을 타고 승천昇天했다는 전설이 수록되어 있다. 이처럼 상주商周 시대에는 육신이 죽은 다음 혼백魂魄이 승천하여 가게 된다는 청정무위淸淨無爲한 신선의 세계와 선계仙界의 불로장생을 동경하고 그를 적극 추구하는 신선 사상이 널리 유포되어 있었다. 춘추 전국 시대 각지에서 발견된 묘지墓地 부장품副葬品들과 각종 기물器物들을 통해서도 원시적인 신선 사상을 표현한 그림들을 적잖게 볼 수 있는데, 이 같은 상주 시대의 신선 사상은 불교의 윤회輪廻 관념이 전래되기 이전의 중국의 전통적인 내세관을 반영한다는 점에서 주목할 만하며 실제로 후대 도교道教 사상의 중요 요소로 발전하기도 했다. 특히 동방 연해 지역에 위치했던 제齊나라와 장강長江 유역의 온난한 남방 지역에 위치한 초楚나라에서 신선 사상이 성행했던 것으로 여겨지며 그래서 두 지역에서는 신선 사상과 관련된 그림, 벽화, 유물들이 다른 지역보다 많이 발견되는 편이다.

등장 인물

동호董狐

진晉나라 영공靈公(B.C.620~607 재위), 성공成公(B.C.606~600 재위) 시기에 생존했던 뛰어난 사관史官. 진영공 시해 사건(B.C.607) 당시 집정執政 조돈趙盾이 시해에 직접 가담하지는 않았지만 국가의 지도자인 승상으로서 구차하게 몸을 피해 국경 부근으로 달아난 점, 국내에 있으면서도 국난을 구하려고 하지 않은 점, 영공을 시해한 이들을 사후에 벌하지 않은 점 등 몇몇 중대한 과오를 저지른 사실을 필주筆誅(붓으로써 벌을 줌)하기 위해 '조돈趙盾이 도원桃園에서 주군主君 이고夷皐(영공)를 시해했다'고 기록했음. 이 같은 강직하고 서슬 퍼런 직필直筆로 인해 후대의 사관史官, 사가史家들의 사표師表가 되어 널리 칭송되었음. 동호의 직필 정신과 사관으로서의 긍지, 책임감을 통해 중국인들의 수준 높은 역사 의식과 엄정한 역사 서술 원칙의 정수精髓를 볼 수 있음.

맹명孟明

천하의 명신 백리해百里奚의 아들로 본명은 백리시百里視. 효산崤山 전투에서 대패했음에도 불구하고 살아 돌아온 것을 몹시 수치스러워하면서 진나라에 절치부심 복수할 날만을 고대하며 군사 훈련에 몰두했음. 마침내 B.C.625년에 팽아彭衙에서 진晉나라를 패배시켜 효산 전투 이래의 오랜 수모를 설치雪恥했음.

선진先軫

진晉나라의 뛰어난 전략가이자 책사. 진문공晉文公의 주유천하周遊天下를 시종 보필한 고굉지신股肱之臣들 중 하나인데다 군사, 전술 방면에서 특히 탁월한 능력을 발휘해 유명한 성복城濮 전투(B.C.632)에서 성득신成得臣이 이끈 초나라의 대군을 궤멸시키는 데 결정적인 공을 세웠음. 그러나 문공의 다음 대 군주인 양공襄公 원년(B.C.627)에 진秦나라와의 효산 전투에서 붙잡은 진秦의 3대 명장 맹명 · 서걸술 · 백을병을 그냥 석방해준 것에 분노한 나머지 주군인 진양공晉襄公의 얼굴에 침을 뱉는 큰 무례를 범했음. 이를 진양공이 처벌 않고 용서해주자 후에 책翟나라와의 전투에서 적군마저 신인神人이라 감탄할 만큼 눈부신 전공을 세운 뒤 주군에게 사죄의 편지를 남기고 옥쇄玉碎했음.

손숙오孫叔敖

초나라의 명신. 위가蔿賈의 아들. 위오蔿敖, 위애렵蔿艾獵이라고도 한다. 어려서 양두사兩頭蛇(마주본 사람을 죽게 만든다는 요물妖物)를 보고 타인에게 해가 될까 두려워 즉시 죽여 땅에 묻었다는 일화를 남길 정도로 용기와 지혜, 깊은 사려를 지녔던 인물. 장왕의 둘도 없는 책사가 되어 군제軍制를 개혁하고 내정을 쇄신하며 각종 수리水利, 영전營田 사업을 일으킴으로써 초나라가 안으로 부국강병을 이룩하고 밖으로 춘추의 3대 패업霸業을 성취하는 데 절대적인 공헌을 했음. 장왕이 그의 공적을 가상하고 고맙게 여겨 부유하고 넓은 읍邑을 하사하고자 했으나 그를 고사固辭하고 척박해서 아무도 탐내지 않는 침읍寢邑을 청했음. 그리하여 그의 자손들은 대대로 어려움 없이 침읍을 영유했는데 이로부터도 그의 지혜와 처세술을 알 수 있음.

영유甯兪

위나라 성공成公(B.C.634~600)의 둘도 없는 충신. 부친 영척甯戚이 16대 군주인 의공懿公(B.C.668~660 재위) 시기에 적인狄人의 침입으로 온 강산이 도륙났던 대국난을 극복한 데 이어, 자신은 주군인 성공을 시종일관 충심으로 섬겼음. 위성공이 천성적인 시기심과 변덕으로 당시의 패자霸者 진문공晉文公의 노여움을 사 초래한 위기를 갖은 기지와 용기로 극복하면서 결국 성공을 복위시키는 데 성공하지만, 그 과정에서 지나치게 맹목적인 충성심으로 인해 본의 아니게 성공의 동생인 공자 숙무叔武, 충신 원훤 등을 죽게 만들고 적지 않은 내정 혼란을 초래했음. 따라서 성공에게는 더할 나위 없는 충복이지만 위나라의 진정한 사직지신社稷之臣이나 주석지신柱石之臣의 반열로는 볼 수 없음.

조돈趙盾

진晉나라의 권신權臣. 진문공晉文公(B.C.636~628 재위)의 고굉지신股肱之臣이었던 조쇠趙衰의 아들. 진양공晉襄公(B.C.627~621 재위) 사후 공자 옹雍을 옹립하려다 조야의 반대로 번복하고 그대로 어린 세자 이고夷皐를 영공靈公(B.C.620~607 재위)으로 옹립한 후 유주幼主를 대신해 정권을 장악했음. 그러나 영공의 타락과 무도를 막지 못했고 영공 시해 사건이 일어났을 당시 보신保身에만 급급한 나머지 지나치게 소극적이고 미온적으로 대처함으로써, 결국 명 사관史官 동호董狐로부터 '조돈趙盾이 그 군주를 시해했다'는 필주筆誅를 받게 되었음. 제후국 간의 외교 책략에 능했고 빠른 상황 판단력과 현실적인 정치 감각, 통솔력 등을 지녔으나 정도正道만을 걸었다고는 할 수 없는 행적을 종종 남겼음.

진목공秦穆公(B.C.659~621 재위)

진나라의 14대 군주. 백리해百里奚 · 건숙蹇叔 · 공손지公孫枝 등 쟁쟁한 현신, 책사들의 보필 아래 서융西戎의 패업霸業을 성취했으며, 진晉나라의 군위를 세 번 세우고 진나라와 세 번 싸웠다는 말이 회자될 정도로 재위 기간 진晉나라의 내정에 깊숙이 관여했음. 평생 의욕적으로 내치와 외정外征에 몰두했으나 말년에는 신선 사상과 청정무위清淨無爲 수양에 심취해 모든 정사를 맹명(백리해의 아들)에게 맡기고 음풍농월했다고 함.

투월초鬪越椒

장왕莊王 재위 초기의 영윤令尹. 초나라의 3대 유력 세경가世卿家 중 최고인 투씨鬪氏의 일원이면서도 종주宗主격에 상당하는 투곡오도鬪穀於菟의 직계 후손들을 시기하고 미묘한 알력, 경쟁 관계에 있는 성씨成氏 일파들에 대해서도 은근한 불만을 느낀 데다, 즉위 직후부터 투씨와 성씨를 경계하면서 위씨蔿氏 일파를 적극 중용하는 장왕莊王에 대해 깊은 불만을 느끼고 있었음. 특히 장왕의 신뢰와 총애 속에 조정에서의 실권을 점점 잠식해가던 위가蔿賈를 증오하여 그를 살해한 후 장왕에 대해 대대적인 반란을 일으켰다가 실패하여 자신은 물론 약오씨(투씨 · 성씨) 전체의 멸문지화滅門之禍를 초래했음. 『춘추좌씨전春秋左氏傳』 등에 성격이 조급, 과격하며 음침한 사람으로 묘사되어 있음.

초목왕楚穆王(B.C.625~614 재위)

초성왕楚成王의 세자이자 초나라의 21대 군주로 본명은 상신商臣. 투발을 참소한 사건을 계기로 부왕의 미움을 받게 되어 이복 동생 직職에게 세자위를 빼앗길 지경이 되자 사부 반숭潘崇의 계책하에 선수를 쳐 부왕을 시해한 후 즉위. 즉위 후 강江·육六·요蓼 등 중원으로 진출하는 길목에 위치한 회수淮水 유역 소국들을 차례로 정벌하여 중원 제후들을 위협하는 한편, 중원의 진陳, 정나라 등을 침입하여 초나라의 영역과 세력 범위를 더욱 넓혔음. 부친을 시해하는 패륜을 저지르기는 했으나 다방면에서 혁혁한 전공을 세워 아들인 장왕莊王 시기에 초나라가 제, 진의 뒤를 이어 춘추의 3대 패업霸業을 쟁취할 수 있는 발판을 마련했음.

초장왕楚莊王(B.C.613~591 재위)

초목왕楚穆王의 태자이자 초나라의 22대 군주로 본명은 여旅(혹 侶). 즉위 후 3년까지는 약오씨若敖氏 세력의 전횡 때문에 통치력을 제대로 발휘하지 못했지만, 즉위 3년째인 B.C.610년에 발생한 대기근과 그를 틈타 침입한 인근 이민족들인 백복百濮과 군만群蠻의 외란外亂을 위씨蔿氏 일파와의 협조하에 잘 극복함으로써 정권을 장악하게 되었음. 이후 위가蔿賈·위여신蔿呂臣·위애렵蔿艾獵 등을 중용하면서 행정 구조 개편, 군사 제도 개혁 등 다방면으로 내정을 쇄신하고 부국강병을 달성했으며, 그 토대 위에서 B.C.606년에 육혼융陸渾戎을 정벌하고 그 위세를 몰아 낙수雒水 유역의 주 왕성 부근에서 대규모 열병식閱兵式을 거행해 초나라의 군사력과 위엄을 만방에 떨쳤음. 이때 사신으로 참석한 왕손王孫 만滿(양왕의 손자)에게 왕실이 보유한 보기寶器인 구정九鼎의 크기를 물어 천하를 지배하겠다는 옹골한 야심을 표현했음. B.C.605년에는 초나라의 대족이자 왕권의 최대 장애였던 약오씨 세력을 꺾어 완전한 전제권을 확보했고, 이후 내정에 대한 근심 없이 거침 없는 영토 확대를 이루면서 중원中原의 패권을 쟁취하여 초나라를 제, 진을 이은 세번째 패권 국가로 부상시켰음.

연보

『열국지』 5권에서 다루는 시기는 진문공晉文公(B.C.636~628)의 패업 후반기와 문공 패업의 유업遺業과 잔영殘影이 어느 정도 지속된 진양공晉襄公(B.C.627~621) 시기 및 양공 서거 후 진晉의 패권이 주춤하면서 초楚나라의 장왕莊王(B.C.613~591)이 춘추의 3대 패자霸者로 부상해가는 시점까지의 약 20여 년의 기간이다. 진晉나라는 문공이 서거한 후 약 10년 정도는 그런 대로 선공先公의 후광 속에 패권 국가로서의 위신과 명목을 유지했으나 인근 정鄭나라를 공격하는 과정에서 서쪽 우방인 진秦과의 신의를 상실하여 이전의 화평 관계가 무너지면서 이후부터는 진秦과 자주 격돌하게 된다. B.C.627년의 효산 전투와 624년의 팽아彭衙 전투 등은 양국 경쟁의 대표적인 사례이며, 진晉이 이렇듯 진秦과의 갈등과 대립을 통해 상당한 힘을 소모하는 틈을 타 남방의 초나라는 시나브로 중원에 대한 영향력과 지배력을 넓혀가게 된다. 그로 인해 천하의 이목과 국제 질서의 무게도 점차 남쪽의 초나라 세력권으로 옮겨가게 되고, 그 결과 춘추 열국들의 외교, 군사 관계와 문화, 경제 교류 등은 더욱 폭 넓고 다양해진다. 초는 우선 전통적으로 자국 세력권이었던 강한江漢〔장강長江(양자강)과 한수漢水(장강 지류) 사이 지역을 지칭〕, 강회江淮〔장강과 회수淮水(장강 지류) 사이 지대를 지칭〕 국가들에 대한 패권과 지배-피지배 관계를 거듭 공고하게 다진 후 중원으로 진출해 송과 진나라를 우선적으로 제압하고 중원 세력 판도의 관건이라 해도 과언이 아닐 정나라를 교묘하게 활용하여 진晉과의 경쟁에서 유리한 고지를 점하게 된다. 반면 진晉나라는 혼군昏君인 영공靈公(B.C.620~607)을 비롯해, 성공成公 · 경공景公 · 여공 등 무기력하거나 황음무도한 군주들이 연속 즉위하면서 내정의 기강이 갈수록 흔들려 전대의 밝은 정치가 무너졌으며 그것이 국제 관계에서도 그대로 반영되어 천하의 영도자로서의 지위를 내주게 된다.

[기원전 632] **(주양왕周襄王 21년, 노희공魯僖公 28년)** 위성공(B.C.634~600 재위)이 간신 천견歂犬의 이간질로 숙무叔武와 원훤元咺의 충정을 오해해 원훤의 아들 원각原角을 처형. 숙무와 원훤은 진문공晉文公에게 위성공의 복위를 호소해 허락을 받았음. 이에 위성공은 양우襄牛 땅에서 귀국. 천견歂犬은 이간 음모가 탄로날까 두려워 귀국하자마자 숙무를 살해. 자초지종을 알게 된 위성공은 천견을 처형했으나 원훤은 진晉으로 달아나 위성공과 천견의 죄상을 고발해 소송訴訟을 제기. 진문공은 귀국 후 **논공행상을 철저히 실시**. 초나라 군사 앞에서 3사舍(90리

里)를 후퇴해 신의를 지키라고 충간한 호언狐偃이 일등 공신으로, 기묘한 전술로 초군을 격파한 선진先軫이 이등 공신으로 표창됨. 반면 군명軍命을 어긴 전힐 · 기만祁瞞 · 주지교舟之僑 등을 참斬하여 **신상필벌信賞必罰의 엄정함을 보임**. 음력 10월 초하루에 **진晉문공 주도로 제소공 · 송성공 · 정문공 · 노희공 · 진秦목공 · 채장후蔡莊侯 · 진공공陳共公 · 주 · 거 등 10국 제후가 온溫 땅에서 회합하고 주양왕(B.C.651~619 재위) 에게 조례朝禮를 올림**. 이와 함께 위성공에 대한 재판을 개최해 유죄 판결. 원훤은 위나라로 돌아가 공자 하瑕를 옹립. 진문공 발병, 이에 조曹나라 내관 후누侯獳가 복관卜官을 매수해 조나라를 복국시키도록 공작함. 진晉이 삼행三行 부대를 새로 육성, 순림보荀林父가 중행中行 대장, 도격屠擊이 우행右行 대장, 선멸先蔑이 좌행左行 대장이 됨.

[기원전 630] 진晉문공은 의원 연衍에게 위성공을 독살하라고 명했으나 영유가 그를 매수해 독살극만 벌임. 노희공의 중재로 위성공 석방. 위성공은 주천周歂 · 야근冶廑 등과 공모하여 밀입국해 원훤을 살해한 뒤 공자 하瑕를 자살케 하고 공자 의儀를 죽임. **진晉과 진秦이 두 마음을 품고 초와 내통한 정을 공격**. 정나라는 일촉즉발의 위기를 촉무燭武의 언변으로 극복, 촉무는 진秦목공을 교묘한 말로 설득해 철군하게 함. 숙첨叔詹은 진문공晉文公을 당당한 기개로 감복시켜 정에 대한 포위를 풀게 하는 대신 진문공과의 약조하에 진나라에 망명해 있던 서공자庶公子 난蘭을 세자로 모셔감. 진문공과 주유천하를 함께한 위주魏犨 · 호모狐毛 · 호언狐偃 등이 사망. 대신 진문공은 극예郤芮의 아들로 성품이 어진 극결郤缺을 등용.

[기원전 629] **진晉나라가 새롭게 5군軍을 양성**.

[기원전 628] 초나라는 진晉의 강성에 불안을 느껴 강화講和를 요청. 진이 그를 수락하여 성복城濮 전투 이후 최초로 양국이 통교通交. **춘추春秋의 2대 패자霸者 진문공 서거**. 진秦목공(B.C.659~621 재위)이 정나라가 진秦, 진晉 양국과 이중 타협한 사실을 알고 대노함. 이에 정나라를 응징하고 진晉에게서 중원中原 패권을 빼앗기 위해 대병력을 출정시킴.

[기원전 627] **진**晉문공의 두번째 부인 핍길偪姞 소생의 **세자 환驩이 23대 군주 양공襄公으로 즉위**(B.C.627~621 재위). 정나라의 11대 군주 목공穆公 난蘭(B.C.627~606 재위) 즉위. 2월에 진군秦軍이 정나라 국경에 도착했으나 정나라 소장수 현고弦高의 지혜로 정나라는 위기를 벗어나고 대신 인근 소국 활滑나라가 멸망당함. **진秦, 진晉 양국이** 험난한 **효산에서 싸워 진秦이 대패함**. 진秦의 세 장수 맹명孟明·백을병百乙丙·서걸술西乞術은 진晉에 포획되었다가 진공녀秦公女이자 진문공晉文公 부인 문영文嬴의 도움으로 요행히 석방되어 귀국. 중군 원수中軍元帥 선진先軫은 분개한 나머지 진양공의 얼굴에 침을 뱉는 무례를 범함. 진秦 목공은 소복을 입고 세 장수를 영접, 패배를 위로하고 자책함. **책翟나라 군주 백부호白部胡가 진晉을 침입. 선진은** 책나라를 격파한 뒤 지난날 주군에게 침을 뱉은 자신의 죄를 갚기 위해 **책군翟軍 속에서 전사**. 허, 채나라가 진문공 사후 다시 초나라에 복속, 이에 **진군晉軍과 초군楚軍이 치수에서 대치**했다가 결전 없이 서로 물러났음. 노희공 서거.

[기원전 626] **(노문공魯文公 1년) 노**나라의 19대 군주 **문공 즉위(B.C.626~609 재위). 초나라 세자 상신商臣**이 투발을 참소한 사건으로 인해 자신을 미워하던 **부왕 성왕成王을 시해하고 21대 군주 목왕穆王(B.C.625~614 재위)으로 즉위**. 진晉나라가 위나라를 정벌.

[기원전 624] **진秦, 진晉 양국이 팽아彭衙 땅에서 격돌**, 두번째 싸움에서 **진秦이 승리**해 효산崤山 전투의 수모를 설치雪恥하고 효산에 묻힌 백골들을 거둬 장사지냄. 적반赤班을 비롯한 서융 20여 개 부락 군장들이 진목공에게 귀복歸服하여 진목공을 백주伯主라 높여 부르고 칭신稱臣(신하를 칭함)했음. 이에 **진목공秦穆公은 서융의 패자霸者가 됨**.

[기원전 623] 초나라 목왕穆王이 회수淮水 유역의 소국 강江나라를 멸망시킴.

[기원전 622] 초나라 목왕이 회수 유역의 소국 요蓼나라를 멸망시킴.

[기원전 621] **진목공秦穆公 서거**(서거하기 얼마 전에 목공의 딸 농옥弄玉과 그 부군인 소사蕭史가 각각 봉황과 용을 타고 승천했는데, 이로 인해 진목공도 신선 사상에 심취했다는 전설이 전해짐). **목공 장례시에** 서융의 순장殉葬 풍습을

따라 '삼량三良'이라고 칭송되던 자차씨子車氏(자子는 존칭을 뜻하는 허사虛辭)의 세 아들 엄식奄息 · 중행仲行 · 침호鍼虎를 비롯해 **177인을 순사殉死시킴**. 진나라 사람들이 그를 애도해 황조시黃鳥詩를 지어 불렀음. **진양공晉襄公 서거**. 조쇠趙衰의 아들 조돈趙盾이 정권 장악. 조돈의 정적 호사고는 진陳나라에 머물러 있는 양공의 동생 공자 낙을 옹립하려다 계획이 탄로나자 동생 호국거를 시켜 조돈의 조력자 양처보陽處父를 살해. 호국거가 체포되자 호사고는 책翟나라로 도망.

[기원전 620] **진秦**목공의 세자 앵罃이 **15대 군주 강공康公(B.C.620~609 재위)으로 즉위**. 조돈은 조야의 반대로 진秦나라에 가 있는 장성한 공자 옹雍을 군주로 옹립하려던 뜻을 번복하고 어린 세자 이고夷皐를 24대 군주 **영공靈公(B.C.620~607 재위)으로 옹립**. 이 때문에 **진晉과 진秦 양국 군대가 영호令狐에서 격돌해 진秦나라가 패배**. 노의 맹손오孟孫敖가 거莒나라에 후처를 구했다가 거절당하자 동생 중수仲遂의 부인으로 삼겠다는 핑계를 대고 영접하러 가서는 그 미색에 혹해 자신이 취함. 이에 중수仲遂가 공손오를 치려 하자 숙중혜백叔仲惠伯이 그를 중개해 화해하게 하고 맹손오의 새 부인을 거나라로 돌려보내게 함.

[기원전 619] 진晉 조돈趙盾의 전횡에 불만을 품고 작당해 반란을 일으키려던 선도先都 · 기정보箕鄭父 · 양익이梁益耳 · 괴득蒯得 · 사곡士穀 5인의 음모를 사전에 발각해 체포, 처형. **주양왕 붕어**. 송나라 21대 군주 소공(B.C.619~611 재위) 즉위.

[기원전 618] **(주경왕周頃王 1년)** 주의 19대 천자 **경왕 즉위(B.C.618~613 재위)**. **초나라가 정나라를 공격**, 위가蔿賈의 계책으로 정나라 군대를 크게 격파하고 정나라의 항복을 받음. 이어 초를 배반하고 진晉나라에 신속臣屬한 **진陳나라도 정벌함**.

[기원전 617] **초목왕은 정목공, 진공공陳共公, 채장후蔡莊侯와 함께 궐맥 땅에서 회맹**. 송나라는 초나라의 위세를 두려워해 뒤늦게 와서 화평을 청함. 송소공宋昭公(B.C.619~611 재위)은 초목왕을 청해 맹제孟諸(정나라 변경에 있는 대삼림 지대. 춘추 전국 시대의 10대 삼림 중 하나)에서 사냥하던 중

큰 수모를 겪음.

[기원전 616] 책翟나라가 천하장사 교여僑如를 보내 노나라를 침입. 노대부 종생終甥의 책략으로 노나라가 승리하고 교여를 처형. 노나라는 제, 위와 연합해 책나라를 멸망시킴.

[기원전 615] 진秦, 진晉 양국이 하곡河曲에서 대치했으나 별 접전 없이 철수.

[기원전 614] 진晉의 유병臾駢과 조돈趙盾이 수여壽餘의 계책을 이용하여 진秦나라에 3년 간이나 억류된 모신 사회士會(일명 범무자范武子)를 은밀히 빼내 귀국하게 함. **초목왕 서거**.

[기원전 613] **주경왕 붕어**. 혜성彗星이 북두北斗 사이에 출현, 사관史官이 이를 보고 송 · 제 · 진晉 3국 군주가 7년 안에 모두 변사變死할 것이라고 예언(이 예언은 B.C.611년 송소공宋昭公 시해, 609년 제의공齊懿公 시해, 607년 진영공晉靈公 시해 등 세 사건을 통해 실현됨). **초**나라 22대 군주 **장왕**莊王 **즉위(B.C.613~591 재위)**. 진晉의 조돈趙盾이 초나라 국상國喪을 기회로 진나라의 맹주 지위를 확고히 하기 위해 신성新城에서 중원 제후들을 소집. 송소공 · 노문공 · 진陳영공 · 위성공 · 정목공 · 허소공 등 6국 군주 참석. 불참한 채나라를 공격했으나 채가 강화를 청함. 노의 최대 세경가世卿家인 삼환씨三桓氏(15대 군주 환공桓公의 후손 세 가문)의 하나인 맹손오孟孫敖가 제나라에서 객사. **제**소공 서거. 소공의 이복 동생 **상인**商人이 세자 사舍를 시해하고 18대 군주 **의공**懿公 **(B.C.612~609 재위)으로 즉위**. 즉위 후 세자 생모인 노나라 공녀 소희昭姬를 유폐, 소희가 은밀히 노문공에게 자신의 처지를 알리자 노문공은 주광왕周匡王에게 호소. 주광왕이 선백單伯을 보내 의공의 잘못을 꾸짖자 의공은 선백, 소희를 감금.

[기원전 612] **(주광왕**周匡王 **1년)** 주의 20대 천자 **광왕 즉위(B.C.612~607 재위)**. 제의공이 소희 문제로 노나라를 침공. 노는 진晉에 구원 요청. 진 조돈趙盾은 송 · 책 · 위 · 진陳 · 정 · 조曹 · 허와 함께 제나라 정벌을 계획. 놀란 제의공은 화의를 청하고 선백, 소희를 석방.

[기원전 611] 송 공자 포鮑가 소공 조모인 왕희王姬(주양왕 누이이자 송양공 부인)의

도움 아래 소공을 시해하고 군위를 찬탈(송·제·진晉 3국 군주가 변사變死할 것이라는 예언 중 하나가 실현됨). 22대 군주 문공文公(B.C.610~589 재위)으로 즉위.

[기원전 610] 진晉나라는 송나라의 내분을 징계하기 위해 위·진陳·정 3국 군대를 이끌고 출정했으나 송의 뇌물을 받고 그냥 돌아감. 진晉의 신의 없음을 본 정목공은 다시 초나라에 의탁함. **초장왕이** 신무외申無畏와 소종蘇從의 충간에 감동하여 3년 간의 주색잡기를 끊고 **정사에 힘쓰게 됨**. 영윤 투월초鬪越椒와 위가蔿賈·반왕潘尫·굴탕屈蕩 등을 중용. 군사를 정비하여 중원의 패업을 도모하기 시작.

[기원전 609] 제의공이 사원私怨이 있는 대부 병원邴原의 무덤을 파 발을 끊고 병씨邴氏 가문과 이전에 병원을 옹호했던 관중管仲의 후손들을 탄압. 의공이 대부 염직閻職의 아내를 빼앗아 후궁으로 삼음. 이에 원한을 품은 염직과 병원의 아들 병촉邴歜은 공모하여 제의공을 시해(송·제·진晉 3국 군주가 변사變死할 것이라는 예언 중 둘이 실현됨)한 후 초나라로 도주. 의공의 이복형인 공자 원元이 19대 군주 **혜공惠公(B.C.608~599 재위)으로 즉위**. 노나라 문공 서거. 정실인 제강齊姜(제소공의 딸) 소생의 세자 악惡이 군위를 계승. 그러나 문공의 애첩 경영敬嬴이 중수仲遂, 숙손득신叔孫得臣 등과 공모해 악과 동복 동생 시視, 숙중혜백叔仲惠伯을 죽이고 자신의 아들 퇴俀를 노의 20대 군주 선공宣公(B.C.608~591 재위)으로 옹립. 두 아들을 잃은 제강은 제나라로 돌아가는 도중 노나라 국내를 지나면서 대성통곡, 백성들이 함께 슬퍼하면서 이후부터 그를 애강哀姜 혹은 출강出姜이라 부르게 됨.

[기원전 608] **(노선공魯宣公 1년) 노선공 즉위(B.C.608~591 재위)**. 즉위 직후 자신의 지위를 안정시키기 위해 제나라와 평주平州에서 회견.

[기원전 607] 진영공이 장성한 후 주색과 음락淫樂에만 몰두하면서 갖은 무도와 패륜을 저지름. 조돈趙盾이 죽음을 무릅쓰고 충간했으나 영공은 도리어 그를 살해하려 함. 차우車右 제미명提彌明의 희생으로 위험을 벗어난 조돈은 국경 부근으로 도망가 사세를 관망. 조돈의 조카 **조천**

趙穿이 영공을 시해(송 · 제 · 진晉 3국 군주가 변사變死할 것이라는 예언이 모두 실현됨). 조돈 일파는 진문공 서자 흑둔黑臀을 25대 군주 성공成公(B.C.606~600 재위)으로 옹립. 강직한 사관史官 동호董狐는 조돈이 국정 책임자면서도 몸을 피해 국경으로 도망친 점, 국내에 있으면서도 국난을 구하지 않은 점 등의 과오를 필주筆誅(글로써 벌을 줌)하는 의미에서 '조돈이 군주를 시해했다' 고 사간史簡(역사를 기록한 죽간竹簡)에 기록.

[기원전 606] **(주정왕周定王 1년) 주**의 21대 천자 **정왕 즉위(B.C.606~586 재위)**. **초장왕이 육혼陸渾 땅의 융족戎族을 정벌**한 후 그 위세를 몰아 낙수雒水 유역의 주 왕성 부근에서 **대규모 열병식을 거행**해 초나라의 군사력과 위엄을 만방에 드날렸음. 이때 장왕은 사신으로 참석한 왕손王孫 만滿(양왕의 손자)에게 왕실이 보유하고 있는 보기寶器인 **구정九鼎의 크기를 물었음('문정問鼎')**. 그로써 구정을 차지하고 천하를 지배하겠다는 야심을 표현. 만은 이 무례한 질문에 대해 왕조의 운명은 덕업에 있지 한낱 정의 크기에 있지 않다는 옹골찬 말로 응수. 정목공 서거.

[기원전 605] 초나라의 영윤 투월초鬪越椒가 장왕과 위가蔿賈 일파의 세력 확대에 불안을 느껴 장왕의 원정遠征을 기회로 삼아 난을 일으킴. 장왕 군사와 반란군이 고호皐滸에서 격돌하여 반란군이 대패하고 투월초는 전투 중 사망. 이 반란으로 인해 **초의 최대 세경가世卿家인 투씨鬪氏 일가**는 당시 제, 진나라에 사신으로 가 있던 투극황鬪克黃(투반鬪般의 아들)을 제외하고 모두 **멸족滅族당함**. 투월초의 아들 투분황鬪賁皇은 진晉나라로 도망가서 묘苗 땅을 분봉받음(이로 인해 묘분황苗賁皇이라고도 함). 반란 진압 후 장왕은 죽은 위가蔿賈의 아들 위오蔿敖(일명 손숙오孫叔敖)를 중용하여 내정 개혁, 군제軍制 개편, 수리水利 개발 등을 추진. 이로써 초나라는 외정外征뿐 아니라 내치內治에서도 큰 발전을 이룩함.

동주 열국지 5

새장정판 1쇄 발행 2015년 7월 25일
새장정판 4쇄 발행 2023년 8월 28일

지은이 풍몽룡
옮긴이 김구용
펴낸이 임양묵
펴낸곳 솔출판사

주소 서울시 마포구 와우산로29가길 80(서교동)
전화 02-332-1526
팩스 02-332-1529
이메일 solbook@solbook.co.kr
블로그 blog.naver.com/sol_book
출판 등록 1990년 9월 15일 제10-420호

ISBN 979-11-86634-10-3 04820
ISBN 979-11-86634-09-7 (세트)